1781

Sibylle Knauss

DIE MISSIONARIN

Roman

Hoffmann und Campe

Die Deutsche Bibliothek – CIP-Einheitaufnahme

Knauss, Sibylle:
Die Missionarin : Roman / Sibylle Knauss.
– 1. Aufl. – Hamburg : Hoffmann und Campe, 1997
ISBN 3-455-03866-2

Lektorat: Jutta Siegmund-Schultze
Schutzumschlaggestaltung: Buchholz, Hinsch, Hensinger
unter Verwendung eines Gemäldes von Théo van Rysselberghe
Satz: Dörlemann Satz, Lemförde
Druck und Bindung: Ebner Ulm
Printed in Germany

Und der Herr entbot einen großen Fisch,
Jona zu verschlingen, und Jona
war drei Tage und drei Nächte in dem Bauche
des Fisches.

Und der Herr gebot dem Fisch,
und er spie Jona ans Land.

PONAPE 1908

Eines Tages, als meine Großtante Lina aus einer tiefen Ohnmacht erwachte, fand sie sich auf einer Insel, zwölftausend Kilometer entfernt von zu Hause und sehr fremdartig. Das erste, was sie von ihr wahrnahm, war ein Geruch, in dem eine gewisse Note von Fäulnis lag, und so schloß Lina sogleich wieder die Augen, denn sie war so lange seekrank gewesen, wie ein Mensch überhaupt sein kann, ohne zu sterben, nicht an der Seekrankheit, an ihr stirbt man nicht, sondern an der Verzweiflung und Mutlosigkeit, mit der man sich eine große, kühle Welle wünscht, die einen über Bord spült und für immer unter sich begräbt.

Noch war das Wasser da und ein leichtes Schwanken, das daher rührte, daß sie in jemandes Armen lag, der sie trug. Doch unter dessen Füßen gab es festen Grund, wie sie genau fühlte. Das Festland stemmte und wölbte sich ihr mit der ganzen Gewalt entgegen, mit der es die begrüßt, die lange Zeit auf See gewesen sind. Die Schwerkraft drückt sie für einen Moment ans Herz der Welt. Sie tut es überall, so daß jedes Anlanden etwas von einer Heimkehr hat, und sei das Land noch so fremd, das man betritt. Dies ist die alte Erde, sagt das Land.

Am fremdesten ist die Fremde für das Ohr. Seltsame Vögel schrien sich seltsame Laute zu, und das menschliche Stimmengewirr, das Lina hörte, erschien ihr noch seltsamer. Einzig das Klatschen der Wellen an die Bootswände war vertraut.

Der eine kurze Blick, den sie getan hatte, ließ sie ein Stück Himmel sehen, in das die Spitzen einiger Palmwedel hineinragten, sowie ein Stück Schulter, an der sie lag. Diese Schulter war von einem goldfarbenen Braunton. Perlende Tropfen rannen an ihr herab und gleißten im Sonnenlicht. Einen Moment lang sah Lina dem Spiel zweier Muskeln zu.

Noch war selbst ein Gedanke zu anstrengend für sie, und sie ließ sich wieder in die wohltuende Schwärze der Ohnmacht zurückgleiten. Aus ihr kam sie wie Jona aus dem Walfischbauch. Doch warum hier? Warum sie? Und was bedeutete dies alles?

Vorzeiten pflegten die Götter Menschen zu entrücken und an fremden Gestaden aufwachen zu lassen. Doch zu Linas Zeit war das schon lange nicht mehr geschehen. Auch war Lina nicht Iphigenie oder Medea als Wiedergeborene, sie war ein Mädchen aus Altena, einer engen, kleinen Stadt im nördlichen Sauerland, wo ein nüchterner, robuster Menschenschlag gedeiht, der sich durch Gewerbefleiß und Ordnungssinn auszeichnet. Nichts ist den Bewohnern des Lennetals fremder als jede Form von Exaltiertheit und Schwärmerei. Begeisterung kennen sie nur insofern, als sie sich am sichtbaren Erfolg entfacht. Und sichtbare Erfolge vermögen sie nur im Wachstum irdischer Güter auszumachen, und auch dort ausschließlich, wo es tatsächlich sichtbar wird wie im Errichten von Häusern oder Fabriken, die die Ufer des Flusses und seiner Nebenzuflüsse säumen. Sie mißtrauen selbst dem Geld auf ihren Konten als Ausweis erfolgreichen Wirkens, es ließe sich denn in Türmen vor ihnen aufstapeln. Geld ist gewissermaßen noch zu ideell für die Leute von Altena, zu nahe der Phantasie und dem Geistigen, dem sie so fern wie möglich zu bleiben versuchen. So vererben sich die Vermögen von

Generation zu Generation, ohne daß nennenswerte Verschwendung sie dezimiert, und Verweichlichung, wie sie dem Wohlstand anderswo folgt, ist in Altena auf Grund mangelnder Träume vom Luxus nahezu unbekannt. Die Enkel gehen mit dem gleichen Fleiß, der gleichen Nüchternheit ans Werk wie die Großeltern.

Soviel zu dem Verdacht, daß Linas Entrückung auf eine Art Überspanntheit zurückzuführen sei, auf ein gestörtes Verhältnis zur Tatsächlichkeit. Im Gegenteil besaß sie den gleichen praktischen Sinn wie ihre Vorfahren, und ohne ihn wäre sie auch niemals bis in die Südsee gekommen.

Es ist wohl eher so, daß die Götter für ihre Pläne die Menschen praktischen Sinnes bevorzugen, die Nüchternen, die Tüchtigen, auf die Verlaß ist. Warum sollten sie es anders halten als wir? So auch der Gott Abrahams, Isaaks und Jakobs (sämtlich durchaus tüchtige, brauchbare Männer), denn niemand Geringeres war es, der Lina entrückt hatte. Und er traf seine Wahl mit derselben rätselhaften, launischen Parteilichkeit, mit der er zu Zeiten der Bibel vorging und beispielsweise einen Mann wie Jona ins Prophetenamt berief, nüchtern, realistisch auch er, ein richtiger Defätist, dem jegliche Eignung zum Seherischen fehlte, das Gegenteil eines Eiferers. Er hätte gut aus Altena sein können.

Doch die Wege des HERRN sind unerforschlich, wie Lina zu sagen pflegte, und sie mußte es weiß Gott wissen.

War sie fromm? Nicht mehr als andere. Und das heißt: durchaus. Man hatte sie in die Praxis des Kirchgangs, des Gebets und der Lektüre der Bibel eingeübt. Was die Moral betrifft, hatte man ihr die Gebote Gottes mitsamt den Erklärungen Luthers zur strengen Beachtung empfohlen und ihr vor Augen gestellt, daß anderenfalls ihr Ansehen Schaden leiden würde. Solches hatte man ihr mit großer Entschiedenheit und Nachdruck klar gemacht und ein wenig verschämt hinzugesetzt, daß auch die Seele in ihrem Frieden empfindlich gestört werde, wenn man sich abseits vom Pfade der vorschriftsmäßigen Tugend bewege. »Seele«, »Frieden«, das sind Worte, die, da abstrakt und dem Bereich der Ideen zugehörig, in Altena nur mit Beschämung ausgesprochen werden, als handele es sich um etwas Indezentes und Ungehöriges. Was dieses Delikate, dies Unaussprechliche betraf, das sich unsichtbar im Innern der Menschen zuträgt und den Namen »Gefühl« oder gar »Herz« verdient, so war Lina angewiesen, sich beim Wort Gottes mit Rat zu versorgen. Kein Wunder, daß sie von Kindheit an fromm gewesen war wie andere Mädchen auch, in deren Seelen man in höherem Maß als bei den Jungen die Art von Innerlichkeit vermutete, die des Trostes und der Leitung bedarf, welche die Lektüre der Bibel gibt.

Gott jedoch, der in die Herzen von Jungen und Mädchen blickt, ohne sich zu genieren, was hatte er gesehen, daß Lina ihm gefiel? Wohl war sie tüchtig und fromm, doch das waren andere ebenso wie sie. Überhaupt gab es nichts Auffallendes an ihr, wenn man von ihrer Neigung absieht, im falschen Moment das Richtige zu sagen, worin man eine gewisse Eignung für das Amt der Botin Gottes erkennen mag, wenn es auch vorerst in nichts als einer gewissen unerwünschten und manchmal geradezu törichten Offenheit in Erscheinung getreten war, die man in Altena »vorlaut« nannte und Lina selbst ziemlich peinlich war.

Sie war dünn und blaß, wie es Frauen vor dem Erblühen sind. Manche bleiben so. Und als Lina über zwanzig war, war sie es immer noch. Ihr Teint war sehr zart und weiß bis ins Bläuliche. Die englische Art, die zu Anfang des Jahrhunderts durchaus noch in Mode war. Doch fehlte ihr der Kontrast roten oder braunen Haars. Ihr Haar war fahlblond und so weich, daß über den Schläfen die Konturen des Schädels sichtbar waren, denn sie kämmte es streng zu einem Knötchen am Oberkopf zusammen, auf dem sie später die Schwesternhaube befestigte. Dann und wann strich sie sich ein paar flaumige Locken am Haaransatz aus der Stirn und wußte nicht, daß sie sich zu einer kleinen Aura aufstellten, die ihr im Gegenlicht manchmal den Schimmer zukünftiger Schönheit verlieh.

Es war eine Schönheit im Modus der Möglichkeit. Ihre Entfaltung war nicht in ihr garantiert. Sie konnte ausbleiben. Die scharf gezeichnete Nase und ihre Augen, die sich, groß und wasserblau, etwas zu weit vorwölbten, kündeten davon. Es gab eine Tendenz zum Jüngferlichen in ihr. Es würde etwas geschehen müssen, um sie außer Kraft zu setzen, und die Natur hatte ihr wenig von der Verlockung beigegeben, mit der sie in jungen Frauen für sich selber wirbt. Ihr Blühen geschieht im voraus. Lina war die Frau, die im nachhinein erst blüht.

Es gibt unter den Männern solche, deren Kennerschaft diesen Frauen gilt. Die besten von ihnen bringen sie mit einem einzigen Blick zum Blühen. Doch Lina war diesem Blick noch niemals begegnet. Denn Kennerschaft hier ist rar, wie sie es immer ist, und ganz besonders ist sie rar in Altena, wo man dem unsichtbaren Wesen der Dinge so tief mißtraut.

Ein einziges Mal war es geschehen, daß ein Mann von reiferen Jahren, ein Geschäftsfreund ihres Vaters auf der Durchreise, Lina ansah und, indem er die Augen nicht von ihr abwandte, zu ihrer Mutter Auguste bemerkte, wie seltsam schön ihre Tochter sei.

Sie meinen meine Nichte Agathe, antwortete Linas Mutter schnell. Denn Linas Cousine Agathe war als hübsch bekannt, und man hoffte, daß sie sich rasch verheiratete.

Nein, sagte, der Geschäftsfreund, der immer noch unverwandt Lina anblickte, ich meine Ihr Fräulein Tochter hier.

Doch das konnte zum Aufblühen nicht hinreichen, zumal Lina den Blick nicht erwiderte und noch lange darüber nachsann, ob er nicht doch Agathe gemeint hatte, indem sie sich diesen Teil der Konversation wieder und wieder ins Gedächtnis rief, bis sie nicht mehr genau wußte, was gesagt worden war.

So blieb sie unscheinbar und hielt sich auch selbst dafür. Doch dem sehenden Auge, das freilich erst das unsere ist, die wir das Buch ihres Lebens lesen und damit auch deuten können, hätte sich nicht nur die Schönheit als ihre Möglichkeit offenbart, sondern deren Verhüllung auch als Beginn der Entrückung, die stets mit dem Unsichtbarmachen der erwählten Person anfängt. Mächtig legt sich der Schatten der großen göttlichen Hand auf sie.

Als Lina wieder erwachte, lag sie am Strand, und diesmal war es der Schatten eines Mannes, der auf sie fiel. Es war ein großer Mann von weißer Hautfarbe. Es dauerte lange, bis sie sich ihn aus den Teilen zusammengesetzt hatte, die sie sah. Ein Hosenbein. Ein paar Knöpfe. Der Schweißrand auf einem Hemd aus weißem Leinenstoff. Dann ein Kinn, gespalten, sorgfältig rasiert, zwei senkrechte Furchen, die sich rechts und links der Mundwinkel entlangzogen, und zwei im Licht zusammengekniffene Augen, die sie mit einem gewissen vorsichtigen Interesse anblickten wie einen seltsamen Fang, der einem Fischer ins Netz geraten ist.

Willkommen auf Ponape, sprach der Mann.

Sie wünschte sich die braune Schulter zurück, um dort zu ruhen.

ALTENA 1885

Über dem ganzen Tal liegt der Rauch von den Essen, und das Quietschen und Kreischen der Drahtrollen erfüllt die Luft. Die Bäche wälzen sich rostbraun und sämig wie Suppe in den Fluß. Sie riechen nach Eisen. Nach Fabrik, Arbeit, Geld.

Es ist ein schöner Duft. Immer noch gibt es Söhne aus der Landwirtschaft, die in die Täler hinabgehen und nach wenigen Jahren Fabrikbesitzer sind. Die Unruhe ist immer in einigen. Aber nicht immer sind die Umstände so günstig für die Unruhigen wie gerade jetzt.

Trotzdem braucht man Geld, wenn man Geld machen will. Etwa zehntausend Goldmark hat Wilhelm gebraucht, um Teilhaber einer Kesselfabrik zu werden. Er hat sie geheiratet. Sein Kapital heißt Auguste. Sie hat ein goldenes Herz, sagt man von ihr, eingedenk ihrer Mitgift und der Tatsache, daß sie keine Schönheit ist. Ihr falbes dünnes Haar und ihr Rundrücken werden sich als dominante Erbmerkmale erweisen. Ihr Teint ist blaß mit der Neigung zu erröten, die allen Frauen in diesen Tälern eigen ist. Sie sind nüchtern, gelassen, vollendet ruhig, bis sie sich bei der geringsten Abweichung vom mittleren Maß ihrer Gemütsruhe durch rote Flecken verraten, die ihnen vom Hals bis unter die Haarwurzeln steigen und flammende Signale einer in ihrem tiefsten Innern gehüteten Glut sind, deren Hitze sie sich schämen. Bei den Männern tritt sie nach dem Genuß von Alkohol zutage. Und das zweite Glas Bier dient ihnen dazu, ihre Scham zu bekämpfen. Beim dritten sitzen sie dann mit puterroten Köpfen beieinander und kosten ihre Erregung als ein Gefühl von Macht und Erfolgreichsein aus.

Wilhelm lebt seit ein paar Jahren in einer Phase des Wachstums und der Prosperität. Die Firma wächst, die Familie, und auch sein Leibesumfang wächst. Alles ist größer, bedeutender, umfangreicher in diesem als im vergangenen Jahr. Eine Halle wird gebaut, das Umsatzvolumen gesteigert, ein drittes Kind gezeugt. Selbst Auguste nimmt ja an Umfang zu, wenn sie schwanger ist. Sonst bleibt sie auf enttäuschende Art dünn. Der Wohlstand schlägt nicht bei ihr an.

Diesmal ist auch das Kind eine Enttäuschung. Es ist nach zwei Söhnen ein Mädchen, zart, kaum fünfpfündig, ein Nichts von einem Kind. Wilhelm wirft einen kurzen Blick zwischen die Mulltücher, tätschelt Auguste die Hand, um ihr zu zeigen, daß er nicht nachtragend ist, und macht sich auf den Weg zum Kindschaftsbesäufnis, das diesmal ebenso maßvoll wie sein väterlicher Stolz sein wird.

Da sitzen die Männer von Altena, rauchen Zigarren und lassen sich noch ein Bier bringen. Es ist nicht nur der Erfolg und der Alkohol, was die Kraftfelder auflädt, als deren Mittelpunkte sie sich wähnen, es sind auch die Verhältnisse im deutschen Reich. Reichskanzler Otto von Bismarck trägt nicht unmaßgeblich dazu bei. »Wir Deutschen fürchten Gott und sonst nichts auf der Welt«, sagt er. So ist es, antworten die Männer von Altena, greifen nach ihren Uhrketten und denken an ihre Kredite, an Zinsaufkommen und Tilgungsraten, manche auch an die Anhänger eines gewissen Herrn Engels aus Wuppertal unter ihren Fabrikarbeitern. Aber sie fürchten Gott und sonst nichts auf der Welt. So strahlt ihr Kraftfeld, ganz vage, ganz minimal, aber doch unbestreitbar bis nach Afrika. Südwest, Kamerun, Togo.

Deutschland ist Kolonialmacht geworden. Ja, es strahlt bis in die Südsee. Das Kanonenboot »Iltis« hat die deutsche Fahne auf Yap gehißt. Das las man unlängst in Altena in der Zeitung.

Dem Tüchtigen soll die Welt gehören, sagen die Männer von Altena und erregen sich politisch bei dem Gedanken, daß Spanien die Karolinen, zu denen Yap gehört, für sich beansprucht, während deutsche Handelsstationen dort seit langem erfolgreicher agieren. Und obwohl niemand von ihnen eigentlich weiß, wo diese Inseln liegen – »Südsee« bedeutet nichts weiter als »unvorstellbar weit weg«, etwas, das von ihnen mit Kokospalmen und Sünde und kurzen Baströcken assoziiert wird –, fühlen sie bei dem Gedanken an Spanien ihr Blut wallen, als ginge es um ein Terrain, auf dem sie einst ihre neuen Fabrikhallen errichten wollen. Sie tauchen ihre Schnauzbärte à la Bismarck ins Glas und wischen sich anschließend mit derselben Bewegung alle den Schaum daraus, indem sie sich mit halb zugekniffenen Augen anblinzeln.

Der Fuchs, sagen sie. Der verdammt schlaue Fuchs. Lammfromm und offensiv hat er den Papst als Schiedsrichter vorgeschlagen. Und wie entscheidet der Heilige Stuhl? Selbstverständlich katholisch, wie man es von ihm erwartet hat. Die Souveränität über die Karolinen und die Palau-Inseln wird Spanien zuerkannt, das sie ja bekanntlich sowieso besitzt. Aber Deutschland bekommt das uneingeschränkte Recht zur Errichtung von Handelsstationen und Flottenstützpunkten. Was will eine aufstrebende Kolonialmacht mehr.

So gehört also die Welt doch dem Tüchtigen. Die Männer von Altena lachen in sich hinein, als hätten sie selbst die Idee gehabt, und versenken ihre Schnauzbärte wieder ins

Bierglas, während in einer unvorstellbar weiten Ferne die schwarzweißrote Fahne über Palmenwipfeln aufsteigt.

Wie soll das Kind denn heißen? fragt plötzlich jemand.

Karoline, sagt Wilhelm schnell. Er hat bisher nur an Namen für einen Sohn gedacht. Karoline. Sie soll leben. Prost.

So hieß Lina nach den Inseln.

Über ihre Kindheit ist nichts bekannt. Wir stellen sie uns als ein nervöses kleines Mädchen vor, das Schönschrift und Kreuzstich übt und sich vergebens gegen zwei ältere Brüder zu behaupten sucht. Ein jüngerer wird geboren, der zu ihrer Enttäuschung jedoch auch bald zu einem kräftigen Buben heranwächst und sich nicht länger zur Puppe eignet, an der sich eine Schwester als kleine Mutter bewähren kann. Auguste mag dann und wann den Versuch gemacht haben, die Aufmerksamkeit des Vaters auf seine einzige Tochter zu lenken – Lina lernt schon früh, daß sie übersehbar ist.

Das Haus, in dem sie heranwächst, steht tief im Tal. Es ist der Fabrik benachbart, und nur von April bis September trifft die Sonne mehr als sein Dach und erreicht die Fenster im Erdgeschoß, die mit Schichten von Gardinen und Übergardinen kaum Durchlaß für sie gewähren. Der viele Stoff zeichnet die Wohnung als Heim der besitzenden Klasse aus und wird für unverzichtbar gehalten. Auch der Blick auf die Fabrikhalle gilt als schön, indem er das Gefühl nährt, privilegiert zu sein. Hinter dem Haus steigt der Garten so steil an, daß man vom ersten Stock aus beinah zu Lauch und Radieschen hinüberreichen kann. Von der Vorderfront aber blickt man hinüber zum Wald, der sich jenseits der Fabriken über den Sattel der Berge zieht. Auf halber Höhe jedoch sieht man in gebührendem Abstand voneinander drei

Bauernhöfe liegen, deren seltsame Namen als ein unheimlicher Dreiklang in Linas Kindheit hineintönten: »Schreck«, »Angst« und »Zweifelmut«.

In ihrer Gegenwart lebten die Leute von Altena. Die Erinnerung an ihre vorindustrielle, agrarische Vergangenheit drückte sich darin aus, an die Nöte des Übergangs. Die Erinnerung von Männern, wie Wilhelm einer war, die als Bauernsöhne geboren werden, um als Fabrikanten von Glühtöpfen zu sterben, und sich ein Leben lang jegliches Bedenken, das geringste Zaudern verbieten müssen.

Ein Mann ging von Dahle nach Altena, lautet die Sage. Und als er die ersten Schornsteine schon sehen konnte, da hörte er eine Stimme aus dem Wald, und er bekam einen großen Schrecken. Das war, wo heute der »Schreck« steht. Und er ging weiter und hörte die Stimme noch einmal, wie sie ganz deutlich seinen Namen rief. Da bekam der Mann Angst. Das war, wo heute die »Angst« steht. Und als der Mann weiterlief, zweifelte er, ob die Stimme aus seinem eigenen Innern gekommen war oder ob er sie wirklich gehört hatte. Das war, wo heute der »Zweifelmut« steht. Der Zweifelmut war das Schlimmste für den Mann, schlimmer als Angst und Schreck. Und man sagt, daß er niemals in Altena angekommen, sondern verrückt geworden ist und bis heute in den Wäldern umherirrt.

Ein Fall von mißglückter, unvollständiger Entrückung, wie man sieht, die im Stadium der Verrücktheit steckengeblieben war. Eine tief düstere Prophezeihung für Lina.

PONAPE 1899

Er liegt auf der rechten Seite, Schenkel und Beine angezogen. Es ist der dritte Tag nach der Operation. Er ist allein. Die Hütte, in der er liegt, ist nah am Bach und ein Stück weit entfernt vom Dorf im Busch. Sie ist eigens für ihn und seine Schmerzen erbaut worden. Er wird sie, wenn er gesund ist, selber abreißen. Niemand außer den Männern, die es getan haben, wird wissen, wo sie stand. Dann wird er ein neues Gewand anziehen, das seine Schwester ihm bringt, und er wird zu den Frauen gehen.

Seht, da kommt der Mann, werden sie sagen.

Und dann wird eine von ihnen rufen: Wer weiß, ob es wahr ist?

Es ist wahr, wird er sagen und sein Gewand heben, und feuerrot wird seine frische Narbe sein. Bewunderung und Begehren wird er in ihren Augen sehen, und er wird die, die gefragt hat, mit sich führen, und sie wird von seiner Männlichkeit kosten. Welche Frau will schon einen Mann mit zwei Hoden?

Doch dies ist erst der Tag, an dem das Fieber steigt. Es ist der Tag der Entscheidung. Niemand wird ihm helfen. Erst morgen werden sie kommen, um nachzusehen, ob er noch lebt. Als Kind wirst du geboren, indem eine Mutter den Schmerz um dich erträgt. Sie steht auf aus der Ecke des Hauses, in der sie niederkam, und bringt dich zum Bach, in dem du gewaschen wirst. Als Mann trägst du den Schmerz um dich selber, und du mußt selbst aufstehen und zum Bach gehen. Darum bauen sie die Hütte nah am Bach, daß du am dritten Tag zum Wasser findest. Du hockst dich in die Strömung und empfängst an der Wunde den kalten Strahl. Das Wochenbett deiner Mutter hat dreizehn Tage gedauert, dreizehn Tage dauert dein Wochenbett als Mann.

Er hieß Henry, als er ein Junge war. Denn sein Vater ist mit den Schiffen gekommen und mit den Schiffen wieder aufs Meer gefahren. Jetzt, als Mann neu geboren, heißt er Jomatau. Das ist ein Häuptlingsname. Er hat ein Recht darauf. Denn seine Mutter ist die zweite Frau eines Häuptlings geworden. Wie alle Frauen, die ein weißer Mann nicht verschmäht hat, war sie nach seiner Geburt, die ihr als Beweis dafür diente, so begehrt, daß sich mehrere Häuptlinge um sie bewarben, und sie konnte den mächtigsten wählen, Ettekar von Kiti, dessen rechtmäßiger Sohn Henry geworden ist.

Jomatau aber ist keinem Vater mehr untertan. Er wird selbst Häuptling werden, wenn die Zeit dafür kommt. Seine Zeit ist die neue Zeit, die Zeit der weißen Männer auf Ponape, von denen Jomataus Vater einer war. Sie kommen jetzt, um die Herrschaft anzutreten. Aber er ist schon da. Und er ist einer von ihnen, Henry-Jomatau. Er verehrt ihren Gott. Den amerikanischen Jesus, nicht den spanischen. Denn sein Vater vom Meer ist ein Amerikaner gewesen, und die spanischen Mönche wollen Ponape einem fremden spanischen König untertan machen, der alle Häuptlinge entmachten und die Menschen auf der Insel zur Arbeit zwingen will, während die Boston-Missionare predigen, daß alle Menschen auf Ponape glücklich sein werden, wenn die Häuptlinge einen Rat bilden, den die Missionare Parlament nennen. Vorausgesetzt, daß die darin vertretenen Häuptlinge an Jesus glauben. Und das tut Jomatau.

Allerdings weiß er, was er den Geistern der Insel schuldig ist, und darum hat er ihnen seinen linken Hoden gegeben. Er hat geschrien, als der Alte, der auf ihm kniete, den Schnitt gemacht und mit dem Druck seiner Finger die kleine Kugel durch den entstandenen Schlitz herausgepreßt hat. Mit diesem Schrei ist der Mann, der er ab jetzt ist, ins Leben getreten, wie sein Leben als Kind mit einem Schrei begonnen hat. Die Geister wollen das hören. Sie treten aus dem Wald und versammeln sich in der Nähe der Hütte, in der das geschieht. Darum nehmen die alten Männer, die zugegen sind, nacheinander die blutige Nuß in die Hand, und der letzte von ihnen wirft sie, soweit er kann, in den Wald hinaus. Die Geister stürzen sich wie eine wilde Meute darauf. Sie brauchen solche Nahrung, und man hört ihr Geheul bis ins Dorf hinein. Er hat es auch schon oft gehört.

Er weiß nicht mehr, wie lange er in der Hütte liegt. Er hört auf, die Tage zu zählen. Bei Sonnenaufgang und bei Sonnenuntergang schleppt er sich zum Bach und hält seine Wunde in die Strömung. Dann sinkt sein Fieber. Der Mann, der er ist, wird leben. Irgendwann steht seine Schwester mit dem Gewand vor ihm. Es tut ihm noch ungeheuer weh aufzustehen. Doch das gehört schon zu der Freude, die ihm beschieden ist. Das Gewand, das sie ihm mit einem Neigen des Kopfes übergibt, einem Zeichen der Verehrung, die seiner neuen Würde als Mann gilt, das Gewand ist ein Schurz aus Hibiskusrinde, den sie mit Ingwerwurzeln gerieben und gelb eingefärbt hat. Sie ist eine gute Schwester, klug und für einen guten Mann bestimmt, den er besorgen wird. Vielleicht möchte ein weißer Mann sie genießen? Man wird sehen. Verdient hat sie es.

Als sie fort ist, kleidet er sich an. Er ist fünfzehn, und er braucht keinen Spiegel, um zu wissen, daß er ein schöner Mann und achtunggebietend ist. Er nimmt die Axt, die die

Männer bereitgelegt haben, und schlägt die Hütte entzwei. Er trägt die Trümmer zum Bach und läßt sie forttreiben. Das ist das Zeichen, das er gibt. Im Dorf wissen sie jetzt, wer zurückkommen wird. Dann macht er sich auf den Weg. Jeder Schritt tut ihm weh, aber er achtet nicht darauf.

Der Vizegouverneur Becker verlor etwas die Balance, als er in das schmale Ponape-Boot trat, das ihn zum Anleger brachte. Da niemand von den mikronesischen Bootsleuten gewagt hätte, ihn anzurühren, streckte der Spanier den Arm aus und stützte ihn, bis er Platz genommen hatte. Er war ihm mit den Booten entgegengekommen, um ihn als neuen Herrn der Insel in Empfang zu nehmen. Eine diplomatische Geste, die den Eindruck verstärkte, den man in Berlin sowieso gehabt hatte: Die Spanier schienen erleichtert, ihre Besitzungen im Pazifik los zu sein. Die Philippinen und Guam hatten sie im spanisch-amerikanischen Krieg verloren. Die Karolinen und einen Teil der Marianen hatte Deutschland ihnen für 17 Millionen Mark abgekauft. Erst vor wenigen Tagen war die Zahlung in Madrid erfolgt. Wahrscheinlich hätten sie's verschenkt, dachte der Vizegouverneur, wenn man nur etwas gewartet hätte. So dumm kann nur Deutschland sein, für den Ärger auch noch zu bezahlen, der uns an ihrer Stelle jetzt hier erwartet. Er sah in das glückliche Gesicht Don Ricardo de Castros, des spanischen Gouverneurs, der am nächsten Tag die Insel verlassen würde samt 382 Mann und sieben Offizieren, die nicht weniger glücklich sein würden.

Die zwei Verwaltungssekretäre, die in Samoa zugestiegen waren, sowie ein Ingenieur, ein Koch und ein Sachverständiger für die Agrarwirtschaft folgten in weiteren Booten. Der Vizegouverneur sah eine Bucht vor sich, in deren innerem Winkel unter Palmenwipfeln die weißen Häuser der Kolonie mit ihren roten Wellblechdächern zu sehen waren, im Hintergrund überragt von den Basaltfelsen, für die die Insel berühmt war. Kein Korallenriff. Ein unterseeisches Gebirge, das aus dem Meer an dieser Stelle emporgestiegen ist. Vulkanisch. Unruhig. Unfertig ist die Erde in diesem Teil der Welt. Immer wieder einmal gibt es Erdstöße, hatte man ihm gesagt. Er war auf Schlimmeres gefaßt.

Während sie jetzt den Riffkanal durchquerten, der die Hauptinsel von dem sie umlagernden Wallriff trennt, unterschied er beim Näherkommen an der Küste das spanische Fort Alphonso XIII. mit den Mauern, den Bastionen, den Wohn- und Verwaltungsgebäuden der Kolonialherren sowie links davon die Lagerhäuser der japanischen Handelsgesellschaft Murayawa und Co. und der deutschen Jaluitgesellschaft. Oberhalb davon erkannte er die Missionsstation der Kapuziner mit ihrem Glockenturm. Sieh an, es gibt deutliche Spuren der zivilisierten Welt, dachte der Vizegouverneur. Aber es bildete sich zugleich mit der Erleichterung, die er dabei empfand, ein Kloß in seinem Hals. Er war in Deutsch-Ostafrika gewesen und in Daressalam mit der Leitung des Veterinärwesens betraut. Dies hier war in seiner Karriere ein ungeahnter Sprung. Ein Glücksfall. Und Glücksfälle sucht man sich schließlich nicht selber aus. Man ist dankbar und ergreift sie. Das tat er soeben. Und nur für einen Augenblick, als er an Land ging und ein unerwarteter Windstoß ihm plötzlich Regen ins Gesicht trieb und er auf der Stelle naß war bis auf die Haut, fröstelte er und sehnte sich nach Daressalam zurück, den menschenleeren Fluren im Veterinäramt. Er wollte auf Ponape Rinder einführen, Schafe, Ziegen, Pferde …

Wann kommen Ihre Soldaten? unterbrach de Castro seine Gedanken.

Soldaten? sagte der Vizegouverneur zerstreut. Wir haben in Makassar vierzig Malaien verpflichtet. Sie werden noch ausgestattet und von einem deutschen Polizeioffizier unter Kommando genommen. Wir erwarten sie demnächst.

Vierzig Malaien! rief der Spanier. Demnächst!

Der Dolmetscher bemühte sich, sein Entsetzen zu vermitteln. Auch er war spürbar schockiert. Diese Insel ist gefährlich, übersetzte er. Die Menschen hier sind freundlich, hilfsbereit, naiv. Aber das ist nur die Oberfläche. Darunter sind sie falsch, diebisch, gewalttätig. Wir haben in vierzehn Jahren 118 Männer verloren. Haben Sie nichts von dem Massaker von 1887 gehört, dem unser Gouverneur Don Isidro Posadillo zum Opfer fiel?

Der Vizegouverneur winkte ab. Ich weiß davon, sagte er. Sehr traurig. Höchst bedauerlich. Die Zivilisation bezahlt einen hohen Preis, indem sie sich der letzten Wilden der Welt annimmt, um auch sie in die Gemeinschaft der gesitteten Menschheit einzuführen. Doch am Ende steht der Sieg durch Überlegenheit. Er wird durchs Beispiel herbeigeführt, nicht durch Kampfhandlungen. Er kann nicht ausbleiben. Wir in Deutsch-Ostafrika ...

Don Ricardo unterbrach ihn an dieser Stelle, ohne auf die Übersetzung zu warten. Schiffen Sie sich wieder ein, sagte er. Fahren Sie mit uns nach Manila. Seien Sie dort mein Gast. Oder tun Sie, was Sie wollen, aber bleiben Sie nicht hier. Ohne Schutztruppe sind Sie auf dieser Insel so gut wie tot.

Doch der Vizegouverneur, in seinen liebsten Gedanken unterbrochen, worin er empfindlich war, weigerte sich seinerseits, die Übersetzung anzuhören. Sie waren eben ins Fort eingetreten. Mit einem einzigen Blick erkannte er, wie baufällig und verwahrlost die Gebäude waren.

Das wird alles geschleift, teilte er, zurückgewandt, dem hinter ihm gehenden Ingenieur Peters mit.

Er konnte auch sehr unhöflich sein.

In Anwesenheit der spanischen Mannschaften, die angetreten waren, sowie der Vertreter der Handelsgesellschaften fand bei geschlossenem Fort und unter gänzlichem Ausschluß der ponapesischen Öffentlichkeit der Flaggenwechsel statt. Ein Spanier schlug die Trommel, und dem deutschen Vizegouverneur schlug das Herz, während die schwarzweißrote Fahne gehißt wurde, diesmal von Rechts wegen. Ponape war jetzt so deutsch wie Magdeburg oder Lüdenscheid.

Am nächsten Mittag um ein Uhr Ortszeit gab der Vizegouverneur Befehl, die Festung zu öffnen, und der Zug der Ponapesen kam herein. Niemand hatte damit gerechnet. Woher wußten sie? Es war das erste Mal, daß sie den deutschen Vizegouverneur auf Ponape in Überraschung setzten, und in all den kommenden Jahren sollten sie nie etwas anderes tun.

Sie kamen, angeführt vom Nanamariki, dem Häuptling der Häuptlinge. Dann die sechs Häuptlinge, jeder mit großem Gefolge. Dann die Unterhäuptlinge, wiederum von ihren Familien und den zahlreichen Lehnsmännern begleitet.

Niemand weiß genau, wie viele Menschen auf Ponape leben. Fünftausend? Zwanzigtausend? Sie siedeln nah den Küsten, doch weder vom Land noch vom Wasser aus sind ihre Siedlungen zugänglich. Sie selbst scheinen den Wasserweg zu nehmen. Ihre Boote tauchen plötzlich aus dem Mangrovendickicht auf und verschwinden wieder darin. Vergeblich suchen die Fremden in dem Labyrinth von kleinen Buchten, Brackwassertümpeln und Sümpfen nach den Mündungen der Bäche, an deren Ufern die Häuser der Ponapeleute stehen. Sie sehen die Rauchsäulen aufsteigen und kommen aus dem Wundern nicht heraus.

Doch diesmal waren sie alle da. Sie waren festlich gekleidet, das heißt als Europäer kostümiert. Die Männer in dunklen Anzügen mit weißer Hemdbrust und Hüten auf dem Kopf. Die Frauen in langen Kattunkleidern mit Blütenkränzen im Haar. Nur einige unter den kleineren Kindern waren nackt.

Sie brachten Geschenke mit. Körbe, mit Kawaknollen und Taro gefüllt, Bananenstauden, Fächer, aus Schilf geflochten, Kalebassen, aus denen der fremde Geruch gesäuerter Brotfrucht stieg.

Der Vizegouverneur beschränkte sich auf ein huldvolles Nicken, während er sich mehr und mehr von dem Zeug umstellt sah. Niemand war auf diese Invasion der Ergebenheit vorbereitet. Die beiden Sekretäre, der Ingenieur, der Agrarexperte, alle hatten sich verkrümelt. Der Vizegouverneur empfand die Lächerlichkeit seiner Situation. Schließlich gelang es ihm, den Koch herbeizurufen, den er den freien Platz vor dem Eingang des Verwaltungsgebäudes überqueren sah. Räumen Sie dieses Zeug weg, befahl er ihm. Der Koch entschuldigte sich mit dringenderen Erledigungen, versprach aber, sobald wie möglich zur Stelle zu sein. Protokollarisch war dies ein schlechter Start. Der Vizegouverneur strengte sich an, sich ein Bild von der Rangfolge seiner Besucher zu machen. Ihre europäische Kleidung ließ keine Rückschlüsse zu. Er war durchaus bereit, ein paar wohlwollende Worte an den ranghöchsten Häuptling zu richten. Wer aber war der ranghöchste Häuptling? Im übrigen fehlte ein Dolmetscher. Die Spanier hatten sich der Kapuziner bedient. Doch der Vizegouverneur verstand kein Spanisch. Er rief auf gut Glück ein paar englische Sätze in die Menge, worauf sich ein Mann zu Wort meldete, mit dem er einige nichtssagende Höflichkeitsfloskeln austauschte. Als der Vizegouverneur ihn darum bat zu übersetzen, was er gesagt hatte, antwortete der Mann, er sei Japaner. Er verstehe kein Ponape. Dem Vizegouverneur war nichts Besonderes an ihm aufgefallen.

Bei den noch anwesenden Spaniern hatte der Antrittsbesuch der Inselbevölkerung eine hektische Fluchtbewegung ausgelöst. Sie stürmten die Boote, als hätten sie plötzlich Angst, daß die beiden Schiffe, die an der Hafeneinfahrt am Wallriff ankerten, ohne sie nach Manila fahren könnten. Die letzten von ihnen sah man in panischer Hast Habseligkeiten vom Fort zur Lände tragen und in den Booten verstauen. Sie faßten nicht, was sie sahen. Während der vierzehn Jahre spanischer Herrschaft auf Ponape hatten sie sich nur in bewaffneten Trupps auf der Insel bewegt. Sie hatten das Fort gebaut, dessen Wälle Tag und Nacht scharf bewacht worden waren. Mehrere Aufstände mußten sie niederschlagen, und ihre Versuche, die Eingeborenen zur Ablieferung ihrer Waffen zu bewegen, verliefen nie anders als lächerlich trotz der Belohnungen, die sie aussetzten. Gaben die Leute mit allen Zeichen der Ergebung ein paar alte Vorderlader ab, so kauften sie bei den australischen Händlern, die mit ihren Schiffen, von den Spaniern unbemerkt, in den südöstlichen Häfen der Insel vor Anker gingen, neue Remington-Gewehre, und zwar von dem an die Häuptlinge ausgezahlten »Ruhegeld«, das diese sich von Jahr zu Jahr erhöhen ließen.

Dem Vizegouverneur war das alles bekannt. Und doch, als er jetzt die letzten Spanier zu den Schiffen rennen sah, als stünde die Insel in Flammen, da empfand er doch so etwas wie ein Triumphgefühl, als habe er eine Schlacht gewonnen und sei nun Zeuge, wie der Feind ums Leben lief. Feiglinge. Iberische Versager.

Erst als die letzten Boote vom Ufer stießen, erst als bald darauf die beiden spanischen Kriegsschiffe abdrehten und Kurs auf den Horizont nahmen, dem eine rasch röter werdende Sonne sich näherte, so unaufhaltsam, so beschleunigt, als befände sie sich beinah im freien Fall, da fiel dem Vizegouverneur ein, was er sie noch alles hatte fragen wollen.

Der Vorhof zwischen den Wällen war jetzt dicht gedrängt voll. Die Prozession seiner Beschenkung setzte sich weiter fort. Der Vizegouverneur war umtürmt von Geschenken, und weitere häuften sich an. Ein langgezogener Ton, ähnlich einer Schiffssirene, erklang. Sein ungeübtes Ohr erkannte ein Muschelhorn. Die Menge war in Bewegung geraten, und die Bewegung teilte sich dem Boden mit, der eine Art rhythmisches Vibrieren spüren ließ, das von einer Trommel aufgenommen zu werden schien. Der Vizegouverneur merkte, daß hier ein Fest begonnen hatte. Er sah sich nach den Sekretären, dem Ingenieur, dem Agrarexperten und dem Koch um, der sich nicht mehr hatte blicken lassen. Sie waren alle verschwunden. Die Menge zerteilte sich. Ein Mann kam auf ihn zu und hielt ihm eine mit dunkler Flüssigkeit gefüllte Kokosnußhälfte hin. Ein ekelhafter Geruch stieg daraus auf. Das mußte Kawa sein, ein aus zerstoßenen opiathaltigen Wurzeln gewrungener Saft, von dem er gehört hatte. Weitere Trommeln setzten ein, nicht heiß und schnell wie in Afrika, sondern sanft getragen und träumerisch. Im Licht der Feuer, die sie da und dort im Hof entzündet hatten, erkannte er, wer die Sieger über die geflohenen Spanier waren.

Der Vizegouverneur hielt es für richtig zu trinken.

Es ist zu still, als er sich dem Haus der Frauen nähert. Sie sollten erst verstummen, wenn er auf der Schwelle steht. Doch er vermißt das Geschwätz, das Sirren und Summen der Stimmen, das er, Jomatau, zum Schweigen bringen möchte. Wie ein Baum voller Vögel sollten sie sein.

Das Haus steht etwas außerhalb des Dorfes. Es wird bewohnt von den jungen Frauen, die keine Kinder mehr, aber noch nicht verheiratet sind. Sie lassen ein, wen sie wollen, und sie lassen nicht jeden ein. Im Gewähren und Sichversagen sind sie frei. Das werden sie nie mehr sein. Nach der Hochzeit sind sie treu, und nicht einmal als Witwen werden sie andere Männer erhören. Doch vor der Hochzeit ist eine Frau für alle Männer da. Für alle, die ihr gefallen und die sie begehrt. Aber wie soll sie wissen, wer ihr gefällt, wenn sie sie nicht erkennt? Erst wenn sie sie erkannt hat, kann die Frau wissen, welcher Mann des Geschenks ihrer Treue würdig ist. Er bekommt sie ganz. Sie will getötet sein, wenn sie sich ihm nicht ganz und für immer gibt. (Und man erfüllt ihnen diesen Wunsch.)

Wenn ein junger Mann mit der frischen Wunde kommt, wird er schon lange erwartet von den Frauen. Sie haben sich vorbereitet, mit Kokosöl gesalbt, Muschelketten angelegt. Denn der Mann mit einem Hoden ist der würdige Mann. Er darf wählen. Und jede Frau, die er wählt, wird ihm mit Freuden das Treuegeschenk machen.

Jomatau bleibt auf der Schwelle stehen. Er muß warten, bis er zum Eintreten aufgefordert wird. Kein Mann darf ohne Aufforderung hineingehen. Wer es trotzdem tut, den trifft der schlimmste Fluch, der einen Mann treffen kann: die Verachtung der Frauen.

Jomataus Hoden schmerzt vor Erwartung und von der Anstrengung, die ihn der Weg gekostet hat. Er sehnt sich nach dem Lager, das ihm hier bereitet ist. Nach dem Trost der Umarmung, den er braucht. Sie wird seine Schmerzen erneuern und lindern zugleich. Er hat ein Recht darauf.

Seht den Mann, lautet die Aufforderung, die er erwartet.

Dann wird er sich sehen lassen.

Doch niemand spricht es aus.

Jomatau räuspert sich. Haben sie ihn nicht bemerkt? Ist die Botschaft nicht angekommen? Sind die Trümmer seiner Hütte vielleicht im Wurzelwerk am Bachufer hängengeblieben? Oder soll das ein Spiel sein, das sie mit ihm treiben, wie Frauen es manchmal tun, launisch, gedankenlos und unberechenbar, wie sie sind? Haben sie sich diese Stunde für ihren Schabernack ausgesucht? Jomataus Erwartung, seine Ungeduld schlägt in Ärger um. Was wissen Frauen von den Schmerzen, die ein Mann erträgt?

So tritt er ungeladen in das Frauenhaus. Er begeht diesen Frevel. Und sogleich, weil er diesen Frevel begangen hat, verläßt ihn die Schar guter Geister. Vollzählig verläßt sie ihn.

Ist es auch wahr? müßte jetzt eine der Frauen rufen.

Es ist wahr! ruft Jomatau, von allen guten Geistern verlassen, laut. Es ist wahr!

Doch niemand zeigt sich. Niemand antwortet ihm.

Die bösen Geister sind geblieben. Sie quälen ihn mit dem Ansinnen, sich zu schämen. Und das tut er jetzt. Am liebsten möchte er sich wieder im Wald verkriechen. Aber zuerst will er wissen, wo die Frauen sind.

Die Verachtung der Frauen ist das Schlimmste für einen Mann.

Der Vizegouverneur hätte sich gern endlich schlafen gelegt. Er hatte Kopfschmerzen, und mehrmals fielen ihm beinah die Augen zu. Er wußte nicht, daß die Kawa eher ein Narkotikum als ein Rauschmittel ist. Sie macht schläfrig und süße Träume. Dem Vizegouverneur fiel auf, daß die Frauen, die er sah, wundervolle Brüste hatten. Es brannten immer noch Feuer im Hof des Forts. Ein seltsamer strenger Fleischgeruch lag in der Luft. Später erst erfuhr er, daß es der Geruch von Hundebraten war. Dem Vizegouverneur wurde übel davon. Er hätte viel gegeben um ein paar Stücke Schiffszwieback. Aber sein Koch war längst im Bett. Der Vizegouverneur ließ sich wehrlos in seinen Wachtraum hineingleiten.

Er sah die jungen Frauen am Feuer stehen. Sie wiegten sich in den Hüften. Es war kein Tanz, geschah jedoch im Einklang mit dem Rhythmus, den auch er spürte. Plötzlich erstarrten sie, und der Vizegouverneur erstarrte mit ihnen. Was er jetzt sah, war Teil eines wüsten Kawa-Traums: Ein junger Mann – fast ein Kind noch, dachte der Vizegouverneur – in einem leuchtend gelben Lendenschurz trat vor sie hin. Die jungen Frauen riefen ihm im Chor etwas zu. Der Junge antwortete. Er drehte sich um, hob seinen Schurz hoch und zeigte sich ihnen nackt. Darauf erhob sich bewunderndes Gemurmel. Er ergriff eine der jungen Frauen und zog sie mit sich fort. Die Menschen traten zurück und ließen die beiden durch. Als sie an ihm vorbeigingen, fing der Vizegouverneur einen Blick des Jungen auf. Er begriff, daß er Zeuge eines leuchtenden Triumphes geworden war. In diesem Augenblick hatte der Vizegouverneur Angst vor ihm.

Ein Wilder, dachte er, dumpf und zwanghaft, wie man unter dem Einfluß der Kawa denkt. Ich habe einen Wilden gesehen.

Er erhob sich und deutete damit an, daß das Fest zu Ende sei. Zu seinem großen Erstaunen setzte darauf sogleich der Aufbruch der Ponape-Leute ein, als hätten sie auf dieses Zeichen gewartet und seien nur aus Höflichkeit so lange geblieben.

Am Morgen stellte man fest, daß lediglich eine Kiste mit Munition aus dem Fort entwendet worden war.

Alles in allem war es ein guter Anfang, urteilte der Vizegouverneur.

ALTENA 1903

Es ist ein Unglücksjahr. Eine Kältewelle im Februar fordert fast zweihundert Menschenleben im Reich. Kurz darauf fegen extreme Stürme über das Land. Bäume werden entwurzelt, Dächer abgedeckt, 83 Schiffe sinken in der Nordsee. Doch nicht nur die Elemente, auch die Menschen sind außer Rand und Band. In Sachsen gibt es Streik. Die Textilarbeiter verlangen einen zehnstündigen Arbeitstag und vierzehn Prozent mehr Lohn.

Nur in Altena ist noch alles in Ordnung. Die Fabrikanten sind wie Väter zu ihren Arbeitern. Sie sprechen mit ihnen Platt und nennen sie beim Vornamen. Vor lauter Verlegenheit wissen die Arbeiter nicht ein noch aus. Sie verstummen. Denn das Plattdeutsche kennt kein »Sie«. Sollen sie ihre Arbeitgeber etwa duzen, wie diese es mit ihnen tun? Bleibt nur, Hochdeutsch zu sprechen. Denn sie können es. Doch es ist ihnen peinlich, Hochdeutsch zu sprechen. Das ist ihr Problem. Wie es auch den Fabrikanten peinlich wäre, wenn sie ihre Arbeiter mit »Sie« anredeten. Sie kämen sich wie Schauspieler der eigenen Rollen vor. So ruht der Arbeitsfriede in Altena auf dem Fundament wechselseitiger Verlegenheit und Peinlichkeit.

Es ist ein sicheres Fundament. Trotzdem trifft es sich gut, daß die Sache der Unternehmer einen Märtyrer hat. Es trifft sich nicht gut für Lina, weil es ihr Vater ist.

Beim Abriß der alten Gesenkschmiede, an deren Stelle eine neue Fertigungshalle errichtet werden sollte, hatte sich ein Balken gelöst und niemand anderen als Wilhelm am

Kopf getroffen, der aus reiner Sorge um die Sicherheit der Leute dabei gewesen war. Er sei hinzugeeilt, sagte man, um einen Arbeiter zu schützen, der die Gefahr nicht bemerkt hatte.

Wilhelm starb als ein Held. Darin waren sich die Redner bei seinem Begräbnis einig gewesen. Wie der Pelikan, der sich die Seite öffnet, um mit dem Blut seine Jungen zu nähren, hatte sich der gute Wilhelm als Fabrikant für einen aus seiner Belegschaft geopfert. Ja, fast wie Jesus, behaupteten die Redner, gab er sein Blut dahin, um einen der Geringsten unter seinen Beschäftigten zu retten.

Doch diese fromme Legende rettete Lina nicht. Ihre Trauer um den Vater wäre weniger verzweifelt gewesen, wenn er sie geliebt hätte. So trauerte sie um etwas, das unwiederbringlich verloren war. Es war ein endgültiger Schmerz, für den es nie einen Trost geben würde, und der Augenblick, als sie die Haustür öffnete und ihr Blick auf den Toten fiel, den sie auf einer Bahre nach Hause gebracht hatten, war ihr für immer eingeprägt, und ein Teil von ihr würde sich nie wieder von dem Fleck rühren, an dem sie stand, einen Fuß auf der Schwelle, die Türklinke in der Hand, während ihr Vater sie nun schließlich doch ansah. Denn es hatte eine Verschiebung der oberen Zonen seines Schädels stattgefunden. Sie saßen ihm wie ein schiefer Hut über den Augen, von denen eines tief in seinem Kopf steckte, während das andere aus seiner Höhle getreten war und Lina mit dem Ausdruck äußersten Erstaunens und der Aufmerksamkeit eines Irrsinnigen anblickte. Man hatte es ihm nicht schließen können.

Eine Nacht lang bebte das Haus vor Schutzlosigkeit. Der Wind der Anarchie fuhr durch all seine Ritzen. Jeder seiner Bewohner war ganz für sich dem Ansturm von Zwist und

Angst, von Leid und drohendem Chaos preisgegeben. Es stellte sich heraus, daß Wilhelm es gewesen war, der dieses alles von ihnen ferngehalten hatte. Niemand fand Trost bei den anderen. Ja, sie waren wie Fremde für einander, wenn er nicht mehr war. Ein fürchterliches Interregnum tat sich auf. Aber dies war die Stunde des Erstgeborenen, und damit tritt Linas Bruder Herrmann auf den Plan.

Herrmann war immer ein kräftiger Junge gewesen, und in späteren Jahren sollte er einmal zur Fülle, zu einer gewissen Mächtigkeit neigen, die sich jetzt schon in einer etwas gedrungenen Stiernackigkeit zeigte. Sein Kopf wuchs ihm ohne Hals aus den Schultern. Die weiß bewimperten Augen quollen wie die Linas ein wenig vor, was ihr einen dauernd fragenden, Herrmann jedoch einen dauernd empörten Blick verlieh, der einschüchterte. Damals, kaum über zwanzig, war Herrmann ein prachtvoller Jungbulle, der Liebling seiner Mutter, die ihn vergötterte, während er ihr nicht im geringsten ähnlich war. Ein ganz leicht asthmatisches Schnaufen, auch dies mit den Jahren verstärkt bis zur Kurzatmigkeit, vervollständigte den Eindruck seiner steten Reizbarkeit und Kampfbereitschaft, der jedoch täuschte. Er war nichts weniger als jähzornig und verfolgte seine Ziele eher mit Beharrlichkeit und einer gewissen Schläue als mit Heftigkeit.

Seine Verwandlung vom Sohn zum Jungunternehmer vollzog sich über Nacht. Man sah sie ihm deutlich an, als er noch vor dem Begräbnis bei einer dieser Mahlzeiten, die sie stumm wie Gespenster, verhuscht und verweint und mehr in dem Gefühl von Unsicherheit als von Trauer gemeinsam einnahmen, das Wort ergriff und ihnen bündig mitteilte, daß er ab sofort die Firma leiten wolle. Er schien noch voller und kräftiger geworden und ließ das ganze Volumen seiner zukünftigen Körperlichkeit ahnen. Er sehe keinen Grund, fuhr Herrmann fort, auf die Ratschläge Verwandter zu hören, die ihm einzureden versuchten, er sei zu jung dafür. Sie wollten ihm nur sein Erbe entreißen, um sich selbst in den Besitz desselben zu bringen. Da seien sie an den Falschen geraten.

Und nun zu den Geschwistern. Schulzeiten seien vorbei, außer für Albert, den Jüngsten von ihnen. Er sei dazu bestimmt, einst Lehrer zu werden, denn Lehrer hätten ein zwar kleines, jedoch für Albert hinlängliches Auskommen. August dagegen sei in der Firma vonnöten, und zwar fürs Technische. Er selbst wolle sich ums Kaufmännische kümmern, was viel taktisches Geschick und Diskretion vor allem erfordere. Daher – und nun zu dir, Lina – gedenke er sich seiner Schwester als loyaler Bürokraft zu bedienen. Sie möge sich bitte sofort mit den Grundlagen der Buchführung vertraut machen. Außerdem erwarte er die Beherrschung der Schreibmaschine sowie der Kurzschrift, damit sie seine Diktate aufzunehmen imstande sei. Der Dienst beginne um sieben. Mittagessen pünktlich halb eins. Das Haushaltsgeld erhalte die Mutter ab jetzt von ihm wie früher vom Vater, und zwar in Raten von zwanzig Mark. Er bitte sich allersparsamstes Wirtschaften aus.

Niemand hatte ein Wort gesagt. Sie waren alle erleichtert und dankbar, daß er das Amt annahm. Es war der erste Moment, in dem sie sich wieder wie eine Familie zu fühlen begannen. Der Widerspruch brauchte Zeit, um sich zu entwickeln und zur Reife der Empörung zu gelangen. Und indem Lina sich vorsichtig mit Gedanken in eine ganz neue Zukunft hineinwagte, in der alles ungewohnt, frisch und empfindlich war, rief sie plötzlich:

Und wenn Mutter wieder heiraten will?

Dies war nun eine ihrer vorlauten Bemerkungen, und sicher eine der schlimmsten, die sie je gemacht hatte. Sie war so schlimm, daß sie sie niemals vergaß und sich selbst verzieh. Die peinlichsten von ihnen suchten sie immer wieder heim und ließen ihr das Blut in den Kopf steigen. Ihr praktischer Sinn gab sie ihr in den meisten Fällen ein. Sie wußte noch nicht, daß vorlaut zu sein zu den Gaben der Boten Gottes zählt und daß das rasche, das unbedachte Wort eine Vorstufe der Wahrheit ist, die auszusprechen das Amt derjenigen ist, die Rücksichten und Bedenken hintanstellen und sich zur Offenheit hinreißen lassen. Eines Tages würde sie ganz ohne Beschämung im richtigen Augenblick vorlaut sein können. Doch war es noch weit dahin.

Vorläufig tat sie, wie Herrmann ihr geheißen hatte. Sie lernte Stenographie und Buchführung und widerstand den Einflüsterungen von August, der bald begann, sich dem Bruder zu widersetzen und sie als Bundesgenossin dabei umwarb.

August, der zwar die Größe, nicht aber die Statur des Vaters hatte – das Erbe von Auguste, ihre Zartheit und, leider, auch ihr Rundrücken, hatte sich bei ihm durchgesetzt –, August war einszweiundneunzig groß und dünn, und die vielen Nackenschläge, die ihm der Vater bei Tisch verpaßt hatte: Halt dich gerade, August!, hatten doch nicht die Gene Augustes außer Kraft setzen können, die jeden einzelnen Schlag in ihrem eigenen Nacken spüren konnte. Hätte sie doch nur mehr Kinder wie Herrmann hervorgebracht! Denn ach, auch Albert war eher dünn und ließ die Haltung vermissen, die Herrmann, da er, wie gesagt, vollkommen halslos war, überhaupt nicht schwer fiel.

August als Zweitgeborener war von Anfang an auf seinen Witz angewiesen gewesen, wie ja wirklich starke Menschen eigentlich keinen Witz nötig haben. Die Witzbolde in den Familien sind es nur, weil sie sich nicht anders zu helfen wissen. Darum teilen Eltern fast nie das Entzücken des Publikums an ihnen und lächeln etwas gequält, wenn sie mit ihren Faxen Gelächter hervorrufen. Denn der Witzige gibt sich als der zu erkennen, der die Dinge einfach nicht als bare Münze nimmt. Und das in Altena!

Dagegen hatte sich in Herrmann der Geist der Stadt am reinsten inkarniert. Ihm war es ernst. Der kleine Vorbehalt, an dem der Witz sich entzündet, war ihm völlig unbekannt. Er leistete ihn sich nicht, wie er sich anderen Luxus nicht leistete. Denn der Witz ist Verschwendung. Verschwendung von Geisteskraft als einer der Ressourcen, die Leistung ermöglichen. In der Unbedingtheit der Gründer, der Häuserbauer und Mehrer ihrer Vermögen steckt der Verzicht auf den Witz, der sich die Bedingtheit der Dinge zum Anlaß nimmt. Man halte ihren großen Ernst, die Unbedenklichkeit, mit der sie für ihre eigenen Interessen eintreten, nicht etwa für Verstellung. Es ist der innere Kern ihres Wesens, uneinnehmbar. Er widersteht auch der bloßen Nachahmung. Der Macher erkennt sehr schnell, wer ihm nicht gewachsen ist.

Es war aussichtslos für August, sich neben Herrmann in der Firma zu behaupten, und als er eines Tages den Frühzug nach Hagen bestieg, war Lina die einzige, die wußte, daß er von dort aus nach Münster und Hamburg weiterfuhr, um sich nach New York einzuschiffen.

Komm mit, Lina, sagte er, komm einfach mit mir, zusammen schaffen wir's.

Sie zitterte vor Kälte und Kummer im Morgengrauen und auch, weil sie der Gedanke zittern ließ, daß es ein Leben fern von Altena gab, das im Augenblick nicht weiter weg war als die Stufe zu einem Eisenbahnwaggon.

Ich kann das Mutter nicht antun, sagte sie.

Und als der Schaffner schon pfiff und ein kleiner Ruck anzeigte, daß sich der Zug in Bewegung gesetzt hatte, war es das letzte, was August ihr zurief, der ihre Hand, indem er sich aus dem Abteilfenster beugte, noch festhielt, während der Zug schon fuhr, so daß sie neben ihm herlaufen mußte:

Lina, rief er, werde keine alte Jungfer! Tu mir das nicht an!

Mach das Fenster zu! schrie sie.

Man hatte sie oft gewarnt, daß man sich an dem großen Pfosten am Ende des Bahnsteigs die Hand abschlägt, wenn man zu lange winkt.

Es gab nichts mehr zu lachen, seit August weg war. Albert war ins Internat einer Lehrerbildungsanstalt gekommen. Lina saß abends meistens mit ihrer Mutter allein am Tisch, denn Herrmann kam gewöhnlich erst gegen neun nach Hause. Sie nahmen an, daß er am Stammtisch der Unternehmer aß, wo er den Platz seines Vaters eingenommen hatte.

Vielleicht hat er auch eine Freundin, sagte Lina und wünschte sich wieder einmal, sie hätte es nicht gesagt.

Unsinn, sagte Auguste. Dazu hat er viel zu viel Verantwortungsbewußtsein.

Das ist die wichtigste Eigenschaft junger Männer. Sie schließt die zukünftige Fähigkeit, eine Familie ernähren zu können, ebenso ein wie den Verzicht auf die Unachtsamkeit, die zur Gründung derselben führt. In Altena werden Ehen, wie anderswo zu dieser Zeit, auf Grund einer plötzlichen Fügung geschlossen, deren Zustandekommen für immer ein Rätsel bleibt. Die Unterstellung, man habe sich etwa verliebt, war ungeheuerlich, und sowohl Männer wie Frauen wiesen sie weit von sich. Noch die achtzigjährige

Auguste, von einer Enkelin nach ihrem ersten Kuß gefragt, errötete vom Hals bis unter die Haarwurzeln und gab an, sich nicht erinnern zu können.

Aber, fuhr die Enkelin fort, in der man unschwer eine Tochter von Lina wiedererkennen wird, aber als ihr verlobt wart, hat er dich doch sicher geküßt.

Nicht daß ich wüßte, Kind, antwortete Auguste, die, inzwischen wieder gefaßt, streng auf ihrer salomonischen Amnesie beharrte. Konnte sein, konnte auch nicht sein. Zweideutig war der Bereich der Leidenschaften. Schwankender Boden, vor dem nicht genug gewarnt werden konnte. Zwar tragen wir ihn in uns selbst und fühlen sein Schwanken, aber wir sprechen nicht davon. Wir halten uns hier wie immer ans Sicht- und Nachweisbare, und wir fürchten nur eins: Daß aus dem schwankenden Boden der Gefühle etwas hervorsprießt, das sich dauerhaft nicht verbergen läßt: Nervenzusammenbrüche, Tragödien, Streit und – schlimmer als das alles, das Schlimmste überhaupt – ein Kind, sofern es nicht in der Ehe gezeugt wurde.

Das Verantwortungsgefühl junger Männer galt, obwohl viel beschworen, doch keineswegs als zuverlässig. Die Hauptlast der Vermeidung, was nicht etwa mit Verhütung gleichgesetzt werden darf, trugen die jungen Frauen, und oftmals war ein Kuß der Vorbote derartig ausdauernder Kämpfe um Knopfleisten, Strumpfbänder und kleine Haken und Ösen, daß er tatsächlich nur als ein schrilles Signal äußerster Gefahr in Erinnerung blieb. Es gab unter ihnen wahre Heldinnen der Keuschheit, die sich Angriff um Angriff widersetzt hatten, nicht aus Ruhmsucht, sondern weil sie das allernotwendigste Gut zum Überleben verteidigen mußten, die Ehre, für Männer vielleicht ein Luxus, den sich die Söhne höherer Klassen erlauben, für ein Mädchen jedoch, wie ihnen die Mütter einschärften, alles, was es hat. Selbst Auguste mit ihrem goldenen Herzen und einer Gutartigkeit, die nahezu töricht war, hätte sich ihre Tochter lieber tot als entehrt gewünscht und machte ihr gegenüber nie ein Hehl daraus.

Seit kurzem ist Lina Mitglied im Jungfrauenverein bei Fräulein Wegenast. Fräulein Wegenast ist an den Rollstuhl gefesselt. Ihr Alter ist unbestimmt, ihre Schönheit geschlechtslos, ihre Augen sind von einem beunruhigenden Tiefblau, als spiegelten sie einen Himmel, der sich vielleicht irgendwo, doch gewiß nicht über Altena wölbt. Sie hat Kinderlähmung gehabt und seitdem zwei lahme Beine, dünn wie Streichhölzer. Die Mädchen von Altena sind ihr in schwärmerischer Verehrung zugetan. Sie lebt in der Villa »Bergesruh« bei reichen Verwandten, die ein Werk der Barmherzigkeit an ihr tun. Dort finden auch die »Stunden« statt, zu denen sich junge Mädchen aus anständigen Familien treffen. Anständig sind die Familien der Fabrikbesitzer bis hinunter zu den Inhabern der Geschäfte, in denen die Familien der Fabrikbesitzer einkaufen, sofern es nicht Juden sind. Handwerker sind ein Grenzfall von anständig. Ärzte und Rechtsanwälte, Bankdirektoren gehören selbstverständlich dazu. Die Töchter aus diesen Familien sind, da anständig geboren, ganz von selbst anständig. Sie können also Mitglieder im Jungfrauenverein werden. Auch Lina gehört dazu. Sie ist eine von denen, die kaum je eine »Stunde« verpassen. Fräulein Wegenast liest ihnen aus der Bibel vor. Sie liest mit Singstimme, klar und metallisch tönend. So spricht ein Engel.

Das Himmelreich wird gleich zehn Jungfrauen sein, die ihre Lampen nahmen und dem Bräutigam entgegengingen, liest Fräulein Wegenast.

Gespannte Aufmerksamkeit macht sich unter ihren Zuhörerinnen breit.

Fünf aber von ihnen waren töricht, und fünf waren klug, fährt Fräulein Wegenast mit ihrer metallischen Stimme fort. *Die törichten nämlich nahmen ihre Lampen, aber sie nahmen nicht Öl mit sich. Die klugen aber nahmen außer ihren Lampen Öl in ihren Gefäßen mit.*

Wir haben Gas im Haus, wirft Gretchen Sieberbeck ein.

Es ist ein Gleichnis, sagt Fräulein Wegenast milde. *Doch als der Bräutigam ausblieb,* fährt sie fort, *wurden sie alle schläfrig und schliefen ein.*

Das wäre mir nicht passiert, denkt Gretchen Sieberbeck, aber sie sagt das jetzt lieber nicht mehr laut.

Mitten in der Nacht aber erscholl ein Geschrei: Siehe, der Bräutigam kommt! Gehet aus, ihm entgegen!

Lebhaft aufgerissene Augen richten sich auf Fräulein Wegenast.

Da erwachten alle die Jungfrauen und rüsteten ihre Lampen, liest sie weiter. *Die törichten aber sprachen zu den klugen: Gebt uns von eurem Öl, denn unsere Lampen verlöschen. Da antworteten die klugen: Nein. Denn es reicht dann vielleicht weder für uns noch für euch. Gehet doch zu den Krämern und kauft euch selbst welches!*

Das mag vielleicht klug sein, denkt Lina still für sich, aber ist es auch christlich gehandelt? Doch niemand unter den Jungfrauen störte sich daran.

Während sie aber hingingen, um zu kaufen, kam der Bräutigam. Und die, welche bereit waren, gingen mit ihm hinein zur Hochzeit, und die Türe wurde verschlossen.

Wie gemein, denkt Gretchen Sieberbeck.

Wie viele Bräute waren das? fragt Änne Braucke.

Später kamen dann auch die übrigen Jungfrauen, fährt

Fräulein Wegenast fort, *und sprachen: Herr, Herr, mach uns auf! Er aber antwortete: Wahrlich ich sage euch, ich kenne euch nicht. Darum wachet,* sagt Fräulein Wegenast, indem sie ihre Stimme um weniges erhebt und den himmelblauen Blick auf die Jungfrauen richtet, *denn ihr wißt weder Tag noch Stunde, in welcher ER kommen wird.*

»Wachet auf, ruft uns die Stimme«, singen die Jungfrauen von Altena, jede von ihnen mit der bangen Frage beschäftigt, ob sie dem Bräutigam auch bestens gerüstet entgegengeht. Sie stellen sich ihn im Moment alle ein bißchen wie Jesus vor, einen jungen Mann voller Güte und stiller Autorität, der hinter ihnen die Tür abschließt.

»Kein Aug hat je gespürt, kein Ohr hat mehr gehört solche Freude«, singen sie inbrünstig.

Gretchen Sieberbeck geht auf dem Heimweg mit Lina und sagt zu ihr, sie sei die einzige, der sie ein Geheimnis anvertrauen würde, gesetzt den Fall, daß sie eins hätte, was aber nicht der Fall sei. Vor der Haustür bleibt sie lange mit ihr stehen, bis Lina kalte Füße hat.

Willst du mit reinkommen? fragt sie.

Ach nein, ach danke, sagt Gretchen, aber sie bleibt.

Da kommt Herrmann heim. So, Fräulein Sieberbeck, sagt er, das ist aber spät. Darf ich Sie vielleicht nach Hause begleiten?

Wenn Sie meinen, sagt Gretchen und läßt Lina stehen.

Ein paar Wochen später fehlt sie im Jungfrauenverein.

Lina fragt, ob sie krank sei.

Das müßtest du doch wissen, sagen die anderen.

Doch Lina weiß es nicht.

Bist du so dumm, oder tust du nur so? fragen sie.

Dann beginnt die Lesung aus Lukas sieben. *Und siehe, ein Weib war in der Stadt, die war eine Sünderin.*

Die Jungfrauen sind etwas unruhig. Doch Fräulein Wegenast merkt das nicht. *Sie weinte und fing an, seine Füße mit ihren Tränen zu netzen,* liest sie, *und trocknete sie mit den Haaren ihres Hauptes, küßte seine Füße und salbte sie.*

Wenn man sich das vorstellt, flüstert Frieda Kampe.

Lina stellt sich die Szene mit großer Inbrunst vor. Küsse. Berührungen. Tränen. Sie weiß wohl, daß dies die Sprache der Sünde ist, lauter Unverzeihlichkeiten, zu denen sie selbst sich niemals hinreißen lassen darf. Und doch ist es genau das, woran sie am meisten denkt. Einen schwachen Moment lang kostet Lina die Phantasie aus, verworfen, verstoßen, frei – eine Sünderin zu sein.

Ich sage dir, spricht Jesus mit der Stimme von Fräulein Wegenast, *ihr sind viele Sünden vergeben, denn sie hat viel geliebt.*

O Gott, flüstert Änne Braucke, wenn es mir passiert, würde ich mich nicht mehr nach Hause trauen.

Vielleicht heiratet er sie ja auch, sagt Frieda Kampe.

Alle sehen fragend zu Lina, die immer noch nichts begreift.

Gretchen! sagt Änne Braucke. Weiß deine Mutter schon davon?

Trugen sie damals die Haare offen? fragt Lina. Sie braucht jetzt etwas Zeit, um zu begreifen, was sie begreift.

Wohl, sagt Fräulein Wegenast. Zumindest die Sünderin. Ich denke aber, daß es sich ebenso wenig wie heute bei uns schickte.

Gretchen ist meine Freundin, sagt Lina.

Damit war das Gespräch beendet, was sie betraf.

Nach der Hochzeit zieht Auguste mit Lina ins Dachgeschoß. So können Herrmann und Gretchen standesgemäß wohnen. Ihr Sechseinhalbmonatskind ist ein Mädchen, das Käthe heißt.

Weib, sagt der Pastor bei der Taufe zu Gretchen, dein Glaube hat dir geholfen. Geh hin in Frieden!

So wird auch denen vergeben, die Jesu Füße niemals mit Tränen genetzt haben.

Die Zeit des Heiratens ist angebrochen. Im Jungfrauenverein lichten sich die Reihen. Lina hat immer noch nicht durchschaut, was da vor sich geht. Selbst ganz ohne Verstellung, ist sie auch unfähig zum Blick hinter die Masken der Keuschheit und Wohlanständigkeit. Und sie hat weder den Ernst noch die Farcenhaftigkeit der Situation begriffen. Nämlich, daß es zwischen Verlockung und Gewähren die kurze Spanne gibt, in der der Wert einer Frau ins Unermessene steigt, und daß man ihn nur ein einziges Mal in voller Höhe einzulösen berechtigt ist. Nur ein einziges Mal.

Solche Mädchen sind schwer zu verheiraten. Bruder August hat gewußt, was er mit seinem Abschiedsgruß meinte. Es hat nichts damit zu tun, daß sie nicht attraktiv sind. Schön oder nicht schön, das ist im Heiratsspiel von untergeordneter Wichtigkeit. Die Kurzsichtigen, die Dicken, die Krummbeinigen gehen beinah mit denselben Gewinnchancen an den Start wie die Hübschen. Es kommt viel mehr darauf an, die Regeln zu kennen. Ein einziger Fehler, eine Ungeschicklichkeit kann zur Disqualifizierung führen. Faites vos jeux! Rien ne va plus! Und während Lina noch von der alles verändernden Liebe phantasiert, die kein Opfer scheut und in der Selbsthingabe zum Äußersten tendiert, entwikkelt sich das Los der meisten ihrer Freundinnen wie durch ein Wunder recht positiv. Änne Braucke ist mit Brinkmann und Co. vermählt, Frieda Kampe verlobt sich mit einem der Gebrüder Rollhagen, und Gretchen bewohnt den ersten Stock nebst Salon in Linas Elternhaus, und noch ihr Töchterchen Käthe bewirkt durch sein bloßes Vorhandensein, daß Lina ihr Mädchenzimmer räumen und eine Dachkammer neben ihrer Mutter beziehen muß.

Eines Tages kommt ein Cousin von Gretchen aus Köln zu Besuch. Das ist nun einmal eine erfreuliche Abwechslung. Er ist Student der Rechtswissenschaft, lang und schlaksig wie August und besitzt wie er die Fähigkeit, Lina zum Lachen zu bringen. Zum Glück sind zwei Jahre vergangen seit Wilhelms Tod, so daß unter dem Gesichtspunkt familiären Anstands wieder gelacht werden darf, wenn auch maßvoll. Doch das Lachen widersetzt sich dem Gebot des Maßhaltens. Es ist maßlos von Natur aus und bricht sich mit triumphaler Unangebrachtheit Bahn. Es scheint Teil eines Pakts zu sein, der zwischen Lina und dem Cousin besteht und demzufolge einfach alles, was im Haus geschieht, auf Grund einer höheren Regie, deren Wirken nur ihnen beiden auffällt, zur Farce, zur Komödie, zum Ulk tendiert. Ein Wort von ihm genügt, und schon baut sich in Lina ein unbeherrschbares Gelächter auf, das sich unter dem strengen, verständnislosen Blick von Herrmann in wahren Anfällen entlädt.

Wenn hier gelacht wird, dann bin immer noch ich es, der Witze macht, scheint dieser Blick zu sagen und liefert deshalb die eigentliche Pointe zu Linas Amüsement.

Zu dieser Zeit wird in Altena das Schützenfest gefeiert. Es findet nur alle drei Jahre statt. Aber dann! Ein Aufwallen von Lebenslust und Hochgestimmtheit erfaßt Altena. Der Trieb zum Feiern erwacht, nachdem er lange geschlafen und sich nur in gelegentlichem Besäufnis und dann und wann einer Hochzeit entladen hat, die in Altena eher nüchtern-gravitätisch und in erkennbarem Bemühen um Haltung und Würde begangen wird. Es ist, als stiege ein streng bewachter Gefangener aus den Verliesen der Burg ans Tageslicht, das er schon seit drei Jahren nicht mehr gesehen hat. Er streckt die Glieder, er blinzelt, er streift die Ketten ab. In der Ferne hört er das Trommlercorps aufmarschieren, und schon beginnt sein Blut in dem Marschrhythmus zu wallen, der ihn jetzt während dreier Tage nicht mehr zur Ruhe kommen lassen wird. Die streng gehütete, gewöhnlich in Ketten gehaltene Lebensfreude der Leute von Altena bricht sich in Eruptionen Bahn. Sie kommt von sehr tief innen. Sie ist scheu. Sie schämt sich ihrer selbst. Gleichwohl läßt sie sich, zumal beim Klang von Märschen, nicht lange zurückhalten. Noch blickt sie rechts und links, ob man sich nicht blamiert, denn es ist eine Lebensfreude, die sich nur in Gemeinschaft vor Spott sicher glaubt, doch siehe: Die ersten Fahnen sind schon ausgehängt, Wimpel schmücken die Fassaden, Girlanden die Balkone, auf denen die grünen Uniformen der Schützen, vorläufig ohne die Schützen selber, auftauchen. Sie müssen von den Frauen gelüftet, gewendet, gebürstet werden. Drei Jahre in den Truhen mit Kampfer sind eine lange Zeit. Dann, gegen Mittag des ersten Tages, sind sie wie von Zauberhand verschwunden. Stille liegt über der Stadt. Die Schornsteine der Fabriken rauchen nicht, alle Maschinen stehen still. Dann trifft der erste Schuß ins Herz dieser Stille. Das eigentliche, das königliche Geschäft des Mannes wird vollbracht.

Sie sind ganz unter sich, wenn sie das tun, die Männer von Altena. Sie dulden keine Frauen als Zuschauer dabei. Nur ein paar neugierige Buben, zukünftige Schützen, schleichen sich hinter das Zelt auf den Lennewiesen, wo das Schießen stattfindet. Die Männer erkennen sich jäh selbst in ihnen und lassen sie gewähren. War das gestern, denken sie, daß ich hier auf der Lauer lag? Und manchen ergreift der Schwindel, den ein Blick in den Abgrund der Vergänglichkeit auslöst, und, den Finger schon am Abzug, zielt er weit vorbei. Große Feste, wenn sie selten stattfinden, begünstigen diese Art von Schwindel.

Ebenso sind die Frauen merkwürdig erregt, wenn sie an den Fenstern stehen und hinaushorchen. Jede von ihnen glaubt, den Schuß des eigenen Mannes herauszuhören. Das war er, flüstern sie in einer seltsamen Trance von Verachtung und Bewunderung, die sie hellsichtig macht. Und obwohl sie, die Buben wie die Frauen, genau wissen, daß man ein dünnes Band an dem künstlichen Adler befestigt hat, an dem man ihn von der Stange zieht, wenn der im voraus bestimmte Schützenkönig schießt, so sind sie in dem Moment, wenn die Kunde von seinem Sieg zu ihnen dringt, doch tief getroffen von dem Zeichen, das sich bekundet hat. Und obwohl man weiß, daß einer von den Fabrikanten den Vogel abschießen wird, so bleibt doch ein Element wundersamer Erwählung darin, und in dem Jahr, als sie zu früh am Band zogen, nämlich als der Metzgergeselle Wirsing gerade schoß, da dauerte es nur eine Sekunde länger, bis der Jubel ausbrach. Die Disziplin des Feierns ist ebenso ausgeprägt wie die der Arbeit in Altena. Sie hoben ihn auf die Schultern und huldigten ihm, ja, ein ungekanntes Maß an Rührung bemächtigte sich ihrer, als sei dies der Beweis, daß ihr Fest von oben gesegnet war, seine Regie nicht allein in ihrer Hand. Geduldig lauschten sie den unbeholfenen Reden, die er, weit über sich hinauswachsend, hielt, und wie ein Mann standen sie alle bereit, ihm die Auslagen zu ersetzen, die das königliche Amt abfordert.

Denn im Grunde ist es das Fest des *einen* Mannes in Altena, der Männlichkeit schlechthin, die nicht in oben und unten, Besitzende und nicht Besitzende, Arbeiter und Unternehmer aufgespalten werden kann. Es hat seine Wurzeln tief in der Zeit der Burgherren, vor denen die in den Tälern alle gleich, nämlich Beherrschte waren, denen sie Schutz für Fron- und Kriegsdienste boten. So heißt die Schützengesellschaft, in der, außer Lumpen, Verbrechern und Zugereisten alle Männer von Altena Mitglied sind, nach einem aus dem Geschlecht der Burgherren, dessen Name durch sämtliche Generationen und mehrere Jahrhunderte geistert, Graf-Adolf-Gesellschaft. Vor ihm, dem ewigen Grafen, sind sie alle gleich, die im Tal wohnen. Die Industrialisierung spaltet sie in Klassen auf, das Manneshandwerk des Schießens eint sie jedoch wieder, und mit Lust sehen sie die Schranken fallen, die sich nach Ablauf von drei Tagen, in denen die Arbeit ruht, von selbst wieder aufrichten werden.

In diesen Tagen hat der Rausch, die Vermischung, der Traum eine Chance in Altena. Paare bilden sich, die sonst nie zueinander gefunden hätten, Kinder werden gezeugt, Ehebrüche verübt. Das Mädchen, das ein Schützenfest übersteht, ohne entjungfert, geschwängert oder zumindest verlobt zu sein, hat selber schuld. Der nächste Zug fährt vorbei, wenn es drei Jahre älter ist.

Diesmal ist es Herrmann, der König geworden ist, Lina also sehr nah am Zentrum der Macht, auch sie ergriffen, auch sie innerlich aufgewühlt, als die Kunde von Herrmanns Meisterschuß kommt, obwohl die Krone aus Buchsbaum und Papier, die über der Haustür des Königs befestigt wird, schon am Vortag gebracht worden ist. Einzig der Besuch aus Köln bleibt kühl und reißt einen Witz über Gretchen, die das Nachsehen hat, denn Königin wird eine andere und nicht die Ehefrau, worin sich der Beginn einer neuen Zeit kundtut, die Herrschaft einer Ordnung, die das

Gewohnte für drei Tage außer Kraft setzen wird. Doch jetzt, da das Fest beginnt, lacht niemand über Witze, und selbst Lina hat Wichtigeres im Sinn.

Am Abend zum großen Ball sieht sie wirklich reizend aus. Der Beinah-Schönheit in ihr bekommt Festbeleuchtung gut, und ihre Mutter hat nicht an dem zartrosa Kleid gespart, das sie trägt. Verschiedene Mütter heiratsfähiger Söhne schlagen sich im Geiste mit der Hand an die Stirn: Wieso haben sie nicht an Lina gedacht bisher?

Selbst Herrmann ruft sie ein- ums andere Mal in seine Nähe und wertet ihr an sich schon hübsches Erscheinungsbild dadurch noch auf. Mehr kann ein einflußreicher Bruder nicht für seine Schwester tun. Keine wird öfter zum Tanz aufgefordert. Gustav Braucke von Sömmering und Co. weicht nicht von ihr. Dies ist ihr Tag.

Im Laufe des Abends taucht Gretchens Cousin mehrmals bei ihr auf. Und je später es wird, desto öfter sieht man Lina mit ihm tanzen. Gustav Braucke wirkt verstimmt, was Lina nicht mitbekommt, denn sie hat sich noch nie so gut unterhalten wie in dieser Nacht.

Das ist ja wie bei uns im Karneval, sagt der Cousin aus Köln.

Aber wir sind nicht verkleidet, wirft Lina ein.

Verkleidet seid ihr nicht, sagt der Cousin, aber ihr seid auch nicht die, als die ihr erscheint.

Plötzlich hält er mitten im Tanz ein.

Lina, sagt er, indem er sich in dem überfüllten Festzelt umblickt, fällt Ihnen gar nichts auf?

Was denn?

Auch Lina ist stehengeblieben. In all dem Schieben und Wogen um sie her, dem Stampfen und Vibrieren und Gläserklirren bilden sie eine Insel der Stille und Unbewegtheit, die von dem Meer des Feierns umspült wird, das mit elementarer Gewalt an ihre Küsten brandet. Lina hört plötzlich die Stimme des Festes selbst, ein fremdartiges Brüllen, in dem sich Blasmusik, Geschrei und sehr viel Ununterscheidbares mischen. Und sie sieht sein Gesicht, aus vielen Gesichtern bestehend, die ihr eigenes verloren haben und die derselbe Ausdruck des Außersichseins eint. In der Kapsel aus Stille, in der sie sich befindet, nimmt sie die Bewegtheit umher als eine Abfolge seltsamer, fremder Rituale wahr. Sie sieht den Stamm der Eingeborenen, die hier ihr wüstes Fest feiern, Masken, stampfende Rhythmen, die Drohgebärden, die sie vollführen, indem sie die Gläser hochheben, ihre Schlachtrufe, prost! der Häuptling, etwas erhöht, und seine Häuptlingin mit einem glitzernden Kopfputz, einem falschen Diadem, die mit erhitzten und seltsam erstarrten Gesichtern in das Gewühl blicken.

Sehen Sie es nicht, sagt der Gast aus Köln, manche von ihnen sind nur in der Verkleidung lebendiger Menschen hier. Es sind Untote, Wiedergänger, die sich bei solchen Anlässen manchmal unter die Lebenden mischen. In jeder Burg gibt es Vampire, und in jeder Stadt, die wie Altena eine Burg hat, sieht man sie dann und wann bei Nacht. Haben Sie sie noch nie gesehen? Dann wird es aber Zeit. Sehen Sie mal, der da! Und der! Und diese Dame dort! Aus den gräflichen Grüften derer von Berg, von der Mark und von Kleve sind sie emporgestiegen. Warten Sie nur, Lina, sagt er, bis die Sonne aufgeht. Dann werden Sie sehen, wie manche, die jetzt noch leibhaftig anwesend sind, zu Staub zerfallen. Schauen Sie sie an. Sie vertragen kein Tageslicht. Bleiben Sie? fragt er. Wollen Sie mit mir gemeinsam Zeugin sein, wenn das geschieht? Ich warne Sie. Es ist schauerlich. Oder sind Sie am Ende eine von ihnen? Das Fräulein Anna vielleicht, das für ein halbes Jahr die Gemahlin des Königs Heinrich des VIII. von England war? Ich möchte es doch zu gerne wissen, ob Sie das Tageslicht vertragen können. Sehen Sie, es wird schon hell. Und was bemerke ich? Sind Sie nicht blaß geworden? Irre ich mich, oder ist diese Hand durchsichtig? Nein, ich werde sie nicht loslassen. Wissen Sie das nicht: Solange man die Vampire an ein lebendiges Herz gepreßt hält, kann das Tageslicht ihnen nichts anhaben.

Und indem er Lina nah zu sich heranzieht, haben sie wieder zu tanzen begonnen. Jeder kann sehen, wie sie im Morgengrauen mit ihm das Zelt verläßt und nach Hause geht.

Am nächsten Tag sagt Gustav Braucke zu Herrmann: Ich wußte gar nicht, daß deine Schwester mit diesem Kerl aus Köln verlobt ist.

Jaja, sagt Herrmann, es ist noch nicht offiziell.

Einen Tag später ist Gretchens Cousin wieder abgereist. Er hat nicht einmal auf das Ende des Schützenfests gewartet.

In drei Jahren bin ich wieder dabei, hat er beim Abschied zu Lina gesagt. Aber dann sind Sie bestimmt längst verheiratet, und ich muß mir eine andere Vampirin aus altem märkischem Geschlecht suchen.

An diesem Abend ist das Tanzvergnügen noch wilder, noch ausgelassener im Zelt, da auch Nichtmitglieder der Schützengesellschaft zugelassen sind. Lina sieht ebenso hübsch aus, sie ist ebenso vergnügt. Doch niemand tanzt mit ihr.

Na, wo ist dein Verehrer? sagt Änne Braucke im Vorübergehen. Ist wohl abgereist.

Gustav streift an ihr vorbei, ohne sie zu grüßen.

Entschuldige, sagt Frieda Kampe, als Lina sich neben sie setzen will. Aber dieser Platz bleibt für meinen Verlobten frei.

Schließlich findet sie einen Stuhl neben Gretchen, die auch ein wenig an den Rand der Dinge geschoben ist.

Hast dich wohl in meinen Vetter verknallt, sagt Gretchen. Aber da brauchst du dir keine Hoffnungen zu machen. Er ist schon lange verlobt und heiratet noch in diesem Jahr.

Das wußte ich doch, sagt Lina.

Ein verständnisloser Blick von Gretchen trifft sie.

Weißt du, es ist auch nicht so leicht, verheiratet zu sein, sagt Gretchen plötzlich, am Ende einer Kette von Überlegungen angelangt. Man hat doch vorher viel mehr Freiheiten gehabt. Zum Beispiel beim Schützenfest. Keiner traut sich mehr, mir den Hof zu machen. Außerdem gibt es Dinge in der Ehe … Dinge, von denen du sicher nichts weißt … Ich will mich nicht beklagen.

Aber du hast doch Käthchen, sagt Lina bestürzt. Und bald ein neues Kind.

Sicher, sagt Gretchen. Sicher. Doch als alte Jungfer hat man manchmal vielleicht sogar mehr vom Leben, fügt sie nachdenklich hinzu. Du zum Beispiel kannst tun und lassen, was du willst. Niemanden kümmert es, solange du dich nicht vorbeibenimmst.

So erfuhr Lina, daß sie über Nacht von ihrer Familie aufgegeben worden war.

Das mit meinem Vetter, zischt Gretchen plötzlich, ging zu weit. Wie kannst du dir solche Schwachheiten einbilden? Ich stehe mit seiner Verlobten bereits in Briefwechsel. Und was Gustav anbelangt, den kannst du vergessen. Sieh mal, sagt sie mit einer Kopfbewegung zur Tanzfläche, er hat sich schon getröstet. Die kleine Kunz ist erst siebzehn, aber die weiß, wie man den Jungen den Kopf verdreht.

Ich mache mir überhaupt nichts aus Gustav Braucke, sagt Lina nachdenklich.

Im Jungfrauenverein ist Lina jetzt eine der älteren. Die ehemaligen Jungfrauen treffen sich im Jungmütterbund wieder. Der Stern der Institution ist im Sinken begriffen, was in der Natur der Sache liegt und sich bei der Gewinnung nachwachsender Jungfrauen als hinderlich erweist. Unter den jungen Mädchen vom Schlage der kleinen Kunz, die sich schon bald nach dem Fest mit Gustav Braucke verlobt, wird der Verein als Club der alten Jungfern belächelt und gemieden.

Fräulein Wegenast liest den Übriggebliebenen aus dem Propheten Jesaja vor.

Errette mich, liest sie, *denn du bist mein Gott. Sie wissen nichts und verstehen nichts, denn sie sind verblendet, daß ihre Augen nicht sehen und ihre Herzen nicht merken können, und gehen nicht in ihr Herz. Keine Vernunft noch Witz ist da.* Ihre metallische Stimme hat jetzt den schrillen Ton der Verzweiflung und Hoffnungslosigkeit.

Eines Tages ist Lina die einzige, die noch zur »Stunde« kommt. Die Bibel bleibt zu. Als Lina zu reden beginnt, bilden sich die roten Flecken der Frauen von Altena an ihrem Hals.

Ich weiß nicht, was ich tun soll, sagt sie, und die Röte steigt ihr schon beim ersten Satz bis unter die Haarwurzeln. Ich habe niemanden ...

Mein liebes Kind, unterbricht sie Fräulein Wegenast, auch für dich wird eines Tages der Richtige kommen.

Das meine ich nicht, sagt Lina, ich meine, ich habe niemanden, der mich versteht.

Möchtest du mir etwas sagen? fragt Fräulein Wegenast besorgt. Etwas, das du deiner Mutter nicht sagen kannst?

Ja, sagt Lina. Ich möchte fort.

Um Himmels willen, ruft Fräulein Wegenast, da läßt sich doch bestimmt ein anderer Weg finden!

Nein, sagt Lina, ich habe es mir überlegt. Ich will nicht mehr für meinen Bruder arbeiten.

Sicher, sagt Fräulein Wegenast, unter diesen Umständen …

Ich weiß nicht, wie ich es ihm beibringen soll, sagt Lina. Er wird so wütend sein.

Das ist verständlich aus seiner Sicht, sagt Fräulein Wegenast. Doch nach der Sache mit Gretchen …

Ich verstehe mich nicht gut mit ihr, sagt Lina. Vielleicht ist es meine Schuld. Aber seit sie im Haus ist …

Platz genug habt ihr ja, sagt Fräulein Wegenast.

Das ist es nicht, sagt Lina. Aber ich fühle mich so überflüssig im Haus. Mutter kümmert sich um Käthchen. Wozu bin ich eigentlich auf der Welt?

Nun, sagt Fräulein Wegenast, ein Kind ist doch schließlich immer eine lohnende Aufgabe für eine Frau.

Das schon, sagt Lina. Aber ich wünsche mir eigene Aufgaben.

Wie bitte? sagt Fräulein Wegenast. Du meinst …

Jetzt ist es heraus. Lina weiß nicht, ob sie sich verständlich gemacht hat. Ich habe daran gedacht, sagt sie, Krankenschwester zu werden.

Es ist der einzige Beruf, der ihr eingefallen ist. Und wenn man es recht bedenkt, ist dies auch die einzige Laufbahn, die ihr offensteht, wie es im Augenblick noch scheint. Sofern sie nicht ihr Leben als Vorzimmerdame von Herrmann verbringen will.

Und das will sie nicht. Jetzt weniger denn je. Die Dreitagekönigswürde scheint Herrmann zu Kopf gestiegen zu sein. Sein Appetit auf Machtfülle und Wichtigkeit ist dadurch eher gewachsen, als er befriedigt ist. Linas Mißgeschick scheint ihn nicht sehr zu beschäftigen. In Wahrheit ist es sogar ein Glück für ihn, daß sie sich so dumm anstellt: Er spart die Mitgift und behält eine Arbeitskraft. Unverheiratete Tanten sind für die Familien in vielerlei Hinsicht von großem Wert, nicht zuletzt weil ihr Erbteil sich wieder zurückvererbt.

Die Eilfertigkeit, mit der Lina zum unverkäuflichen Modell erklärt worden ist, gibt doch zu denken und macht sie schließlich selbst stutzig. Handelte der Cousin aus Köln vielleicht im Auftrag? Lina will es lieber nicht ganz genau wissen. Sie hat ihn wirklich gemocht, wenn er auch nicht der Mann ist, für den sie ihre Bereitschaft zum bedingungslosen Opfergang aufspart, als den sie sich die wahre, die eine und große Liebe immer noch vorstellt.

Krankenschwester? sagt Fräulein Wegenast. In der Tat ein Beruf, in dem wir unserem Nächsten und dadurch auch Gott dienen.

Ja, sagt Lina. Genau. Ich möchte Gott dienen.

Unter den Möglichkeiten, die sich ihr zur Zeit bieten, scheint das bei weitem die beste und aussichtsreichste zu sein. Ihr Hang zur Selbsthingabe, sonst kaum nachgefragt, ist hier wohl angebracht. Und das Helfen ist ihr eher gemäß als die Verwaltung von Akten und die Buchhaltung, glaubt sie selbst.

Fräulein Wegenast sieht etwas überrumpelt aus. Sie ist nicht daran gewöhnt, daß ihre Bemühungen um die geistliche Erweckung der Töchter von Altena Früchte tragen.

Mein liebes Kind, sagt sie, hast du denn diesen Entschluß schon deiner Familie mitgeteilt?

Nein, sagt Lina, und sie denkt an die Fallen, in die sie in letzter Zeit hineingestolpert ist. Ich möchte damit warten, bis ich angenommen bin.

Und wer kann dir dabei helfen? fragt Fräulein Wegenast.

Sie? sagt Lina. Ich weiß sonst niemanden.

Ich will darüber nachdenken, sagt Fräulein Wegenast nach einer Pause. Man sieht, daß die Situation ihr ungewöhnlich viel abverlangt. Sie ist eher zum Reden als zum Handeln geboren.

Als Lina das nächste Mal zu ihr kommt, erfährt sie jedoch, daß ein Brief ans Mutterhaus der Diakonissen in Kaiserswerth unterwegs ist. Fräulein Wegenast hat eine Cousine dort.

Eine Woche später ist die Antwort da: Sofern die junge Dame mindestens achtzehn ist, gut beleumundet und fest im Glauben an den Auferstandenen, soll sie sich unter Beifügung eines Empfehlungsschreiben des Gemeindepfarrers bewerben. Man wird dann sorgfältig prüfen, ob sie für den Dienst am Nächsten geeignet ist.

Es ist September geworden. Ein Himmel von tiefem Blau wölbt sich über Altena. Wolken von Zugvögeln ziehen über ihn hinweg. Die Bäume am Burgberg beginnen sich zu verfärben. Von ihrem Platz im Büro aus sieht Lina »Schreck«, »Angst« und »Zweifelmut« liegen. Am liebsten würde sie über die Kämme der Berge durch die frühherbstlichen Wälder streifen, tief unter sich die Stadt. Eine große Lust zum Aufbruch steckt in ihr. Am Sonntag wandert sie über die Höhen nach Dahle und zurück. Es gibt keine Angst, keinen Zweifel. Sie muß weg.

Man findet in allen Familien Kinder, die weg wollen. Töchter wie Söhne. August ist es. Und Lina. Und Albert wird es sein. Herrmann ist der, der bleibt. Platzhalter und Zugvögel. Es ist weder ererbt noch erworben. Und anderes als eine Eigenschaft. Keine Qualität. Und kein Defizit. Etwas in manchen Menschen entfaltet die Flügel und trägt sie mit sich fort. Ein gewisses Maß an Bewegung scheint im

Überlebensprogramm der Seßhaftigkeit mit angelegt. Doch warum Abraham? Warum die heilige Johanna, die, als die Richter sie fragten, warum sie nicht dort geblieben sei, wo ein junges Mädchen anstandshalber hingehört, bei ihrer Mutter zu Hause nämlich, den Kopf senkte und so leise wie bestimmt antwortete: »Ich konnte nicht bleiben, wo ich war.«

Mein liebes Kind, hat Pastor Neumann zu Lina gesagt. Glaubst du denn nicht, daß deine Mutter dich braucht?

Es gibt so viele Kranke, sagt Lina vorsichtig. Ich glaube, die brauchen mich nötiger.

Sie weiß, wie wichtig es ist, was sie jetzt antwortet. Aber sie hat das Gefühl, daß der Pastor nicht die Macht hat, sie zurückzuhalten.

Außerdem, fügt sie hinzu, hat Mutter ja immer noch Gretchen, wenn sie Hilfe braucht.

Die Antwort scheint ihm zu gefallen. Ja, das Ganze gefällt dem Pastor nicht übel, wie sie bald merkt. Sie sind immer froh, wenn sie im Weinberg des Herrn, in dem so viele saure Trauben wachsen, dann und wann ein bißchen ernten können.

Im November, als die Sonne nur noch die Dächer in Altena streifte, die sich in Rauch aus den Essen und Schornsteinen hüllten, der das wenige Licht noch zusätzliche filterte, und als der feuchte Geruch nach Eicheln und Herbstlaub sich mischte mit dem der Briketts in den Küchenöfen, kam die Antwort aus Kaiserswerth. Man erwartete Lina zu Anfang des neuen Jahres dort.

Fürchte dich nicht. Denn ich habe dich erlöst. Ich habe dich bei deinem Namen gerufen. Du bist mein, liest Fräulein Wegenast. Sie streckt die Arme aus, damit sich Lina zu ihr hinunterbeugen und sich küssen lassen möge. In Altena ist das im höchsten Maße unüblich. Doch scheint es Lina diesmal angebracht, und auch sie küßt die etwas konkaven Wangen von Fräulein Wegenast.

Nun bleibt ihr nur noch, es Herrmann zu sagen. Doch gegen ein Fait accompli ist auch er machtlos. Er begreift es, bevor er den emotionalen Aufwand seines Gebrülls riskiert. Und das will etwas heißen, denn Herrmann ist von Natur aus nicht sehr rasch von Begriff. Außer wenn es um Geld geht.

Und läßt du dich auszahlen? fragt er.

Behalt mein Geld, sagt Lina.

Im Eifer ihres Aufbruchs macht sie diesen Fehler, der sie noch teuer zu stehen kommen wird. Doch schon ist sie zu weit weg, zu heftig ergreift sie der Aufwind, der sie emporträgt. Ganz klein sieht sie unter sich die Dächer von Altena, überragt von den Spitzen der Fabrikschornsteine, das gelbe Band der Lenne, die sich mit all der Kloake und der Beize, die sie in Altena aufnimmt, der Ruhr zuwälzt. Schon ist Lina über den Wixberg, und ganz in der Ferne kann sie die Türme des Kölner Doms ahnen. Es ist, als ob eine Hand sie über ein riesiges Spielbrett hebt und auf ein anderes Feld plaziert.

BUDAPEST 1905
KRANKENHAUS BETHESDA

Der Bügelzustand der Tracht wird von der Oberin als Ausweis der Arbeitshaltung angesehen. Sauber, frisch gestärkt und unzerknittert soll sie sein. Vor allem die gefältelte Haube ist blütenweiß und ein Wunderwerk an Bügelakkuratesse. Sie wird mit einer riesigen weißen Schleife unter dem Kinn gebunden. Wie soll sie eine Woche lang frisch und steif bleiben? Es gibt nur sonntags neue Hauben, und gegen Ende der Woche wird jede Nachlässigkeit an ihnen offenbar. Die jungen Diakonissen sind angewiesen, sich täglich die Hälse zu waschen. Bleibt sauber! Das ist die eine große Devise, die für sie gilt.

Das Stärken und Glattbügeln der Seele geschieht im Gebet. Wenn keine Zeit dafür bleibt, sollen die Diakonissen ruhig auch während der Arbeit beten. Beim Flicken der Klinikbettwäsche zum Beispiel, das zu ihren Aufgaben gehört. Es ist besser, still zu beten, als laut zu schwätzen, sagt die Oberin. Gott vernimmt jeden Seufzer.

Der Dienst beginnt um sechs Uhr nach der Morgenandacht, in der die jungen Schwestern um Kraft für den Tag beten. Das ist sehr nötig, denn Lina wacht täglich mit einem Gefühl der physischen Schwäche auf, die sich durch Übelkeit äußert und sie unfähig macht, beim Frühstück etwas zu sich zu nehmen. Sie ist von der Natur zur Langschläferin bestimmt, was sie nicht einmal sich selber einzugestehen wagt. Frömmigkeit steht früh auf. In der Kapelle müssen die jungen Schwestern im Stehen zuhören, wenn die Oberin die Lesung des Tages und eine kurze Ansprache hält, die Morgen für Morgen etwa gleich lautet und mit der Mahnung zu Fleiß, Gründlichkeit und Sauberkeit endet. Lina hat einen Platz ganz außen und lehnt sich gegen die Wand, wenn ihr schlecht wird. Sie fühlt, wie der Versucher sich in ihr räkelt und gähnt und leise murmelt: Nur einmal, nur einmal wieder zurück unter die Bettdecke.

Doch bald darauf schlägt sie die Decken anderer Betten auf und atmet die Gerüche, die daraus aufsteigen, die Ausdünstungen kranker Körper und ihrer Ausscheidungen, das strenge Aroma des Leidens, dem keine Frischluftzufuhr wirkungsvoll beikommen kann. Geh! sagen die Gerüche, hier wohnt die Krankheit, rette dich. Aber die Diakonissen kommen ganz nah heran. Sie leeren die Schüsseln mit Auswurf und Erbrochenem, waschen verklebte Haut, wechseln verunreinigte Wäsche, durchgeeiterte Verbände, gefüllte Urinflaschen.

Der Geruch ist das Schlimmste, nicht die Berührung. Sie bleibt äußerlich. Aber diesen Geruch ziehst du tief in dich hinein mit deiner Atemluft. Ihn wäschst du nicht mit Seife ab.

Eines Tages wird Lina ihn nicht mehr wahrnehmen, sagt man ihr. Das wird der Tag sein, an dem ihr Hochmut besiegt ist. An diesem Tag wird sie ganz bei den Kranken sein. So wie der Herr eines Tages ganz bei den Menschen war und sich nicht auf seine göttliche Abkunft berief, die ihn zum Hochmut weiß Gott berechtigt hätte, so wird die Diakonisse sich zu den Leidenden so tief hinabbeugen, daß ihr Hochmut zerbricht und mit ihm Ekel, Abscheu und Appetitlosigkeit. Aber Lina ist ja noch in der Ausbildung.

Die Erschöpfung ist ein Teil ihrer Lektion, vielleicht der wichtigste. Sie ist das Resultat vollkommener Indienstnahme. Und darin liegt auch der Schlüssel zu ihrer Überwindung, die Selbstüberwindung ist. Gelingt es dir, dich vollkommen in Dienst nehmen zu lassen, sozusagen ohne Rest, dann fühlst du keine Erschöpfung mehr. Dann ist das Dienen dir zur Natur geworden wie Atmen, Schlafen oder Essen. Dann bis du nichts mehr als eine Magd des Herrn. Und erst dann sollst du in evangelischer Freiheit den Dienst einer Diakonisse als Lebensberuf wählen. An ihrer Erschöpfung kann Lina erkennen, wieviel sie noch lernen muß bis dahin.

Doch die Erschöpfung ist auch eine große Hilfe. Sie ist stark und gebieterisch. Sie ist verläßlich. Sie ist immer da und läßt nicht zu, daß Lina etwas anderes fühlt als sie. Dann und wann, wenn ein Fenster geöffnet ist, hört sie das Summen der Stadt, atmet ihre Gerüche, läßt den Blick über ihre Türme und Dächer gleiten. Doch die Erschöpfung sorgt dafür, daß Budapest für sie ein Traum bleibt, der sich verflüchtigt, sobald man ihn sich bewußt machen will. Sie lebt nicht in dieser Stadt. Städte sind nichts als Kulissen, austauschbar für die Schwestern. Sie leben ausschließlich im Dienst des Herrn. In ihrer übergroßen Müdigkeit fühlen sie seine Macht. Sie fühlen, daß seine Hand nach ihnen gegriffen hat.

Man verhehlt ihnen nicht, daß es gefährlich ist.

»Und wenn ich dabei umkomme?« lesen sie in der Berufsordnung der Diakonissen. »Komme ich um, so komme ich um.« Besinnungslos vor Erschöpfung singen sie sich damit in den Schlaf. Ist je Verführerischeres erdacht worden als das? Ein Satz wie eine Umarmung. Unwiderstehlich. Umhüllend. Weich. Lina flüchtet sich zu ihm, wann immer sie Trost braucht. *Komme ich um, so komme ich um.* Mit einer solchen Verlockung ist ein Mädchen wie sie bereit, bis ans Ende der Welt zu gehen.

Sie wird nicht heiraten. Wir gehören nur IHM, hat sie gelernt. ER verfüge über uns, wie es IHM richtig scheint.

Das ist kein Zölibat. Ein Zölibat ist ein Vorbehalt. Es bedeutet, daß man in einer Hinsicht nicht bereit ist. Aber die Diakonisse macht keinen Vorbehalt mit sich. Sie ist zu allem bereit, was der Herr fordert. Forderte ER von ihr, daß sie heiratet, würde sie heiraten. Doch SEIN Wille geschehe, nicht ihr eigener. Und des Herrn Wille ist, daß die Diakonisse nicht einem dient, dem Gemahl, sondern allen, die sie brauchen. Sie ist für die Leidenden da, für die Kranken, die Hilfesuchenden. Sie verschließt sich keinem Anspruch, was eine Ehefrau notwendigerweise tun muß, will sie dem Anspruch des Gatten genügen. Es ist eine pragmatische, keine grundsätzliche Ehelosigkeit. Darum braucht Lina kein Gelübde. Eine Nonne ist sie nicht. Wenn es Gottes Wille wäre, daß sie einem Mann gehört ... Wenn es SEIN Wille wäre ... Doch Gottes Wille bekundet sich überdeutlich im Hilfsbedürfnis der Kranken im Bethesda und überall auf der Welt.

Seit kurzem tut Lina Dienst auf der Isolierstation.

Sie sehen müde aus, Schwester, sagt ein junger Arzt zu ihr, während er einer Patientin den aufgetriebenen Bauch befühlt. Er nimmt Linas Hand und läßt sie die harte Milz tasten. Die Kranke öffnet die Augen und stößt etwas aus, das sich wie ein Fluch anhört. Sie deliriert.

Geht es Ihnen auch gut? sagt der Arzt und meint Lina. Sie wissen, daß dieser Dienst bei den Typhuskranken nicht ungefährlich ist. Ich rate Ihnen, dann und wann die eigene Milz abzutasten. Sollten Sie eine Veränderung feststellen, dann sagen Sie es mir.

Nachts tastet sie ihre Milz ab. Sie findet sie klein und hart im linken Oberbauch. Muß sie nicht weich sein? Doch was ist weich bei einer Milz? Plötzlich, im Schlafsaal der Schwestern in Budapest, wird ihr, schmerzhaft wie ein Schnitt ins Fleisch, bewußt, daß ihr Körper für immer nur ihr gehört. Sie lauscht auf das Atmen der Schwestern rechts und links neben sich. Willkommen im Universum der Verlassenheit. Auf einem kalten, erloschenen Stern rast sie durch die Nacht der Welt. Am Morgen wacht sie in der Haltung einer Mumie auf, die Arme fest um den Leib geschlungen.

Der sorgenvolle Blick des Arztes treibt ihr Tränen in die Augen, als sie ihn das nächste Mal auf sich fühlt. Halten Sie das bitte, Schwester. Er gibt ihr ein Glas mit frisch abgenommenem Blut in die Hand. Das Glas ist warm. Es ist körperwarm. Es ist so warm wie die Krankheit, die der Körper hat.

Was ist los, Schwester?

Er nimmt ihr das Gefäß ab, bevor sie es fallen läßt.

Etwas bewegt sich warm und feucht wie ein Tier über ihre Hand.

Wenn Sie kein Blut sehen können, ist dies der falsche Beruf für Sie.

Ich kann Blut sehen.

Ihre Milz ist jetzt hart und größer als sonst. Oder tastet sie zuviel daran herum? Wird sie größer und härter vom vielen Abtasten? *Komme ich um, so komme ich um.* Bin ich einsam, so bin ich einsam. Sehne ich mich, so sehne ich mich.

Die Kälte ist ihr Problem. Sie dringt aus den eisigen unbelebten Zonen des Weltalls zu ihr heran. Es gibt keinen Schutz vor ihr.

Mein Gott, sagt der Arzt, Sie klappern ja mit den Zähnen! Sie haben Schüttelfrost.

Ich habe Typhus, sagt sie mit der frommen Ergebung,

mit der man sich einer lange verweigerten Umarmung überläßt.

Diesmal tritt sie ihre Reise in dem engen, dunklen Behältnis an, das ihr Körper ist. Sie macht sich darin ganz klein, auf ein lebendiges, warmes Zentrum des Lebens reduziert, während er glühende Wüsten und ewiges Eis durchquert. An seinen Schmerzen hat sie nicht teil, eingehüllt in ihre Kapsel aus Fühllosigkeit. Als sie sich das erste Mal wieder in ihm regt, geschieht es staunend.

Danken Sie Gott, sagt die Oberin, daß Sie noch leben. Und danken Sie Dr. Vargas. Er hat viel für Sie getan.

Ich weiß, sagt Lina.

Sie müssen sich jetzt erholen, sagt der Arzt. Die Arbeit auf den Stationen wird noch lange zu anstrengend für Sie sein.

Wir schicken Sie in den Schwarzwald, sagt die Oberin. In Gnadenbronn haben wir ein Erholungsheim.

PONAPE 1905

Zu unserer Ankunft hat Gott Gnade gegeben. Der erwartete Taifun blieb aus, und so gelangten wir am siebzehnten Oktober sicher im nördlichen Hafen der Insel an. Der Vizegouverneur lud uns am ersten Abend ins Haus der deutschen Verwaltung ein. Es ist frisch renoviert und vermittelt ein Gutteil deutscher Behaglichkeit. So wußte er uns gleich heimisch zu machen. Beim Essen drückte er seinen tief empfundenen Dank für die Hilfe der Missionsgesellschaft aus, ist doch die Weltlichkeit mit der Erziehung der Wilden zu edlem Menschentum überfordert, wenn ihr nicht geistlicher Beistand wird. Im Dienst an den Heiden versuchen wir, ihr Gemüt für den Herrn bereit zu machen, auf daß ER Einzug halte und mit IHM Sitte, Moral, Fortschritt und Regierbarkeit.

Wir nahmen Wohnung sodann in der alten Schule der Boston-Missionare, und richtig wurde uns auch die Freude, daß ein paar junge Mädchen, vielleicht aus Neugierde, wie wir annehmen, am nächsten Morgen schon vor der Tür standen. Sie betrugen sich sehr freundlich und zutraulich gegen uns. Und so begann ich denn gleich mit Gottes Hilfe Unterricht zu halten. Allerdings teilte ich ihnen zunächst von den Kleidern aus, die wir mitgebracht hatten, auf daß sie ihre Blößen bedeckten. Ich lege Euch diese jungen Seelen hin und befehle sie Eurer Fürbitte, derer sie gewiß bedürfen.

Bruder Ludwig beklagt den baulichen Zustand der Schule. Das Dach ist undicht, das Mobiliar verschleppt. Die

Schüler sitzen auf dem blanken Boden, der meist nicht einmal trocken ist. Es regnet häufig, besonders jetzt im Dezember. Wir hoffen, im nächsten Jahr, so Gott die Mittel gibt, ein Wellblechdach zu haben, und bitten Euch, wenn möglich, eine Kollekte dafür durchzuführen. Unsere Schülerinnen heißen Julet, Elmina, Lisa, Ella und Lilly. Es ist ein Anfang, gewiß. Auch war ein Bruder von Lisa einmal da, ist aber wieder gegangen trotz meiner Freundlichkeit. Unsere Beschäftigung im Unterricht besteht darin, daß ich der Mädchen Lehrer im Deutschen und ihr Schüler im Ponape-Sprechen bin. Dank sei dem Herrn, der uns so freundlich hilft!

Gedenket unser und betet für uns!

Bruder Ludwig fügt mit christlichem Gruß eine Liste benötigter Dinge bei. Er weist vor allem auf die Dringlichkeit von Sägeblättern hin, die er in ausreichender Zahl und in verschiedenen Stärken benötigt. Um Christi willen werdet Ihr nicht säumen. Es dauert Monate, bis die Fracht anlangt, wie Ihr wißt.

(Der Abschrift meines Briefes an die Missionsleitung in Gnadenbronn füge ich ein paar private Anmerkungen hinzu, die mir dermaleinst dazu dienen mögen, der Erinnerung aufzuhelfen, wenn sie verblaßt. Obzwar darin auch Gnade liegt. Der Mensch will vergessen, auf daß Plage und Leid nicht immer währen und mit dem Tag vergehen, der sie bringt.)

Leid und Plagen die Menge. Es regnet jeden Tag bei circa 25 Grad. Die Haut ist naß, und die Kleidung, die man trägt, liegt feucht und schwer auf ihr. Am liebsten würde man nackt herumlaufen. Was sage ich. Wir müssen für die braunen Brüder und Schwestern ein Vorbild sein. Ich mache

Bruder Ludwig mehrmals am Tag darauf aufmerksam, wenn er sich bei der Arbeit an unserem Wohnhaus des Hemdes entledigt. Er unterscheidet sich, gebräunt, wie er ist, dann kaum noch von den ponapesischen Helfern, die wir beschäftigen. Doch er hört nicht auf mich. Er ist ein Starrkopf. Aber im Weinberg des Herrn wird jeder Arbeiter gebraucht. Immerhin muß ich der Missionsleitung dankbar sein, daß sie mir einen Praktiker zur Seite gestellt hat. Bruder Ludwig scheint in allem, was Handwerk ist, gut bewandert zu sein. Unter seinen Händen entsteht ein Wohnhaus auf der Station, und er versteht auch, die Braunen zur Arbeit anzuhalten, die hier wie überall auf den pazifischen Inseln bequem und träge sind.

Mit innerer Bewegung sehe ich dieses Haus entstehen, das gar bald, wie ich hoffe, meiner Elisabeth zur Wohnung dienen soll. Wie sehr ich ihrer bedarf! Ihr Liebreiz, ihre Anmut, so ungleich der Weiblichkeit in diesem Teil der Welt, stehen mir lebhaft vor Augen. Dank sei Gott, der sie mir zur Gefährtin bestimmt hat! Dessen bin ich gewiß. Auch wenn sie das Examen nicht bestanden hat, das die Gesellschaft den zukünftigen Ehefrauen der Missionare in einigen praktischen Fächern und Bibelkenntnis abnimmt. Die letztere mangelte, Gott sei es geklagt! So wird uns beiden die Prüfung, daß ich zunächst ohne sie entsendet worden bin, während sie im fernen Schwarzwald den Bibelkurs wiederholt. O daß doch ihr tiefer Ernst, ihre Frömmigkeit den Sieg davontragen! Ich weiß, daß ihre Kenntnis des Gotteswortes sehr lückenhaft ist. Eine karge Jugend, die wenig sorgfältige Erziehung, die sie genoß, sind die Ursachen. Allein, ihre edle Gemütsart bürgt dafür, daß sie sich als meine Gefährtin hier bewähren wird. Möge das doch von denen, die sie prüfen, erkannt werden.

Die Gesellschaft sendet sonst nur Vermählte auf das Missionsfeld, damit wir, fern der Heimat, nicht in Versuchung fallen. So sind wir ganz in SEINER Hand. ER wählt die Gattinnen aus, die uns begleiten. ER richtet sie zu. Denn es ist eins, einem Manne sein Jawort zu geben, und ein anderes, ihm bis in die Südsee zu folgen, um unter Wilden zu leben und – wer weiß? – dort sein Leben zu verlieren. Ein Verlöbnis hat SEINE mächtige Hand mir schon zerschlagen. Als ich mich, statt Lehrer zu werden, für die Mission entschied, warf man mir den Ring vor die Füße und nahm einen Forstadjunkt. Doch ich bestand die Prüfung und fand Elisabeth.

Würdest du um Gottes willen Vater und Mutter und deine Arbeit verlassen und zu den Heiden gehen?, habe ich sie gefragt. Es war mein Antrag. Sie ist allerdings Waise und Kellnerin in einer Schankwirtschaft.

Um deinetwillen, Karl, antwortete sie.

Zwar bin ich mir nicht ganz sicher, ob das gottgefällig gesprochen war, aber mir gefiel es. Möge Gott mir verzeihen und sie mir bald senden.

Wir sind hier ganz in der Fremde. Zwar trägt sie das Gesicht der Lieblichkeit dieser Inseln, doch es ist eine fremde Lieblichkeit, die unsereinem nicht das Herz wärmen will. Für immer hier bleiben zu müssen, wäre der Tod, und lehrt das Beispiel der Gestrandeten dieses Eilands, daß sie dem zivilisierten Leben Europas ganz abgestorben sind. Schiffbrüchige, desertierte Seeleute, Bankrotteure, Herumtreiber – Entwurzelte allzumal, die es wie Spreu im Wind an diese Strände verschlagen hat und die aus eigener Kraft nicht mehr heimfinden. Denn für schwache Naturen lauert Versuchung hier. Die Versuchung des Nichtstuns und der Sinnlichkeit, dieser beiden ärgsten Feinde gesitteten Menschentums.

Das Leben hier ist leicht. Brotfrucht und Bananen bringt das Land ohne menschliche Mühewaltung hervor. Dazu die Fische des Meeres, die den Fischern fast in die Netze springen. Des Leibes Notdurft und Nahrung, in anderen Teilen der Welt einer feindseligen Natur abgerungen, werden den Menschen der Südsee beinahe geschenkt, und sie wissen darum überhaupt nicht, was Arbeit ist. Faulheit und Verweichlichung kehren ein. Ihr Acker trägt keine Dornen, und so können sie sich auch nicht im Kampf gegen solche bewähren, um Gott wohlgefällig zu sein. Ebensowenig bedarf es für sie der Bekleidung, um ihres Leibes Blöße zu bedecken, denn es ist an allen Tagen des Jahres warm und kühlt auch bei Nacht nicht merklich ab. So werden sie in ihrer Nacktheit als wahre Wilde erfunden, ohne Schamgefühl, das doch am Beginn jeder menschlichen Kultur steht. Zwar tragen die Ponape-Leute Schurze von gegerbter Baumrinde, doch sind die Weiber oben herum ganz unbedeckt. So nähern sie sich auch mir als einer Mannsperson, wenn auch unendlich weit über ihnen stehend. Das Unschickliche daran scheint ihnen nicht bewußt zu sein, soweit die freundlichen Gebärden erkennen lassen, mit denen sie sich gegen mich zu betragen pflegen. Ihr Lächeln würde bei uns als auf anstößige Weise einladend gedeutet. Allein, ich erlaube mir nicht, so weit zu denken. Sie haben sehr schöne Zähne und eine kupferfarbene, mattglänzende Haut.

Gestern traf ich eines der verworfenen Individuen, auch Beachcomber genannt, die, obzwar Weiße, in offenem Konkubinat mit braunen Frauen leben. Er wollte uns Fische verkaufen, und Ludwig ließ sich mit ihm auf einen Handel ein. So saß er in unserer Küche, als ich eintrat, und stellte sich mir in lächerlichem Kontrast zu dem Rindenschurz, den er trug, und dem langen, zottigen Haar mit der Manier eines englischen Gentleman vor: Winston, seit elf Jahren auf Ponape lebend.

Er bot uns Hilfe an, wenn wir ihrer bedürften. Ich glaube aber nicht.

Man sagt von ihm, daß er ganz als Ponape-Mann lebt und daß ihn die Ponape-Leute als einen der Ihren sehen. Als Schwiegersohn des Naneken von Kiti, mit dessen ältester Tochter »verheiratet«, hat er Aussicht auf die Unterhäuptlingswürde nach dessen Tod. Ich weiß es vom Adjutanten des Vizegouverneurs. Auch soll er die Insel mit einigen nahezu weißen Nachkommen beschenkt haben, die er bedenkenlos als Heiden aufwachsen läßt.

Mein Englisch ist leider lückenhaft. Ich fragte ihn jedoch, ob er dem Glauben seiner Väter auch in der Fremde treu geblieben sei.

Reverend, sagte er – und ich wunderte mich über dies schöne Wort englischer Zunge, das mir unübersetzbar scheint –, Reverend, Europa ist jetzt fremd für mich. Hier bin ich zu Hause. (Ich übersetze sinngemäß.) Die Religion meiner Väter? Jede Insel der Welt hat ihre eigenen Götter, Reverend. England wie Ponape. Ein Gott ist nur da mächtig, wo er zu Hause ist. Er verliert seine Macht, wenn man ihn auf die Reise schickt. Sehen Sie, und er zeigte mir ein kleines silbernes Kreuz, das er unter mehreren Muschelketten um den Hals trug, sehen Sie, das trug ich, als ich vor vielen Jahren von England aufgebrochen bin. Hier auf Ponape ist es nichts anderes als das, was es ist: ein kleines silbernes Ding an einem Lederband. Wenn Sie so lange wie ich hier sind, glauben Sie auch nichts mehr, Reverend.

Sie sind ein wahrer Heide, antwortete ich ihm. Heidnischer als alle Ponape-Leute.

Und er, lachend: So ist es.

Gibt es verlorene Seelen, unerreichbar selbst für die Gnade Gottes und SEINE Erlösertat, so ist diese es. Aber Jesu Auftrag gilt auch für ihn. Ich werde für ihn beten und darum, daß es mir vergönnt sein möge, ihn dereinst die Herrlichkeit des Herrn schauen zu lassen. Gottes Werke sind groß.

Ist doch auch diese Insel Teil seiner Schöpfung, wenngleich weltverloren am äußersten Ende derselben befindlich und ihre Schönheit von fremder und den weitgereisten Besucher eher ängstigender Art.

Die Insel erfreut sich eines üppigen Pflanzenkleids. Vom Strande bis zu den Bergeshöhen ist sie über und über begrünt. Soll ich es Wald nennen, was sich dem Auge darbietet? Zu ungleich ist es dem deutschen Wald, nach dessen schattiger Trautheit das Herz sich hier sehnt.

Beim letzten starken Taifun, der vor drei Jahren die Insel verheert hat, wurden die stärksten Bäume wie Streichhölzer geknickt. Inzwischen sind sie jedoch von Moosen, Farnen, Schlingpflanzen derart überwuchert, daß das Innere der Insel als ganz und gar undurchdringlich gilt. Auch läßt sich nicht mehr feststellen, welche Art Bäume den ursprünglichen Bestand gebildet hat. Sekundärvegetation hat bei dem herrschenden feuchten und warmen Milieu in kurzer Zeit alles zugedeckt. Ins Auge fallen Hibiskus, Callophyllum, Barringtonia und Ficus in mannigfaltiger Art, in höheren Lagen durch wilde Bananen, Baumfarne und Krüppelholz abgelöst. Wer das gesehen hat, ermißt, was »grüne Hölle« heißt. Scheint doch zwischen Flora und Fauna eine Art schleichender Übergang zu bestehen, wie er sich im Bild der fleischfressenden Pflanze manifestiert, die es hier geben soll, obzwar ich ihrer noch nicht ansichtig geworden bin. Nichts scheint mir ekelhafter. Hat Gott die Welt nicht geschaffen, indem er schied? Licht von Finsternis, Land von Meer, Menschen von aller tierischen Natur? Hier nun, am Rande der Schöpfung, am Rande der Welt triumphiert die Durchdringung des Unterschiedenen. Sommer und Winter vereinen sich zu einer einzigen Jahreszeit schwüler Feuchtigkeit. Pflanzen ahmen die kriechende Bewegung tierischer Organismen nach. Sie greifen, schlingen, umarmen. In den Mangrovensümpfen an den Küsten vermischen sich Land und Meer dergestalt, daß du nicht zu sagen vermagst, ob du dich schon an Land oder noch auf dem Wasser befindest. Wurzeln ragen in die Luft statt in den Boden. Heißt das nicht die Ordnung der Schöpfung auf den Kopf stellen?

Ja, selbst der Mensch scheint dem Tiere näher zu stehen, wo er sich seinen Instinkten, der animalischen Natur, ohne Kampf überläßt. Der Gang der Ponape-Leute, barfüßig, so sie nicht von uns mit Schuhen versorgt worden sind, gleicht dem lautlosen Schleichen von Katzen, die auf Beute gehen. Sie schmiegen sich gleichsam dem Boden an, und tatsächlich bemerkst du sie erst, wenn sie vor dir stehen. Es ist nahezu unheimlich.

Bruder Ludwig teilt alle diese meine Ansichten nicht, wofern er sie bei seiner schlichten Denkungsart überhaupt versteht. Noch gestern sah ich ihn mit unserem Hausmädchen Nan-tei auf eine Weise scherzen, die mir nicht recht gehörig schien. Sie schlich sich in der beschriebenen Weise an, und er, erschrocken und, wie es schien, erfreut, ließ sich auf eine Art kindliches Haschen mit ihr ein. Ich stellte ihn darauf zur Rede und legte ihm dar, daß wir als Verkünder des wahren und einen Gottes zu Würde und Abstand verpflichtet sind.

Aber wir selbst müssen nicht als Ölgötzen auftreten, entgegnete er in seiner direkten, einfachen Art.

Gewiß, auch wir sind nur Diener des Höchsten und schwach hinsichtlich unserer fleischlichen Natur. Darum heißt es wachsam sein, auf daß wir nicht am Ende wie Mister Winston der Verführung zum Vergessen erliegen. Die Insel in ihrer fremden verderblichen Lieblichkeit schafft Abtrünnige. Abtrünnige des Glaubens, des Fortschritts und der Sittlichkeit. Ich bete für Bruder Ludwig und für mich selbst, der ich mich allerdings infolge höherer Bildung des Geistes als gefeit gegen solche Versuchung betrachte. Wenn mir nur bald Elisabeth würde! Ihr holdes Bild schwebt mir ohne Unterlaß vor, und das Fleisch plagt in diesen Weltgegenden mehr als anderswo. Das ist, oft beschworen, nur zu wahr. Eine Art waches Dämmern befällt den Europäer hier, und es ist leider der Geist, der dämmert, während das Fleisch erwacht. Ich suche Hilfe bei Anfechtungen, indem ich mich der Übersetzung des Neuen Testaments ins Ponapesische zuwende, mit der ich begonnen habe. Und so schlage ich jetzt Lukas 2 auf, die Weihnachtsgeschichte.

Wie übersetze ich »Krippe«, da es Viehwirtschaft auf Ponape nicht gibt? Sie machen aber sehr hübsche Flechtkörbe, so daß das göttliche Kind durchaus in einen solchen gelegt werden könnte. Ich werde es wohl erwägen.

In Deutschland haben sie jetzt gewiß schon Schnee.

GNADENBRONN 1906

In diesem Jahr dauert der Winter bis in den April hinein, eine lange Nacht der Ruhe für die Genesenden, die Ratsuchenden, die Geschwächten. Straßen und Wege sind im Schwarzwald tief verschneit, so daß sie immer dieselben kleinen Spaziergänge machen müssen, die bis an das letzte Haus des Dorfes führen. Dahinter beginnt der Schnee, die Weglosigkeit. Nur die Straße ins Tal, zur Rheinebene hin, wird, so gut es geht, vom Schnee geräumt und kann bei günstigem Wetter befahren werden. Nichts Schöneres für die Genesenden als dies Gefühl, zur Untätigkeit verdammt zu sein, getrennt von einer Welt der Aktivitäten und Geschehnisse durch hohe Schneewehen. Sie lehnen sich mit den Rücken an die Kamine, und langsam spüren sie etwas in sich aufgehen wie die Knospen an den Zweigen, die man winters in Vasen stellt und denen es in der Wärme nicht länger erspart bleiben kann zu blühen. Später vielleicht, wenn der Frühling kommt, denken sie. Aber sind sie vor ihm hier nicht vorläufig sicher?

Sie wissen noch nicht, daß sie mitten ins Herz einer Welt geraten sind, die weder Sommer noch Winter, weder Ruhe noch Stillstand kennt. Ins Zentrum eines Reiches, in dem die Sonne nie untergeht.

Auf einer Anhöhe, die sich am Rande des Dorfes erhebt, steht das Missionshaus. Die Villa eines Karlsruher Industriellen mit Türmen, Erkern, Veranden, Terrassen und einem Park voller Tannen, Buchen, Rhododendron, durch den eine breite, geschwungene Auffahrt zum Portal hinaufführt, das eine gewaltige, von Balustraden gesäumte Treppe krönt. Ein Akt der Schenkung, vollzogen im Geist der Resignation und Gottesfurcht, hat sie der Missionsgesellschaft vermacht. Seitdem bewohnt Pfarrer Helfrich, ihr Direktor, das Dachgeschoß, während sich in den weitläufigen, getäfelten Sälen der unteren beiden Geschosse die Büros, Besprechungs- und Schulungsräume sowie eine Bibliothek befinden. Die ehemalige Remise und das Kutscherhaus sind zu Gästehäusern ausgebaut worden, und ein benachbarter Hof beherbergt den Wirtschaftsteil, Küche, Wäscherei, Fuhrpark. Sogar ein Automobil steht hier, mit dem Helfrich sich im Sommer wie weiland der Industrielle in die Ebene hinunterfahren läßt. Die zukünftigen Missionare, die ihre Ausbildung in Gnadenbronn erhalten, bevor sie auf die Stationen in China, Japan, Borneo, Sumatra, den Karolinen- und Palau-Inseln ausgesandt werden, sind in verschiedenen Häusern des Dorfes untergebracht. Das Schwesternerholungsheim im Unterdorf gehört zwar nicht der Gesellschaft, dient aber einigen der Schwestern, die für die Mission ausgebildet werden, zur Unterkunft. Sie alle, auch die Diakonissen, die in Gnadenbronn zur Erholung sind, besuchen die Gottesdienste in der Missionskirche, die Pfarrer Helfrich hält.

Seine Predigten sind berühmt. Sie richten sich an den untätigen, säumigen Christen in jedem Menschenherz. Sie geißeln die Gleichgültigkeit, die Lauheit, das stumpfe Gewissen. Sie weisen einen Weg in die Verantwortung für das große Heilswerk Gottes, das nicht vollbracht ist, solange noch Heiden auf Erden sind.

Alle sind berufen. Wenige sind auserwählt. Die übrigen mögen spenden. So lautet die Botschaft, die Helfrich für seine Zuhörer hat. Wie alle großen Prediger versteht er es, die Not zu wecken, für die er Linderung verspricht.

Ihr seid verzweifelt, ruft er den Menschen zu. Ihr glaubt, Gott habe die Welt sich selbst überlassen? Ihr fürchtet euch, habe ich recht? Ihr fürchtet die Fremden, die Feinde und eure eigene Hilflosigkeit? Ihr fühlt euch nicht sicher, weder hinter euren Grenzen, den oft berannten, noch im eigenen Herzen? Ihr wißt nicht, ob eure Leben verloren, vergeudet sind und welchem Sinn ihr dient?

Die Menschen sitzen dicht gedrängt in der Missionskirche, und viele stehen, so daß man im Sommer das Portal offenläßt, damit die draußen die Botschaft mithören können, wenn auch nur halbe, verwehte Sätze an ihr Ohr dringen. Sie lieben es, wenn ihre Trauer beschworen wird, ihre Verlorenheit. Sie strömen von weither herbei, als habe ein später Bernhard von Clairvaux gerufen, als gelte es, aus der Ebene auf den Berg zu steigen, um dort die Stimme des Heils zu vernehmen:

Fürchtet euch nicht! ruft Helfrich. Denn ich habe euch erlöst. Ich habe euch bei euren Namen gerufen. Ihr seid mein.

Die kleine Freiheit, die er sich mit dem Wort Gottes erlaubt hat, fällt kaum auf, und auch nicht die feine Anspielung auf die persönlichen Anschreiben, die er zu versenden pflegt und die eine herzliche Bitte um Spenden enthalten, indem sie auf die jeweilige finanzielle Lage des Adressaten bezogen sind. Wer viel hat, kann mehr geben. Helfrichs Adressenkartei enthält in der Mehrzahl die Anschriften von Unternehmern und Kaufleuten sowie, bevorzugt, deren Witwen. Je jünger, diese Erfahrung hat er gemacht, der Reichtum in einer Familie ist, desto eher kann man noch an das Gewissen des Geldes appellieren. Grundbesitz ist für die Aktivierung von Spenden eher unergiebig, hat er gelernt. Die Bauern in der Umgebung, auch die wohlhabenderen, sind fast alle

Geizhälse. Je länger der Besitz schon in einer Familie ist, desto zäher haftet er. Helfrich selbst ist ein Bauernsohn. Er versteht es. Doch die rasch in den Jahren seit dem Siebziger Krieg zu Geld Gekommenen sind es, die die Mission, ihre fernen Stationen und ihren Sitz in der Heimat finanzieren. Es ist, als könnten sie die Last des Reichtums nicht länger tragen. Sie drängen ihm ihr Geld manchmal geradezu auf. Gnadenbronn ist die Wallfahrt, nach der es sie verlangt, Helfrich ihr Heiliger. Sie wollen verdammt und gesegnet sein.

Ein blühender Wallfahrtsort, wenn er sich auch nicht durch vergoldete Schreine und Kirchturmspitzen ausweist. Die Villa liegt düster drohend und abweisend zwischen den Tannen und kündet immer noch von dem Wunsch ihres Erbauers, nicht gestört zu sein. Es braucht Mut, um die Zufahrt, geschweige denn die Treppe zum Portal zu passieren. Trotzdem herrscht hier ein reges Kommen und Gehen. Menschen aus aller Welt und aller Hautfarben kommen nach Gnadenbronn. Chinesen mit langem Nackenzopf, hochwüchsige Afrikaner in blauen Burnussen, pastorale Gestalten im dunklen Anzug mit weißem Stehkragen, die sich bei näherem Hinsehen als Abgesandte polynesischer Gemeinden herausstellen. Helfrich umgibt sich gern mit Sendboten einer fremden Welt. Sie verkörpern den Charme von Gnadenbronn. Er braucht sie. Bei den Gottesdiensten läßt er sich von ihnen einrahmen. Und er erlaubt ihnen gern, ihre heidnische Tracht anzulegen, die ihnen die Missionare in ihrer Heimat zu tragen verbieten. Es kleidet ihn gut, so gerahmt zu sein. Er ist ein kleiner Mann, der sein Auftreten jedoch so zu inszenieren weiß, daß sich Imposanz einstellt.

Im Dorf wird er nie gesehen außer auf seinem sonntäglichen Weg zur Missionskirche, der stets zur Prozession gerät, welcher, nach all den exotisch gewandeten Gästen, auch seine Familie folgt, eine unscheinbare Frau, die die schwarze Haube einer längst vergangenen Mode trägt, und zwei kleine Mädchen, die sich, als fänden sie nur beieinander Halt, an der Hand fassen. Die Menschen bleiben stehen. Kennte ihr Protestantismus diese Geste, würden sie das Knie beugen. Sie erfahren, daß man statt dessen spenden kann.

Anfang Mai, als ein unvermittelter, schwüler Frühling einsetzt, ein Frühling, der statt des Glücks, das vorausgeahnt wurde, nichts als Kopfschmerz bringt, findet in der Missionskirche in Gnadenbronn ein feierlicher Aussendungsgottesdienst statt. Lina, die seit einiger Zeit im Chor des Schwesternheims singt, bekommt nicht viel davon mit, weil sie in der letzten Reihe der Sängerinnen auf der Empore steht. Doch etwas von der ekstatischen Freude des Aufbruchs erfaßt auch sie, zumal sie mit einer der Schwestern, die Abschied nehmen, ein Zimmer geteilt hat. Es ist Elisabeth, und sie folgt nicht dem Missionsbefehl Jesu, sondern ihrer Liebe, wie Lina weiß.

Aber ist das nicht gleich? Beruft Gott nicht einen jeden nach den Gaben, die er ihm gegeben hat?

Sie ist eine Heuchlerin. Merkst du das nicht? hat Hedwig, die Mitschwester im dritten Bett gesagt. (Sie schlafen immer zu dritt in Gnadenbronn.)

Aber sie liebt ihn wirklich, hat Lina entgegnet. Sieh nur, was sie für ihn auf sich nimmt!

Elisabeth hat sich durch Bibelunterricht und theologische Grundschulung gequält. Ihr ist es gleich, welche Rolle der Heilige Geist als Tröster und Mittler spielt und wie die Rechtfertigung des Menschen bei Gott geschieht. Ich war so schlecht in der Schule, hat sie Lina anvertraut. Immer wenn ich etwas auswendig lernen soll, muß ich sofort gähnen. Wie schreibt man Katechese, mit oder ohne h?

Mit der Krankenpflege ging es besser bei ihr. In ihrem Beruf als Kellnerin mußte sie manchmal auch irgendwas aufwischen, hat sie Lina erklärt. Da kann man nicht zimperlich sein.

Lina glaubt, daß sie dem Missionar in der Südsee eine große Hilfe werden kann. Außerdem wird sie ihn glücklich machen. Sie denkt an Änne und Gretchen und die Liebe in Altena. Sie hofft, daß der Missionar ein Mann ist, für den der weite Weg sich lohnt, den Elisabeth machen will. Beim Abschied sagt sie ihr das ins Ohr.

O ja, flüstert Elisabeth. Ich wollte, du könntest ihn sehen. Er sieht so gut aus.

Es ist ein strahlender Aufbruch im Frühlingssonnenlicht. Das Ende des Gnadenbronner Winterschlafs, den Lina gehalten hat. Auch ihr Aufbruch steht bevor. Doch im Unterschied zu Elisabeth weiß Lina nicht, wohin es geht. Sie wartet auf ihren Auftrag. Sie wird ihn annehmen. Eine Wahl hat sie nicht. Wird man sie wieder nach Budapest schicken? Als sie die Oberin im Schwesternerholungsheim zu sich ruft, gerät sie in einen Zustand unangebrachter Aufgeregtheit, die sich seit der Schneeschmelze schon in ihr gesteigert hat. Wozu dieses Bangen und Hoffen? Es ist jahreszeitlich bedingt, lästig wie ihre Periode, überflüssig und gegenstandslos wie sie. Ihr Schicksal wird nicht mehr entschieden. Sie hat es bereits gewählt. Ihr Auftrag ist das Dienen. Es wird an jedem Ort der gleiche Dienst sein, den sie tut.

Als sie das Zimmer der Oberin betreten will, ist noch ein Gast da. Sie weicht zurück, will die Tür wieder schließen.

Nein, kommen Sie herein, ruft die Oberin.

Der Gast dreht sich um. Es ist Helfrich. Lina erschrickt. Sie wird ihm vorgestellt.

Pfarrer Helfrich und ich hatten etwas zu besprechen. Nein, bleiben Sie.

Wie gefällt es Ihnen bei uns in Gnadenbronn, meine Liebe? fragt Helfrich freundlich.

Es hat mir gut gefallen, sagt Lina. Ich habe mich gut erholt.

Er sieht sie mit einem Blick an, dessen Zugetanheit und Wärme Lina überraschen. Am meisten jedoch überrascht sie etwas, das sie sich erst später bewußt machen wird: Etwas in seinem Blick wirbt um sie. Möge mich, sagt sein Blick. Laß mich dir gefallen. Dann wollen wir sehen, ob nicht auch du mir gefällst. Denn ich weiß alles über dich. Zweifle nicht. Alles.

Das freut mich, sagt Helfrich. Unser Gnadenbronn ist ein besonderer Ort. Haben Sie jemals das Wirken Gottes so deutlich wie hier gespürt?

Nein, sagt Lina unter dem Einfluß des Blicks, der weiterhin auf ihr ruht.

Sehen Sie, sagt Helfrich entschieden, als sei er eben mit ihr zu einer Art Geschäftsabschluß gekommen. Er verabschiedet sich von der Oberin, gibt Lina flüchtig die Hand und verläßt den Raum.

Sie bleiben, sagt die Oberin.

Sicher, sagt Lina.

Sie bleiben hier, wiederholt sie.

Hier? sagt Lina und läßt einen hilflosen Blick über den Schreibtisch der Oberin schweifen, auf dem neben der Bibel eine Akte mit ihrem Namen liegt.

In Gnadenbronn, sagt die Oberin. Sie beherrschen die Buchhaltung? Stenographie und Schreibmaschine? Sie werden in der Verwaltung im Missionshaus gebraucht, mein liebes Kind.

Es war, als hätte der Fluch von Herrmann sie eingeholt.

PONAPE 1907

Im Februar begannen wir mit dem Zurichten der Hölzer für die Kirche. Am ersten Sonntag im April konnte mit des Herrn Hilfe ihre Einweihung begangen werden. So sagen wir Euch denn Dank für Eure Hilfe durch Gaben und durchs Gebet. Vor allem ist die Glocke rechtzeitig angelangt und ruft nun alle Bewohner der Insel zum Gebet, auch solche, die den Ruf noch nicht vernehmen. Erfüllt doch der Glockenton Land und Luft mit der Gegenwart des Herrn, und scheint das Heidentum besiegt, wo die Glocke tönt. Es bleibt allerdings noch genug Arbeit im Weinberg, bis die Lese gehalten wird. Wir hatten sieben Taufen, so daß bis jetzt fünfundzwanzig Seelen zum Herrn gewendet worden sind. Betet für sie, denn ihr Glaube steht zumeist noch auf tönernen Füßen, da ihnen das Bewußtsein der Sündenvergebung fehlt. Ja, es scheint, daß sie gar keinen Begriff von der Sünde haben. Wie sollen sie da die Vergebung spüren? Wir weisen immer darauf hin, aber die Leute verstehen nicht, daß ihnen dieses fehlt.

Die Zahl unserer Schüler beträgt jetzt dreißig. Unterrichtsfächer sind: Biblische Geschichte, Katechismus, Lesen und Schreiben (in Ponape und Deutsch), Singen, Rechnen, Turnen und Handarbeit, dazu ein wenig Erdkunde und Naturkunde. Namentlich im Singen deutscher Lieder und im Schreiben deutscher Schreibschrift machen die meisten gute Fortschritte.

Besonders liegen uns die jungen Leute am Herzen, die im Dienst der Weißen stehen, Polizeisoldaten, Bootsjungen, Hausjungen, Köche und andere mehr. Ihnen darf es nicht am Vorbild fehlen, sind doch die Sitten der Braunen vielfach vom Übelsten. Ehebruch, Vielweiberei und widernatürliche Unzucht scheinen durchaus toleriert zu sein. So versuchen meine liebe Frau und ich ein Beispiel zu geben, wie eine christliche Ehe geführt werde, indem wir uns stets liebreich, jedoch gesittet gegeneinander betragen. Gebe Gott, daß es uns und den lieben Braunen zum Segen sei. Seine Gnade mag auch daran erkannt werden, daß meine Frau guter Hoffnung ist und bald niederkommt. Gedenket ihrer in Gebet und Fürbitte.

Bruder Ludwig schließt sich meinen christlichen Grüßen an und bittet um eine Sendung von Pinseln jeglicher Größe und Stärke zum Anstreichen. Die Farben beziehen wir von Murayawa u. Co., wie die Nachbarschaft der Japaner überhaupt sehr hilfreich ist.

Eure Kollekte erbitten wir für ein Harmonium. Vorerst behelfen wir uns mit dem Akkordeon, das meine Elisabeth sehr schön zu spielen weiß.

(Wie gewohnt, füge ich dieser Abschrift meines Briefes nach Gnadenbronn ein paar Aufzeichnungen hinzu, die persönlicher Natur sind. Mögen sie niemals in falsche Hände gelangen. Sie sind ausschließlich für mich und für meine Frau bestimmt. Wer immer sonst dies in Händen hält, wolle von der Lektüre des folgenden absehen!)

Wie oft hat mir die Gute mit ihrem Spiel schon die Grillen vertrieben. Spielte sie unlängst doch sogar eine Polka. Als ich ihr den Übermut verwies, zeigte sie auf Nan-tei (unser Hausmädchen) und sagte: Ihr gefällt es. Und richtig: Dies Kind der Südsee hatte bei den schwungvollen Klängen zu tanzen begonnen und ganz den Rhythmus getroffen.

Sie brauchen hier keine Tanzstunde, bemerkte Elisabeth und spielte weiter auf, bis ich ernsthaft Einhalt gebot, da man sich vom Dorf her schon einzufinden begann und das Missionshaus in einen Tanzboden sich zu verwandeln drohte.

So ist sie. Mit ihrem heiteren Liebreiz steckt sie uns alle an. Nun, kurz vor ihrer ersten Niederkunft, wird sie doch schwerfällig, und mir scheint auch ihr Gemüt etwas umdunkelt. Es muß wohl allen Frauen, denke ich, so ergehen. Allein, mir fehlt die Erfahrung mit solcherlei Umständen. Bisher ging alles recht gut, und Gott ist ja mit uns. Auch kann uns ärztlicher Beistand aus der Kolonie werden, wenn es nötig sein sollte. Ein deutscher Arzt ist dort, der schon im Siebziger Krieg als Stabsarzt gedient hat, also durchaus als erprobt gelten kann, wenn auch nicht in Geburtshilfe. Denn die eingeborenen Frauen bedürfen ihrer nicht. Ihre Animalität zeigt sich auch hierin, daß sie dem Geschäft des Gebärens als einer natürlichen Verrichtung obliegen. Unsere europäischen Frauen scheinen da doch ungleich diffiziler angelegt.

Ein unliebsamer Zwischenfall drohte uns, die wir doch sonst immer eins sind, heute fast zu entzweien.

Ich hatte Andacht im Dorf Uu gehalten, wo sich stets fünf bis zehn Interessierte einfinden, denen ich diesmal Matthäus 14 auslegte, Jesu Wandeln auf dem Meer. Da staunten sie nicht schlecht. Einer von ihnen, ein Jüngling, meldete Zweifel an und fragte, ob er wohl selbst mit Jesu Hilfe über die Lagune wandeln könne. Ich fühlte plötzlich, daß eine Stunde der Bewährung für das Evangelium gekommen sei. In meinem Innern flehte ich den Heiligen Geist herbei.

Ja, antwortete ich dem Jüngling – mein Ponape hat recht

schöne Fortschritte gemacht –, mit Jesu Hilfe kannst du das wohl.

Doch bevor er die Probe aufs Exempel machen konnte, sprach ich ihm von Petrus, der es genauso wie er Jesus nachtun wollte.

Und, gelang es ihm? wollte der Jüngling wissen.

Nur solange sein Glaube stark genug war, antwortete ich. Beim ersten Zweifel, der allergeringsten Angst, hub er zu sinken an.

Ist dein Glaube stark genug? Willst du dein Leben riskieren in Jesu Nachfolge? fragte ich ihn. Zweifelst du so wenig wie Jesus an der Allmacht des Vaters?

Da ging der Jüngling in sich und mit ihm alle anderen Zuhörer. So wurde Glaube und Sündenbewußtsein gleichzeitig in ihnen gestärkt, was nur der Geist Gottes bewirken kann. Dank sei IHM, der mir diesen Sieg über die Finsternis des Unglaubens schenkte. Scheint es doch, als wenn ER die Anwesenden für SEINE Ernte reifen lassen wolle, zumal den Jüngling, der die Frage gestellt hatte. Er hat schon seine Bereitschaft, sich taufen zu lassen, erklärt, und auch die anderen werden nicht säumen, wenn Gott Gnade gibt. Vielleicht, daß ich mit nächster Post, die in drei Monaten mit dem Schiff von hier abgeht, nach Deutschland weitere Seelen melden kann.

So komme ich, noch gestärkt vom Wirken des Geistes, zurück zur Missionsstation und halte Ausschau nach meiner Elisabeth, um ihr zu erzählen, was mit Gottes Hilfe getan ist, als ich ihrer auch richtig auf der Veranda unseres Wohnhauses ansichtig werde. Sie sitzt auf einer Art Schaukel, die Bruder Ludwig ihr gebaut und mit Schiffstauen am Dach befestigt hat. Auch er scheint ihr zugetan ob ihres Liebreizes und der Beschwernis, die sie zu ertragen hat.

Wie ich die Stufen hinaufgehe, scheint mir ihr Leibesumfang überaus gewaltig. Gewaltiger denn ich es mir vorgestellt hatte in ihren Umständen. Doch ist das, wie gesagt, auf Mangel an Kenntnis zurückzuführen. Ich blicke auf die Taue, ob sie die Last auch zu tragen geeignet sind, und es geht mir der schöne Adventsliedvers durch den Sinn:

Es kommt ein Schiff, geladen
bis an den höchsten Bord ...

So scheint mir Elisabeth. Ich beuge mich, um ihr einen Kuß aufzudrücken, was unter den Ponape-Leuten schon einigermaßen viel Aufsehen erregt hat. Denn sie kennen diese Geste des freundlichen Umgangs unter Ehegatten nicht, sollten aber durchaus, wie ich meine, durchs Beispiel belehrt werden. Hat doch auch unter den Jüngern Jesu die Sitte des Küssens geherrscht, wie es das traurige Exempel des Judas lehrt. Doch das ist ein anderes.

Wie ich mich nun hinabbeuge, entdecke ich etwas, das mich zunächst in Erstaunen, dann in Entrüstung setzt. Die Gute trägt eine seltene schwarzrote Muschel an einer Kordel um den Hals.

Was ist das? frage ich. Mir kommt sofort ein Verdacht.

Limén hat es mir gegeben, sagt Elisabeth unschuldig, wiewohl zu sorglos in diesem Fall. Limén ist eine ältere Ponapesin, derer wir uns als Hebamme versichert haben, da man sie uns vielfach empfohlen und ihre Erfahrung aufs höchste gepriesen hat.

Begreifen und außer mich geraten ist eins. Ein Fruchtbarkeitszauber! rufe ich. Ich fasse nach der Muschel, so daß Elisabeth mir fast aus der Schaukel fällt. Die Kordel zerreißt, und ich werfe die Muschel weit in das Hibiskusgebüsch unter unserer Veranda, wo sich sogleich ein paar junge Mädchen um sie zu streiten beginnen, die uns, wie es hier beinah unvermeidlich ist, beobachtet haben. Ich achte ihrer jedoch nicht mehr, denn Elisabeth, die Gute, die offenbar nichts begriffen hat, liegt mir mit ihrer ganzen lieben Last im Arm. Ich erkläre ihr, was vorgefallen ist, doch sie scheint seltsam verstört und will mich nicht verstehen. Sie hält die Gabe für harmlos.

Harmlos! Ein Teufelswerk. Ein heidnisches Amulett. Zeugnis des Geisterglaubens. Botschaft der Finsternis.

Wir haben Jesum, der uns aus der Bedrängnis hilft. Was will uns irgendein Zauber?

Sie habe nur das Geschenk nicht zurückweisen wollen, sagt Elisabeth.

Ich versuche ihr vor Augen zu halten, daß wir wachsam sein müssen, auf daß wir nicht in Anfechtung fallen. Auch müsse unser Beispiel untadelig sein, um die Braunen vom falschen Weg abzubringen.

Elisabeth scheint mich gar nicht anzuhören.

Du verdirbst alles, sagt sie.

Jetzt, da mein Blut abgekühlt ist, scheint es mir selbst so, daß es zu heftig wallte. Ich bin leider von Gott mit der Neigung zu Jähzorn geschlagen und trachte danach, dieselbe im Zaum zu halten, so gut es geht. In Fragen des Glaubens jedoch mag ich mich nicht mäßigen. Denn wie der Apostel Paulus die Epheser mahnt: *Ziehet an den Harnisch Gottes, daß ihr bestehen könnet gegen die listigen Anläufe des Teufels,* wieviel mehr gilt doch für uns mitten im Feindesland, daß wir allenthalben Streiter des einen und wahren Glaubens sein müssen.

Ich wende mich der Übersetzung des Gotteswortes zu. Das beruhigt.

Plötzlich, kurz nach dem Nachtmahl, höre ich Elisabeth laut nach Limén rufen. Ich eile zu ihr. Sie befiehlt mir, nach der Alten zu schicken. Ich rufe das Dienstmädchen, das auch sogleich herbeikommt und mir versichert, Limén sei schon unterwegs, sie wisse schon Bescheid.

Wie kann das sein, frage ich, da sie doch jetzt erst Befehl erhält?

Du verstehst gar nichts, Karl, sagt Elisabeth.

Es scheint mir auf einmal, daß sie gestern erst mit dem Schiff angekommen ist und das gemeinsame Leben noch gar nicht begonnen hat. Dabei ist sie jetzt schon ein ganzes Jahr hier. Was täte ich ohne sie?

Es ist Nacht, und die Wehen dauern bereits drei Stunden.

Es will nicht vorangehen. Seit gestern abend ist die Alte da und macht sich nutzlos zu schaffen. Sie scheint allerdings unbesorgt. Offenbar geht es so. Das erste Kindbett soll ja das schwerste sein. Elisabeth arg geprüft. Wie der Allmächtige dem Weibe verheißen hat: Ich will dir viel Schmerzen schaffen, wenn du schwanger wirst.

Auch der Mann wird geprüft. Allerdings mehr im Geiste denn im Fleisch. Wolle Gott uns gnädig sein.

Es ist jetzt Abend und immer noch kein Ende der Pein. Es scheint mir über die Maßen. Doch der Herr waltet.

Elisabeth ganz in SEINEN Willen ergeben. Ist ER doch unser Retter und unser Arzt. Deshalb vertrauen wir aufs Gebet mehr denn auf jede ärztliche Kunst. Auch Pfarrer Helfrich hat bei Erkrankung seiner Kinder allein die Hilfe des Herrn herbeigefleht. Allerdings wurden ihm auch drei davon genommen.

Die Alte weiterhin heiter, ganz ruhig und unbesorgt.

Man sagt ja, daß die Wilden in solcher Hinsicht gut bewandert sind. Aber ich gedenke doch den Arzt zu rufen, wenn nicht bald ein Ende ist.

So habe ich denn Gott für seinen zwiefachen Segen zu danken. Zwei Töchter sind mir in vergangener Nacht geboren. Sie scheinen gesund und wohlauf zu sein.

Elisabeth noch sehr leidend. Doch warf sie einen innigen Blick auf die Kinderchen, als man sie ihr darbot, und drückte sie mir matt die Hand, als ich ihre umfaßte.

Der Arzt sparte nicht mit Verwünschungen der Hebamme. Er jagte sie fort, als er ankam, jedoch gelang es mir nicht, sie zu entlassen. Sie saß noch auf der Schwelle, als er ging. Jetzt ist sie wieder im Haus und macht sich nützlich als Kinderwärterin. Solange Elisabeth noch derartig schwach ist, verwehre ich es ihr nicht.

Sie hätte ums Haar meine Frau und beide Kinder auf dem Gewissen, sagte der Arzt. Der Herr hat es also gewendet. Die teure Gefährtin schläft. Trotzdem sind ihre Züge immer noch wie vom Schmerz entstellt und zuckt es dann und wann darin. Ist es das Erinnern an erlittene Pein? Gott schenke ihr die verdiente Ruhe, der auch ich jetzt bedarf.

Zwei Tage nach der Entbindung immer noch Schmerz und Weh. Der Leib hart, aufgetrieben, die Mattigkeit sehr groß. Nahrung kann die geschwächte Mutter kaum bieten, noch dazu für zwei. So haben wir nach einer Amme ins Dorf Kiti geschickt. Sie ist seit heute hier und verrichtet ihr Geschäft zur Zufriedenheit.

Der Arzt war noch einmal da und rät zur Geduld. Auch gab er Chinin, da das Fieber leider steigt. Die Arme ist nicht recht bei sich. Als ich ihr heute die Kinder wies, auf daß der liebliche Anblick ihr Kraft gebe – denn es sind reizende Kinder und beide, wie es mir scheint, ihr wundersam ähnlich –, da sah sie von ihnen zu mir mit gleichsam erschrecktem Blick und fragte: Wo ist das andere?

Welches andere? sagte ich. Dies sind deine Kinder.

Das andere Kind, flüsterte sie und glitt wieder in die halbe Bewußtlosigkeit, in der sie fast immer angetroffen wird.

Der Arzt scheint guten Muts zu sein und schiebt das Ganze auf die Verweichlichung. Die europäische Rasse, zumal in ihren weiblichen Vertretern, sei doch recht degeneriert, wenn man sie mit den Wilden vergleiche. Kreatürliche Verrichtungen wie das Gebären fielen in dem Maße leicht, wie die höheren Tätigkeiten des Geistes schwer fielen. Man brauche nur zu sehen, wie die eingeborenen Frauen ohne viel Laborierens Kinder werfen. Unsere Frauen dagegen, obzwar unendlich viel kreatürlicher als der Mann, seien doch durch Schulbildung, Lesen, Klavierspielen und dergleichen mehr so verbildet, daß sie als Mütter zunehmend ungeeignet seien. Deshalb müsse man sie nur unverdrossen ins Wochenbett schicken. Sie seien dafür gemacht und ihre Leiden zum Teil auch eingebildeter Natur, wie die neuere Forschung, zumal eines Mannes aus Wien, bewiesen habe.

Ich widersprach nicht aus Rücksicht auf die liebe Leidende.

Das wird schon, sagte er, indem er ihr den Leib betastete. Da habe ich bei unseren Helden vor Sedan ganz anderes gesehen.

Die Arme konnte ihn nicht hören. Ihr Geist weilt anderswo. Ihr Körper scheint wie von Wehen gefoltert. Doch sind die Kinder ja auf der Welt. Hilfe steht beim Herrn.

Ein Strahl der Hoffnung. Sie sprach mit mir. Sie schien ganz bei Bewußtsein und verlangte ihre Kinder zu sehen. Unendlich liebreich ruhte ihr Blick erst auf ihnen, dann auf mir. Sie sprach von einer Reise, die sie tun wolle.

Ich versprach ihr, daß es daran nicht fehlen solle, wenn es zu ihrer Erholung dienlich sei.

Wohin willst du?

Nach Hause, sagte sie.

Ich hatte schon daran gedacht, sie heimzuschicken, damit sie sich erholt, und sei es um das Alleinsein für ein oder zwei Jahre. Ich selbst kann ja nicht weg in diesem Stadium der Arbeit an den Seelen hier.

Willst du die Kinder mitnehmen?

Nein, flüsterte sie, nur das andere Kind.

Dann glitt sie mir wieder in den Fieberwahn und sprach Unverständliches. Aber es ist ein Anfang der Besserung, wie mir scheint. Doch ist ihr Leib noch hart und das Fieber wieder hoch.

Eben kommt Limén herein.

Liebe Brüder und Schwestern im Herrn,

nach dem Heimgang der Ehefrau unseres Bruders Karl Winter herrscht tiefe Trauer in unserem Missionshaus auf Ponape. Die Fröhlichkeit, die mit ihr hier Einzug hielt, hat sie mit sich genommen in die himmlischen Wohnungen, wo sie ewig währt. Uns aber ließ sie zurück, wenn auch wir nicht ungetröstet sind durch SEINE Verheißungen.

Bruder Winter jedoch verschließt sich jedem Trost und scheint mit seinem Gott zu hadern.

ER möge ihm vergeben. Ist er doch hart geprüft. Nur ein Jahr mit der Gefährtin und jetzt wieder allein. Sein Geist scheint verdunkelt, und heftig begehrt er auf, indem er zwar nicht Gott anklagt – solche Sünde sei fern von ihm –, sondern den Arzt, der die liebe Heimgegangene behandelt hat. Es ist der deutsche Regierungsarzt Dr. Helmholtz, dem allerdings der ärztliche Kunstfehler unterlief, nicht zu erkennen, daß die werte Niedergekommene drei Kinder trug, so daß nach erfolgter Entbindung zweier Kinder ein drittes in ihr verblieb, dergestalt, daß der Körper der Mutter ihm zum Grab wurde und mußte mit ihm ins Grab. Dies Sterben an einem Kind, das in ihr verweste, war ein qualvolles und hätte durch einen Kaiserschnitt, für europäische Ärzte seit langem Routine, erspart werden können. Dies ist es, was Bruder Winter nicht verwinden kann.

Auch richtet sich sein Zorn gegen eine Ponape-Frau, die als Hebamme diente und, wie sie angibt, schon vor der Geburt und während der ganzen Zeit wußte, daß es sich um Drillinge handelte, ihn jedoch davon erst nach dem Ableben der armen Mutter in Kenntnis setzte.

Du kannst dein Kind endlich begraben, soll sie zu ihm gesagt haben, seine Mutter lebt nicht mehr – und dem Fassungslosen so die Augen geöffnet, als es zu spät war.

Von dem Schock, den er erlitt, hat Bruder Winter sich bis jetzt nicht erholt, und können auch nicht die beiden Töchterchen, die wohlauf sind, den Vater erfreuen. Er hat kaum einen Blick für sie, und sind sie ganz der ponapesischen Amme überantwortet, was für des Leibes Nahrung und Notdurft vorläufig hinreichen mag. Jedoch wird man die beiden Mädchen nicht lange als kleine Wilde aufziehen können, wie es derzeit geschieht. Kam ich doch gestern erst hinzu, als einige Weiber sie vom Strand aus ins Wasser warfen, wo sie auch gleich wie kleine Hündchen zu paddeln begannen und durchaus nicht ertranken, wie ich zunächst fürchtete. Sie sind eben drei Monate alt. Auf mein besorgtes Hinzueilen klärten die Weiber mich auf, daß dies für die Sicherheit der Kinder vonnöten sei. Käme doch der Mensch aus dem Wasser, woran er sich, solange er noch recht jung sei, erinnern könne. Später vergesse er es und damit auch die Fähigkeit zu schwimmen, was ihn in große Gefahr bringen möchte. Darum erinnere man die Kinder an ihre Fischnatur, indem man sie schwimmen lasse, bevor sie es vergäßen.

Weitere Ungereimtheiten und Gefährdungen lassen sich nicht ausschließen. Auch hält man sie völlig nackt und hören sie keine andere Sprache als Ponape, so daß ich schon den Tag fürchte, an dem sie zu sprechen beginnen und kommt kein Deutsch heraus. Es ist doch sehr von Übel, wo die Mutter fehlt. Ich bete stets für die Kleinen, bin aber wohl als Mann für ihre Wartung und Aufzucht ungeeignet.

Darum bitte ich Euch, liebe Brüder und Schwestern, sendet uns eine Frau, die sich der Kindlein annehmen mag. Bruder Karl möchte selbst zu stolz sein zu bitten, auch gewissermaßen blind für diese Not, da er noch viel zu schwer an der eigenen trägt. Er versieht seinen Dienst mit der Untadeligkeit und Präzision eines Maschinenmenschen. Glaubensfreudigkeit und Liebe zum Tun sind noch nicht zurückgekehrt. So bete ich auch für ihn, denn die Arbeit an den Seelen kann nur mit freudigem Herzen getan werden, daß sie Frucht bringen möge. Er aber begräbt den Schmerz in seinem Herzen seit jenem furchtbaren Tag, an dem er sie begrub und über dem Sarg der Mutter die Kinder taufte. Sie erhielten die Namen Irmgard und Elisabeth. Ich sah ihn taufen, weil getauft werden mußte, und war niemand außer ihm, der es tun konnte. Doch der Geist Gottes, der der Geist der Versöhnung ist, wirkte zwar durch ihn, aber nicht in ihm. Als Dr. Helmholtz ihm nach der Zeremonie die

Hand reichen wollte, verweigerte er sie, und der Arzt wandte sich voller Unmut ab. Unsere Beziehungen zur Kolonie, sonst ungetrübt, sind leider nicht mehr die besten seit diesem Tag. Denn der Arzt ist ein Freund unseres Vizegouverneurs.

Bruder Winter bedarf unser aller Fürbitten beim HERRN. Gedenket seiner im Gebet. Und gedenket daran, ihm eine Helferin zu senden. Ist die Reise zu gefährlich für eine junge Frau – so sie denn jung sein soll –, sendet doch eine Begleiterin mit. Der Arbeit ist hier genug auf der Station. Der Unterricht für die Mädchen sollte, wenn möglich, doch ganz in weibliche Hände gehen, als da Nähen und Sticken und Hauswirtschaftslehre sind.

Zum Schluß bitte ich Euch um Christi willen, daß Ihr mir mehrere Rollen Draht schicken möchtet sowie eine Stichsäge, wenn es geht. Die letzte Sendung kam wohlbehalten an, und ist es auch für die Knaben, die wir in praktischen Belangen unterweisen, vonnöten, daß Handwerkszeug da ist.

Ich verbleibe

Euer Bruder in Christo Ludwig Klingenschmied auf Ponape.

GNADENBRONN 1908

Gegen vier Uhr morgens ordnete er seine Träume, wie Gott die seinen am Beginn der Schöpfung geordnet hat. Länder stiegen aus dem Meer seines Inneren auf, Inseln, die ein gefallenes Paradies trugen, dessen Rettung im Gebet ihm anbefohlen war. Er lenkte ihre Geschicke, indem er sich mit dem Allmächtigen besprach, der seine Einmischung nicht nur duldete, sondern erwartete, wenn nicht gar auf sie angewiesen war. Denn hatte ER nicht ihn, den Missionsleiter, zum Wächter über die Inseln des Glaubens in einer Welt des Unglaubens bestellt? Mußte nicht einer wachen, wenn alles schlief? Der Feind schlief niemals, und darum schlief Pfarrer Helfrich nie länger als von Mitternacht bis vier.

Er brauchte keinen Wecker. Gott selber weckte ihn zu dem Werk, das sie am Morgen gemeinsam verrichteten, die Leitung der Missionsstationen in China und Japan, auf Ponape, Truk, den Palau- und Yap-Inseln. Sie geschah in Übereinkunft zwischen ihm und dem Herrn aller Missionen, und die gewaltige Menge an Gebetsarbeit, die er in den frühen Stunden jedes Morgens leistete, diente der Herstellung dieser Übereinkunft, die, war sie erreicht, einer Erledigung der anstehenden Probleme durchaus gleichkam. Denn war sein Wille mit dem Willen des Herrn in Übereinkunft gebracht und der Wille des Herrn mit seinem Willen, was durch das Gebet geschah, so konnte hinfort auf die Allmacht Gottes vertraut werden. SEIN Wille würde geschehen und damit, was Pfarrer Helfrich für richtig erachtete. Er mußte es den Stationen nur noch brieflich mitteilen. Dies geschah später am Tag und war der nicht geringste Teil der gewaltigen Arbeit, die er mit Gottes Hilfe täglich bewältigte.

Vorsichtig schob sich Helfrich aus dem Bett, ohne Licht zu machen. Aus irgendeinem Grund haßte er es, wenn seine Frau dadurch aufwachte. Eine nackte, kalte Wut packte ihn, wenn er vor Tagesanbruch die kleine, kindliche Stimme hören mußte, die aus den Kissen neben seinen Kissen kam und die Stimme des Kindes war, in das Frauen sich bei Nacht zurückverwandeln. Friedrich, bist du das? Wer sonst sollte es sein! Er lauschte. Gleichmäßig pflügten ihre Atemzüge die Luft. Leise stahl er sich aus dem Schlafzimmer und betrat einen kleinen, dem Gebet vorbehaltenen Nebenraum, in bürgerlichen Häusern üblicherweise als Ankleideraum genutzt.

Helfrich griff nach dem Blatt, auf dem er die Gebetsanliegen dieses Tages am Vortag aufgezeichnet hatte. Es diente ihm als Gedächtnisstütze, denn im Gebet mehr noch als im Tagewerk durfte er sich keine Nachlässigkeiten erlauben.

Er begann wie jeden Morgen mit dem Lobpreis, indem er einen Psalm aus dem Gedächtnis sprach, und wartete währenddessen darauf, daß Gott sich einfand, sofern er nicht schon vor ihm zugegen war. Dann folgte die Ergebung in seinen Willen, zu der ihm das Gebet dienlich war, das Jesus selbst seine Jünger zu beten gelehrt hatte. War dies einmal geschehen, so durfte er seine Bitten und Anliegen vortragen und in ein inneres Beraten und Widerraten mit Gott eintreten. ER war nicht immer derselben Meinung wie Helfrich. Nur zu oft geschah es, daß er im Gebet anderen Sinnes werden mußte, als er es zuvor gewesen war, und oft trank er den Becher der Nichterfüllung seiner Bitten, wenn es dem Herrn gefiel. *Nicht wie ich will, Herr, sondern wie du willst,* sprach er dann und erhob sich nicht eher von den Knien, als bis sein Wille im Einklang mit dem des Höchsten war.

Hatte er jemals ohne Erlaubnis gehandelt? Ohne den im Gebet herbeigeflehten Segen für seine Entscheidungen?

Dann und wann. Und es erwies sich stets als unheilvoll. Er war zum Beispiel nicht sicher, ob die Besetzung der Station auf Ponape von Segen war. Karl Winter war ein Bücherwurm. Ein Schriftgelehrter, wie Helfrich ihn bei sich nannte, und das durchaus nicht im guten Sinn, sondern mit allem biblisch begründeten Vorbehalt, den der Name weckt. Schriftgelehrte. Pharisäer. Zauderer, Verhinderer des großen Heilswerkes, unter dessen späten Vollstreckern er selber einer ist. Bedenkenträger, wie es sie viel zu viele gibt.

Auch er trägt Bedenken, doch er sucht im Gebet nach Weisung – und erhält sie dort. Nicht im Um- und Umwenden der Möglichkeiten, im Vergleich von Lesarten, im Ausdeuten von Sätzen, das doch nur vom Vagen ins immer Vagere führt. Wenn schon Wissenschaft, dann eine, als deren Ergebnis gewalztes Blech oder Fleischextrakt herauskommt, mithin etwas, das der Menschheit frommt – wie rechter Glaube, dies wertvollste, höchste Gut, nötiger als alle Bleche, als alle Suppen und Soßen dieser Welt. Und war die Grundlage dafür nicht längst zur Hand im geschriebenen und überlieferten Gotteswort? Was nützt alle Theologie? Wir haben es doch schon, dachte er und legte die Hand auf die Bibel, die geschlossen vor ihm lag. Es ist, als wolle man Professor Liebigs Erfindung, so nahrhaft sie immer ist, wieder und wieder erfinden, nur weil ein paar schlaue Köpfe nicht glauben wollen, daß es so einfach ist, die Kraft von zehn Kilo Fleisch, die Substanz des Rindes, in ein kleines Töpfchen zu zwingen. Der Triumph der Ökonomie, der darin beschlossen lag, versetzte ihn in Erregung, wenngleich Helfrich sich sofort zur Ordnung rief und zu seinen Gebetsanliegen zurückzukehren befahl.

Immer waren es Taten, die ihn begeisterten, und immer war es die Schwäche zu handeln, die er nicht nur verachtete, sondern auch fürchtete. Menschen wie Karl Winter waren ihm unheimlich. Ein Sprachgenie? In einem Jahr lernte er so gut Japanisch, daß die Brüder, die aus Japan nach Gnadenbronn kamen, glaubten, er müsse schon mehrere Jahre im Land gewesen sein. Ein geborener Bibelexeget? Der Honorarprofessor aus Tübingen, der die jungen Missionare unterrichtete, wies Helfrich darauf hin. Gewiß. Ein begabter Mann. Er hatte ihn eine Zeitlang genau beobachtet. Sein Ernst. Seine unbestreitbare rechtgläubige Frömmigkeit. Sein zielgerichtetes Streben nach der großen Aufgabe. Und doch war er ein »Flüchter«, wie er sie nannte. Einer von denen, die es ins Unbekannte, ins Fremde zieht, weil sie das allzu Bekannte, das Unglück mit sich selbst, nicht aushalten. Sie wollen weg, nicht hin. Helfrich kannte sie. Ihn konnte man nicht täuschen. Sie wollten Großes vollbringen, doch sollte es möglichst weit weg geschehen, fern wie der Schauplatz der Träume, in denen sie sich als die großen Vollbringer sahen. Sie wollten ihre Zweifel, die Unsicherheiten und Schwächen zurücklassen und glaubten, wenn man nur weit genug reise, sei man sie los. Sie waren für die Mission die ungeeignetsten, mochten sie noch so begabt und voller Eifer sein. Winter war einer von ihnen.

Du hast es gewußt, sprach Gott.

Ja, sagte Helfrich. Aber ich dachte, daß er sich vielleicht

bewähren wird. Auch gab ich ihm Bruder Ludwig mit. Er ist belastbar und ein Praktiker.

Bruder Ludwig ist zu jung, sprach Gott. Er ist erst zweiundzwanzig und kann selbst in Versuchung fallen.

Das ist richtig, sagte Helfrich kleinlaut. Doch hoffte ich, daß die Gegenwart einer Frau von Segen sein würde. Ich konnte ja nicht wissen ... Er brach ab, weil er Gott nicht mit einem Vorwurf verstimmen wollte.

Es ist immer gefährlich, auf Frauen zu vertrauen, sprach Gott. Außerdem sterben sie in diesem Beruf leichter als ein Mann. Elisabeth ist nicht die erste und wird nicht die letzte sein, wie du weißt.

Er hatte natürlich die unausgesprochenen Gedanken Helfrichs gelesen und wies ihn hiermit zurecht.

Was soll ich tun? fragte Helfrich.

Doch Gott hatte sich schon still entfernt, wie es oft geschah. Denn er war ein rasch verstimmter und empfindlicher Gott. Manchmal schien es auch, daß er einfach nur gelangweilt war.

Was soll ich tun? fragte Helfrich, diesmal sich selbst. Winter zurückrufen? Er hatte auch zu bedenken, wie man das in Gnadenbronn aufnehmen würde. Karl Winter galt unter den jungen Missionsanwärtern als Vorbild. Nicht nur wegen seiner herausragenden Erfolge im Spracherwerb. Er schien das Bild zu verkörpern, das sie auch von sich hatten: eine asketische Schönheit – schmales Gesicht, hoher, sehniger Körperbau –, von der sie unbewußt glaubten, das sie das Erscheinungsbild der weißen Männer in den Augen der »Eingeborenen« der Welt, wo immer, ausmachte, eine Art Jesusähnlichkeit, auf einen Jesus zurückgehend, den es nicht gab, weil er Europäer war. So, indem sie dies Bild in sich trugen, erwiesen sie sich selbst als Eingeborene.

Eingeborene Europas mit seiner christlichen Stammesreligion.

Sie wußten nichts davon, doch Helfrich durchschaute es. Wie alle Menschen, die zum Herrschen befähigt sind, verfügte er über Einsichten ins Verborgene und Skandalöse, ohne daß er davon angefochten war. Als ließe ihn Gott selbst dann, wenn er sich entfernte, in einem Zustand der Klarheit und Gelassenheit zurück, in dem ihm nichts verborgen blieb, auch das nicht, was er, sobald der Tag seinen Anfang nahm, sorgfältig in sich verschloß wie die Tür zu seinem Gebetskabinett. Eine Art Fluidum blieb immer darin zurück wie das des Schwefels nach einer Begegnung mit Lucifer. Das Fluidum höherer Einsicht. Das Fluidum der Macht, die sie ihm gab.

Ich werde ihn nicht zurückrufen, sagte Helfrich sich. Er würde hier mehr anrichten als auf Ponape. Der Schriftgelehrte. Der Zauderer. Früher oder später erfahren sie alle, was es heißt, handeln zu müssen. Noch keinem ist es geglückt, sich dauerhaft hinter dem Schreibtisch zu verschanzen. Nicht auf einer pazifischen Insel. Nicht auf Ponape. Wenn er sich nicht irrte, war es so, daß Missionar Winter seine Bewährungsprobe noch vor sich hatte.

Und sie soll ihm nicht erspart bleiben, dachte er.

Dann wandte er sich den wichtigsten, den finanziellen Anliegen der Missionsgesellschaft zu. Mit Inbrunst widmete er sich der Bilanz, die er Gott vorlegte und die zur Zeit leider nicht ganz ausgeglichen war. Hier war es, wo die tiefsten, die innigsten Wurzeln seines Glaubens gründeten. Es war ein Glaube, der Berge versetzte.

Wo Geist ist, ist auch Geld, pflegte er zu sagen.

Doch niemand ahnte, wie er darum mit Gott in den Stunden des frühen Morgens rang. Er flehte ihn an. Er bedrängte ihn. Und stets wurde ihm gewährt, worum er bat.

Wir haben es. Es ist nur noch nicht in unseren Händen, beschied er später den Buchhalter, der ihn um eine Unterredung unter vier Augen gebeten hatte und mit gesenktem Blick die Summe nannte, auf die sich die angemahnten Rechnungen beliefen.

Auch dies war einer der Sätze, in denen sich sein berühmtes Gottvertrauen kundtat, das nichts anderes als sein gesunder Geschäftssinn war. Oder war sein Geschäftssinn gesundes Gottvertrauen? Vor dem Herrn war es gleich.

Etwas von seiner Zuversicht, seiner Gewißheit teilte sich dem Buchhalter, diesem zagenden, gebeugten Manne, mit. Etwas von der glückhaften Leichtigkeit, mit der sich die rettenden Ideen dann einstellen, wenn man sie braucht.

Wir werden zwei neue Schwestern nach Ponape aussenden, sagte er nachdenklich.

Wenn ich mir erlauben darf, sagte der Buchhalter, sie sollten ihre Reise, wenn möglich, selbst bezahlen.

Es ist nicht wenig, bemerkte Pfarrer Helfrich.

Sie fallen ihren Familien ja nicht mehr zur Last, bemerkte der Buchhalter.

Das ist wahr, sagte Helfrich.

Wenn die Tochter versorgt ist, sagte der Buchhalter, der selbst zwei Töchter zu Hause hatte, das ist schon etwas wert.

Ganz bestimmt, sagte Helfrich. Je wohlhabender einer ist, desto mehr ist es wert.

Und desto mehr kann er auch für die Mission spenden, sagte der Buchhalter, glühend in frommem Eifer, mit der ihn seine Idee erfüllte. Das kommt unter Umständen billiger als die ganze Aussteuer und alles das.

Gesetzt den Fall, die Familie ist wirklich wohlhabend. Denn von nichts kommt nichts. Nur wer hat, der muß geben.

Helfrich liebte das Spiel mit Bibelzitaten, die er ein wenig abwandelte. Er machte eine Pause und sah den Buchhalter an.

An wen denken Sie? fragte er.

Aber er hatte natürlich schon selber daran gedacht.

Anfang Dezember noch hatten die letzten Rosen im Park des Missionshauses geblüht. Dann fiel der Winter ein. Er kam mit tiefem Frost und ohne Schneefälle. Über Nacht war alles grau gefroren bis auf die dunkelgrünen glänzenden Blätter des Kirschlorbeers, die die Auffahrt zum Portal säumten. Lina spürte das Jucken ihrer Frostbeulen vom letzten Jahr, die in ihren zu engen Lederschnürstiefeln wieder anschwollen wie eine Frucht, deren Reifezeit gekommen ist. Eine ungenießbare, harte, stachelige Winterfrucht, die das Dunkel, die Kälte, die Härte gefrorener Böden braucht, um zu gedeihen.

Es war ihr dritter Winter in Gnadenbronn, und es schien ihr, als sei der Sommer sehr kurz, nichts als eine Art Zwischenwinter gewesen und dies die »rauhen Berge« aus Goethes Gedicht, in die sich der Winter zurückzieht, wenn anderswo Sommer ist. Lange Schatten, kurze Tage, beißender Frost.

Hebe deine Augen auf zu den Bergen, von welchen dir Hilfe kommt, singt sie im Schwesternchor. Die Berge, zu denen sie aufblickt, verdecken die Sicht auf das, was dahinter liegt. Sie sind von düsteren hohen Tannen bestanden, die wie eine Armee mitleidloser Wächter auf Lina herabsehen. Es ist, als sei ein Entkommen aus Gnadenbronn unmöglich.

Sehr verehrtes Fräulein, schreibt Lina nach Altena, oft denke ich an die »Stunden«, da Sie uns Mädchen das Gotteswort auslegten und an die törichten Jungfrauen. Wie es Frieda und Änne und all den anderen wohl gehen mag? Ich stelle sie mir recht glücklich vor inmitten gesegneter Häuslichkeit als eines Hafens, in den Gott sie trotz allen Bangens am Ende doch sicher gelangen ließ. Und wenn die Ehemänner auch oftmals mit den Jahren des Abends später heimkehren, als manche Frau erhofft – ich weiß es von meinem Vater, und meine Mutter trägt den Kummer darum bis heute noch –, so hat sie doch ihre Kinder und damit die ihr von Gott zugewiesene Aufgabe. Welches ist jedoch meine Aufgabe? Habe ich mich nicht für jeden Dienst, so schwer er immer sein möge, zur Verfügung gestellt? Und waren nicht Sie so freundlich, mir auf den Weg zu helfen? Sehen Sie nur, was daraus geworden ist: Seit über einem Jahr schon arbeite ich wieder im Büro. Es ist, als hätte ich meine Probezeit nicht bestanden und sei wieder dorthin versetzt worden, wo ich vordem war. Ich bitte Gott um die schwerste aller Aufgaben, den Dienst am leidenden Nächsten –, und er schickt mich an die Schreibmaschine zurück. Stenographie und Bilanzen. Dazu tauge ich ihm. Wohl versuche ich es in Demut hinzunehmen. Auch werden Sie mir entgegenhalten, daß meine Arbeit ein Beitrag zum Heilswerk der Heidenmission ist. Gewiß. Doch glauben Sie: Denjenigen, die die Bücher führen, scheint es gleich, ob es um Glaubensbotschaften oder Glühtöpfe geht. Wir schreiben immer nur Zahlen, und ist die Bilanz nicht ausgeglichen, so kann das eine wie das andere Werk weder vor den Menschen noch vor Gott bestehen. Was auch immer geschieht, ob in Altena das Eisen zu Draht gezogen oder auf den Inseln der Südsee das Herz der Heiden zu Gott gewendet wird, immer sitzt irgendwo jemand gebeugt über die Bücher und trägt Zahlen ein. Und das bin ich. Doch will ich mich nicht beklagen, und würde ich mich niemand anderem als Ihnen anvertrauen, von der ich weiß, daß Sie auf den Grund des Herzens sehen und nicht mißverstehen.

Ach, Fräulein Wegenast, hier gefällt es mir nicht. Ich habe darum die Schwester Oberin gebeten, daß man mich wieder Dienst an den Kranken tun lassen möge, sei es, wo es sei. Ich würde auch gern wieder nach Budapest gehen, obwohl es eine schwere Zeit war, die ich dort hatte. Ich fühle mich längst gesund genug, um es wieder aufzunehmen, und will es diesmal durchstehen, so Gott mir hilft. Wenn man mich nur ließe! Doch scheine ich hier gefangen und weiß doch nicht warum …

Als Lina diesen Brief in den Kasten geworfen hat, möchte sie ihn am liebsten wieder herausholen. Es steht zuviel über sie selbst darin. Zuviel Mißverständliches. Als sie es hinschrieb, schien es noch schön und klar und eindeutig. Als es dastand, begann es sich zu verwandeln, als habe es eine andere geschrieben. Ist sie nicht zufrieden und an dem Platz, an den Gott sie gerufen hat? In ihrer Unsicherheit erkennt sie die Ferne, in die Gott sich von ihr zurückgezogen hat.

In ihren Frostbeulen tickt es und klopft und schmerzt und spannt. Es ist, als habe sie ihre eigenen Füße nur geliehen wie die Seejungfrau.

Als Pfarrer Helfrich sie zu sich rufen läßt, läuft ihr Gewissen Sturm. Es passieren immer Fehler in der Buchhaltung. In solchen Augenblicken ist man bereit, das Schlimmste einzugestehen und zu erwarten, daß es noch schlimmer ist.

Die Tür zu Helfrichs Büro ist ledergepolstert wie die

zum Sprechzimmer eines Arztes. Sie fällt mit der Nachdrücklichkeit einer Gefängnistür ins Schloß.

Wer hier eintritt, befindet sich im Innern, im heiligen Zentrum, im Herzen der Mission. Es ist ein überraschend kleiner Raum, der fast ganz von einem gewaltigen Schreibtisch eingenommen wird, an dem Helfrich sitzt und seinen Besuchern milde und wissend entgegenblickt. An der Wand hinter ihm eine Vielzahl von Fotos einander seltsam gleicher weißgekälkter Häuser mit Kreuzen auf dem Dach: kleine Kirchen, zumeist von Busch und Palmen umstanden, sichtbare Zeugnisse des Wirkens der Mission. Daneben eine Karte Ostasiens und der Südsee, auf der kleine Fähnchen die Standorte markieren.

Man begreift, warum Helfrich Gnadenbronn nie verläßt. Er, der die Boten Jesu aussendet, bleibt selbst immer da, wo er ist. Nur so kann er überall sein, indem er nirgends ist. Begäbe er sich auf Reisen, wäre sein jeweiliger Aufenthaltsort den Koordinatensystemen des Irdischen eingeschrieben. So aber ist er an- und abwesend, nah und fern zugleich, und übt auf diese Weise die wirkungsvollste Kontrolle aus. Alter Königsbrauch. Sein Regierungssitz auf dem Berge, unnahbar, ist fern genug, um immer gleich nah zu sein. Nah wie das eigene Gewissen. Niemand weiß genau, was er weiß, und so ist er allwissend wie außer ihm nur Gott.

Dieses Büro ist der heilige Ort seiner Omnipräsenz. Er ist hermetisch. Nach draußen durch doppelte Fenster, nach drinnen durch die Polstertür geschützt. Kein Laut dringt hinaus. Kein Geräusch dringt herein. Alles, was hier gesprochen wird, bleibt ein Geheimnis zwischen Helfrich, seinem Gast und Gott. Selbst wenn ich schriee, denkt Lina einen nichtswürdigen Augenblick lang, es würde mir niemand helfen. Doch warum sollte sie schreien?

Sie wollten mit mir sprechen, Schwester? sagt Helfrich.

Woher weiß er das? Lina will mit ihm sprechen. Schon lange will sie das. Doch sie hat bis jetzt nicht den Mut gehabt, ihn um eine Unterredung zu bitten.

Sie sind nicht glücklich hier. Ist es das? sagt er.

Nein, sagt Lina unbestimmt.

Dann entsteht eine Pause.

Sie entsteht nicht. Sie wird von Helfrich gemacht.

Lina fühlt, daß sein Blick jetzt auf ihr ruht und erwidert werden will. Sieh mich an, bedeutet die Pause. Sie fordert es von ihr.

Es ist ein gütiger, milder, ein väterlicher Blick, dem sie nie begegnet ist, dem zu begegnen sie hofft und fürchtet zugleich. Doch inmitten der Güte, der Milde und Väterlichkeit, auf die sie trifft, als sie Helfrichs Blick schließlich erwidert, trifft sie zu ihrer Überraschung auch etwas anderes: Spott? Scherz? Verachtung? Ironie? Auch später wird sie es sich nicht erklären können und glauben, daß sie sich geirrt habe. Trotzdem scheint es ihr, als blicke sie aus Helfrichs Augen außer ihm selbst noch ein anderer an, ein Schalk, ein Kobold, ein mutwilliger kleiner Teufel, der ihr manchmal zuzwinkert. Er buhlt sogar um sie.

Ich bin sehr zufrieden mit Ihnen, sagt Pfarrer Helfrich. Sie erledigen Ihre Aufgaben gewissenhaft.

Laß ihn reden, bedeutet ihr der Kobold. Wir beide wissen doch, daß die wichtigen Dinge die ungesagten sind.

Ich würde gern wieder Dienst am Krankenbett tun, sagt Lina.

So, sagt Helfrich. Warum?

Lina gibt sich große Mühe, das Einfachste aufs komplizierteste zu erklären. Der Kobold hat seinen Spaß daran.

Liebe Schwester, sagt Helfrich, wenn ich Sie richtig verstehe, sind Sie also nicht bereit, an dem Ort zu dienen, an den Gott Sie gestellt hat? Ist das aber etwa nicht Ihr Beruf? Sind Sie klüger als Gott, daß Sie wissen, wozu er sie braucht?

Der Kobold liegt auf der Lauer. Er setzt zum Sprung an. Er hat sie bald.

Gott hatte mich, sagt Lina – und im selben Moment möchte sie ihre Worte wieder zurückrufen, aber, wie oft schon, ist es zu spät –, ans Krankenbett berufen. Sie waren es, der mich in seinem Büro brauchte.

Helfrich schüttelt den Kopf, als habe er Mühe, zu begreifen, wie man so dumm sein kann. Mein liebes Kind, sagt er, Ihr Problem ist Ihr Stolz und Ihre Eitelkeit. Über Sie ist längst entschieden. Wissen Sie das nicht? Ihr starres, unbeugsames Ich ist Ihr Problem. Er spricht sehr leise, als berühre er ein Geheimnis, etwas Unfaßbares, seine Stimme wie belegt von kummervoller Besorgnis und tiefer Traurigkeit. Als Lina aufblickt, kein Kobold mehr. Er hat sich hinter das Gewölk der Stirn zurückgezogen.

Nur ein zerbrochenes Ich, sagt Helfrich plötzlich laut, indem er sich aus dem Stuhl erhebt, mit beiden Händen auf der Schreibtischkante aufstützt und zu Lina vorbeugt, nur ein zerbrochenes Ich kann ein gesegnetes Werkzeug in SEINER Hand werden! ER bedient sich für sein Werk der Zerbrochenen, der Zertretenen, der Gedemütigten. Sind Sie etwa zerbrochen, zertreten genug? O nein, Schwester, das sind Sie nicht. Sie müssen noch viel tiefer gedemütigt werden. Bei Ihnen kann es überhaupt nicht tief genug gehen. Beugen Sie sich, Schwester! Beugen Sie sich! Knien Sie mit mir nieder und erniedrigen Sie sich mit mir. Er ist neben sie getreten und greift nach ihrem Arm, um sie zu Boden zu ziehen.

Sind Sie bereit, Schwester?

Mhm, sagt Lina. Sie ahnt, was jetzt kommt.

Das gemeinsame Beten auf den Knien beschließt jede Besprechung in Pfarrer Helfrichs Büro. Lina weiß das wie alle anderen in Gnadenbronn. Auch daß gewöhnlich die Schwestern, die er zu sich befohlen hat, weinend herauskommen, ist bekannt. Sie konzentriert sich ganz auf die Vermeidung von Gefühl, während Helfrich spricht.

Er spricht in der Sprache der Psalmen, einer Sprache, die aus seinem Mund wie seine eigene klingt:

Ach Herr, strafe mich nicht in deinem Zorn und züchtige mich nicht in deinem Grimm! Herr, sei mir gnädig, denn ich bin schwach. Als Lina ihre Tränen nicht länger zurückhalten kann, geschieht es aus Mitgefühl, daß sie weint. Etwas in Helfrichs Worten scheint aus der Not seiner eigenen Seele zu kommen. *Ich bin so müde vom Seufzen,* betet er. *Ich überschwemme mein Bett die ganze Nacht und netze mit meinen Tränen mein Lager.* Linas Herz müßte aus Stein sein, wenn sie das nicht rührt. Erst als die Tür aufgeht, merkt sie, daß sie geweint hat – wie alle anderen auch. Das macht es gleichzeitig schlimmer und weniger schlimm, als es ist.

Die Nächste wartet schon vor der Tür. Atemlos, aufgeregt. Es ist Hedwig.

Was hat er gesagt? flüstert sie. Hat er mit dir gebetet?

Es geht um Ponape, bringt sie noch heraus, bevor sie in Pfarrer Helfrichs schalldichten Raum eintritt.

Lina hat nicht verstanden, was Hedwigs letzter Satz bedeuten sollte. Und was hat Helfrich ihr eigentlich mitgeteilt? Irgend etwas Bestimmtes? Lina hat das Gefühl, daß es etwas Bestimmtes war, aber sie weiß nicht was. Über Sie ist längst entschieden. Hat er das gesagt? Aber was meint er? Meint er, daß es Gottes Wille ist, was geschieht? Das weiß Lina ohnedies.

Nun? sagt der Buchhalter, als sie sich kurz darauf wieder an ihren Schreibtisch setzt. Sind Gottes Wege nicht wunderbar?

Ja, sagt Lina.

Gottes Wege sind wunderbar. Er sagt das jedesmal, wenn eine größere Spende dann eintrifft, wenn größere Rechnungen offenstehen. Aber da größere Rechnungen immer offenstehen, paßt der Satz immer, wenn eine größere Spende eingetroffen ist. Lina vermutet also, daß dies der Fall sein muß, und fragt nicht weiter nach.

Beim Abendessen im Speisesaal der Schwestern spürt sie, daß ein Ring der Bewunderung und des Wohlwollens sich um sie schließt. Sie hat offenbar unterschätzt, welch hohe Auszeichnung eine Audienz bei Helfrich ist. Man nickt ihr zu. Man beglückwünscht sie. Sind Gottes Wege nicht wunderbar? Wieder hört sie diesen Satz. Was soll sie darauf sagen? Unbestreitbar sind sie es. Hedwig, die am anderen Ende des langen Tisches sitzt, blickt mit noch feuchtglänzenden Augen zu ihr herüber, in denen Triumph mitglimmt. Es ist offenbar geglückt. Auch Hedwig hat gekniet und geweint. Ganz im stillen findet Lina, daß man zuviel Aufhebens davon macht. Es ist peinlich und beschämend, aber es ist auch schnell vorbei.

Nach dem Essen nimmt die Oberin sie beiseite.

Wir sind sehr stolz auf Sie, sagt sie.

Lina weiß immer noch nicht warum, doch nach so viel unbestimmter Anerkennung, wie sie ihr in den letzten Stunden zuteil geworden ist, glaubt sie, sich diese Frage erlauben zu können:

Und warum läßt man mich dann nicht wieder zum Dienst zu?

Was soll das heißen? ruft die Oberin und sieht Lina an,

als wenn sie nicht ganz bei Trost wäre. Sie gehen nach Ponape! Sie und Schwester Hedwig.

Lina hat sich an die Wand gelehnt.

Was ist los? Sie sind ganz blaß, sagt die Oberin. Natürlich hat das Mutterhaus seine Zustimmung nicht verweigert, als Pfarrer Helfrich uns darum bat. Vorausgesetzt, daß Sie selbst bereit sind. Wir zwingen niemanden zu einem solchen Dienst. Doch haben Sie Ihr Einverständnis ja heute erklärt, wie ich hörte. Ich habe es nicht anders erwartet von Ihnen. Es ist eine weite Reise, mein liebes Kind, die Sie tun. Fast unvorstellbar weit. Und nicht jede von uns kehrt zurück, wie das traurige Beispiel der lieben Elisabeth uns lehrt. Es sind Wilde dort. Menschen ohne Gesittung und ohne Glauben, zu denen Gott Sie ruft. Und das Klima! Eine schwüle Feuchtigkeit Tag und Nacht, sagt man mir. Bei Ihrer zarten Gesundheit! Haben Sie sich das auch gründlich überlegt? Und daß Sie Ihre Mutter vielleicht auf Erden nicht wiedersehen? Möge Gott es Ihnen lohnen in der Ewigkeit, was Sie tun. Die Aufgabe, die Sie sich gestellt haben, ist die schwerste von allen, die sich uns stellen. Gott wird Sie stark machen. Ich bete für Sie. Aber Sie weinen ja, Schwester. Ich kann verstehen, daß Ihr Herz voll ist, aber weinen Sie doch nicht …

Wenn man an einem Tag schon einmal geweint hat, kommen die Tränen am Abend um so leichter. So ist es nun einmal.

PONAPE 1908

Gegen Mittag setzte die Musik des Regens ein. Unter den Wellblechdächern in der Kolonie schwoll sie zu einem mächtigen Orchesterton an, einem anhaltenden Fortissimo, dessen Stärke jede Empfindung, jede Wahrnehmung außer Kraft setzte. Sie schluckte jeden anderen Laut. Menschen öffneten die Münder und schlossen sie wieder wie Fische in einem Aquarium. Man mußte einander ins Ohr schreien, wenn man sich verstehen wollte.

In den Hütten der Ponape-Leute tönte derselbe Regen sanft und melodisch und ließ eine Verständigung in normaler Lautstärke zu. Sie nannten die Häuser der Weißen »Dächer des brüllenden Regens«. Die Weißen wußten das nicht und deckten ihre Dächer weiter mit Wellblech statt nach Ponape-Brauch mit ziegelartig übereinandergeschichteten Palmblättern, aus denen bei Tag und Nacht ein feines Geriesel von Mäusekot und toten Insekten kam.

Der Vizegouverneur zündete seine Zigarre an. Sie schwelte an der feuchten Luft und drohte immer wieder auszugehen, wenn er nicht daran zog. Die Zigarre knisterte, wenn der Vizegouverneur den trockenen Rauch atmete. Er war süchtig nach trockener Luft. Darum rauchte er. Er bestellte seine Havannas in Bremen. Sie reisten einmal um die Welt, bevor sie zu ihm kamen.

Lautlos öffnete sich die Tür. Sein Assistent trat ein. Er nannte ihn Assistent, obwohl das Reichskolonialamt ihn als Agrarexperten entsendet hatte. Der Vizegouverneur brauchte keinen Agrarexperten. Der Anbau von Kaffee auf der Insel sowie die Ziegenzucht waren zum Erliegen gekommen. Die Kaffeesträucher überwuchert von wildem Zuckerrohr, Schilf und Lumnitzera, die Ziegenställe seit dem letzten großen Taifun von 1903 zusammengefallen und ihrerseits überwuchert von allem möglichen, was hier wuchs. Die rasch verwilderten Ziegen traf man dann und wann in den höheren Regionen der Berge an, wo sie sich von Hibiskusblättern und Gräsern nährten. Sie gediehen prächtig, als habe Gott sie von Beginn der Schöpfung an hier ausgesetzt.

Der Vizegouverneur hatte die Berichte vom Scheitern dieser agrarischen Experimente an das Kolonialamt selbst verfaßt. Sie waren gründlich ausgearbeitet und von geradezu wissenschaftlicher Beweiskraft. Was sie bewiesen, war, daß es nicht an ihm lag, wenn der Kaffee nicht gedieh und die Ziegenställe den Taifunen nicht standhielten. In der Behörde in Berlin gab es bereits mehrere Ordner mit den Berichten von Ponape. Ein Verwaltungssekretär archivierte sie dort, während auf dem Tolokolme die Ziegen ästen. Der Vizegouverneur führte ausgesprochen akribisch Buch über die Mißerfolge der kolonialen Maßnahmen auf Ponape. Sie bereiteten ihm eine Genugtuung, über deren Grund er sich nicht Rechenschaft ablegte. Was nicht möglich war, konnte zu seinem größten Bedauern nicht durchgeführt werden. Das vereinfachte sein Leben auf Ponape ungemein. Darum ließ er sich die Berichte ans Kolonialamt so angelegen sein. Er wollte keineswegs, daß der Agrarexperte sich damit befaßte. Zumal er selbst Veterinär, also Experte war.

Auf Ponape ist nicht dasselbe wie in Berlin wichtig. Das ist das tiefere Geheimnis der Kolonialwirtschaft. Ihr bestgehütetes. Der Vizegouverneur dachte nicht daran, es mit einem Agrarexperten zu teilen. Geteilte Geheimnisse sind geteilte Autorität, und die wollte er möglichst allein für sich.

Die Häuptlinge sind gekommen, sagte der Assistent.

Der Vizegouverneur verstand kein Wort.

Der Assistent trat näher und beugte sich an sein Ohr.

Das Fortissimo des Regens übertönte, was er sagte.

Der Vizegouverneur nickte, um sich keine Blöße zu geben.

Der Assistent ging zur Tür und ließ die Häuptlinge herein. Es waren sieben. Sie nahmen vor dem Schreibtisch des Vizegouverneurs Aufstellung und behielten ihre Strohhüte auf dem Kopf. Sieben Strohhüte von der Art, die man in Deutschland Kreissäge nennt.

Der Vizegouverneur warf einen vernichtenden Blick auf den Assistenten. Wußte er nicht, daß man die Häuptlinge grundsätzlich warten ließ? Besser: Man ließ sie nicht vor und bestellte sie ein andermal. Jetzt hatte er sie am Hals. Er winkte dem Assistenten und schrie ihm ins Ohr, daß man einen Dolmetscher holen solle. Der Assistent eilte hinaus. Die sieben Häuptlinge blickten dem Vizegouverneur unverwandt mit einer, wie es ihm schien, lauernden Freundlichkeit ins Gesicht. Der Vizegouverneur stand auf und trat zum Aktenschrank. Da er den richtigen Ordner nicht gleich fand, griff er, um sicher zu scheinen, nach einem anderen. Er setzte sich wieder und schlug ihn auf. Vor ihm lag eine Tabelle der Futtermengen für die Schweinemast. Der Nanamariki, je drei der Häuptlinge rechts und links neben sich, sah mit dem Blick eines Lehrers darauf hinab, der einen Schüler beim Täuschungsversuch ertappt. Aber er trug diesen Ausdruck eigentlich immer im Gesicht.

Der Assistent kam zurück und sagte, daß er den Dolmetscher nicht finden könne, jedoch nach dem Missionar geschickt habe, der sich in der Kolonie aufhalte. Es könne nicht lange dauern, bis er zur Stelle sei. Er schrie es dem Vizegouverneur direkt ins Ohr.

Der Vizegouverneur widmete sich dem Studium der optimalen Schweinefütterung. Die sieben Häuptlinge standen wie sieben Ölgötzen um ihn herum. Das große Orchester des Regens spielte weiter Fortissimo.

Schließlich kam der Assistent mit dem Missionar herein, dem aus Hut und Haaren das Wasser übers Gesicht rann.

Warum müssen sie immer ein bißchen dämlich und lächerlich wirken? dachte der Vizegouverneur, ohne zu merken, wie ungerecht er diesmal urteilte.

Sie wissen, worum es geht? fragte er den Missionar. Doch er sah ihm an, daß er beim Tosen des Regens genauso wenig wie er selbst verstand.

Es geht um das Lehnsrecht! schrie er, so laut er konnte.

Der Missionar nickte einvernehmlich.

Sagen Sie den Häuptlingen, daß wir das Lehnswesen ganz abschaffen wollen! Jede Tributzahlung an sie hört auf!

Der Missionar, nach einer gewissen Denkpause, übersetzte. Es sah wie eine Beschimpfung der Häuptlinge aus. Denn auch der Missionar mußte schreien.

Die Häuptlinge standen stumm und unbewegt, als warteten sie immer noch auf den Beginn der Unterredung.

Die Lehnsgüter werden Eigentum der Besitzer! schrie der Vizegouverneur.

Der Missionar übersetzte.

Die Leute sollen von aller Fronarbeit befreit sein und statt dessen für uns im Straßenbau arbeiten! schrie der Vizegouverneur.

Der Missionar blickte ihn unsicher an. Der Vizegouverneur wiederholte seine Worte, diesmal noch lauter.

Erstaunt merkte er, daß die Häuptlinge, frei von Verständigungsproblemen, begonnen hatten, sich miteinander zu beraten. Sie traten näher im Halbkreis an ihn heran. Ihre Mienen waren drohend, ihre Stirnen gesenkt. Sagen Sie den Häuptlingen, schrie der Vizegouverneur, daß wir sie entschädigen wollen! Sie erhalten eine Mark pro Tag und Mann für den Verzicht auf Tribut und Lehnshoheit.

Der Missionar übersetzte schreiend. Der Kreis der Häuptlinge schloß sich noch dichter um den Vizegouverneur.

Der Bau von Wegen und Kanälen, schrie er, wird allen zugute kommen! Wir lassen eine Straße von Nord nach Süd durch die Insel bauen! Er wollte seine Halsbinde lokkern, merkte aber, daß er gar keine trug.

In diesem Augenblick ergriff der Nanamariki das Wort. Gleichzeitig verstummte der Regen, als gebiete er über ihn. Und wer weiß, vielleicht war es so. Er stellte ihn ab, wie die Weißen Gasflammen oder Motoren abstellen. Er verstummte augenblicks, wie er begonnen hatte. Der Widerschein des Sonnenlichts, das sich vorm Fenster in dem von Bäumen und Dächern triefenden Naß brach, sein Gleißen und Funkeln lag auch auf dem Gesicht des Nanamariki, als er ganz leise, fast flüsternd zu sprechen begann und nicht lauter wurde, dafür jedoch immer schneller, immer schärfer und härter artikulierte. Es klang, als schieße er eine Salve von Silben ab, von denen jede einzelne treffen sollte und auch traf. Nach und nach fielen auch die Unterhäuptlinge ein. Eine ganze Batterie feuerte jetzt auf den Vizegouverneur. Es hörte sich tatsächlich eher nach Kampfhandlungen als nach einem Meinungsaustausch an.

Der Vizegouverneur blickte fragend zum Missionar. Der Missionar schien sich auf die Wortsalven zu konzentrieren.

Was sagen sie? fragte der Vizegouverneur.

Der Missionar schüttelte den Kopf.

Sprechen Sie! sagte der Vizegouverneur.

Sie sagen, daß sie uns alle ins Meer werfen werden, sagte der Missionar.

Und was noch? fragte der Vizegouverneur.

Ich will das nicht übersetzen, sagte der Missionar. Jedenfalls nicht wortwörtlich.

Der Vizegouverneur stand auf. Er hielt es für besser, wenn er jetzt die Unterredung beendete, bevor es die Häuptlinge taten.

Meine Herren, sagte er, ich danke für Ihren Besuch. Es war sehr freundlich von Ihnen, sich herzubemühen. Die deutsche Reichsregierung schätzt Ihre Mitarbeit sehr. Nehmen Sie dies als Zeichen unserer Verbundenheit.

Er winkte dem Assistenten und ließ durch ihn Zigarren anbieten. Es war ein äußerstes Mittel, zu dem er griff. Schließlich handelte es sich um die eigenen Bestände, echte Havannas. Aber noch während der Missionar übersetzte, ergriff der Nanamariki die ganze Kiste und wandte sich würdevoll zur Tür. Die anderen folgten ihm.

Der Vizegouverneur blieb mit dem Missionar zurück, nachdem er den Assistenten angewiesen hatte, »die Herren hinauszubegleiten«. Er brauchte jetzt einen Cognac, den er im untersten Fach seines Schreibtisches stehen hatte und hin und wieder direkt aus der Flasche nahm. Allerdings nur, wenn er allein war. Darum haßte er es, daß der Missionar keine Anstalten machte, sich zu verabschieden.

Nun? sagte der Vizegouverneur.

Der Missionar saß mit klatschnassen Kleidern und schlabbrigem Hut vor ihm. Sein zu langes strähniges Haar klebte ihm im Gesicht.

Sie vernachlässigen sich vor lauter Frömmigkeit, dachte der Vizegouverneur voller Verachtung. Er wußte nicht, wie er selbst aussah. Er war dick geworden. Sein Anzug glänzte vor Dreck und Abgewetztheit. Seine Hände zitterten, als er das Streichholz anriß, um die erkaltete Zigarre anzuzünden. Seine Frau hatte er seit seinem Heimaturlaub vor drei Jahren nicht gesehen. Sie lebte in Deutschland, weil man übereingekommen war und um sich der Erziehung der beiden Töchter widmen zu können. Dies hier war nichts für Damen. Außer dem Koch hatte keiner seine Ehefrau bei sich, und selbstverständlich war die Frau des Kochs keine Dame. Der Vizegouverneur und die anderen Beamten beschäftigten junge Dienstmädchen von der Insel, die dann und wann aus freien Stücken ihre noch jüngeren Schwestern mitbrachten, von denen die eine oder andere aushilfsweise im Haus angestellt wurde. Es war wirklich ganz unkompliziert. Die Mädchen wurden wie wild von ihresgleichen weggeheiratet. Man mußte sich nicht einmal selbst darum kümmern. Dem Vizegouverneur gefiel ihre Kindlichkeit. Sie ersetzten ihm – nun ja – auch seine Töchter, die unberührbar und fern von ihm vielleicht schon in Knospe standen. Er dachte viel an sie, ihr festes rosiges Fleisch, ihre runden Waden über den Stiefelchen. Er hatte sich heimlich ein Paar davon mitgenommen und bat eins der Dienstmädchen manchmal, sie anzuziehen. Sehr niedlich. Sie gingen gern auf seine Scherze ein und hatten selber noch Spaß dabei. Die jüngste von ihnen war elf wie seine Älteste beim Abschied vor drei Jahren. Mit fünfzehn entließ er sie. Frauen altern schnell in diesem Teil der Welt. Die Mütter, die ihm ihre Kinder hinhielten, wenn er die Dörfer besuchte, erkannte er nicht wieder.

Der Missionar gefiel ihm nicht. Er hatte ihn im Verdacht, daß er sogar selbst an das glaubte, was er predigte. Die meisten Missionare gehörten nach seiner Erfahrung zu dieser Sorte Pfaffen, die er für gefährlicher und unberechenbarer hielt als den ganzen Rest. Wenn er etwas haßte, dann waren es Fanatiker. Und diesen hageren Burschen mit seinem schmalen Gesicht, die Wangen bereits gefurcht von Längsfalten, die Augen tiefliegend, zählte er dazu. Diese Möchtegern-Asketen, dachte er verächtlich. Wenn sie doch wenigstens blieben, wo sie hingehören. Hier, wo das Leben ein Spiel nach Regeln ist, die du selber machen kannst –, was hat dieser Berufsspielverderber hier verloren? Andererseits: Man braucht sie. Man braucht sie überall dort, wo man den Spieltrieb des Volkes ein bißchen eindämmen will. Das sind vielleicht eure Spielregeln, sagt das Volk, wir haben eigene. Nein, sagen die Herrschenden, habt ihr etwa nicht gehört, was der Missionar euch gesagt hat? Es sind nicht unsere Spielregeln. Sie kommen von Gott. Es gibt übrigens nur einen, falls sich das noch nicht bis zu euch herumgesprochen hat. Oder sollen wir euch mal die Geschichte des menschlichen Fortschritts erzählen? Schon von einem Dieselmotor gehört?

Man muß sich mit den Pfaffen überall arrangieren, dachte der Vizegouverneur. Ohne sie geht gar nichts.

Wollen Sie tatsächlich den Weg quer durch die Insel bauen lassen? fragte der Missionar.

Lieber Herr Winter, antwortete der Vizegouverneur, Sie wissen so gut wie ich, daß es nicht anders geht. An diesem Weg führt, um mich des Wortspiels zu bedienen, einfach kein Weg vorbei. Wir werden nie die Kontrolle auf Ponape haben, wenn es uns nicht gelingt, im Falle von Insubordinationen, wie wir sie hier leider immer zu gegenwärtigen haben, den Tätern bis ins Inselinnere zu folgen. Auch Sie, lieber Missionar, werden davon für Ihre Arbeit profitieren, indem Sie etwa noch zu bekehrende Seelen leichter aufspüren können. Wir wissen beide nicht, ob nicht auf dieser Insel, die die Größe von Rügen hat, vielleicht mehr Menschen leben, als wir je zu Gesicht bekommen haben. Möglicherweise siedeln sie von uns unentdeckt. Wir sollten sie finden und mit den Segnungen unseres Landes bekannt machen. Es sind Untertanen unseres Kaisers wie Sie und ich.

Das ist richtig, sagte der Missionar. Ich fürchte Insubordination ebenso wie Sie, wenn auch der Höchste uns bisher gnädig bewahrt hat und es auch weiterhin tun wolle. Allerdings scheint mir besonders dies Wegebauvorhaben ein Anlaß, an dem sich die Unzufriedenheit der Braunen entzünden möchte. Was ich als ein an den Seelen Tätiger zu Bedenken geben zu dürfen bitte: Die Menschen siedelten hier stets nah den Küsten. Das Inselinnere gilt ihnen von ihren Geistern bewohnt. Sie fürchten es, wie ein rechter Christ die Hölle fürchtet. Sie betreten es freiwillig nie, weil sie vor der Rache der Geister Angst haben. Es gilt bei ihnen als schlimmste Strafe, die sie verhängen, ins Inselinnere verbannt zu werden.

Ich weiß, ich weiß, sagte der Vizegouverneur ärgerlich. Mein lieber Missionar Winter, ist es nicht Ihre Aufgabe, diese Geister für immer zu bannen? Schicken Sie sie dahin, wohin sie gehören, zur Hölle! Das ist die Hilfe, um die ich Sie bitte. Das Werk für Majestät und Vaterland, das wir verrichten, kann nicht am Geisterglauben dieser primitiven Wilden scheitern. Um das zu verhindern, sind Sie hier. Die Straße wird gebaut, Winter, seien Sie sicher. Wenn es Zwischenfälle gibt, sind Sie mitverantwortlich. Denn Insubordination entsteht in den Seelen, und das ist Ihr Gebiet, wie Sie zutreffend bemerkten. Ich zähle auf Sie, Winter! Auf den vaterländischen Geist in der Mission! Darf ich Ihnen übrigens einen Cognac anbieten? Leider ist kein Glas zur Hand.

Der Missionar dankte und verabschiedete sich.

Diese Brüder haben die Neigung, sich in Dinge einzumischen, die sie nichts angehen, dachte der Vizegouverneur. Geisterglaube! Die Kaffeeplantage. Die Ziegenzucht. Beides war eine Akte im Reichskolonialamt. Gescheiterte Vorhaben. Gescheitert an einer Gleichgültigkeit, die ihn, seit er hier war, wie eine Krankheit befallen hatte. Das war der Geist, der auf ihn von Anbeginn an im Innern der Insel gelauert hatte. Er hatte sich ihm genähert und ihn Tag für Tag und Nacht für Nacht bedrängt, bis er ihn in sich einließ, den Geist der Gleichgültigkeit, der aus sorgfältig geplanten Vorhaben Akten macht, aus Frauen mutwillige kleine Gespielinnen, gestiefelte Kobolde, die die Substanz von sich bei Tageslicht verflüchtigenden Traumgespinsten haben, aus jeder Leidenschaft ein Spiel, dessen Regeln man plötzlich selber bestimmen kann. Der Vizegouverneur würde diese Straße bauen, den Weg mitten durch die Insel. Das mußte sein Werk werden. Damit würde er den Geist der Gleichgültigkeit besiegen, der auch ein Geist der Faulheit und Mattigkeit ist. Wenn er ein Werk vorweisen könnte, würde ihn das Reichskolonialamt von Ponape abberufen und anderswohin schicken. Er sehnte nichts so sehr herbei wie das.

Der Vizegouverneur haßte diese Insel und was sie aus ihm gemacht hatte. Er würde sie mit einem schnurgeraden Weg zweiteilen. Er nahm einen kräftigen Schluck darauf.

SYDNEY 1908

Bis hierher hat uns Gott gebracht. Mich sanfter als Schwester Lina, die ER einer gründlichen Prüfung durch Seekrankheit unterzog. Die zwei Wochen zwischen Aden und Fremantle hatten wir ohne Unterbrechung schwere See. Da konnte die liebe Lina nur zum Herrn seufzen, und ich betete, las und sang fleißig mit für sie. Denn ich selbst wurde wunderbar bewahrt und sehe darin ein Zeichen, daß IHM diese Reise, die zu SEINEM höheren Ruhme von mir unternommen wird, wohlgefällt. Von Lina läßt sich ein Gleiches offenbar nicht sagen. Doch hat sie schwer gebüßt. Möge ihr vergeben sein. Von den Verunreinigungen in unserer Kabine, die mir zu säubern oblag, will ich nicht reden.

Am Hafen wurden wir von zwei Abgesandten des hiesigen Methodisten-Missions-Bureaus abgeholt. Sie waren sehr hilfsbereit und begleiteten uns bei unseren Einkäufen für Ponape, als da sind Seife, Zahnpulver und einige andere Zivilisationsgüter, die man dort nicht missen möchte, weil man sich von den Wilden doch unterscheidet durch größere Reinlichkeit. Auch kauften wir ein Kilogramm Kartoffelstärke für die Hauben. Ihre Falten stehen adrett nur, wenn sie gestärkt werden. Ein Bügeleisen hoffen wir doch vorzufinden auf der Station. Da wir die englische Sprache nur mangelhaft beherrschen, war uns die Hilfe der beiden Männer durchaus willkommen bei diesen Verrichtungen. Auch halfen sie uns die beträchtliche Last der Einkäufe tragen.

Nun muß ich erwähnen, was vorgefallen ist, und treibt es mir noch jetzt, da ich es niederschreibe, die Schamröte ins Gesicht. Ich will es jedoch für mich behalten und nur diesem Heft anvertrauen, dessen Inhalt außer mir allein Gott kennen soll. Zwar sind wir durchaus angehalten, daß wir ein wachsames Auge aufeinander haben und über Etwaiges nach Deutschland Bericht geben. Doch scheint mir dies von der Art, die lieber verschwiegen wird. Möge ER richten.

Kurz: Als wir unsere Einkaufsliste vergleichen, um zu sehen, ob alles beisammen ist, fragt Lina plötzlich unsere beiden Begleiter nach einem Wäschegeschäft. Ich ahne Unaussprechliches. Sie bringen uns zu einem Laden, den sie »Lingerie Store« nennen. Im Schaufenster sehe ich Nachthemden und einige Hauben, wie man sie wohl hierzuland noch trägt. Wir treten ein, während ich, wie es meine Gewohnheit in mißlichen Lagen ist, unhörbar zum Herrn flehe. Doch schon höre ich, wie Lina unsere Begleiter nach einem Wort fragt, das sie mit »Pants« übersetzen. Schlimmer noch: Sie läßt sie sich von einer jungen Verkäuferin zeigen, die mehrere von ihnen auf der Verkaufstheke ausbreitet. Da liegen sie vor dem Blick der jungen Männer, die mit uns sind und von deren Gesichtern ich nichts weiß, weil ich sie nicht ansehen mochte. Ich versuchte derweil an den Losungsspruch des Tages zu denken, wie es uns in Augenblikken der Verwirrung empfohlen ist, konnte mich jedoch beim besten Willen nicht erinnern. Zumal ich Lina sagen hörte: Man hat nie genug davon, besonders so weit weg von zu Haus. Und schien keineswegs verwirrt, sondern lachte, und die beiden Männer lachten auch.

Ich weiß nun nicht, was ich davon halten soll. Die Losung des heutigen Tages ist übrigens 1. Korinther 15, Vers 33: *Lasset euch nicht verführen! Böse Geschwätze verderben gute Sitten.*

Ich vermag es nicht auszulegen. Es scheint mir aber doch wert, alles notiert zu sein. Auch will ich beten zum HERRN, daß Schwester Lina nicht der Versuchung anheimfällt. Verführer lauern stets, sogar in der Verkleidung von Brüdern aus dem Methodisten-Missions-Bureau. Ich selbst allerdings fühle mich gegen solche durchaus gefeit.

Wir haben bis zur Weiterreise auf die Insel unserer Bestimmung Wohnung bezogen bei Miss Davies, der Hausmutter eines Mädchenheims, die uns überaus freundlich aufgenommen hat. Etwa zwanzig Mädchen sind hier, unter denen der Versucher reichlich Beute gehalten hat. Einige sind noch fast Kinder, andere haben schon graues Haar, obwohl nach Jahren kaum älter als wir. Man sagte uns, daß viele Trinkerinnen darunter sind. Es ist ja dies eine Insel der Minderwertigen, sowohl was ihre Urbevölkerung, als auch was ihre Einwanderer anbelangt, abgeurteilte Verbrecher allzumal. Wir sitzen mit ihnen zu Tisch, wie ja auch Jesus mit Sündern durchaus Tischgemeinschaft hielt. Sie werden bei Miss Davies als Mitglieder einer großen Familie behandelt. Allerdings sollte man, wie ich meine, mehr Zwang brauchen. Drei Mädchen, die die Polizei uns heute brachte, liefen nach dem Essen alle wieder fort. Ich halte dafür, der Sünde Tor und Tür zu sperren, indem man diese den Mädchen versperrt hält. Verkommenheit und Laster möchten sonst über die christliche Barmherzigkeit triumphieren.

Die Mädchen sind oft sehr laut und ausgelassen. Sogar Andacht und Gebet werden durch sie gestört, indem sie lachen, laut gähnen oder dareinschwätzen. Schwester Lina scheint das nicht im selben Maße wie mich zu stören. Sah ich doch gestern, wie sie in das Schwätzen und Kichern der Mädchen mit einstimmte. Auf mein Vorhalten, daß man sich nicht mit der Sünde gemein machen dürfe, entgegnete sie, man müsse sich gemein machen, weil man nämlich gemein sei in Hinsicht auf die göttliche Gnade, auf die wir allzumal angewiesen seien. Selbstverständlich weiß auch ich, daß wir alle Sünder sind und des Ruhmes ermangeln, den wir bei Gott haben sollten, doch ich weiß auch, daß ich nicht mit jenen Verworfenen gemein bin, denen Schwester Lina sogar den Zutritt zu unserer Schlafkammer nicht verwehrt. Eben klopfte eine an und verlangte Schwester Lina zu sprechen, ein blasses, dünnes Geschöpf mit fettigem Haar und unreiner Haut, das man bei uns erst einmal in den Zuber steckte. Ich wies ihr die Tür, vor der sie wahrscheinlich wie gestern abend jetzt sitzen und warten wird. Immerhin klopfen sie.

Dank sei dem HERRN. In zwei Tagen legt der Reichspostdampfer »Germania« nach Neu-Guinea und den Marshall-Inseln ab. Miss Davies verkündete heute beim Abendessen, daß wir weiterreisen werden. Da begannen ein paar der Mädchen zu weinen und sich an Schwester Lina zu hängen, als wenn sie ihre Mutter und nicht eine Zufallsbekanntschaft sei. Mich erfaßte eine Art Ekel vor soviel Haltlosigkeit, wie sie oft charakterlosen Naturen eigen ist. Wo die Moral fehlt, da fehlt häufig auch die Würde und das Maß. Aber was sehe ich? Auch Schwester Lina ist vor Rührung den Tränen nah. Miss Davies hob hervor, wie sehr unser Beispiel, der Umgang mit uns, die Mädchen gestärkt habe. Ja, sagte ich mit bewußtem Blick auf Lina, das gemeinschaftliche Gebet und die tägliche Lesung des Evangeliums bewirken viel. (In der englischen Sprache haben wir sehr gute Fortschritte gemacht.) Sie hat nämlich mit den Mädchen häufig Ball gespielt und, wie mich dünkt, ziemlich albern herumgetollt. Dabei entledigt sie sich der Haube und bindet ihr Haar mit einem Band aus der Stirn. Ich habe solches noch nicht gesehen bei einer Schwester. Der Gipfel der Narretei aber ist, daß sie mir sagt, wir sollten eines der Mädchen nach Ponape mitnehmen. Es habe sich von der Sünde abgewandt und wolle sein Leben ganz dem Herrn geben.

Ich fragte: Was sollen wir mit ihr tun?

Sie antwortete: Gar nichts. Sie will für uns arbeiten.

Und was verlangt sie dafür? fragte ich.

Nichts, sagte Lina. Zuerst wollte sie fünf Mark die Woche als Arbeitslohn. Aber ich sagte ihr, daß wir nichts haben. Sie möchte trotzdem mit.

Wenn ich nicht irre, so war sie geradezu stolz darauf und glaubt, die erste Seele bekehrt zu haben. Dabei würde sie uns nur eine Last aufbürden. Dessen bin ich gewiß.

Am Abend, als wir zu unserer Kammer kamen, saß das Mädchen davor. Es ist dasselbe, das ich schon öfter von der Schwelle gejagt habe. Schwester Lina aber strich ihr über das mittlerweile anscheinend gewaschene Haar und sprach leise etwas zu ihr, was ich nicht verstehen konnte.

Sie nehmen sich offenbar in allem ein Beispiel an uns, worin ich nur den Beweis ihrer Labilität erblicken kann. Ein Mensch von Halt und Charakter weiß selber, was sich schickt, meine ich. Ihre Verehrung für uns hat etwas Hündisches.

Jedenfalls entfernte sie sich darauf.

Wir sind jetzt wieder auf See, und ich kann an Deck schreiben. Die Sonne scheint warm und vergoldet unseren letzten Blick auf die Stadt. Bei Schwester Lina melden sich jedoch schon wieder die Boten ihrer Seekrankheit. Dabei geht nur leichte Brise und schlingert das Schiff etwas. Sie ist doch schwach gebaut und möglicherweise vom HERRN nicht ausersehen für diese Fahrt. Hätte er sie sonst nicht besser zugerichtet für den Beruf, wie er es offenbar in meinem Fall gefügt hat?

Auch mag es sein, daß Schwester Lina unchristlich hadert mit mir, die ich ihr den Leichtsinn verwiesen habe, mit dem sie ein Straßenmädchen in unsere Missionsgemeinschaft aufzunehmen im Begriffe stand. Es folgte uns bis zum Hafen, obwohl wir ihm beide erklärt hatten, daß für die Überfahrt nach Ponape (Gott weiß, was es sich darunter vorstellte, vielleicht eine Art Schlaraffenland) Geld vonnöten sei. Das Mädchen schien zu glauben, daß wir darüber verfügen, wie Bettler am Straßenrand der Meinung sind, daß alle Menschen, die vorübergehen, Geld im Überfluß haben und nicht wissen, wie sauer es werden kann, einen Kredit abzuzahlen, wie mein Vater seinerzeit, als wir einen Acker dazugekauft hatten. Da gab es kein Geld für Bettler, kaum daß wir sieben Kinder satt hatten. Damals ging ich als die Zweitälteste zur Mission. Denn wer sollte mir einen Antrag machen, da nichts zu erben war bei sechs Geschwistern und der Grundschuldbarkeit? Auch tut man ein Werk für Gott und Vaterland, was der Familie sogar mehr Ehre als eine Heirat macht und auch im eigenen Innern große Zufriedenheit, weil nichts vergebens getan wird, wenn es für Gott und Vaterland getan ist. Im übrigen hat man sein Auskommen, wenn auch nicht in Geld. Habe nie gehört, daß Missionare verhungert sind. Gemordet durch heidnische Wilde, ja. Aber nicht verhungert.

So ließen wir diese Frucht des Verbrechens zurück, dieses Früchtchen, wie man bei uns zu Hause sagen würde, und legten ab, während sie mit scheußlichen Gebärden der Verzweiflung Lebewohl winkte. Schwester Lina schien selbst ganz verzweifelt zu sein.

Sie wird es allein nicht schaffen! rief sie. Ich weiß nur zu genau, wie sie sich das Geld für die Reise beschaffen wird!

Wie denn? fragte ich.

Und Schwester Lina wußte mir nicht zu antworten. Sie scheint mir allzu bekannt mit dem Laster zu sein. Gehört sich das für uns? Ich denke, ich sollte fortfahren, dann und wann Notizen anzulegen, wie es hier und jetzt geschieht. Auch wenn, was Gott verhüte, niemals Gebrauch davon zu machen sei.

Am Horizont sehe ich Sydney schwinden. Ein feiner goldener Dunst legt sich davor. Man hat doch zuweilen sehr schöne Eindrücke auf einer Reise.

Der HERR segne unsere Ankunft auf der Insel Ponape.

PONAPE 1908

Der Rhythmus, in dem die Männer die Kawawurzeln stampfen, ändert sich, als Jomatau auf den Platz vor dem Versammlungshaus tritt. Eins, zwei – eins – eins, zwei – eins. Der Rhythmus zeigt an, daß die Männer ihn bemerkt haben. Er kündet von seiner Anwesenheit als der eines Unterhäuptlings. Käme der Nanamariki, würde sich der Rhythmus wiederum ändern.

Jeder einzelne Stein, an dem die Männer arbeiten, gibt einen anderen Ton. So wird die Musik der Arbeit des Kawastampfens gemacht. Sie gefällt dem Ohr. Die Männer hämmern zuerst nur auf die Steine und fallen dann alle gemeinsam in einem Moment über die Wurzeln her. Sie singen dabei das Lied von der Verzauberung.

Nun springt es heraus, eeh,
Diese Frau hat mich verzaubert,
Sie hat mich in Flammen gesetzt, ich brenne, eeh,
Wie in der Sonne so brenne ich,
Wasser schlage ich heraus aus der Wurzel
zu löschen meine Glut,
Den Rat gebe ich dir, eeh, nimm keine Frau,
Du wirst verzaubert, so wie ich es bin, eeh...

Die Beendigung ihrer Arbeit zeigen die Männer wieder durch ein Hämmerspiel auf den Steinen an. Dann haben sich die Wurzeln in eine triefend feuchte Masse verwandelt, die auf Hibiskusbaststreifen geschüttet und ausgewrungen wird.

Jomatau kennt die Musik einer jeden Arbeit. Die Arbeit ist die Musik. Sie erklingt, indem sie mit den Instrumenten, die dazu gehören, verrichtet wird. Es ist die Musik der Körper, die sie verrichten, ihrer Kraft, ihrer Geschicklichkeit. Es ist die Musik der Dinge, die man zu gebrauchen weiß. Wie es auch eine Musik von Tag und Nacht, Regen und Sonne gibt. Die Musik des Abends erklingt, wenn Kawa gestampft wird, und die Musik des Morgens, wenn die Bootsplanken unter den Füßen der Fischer ächzen und das Wasser von den Paddeln geschlagen wird. Das Trommeln auf dem Dach ist die Musik schlechten Wetters, und das Stöhnen der Frau die Musik des Liebesakts. All das in seinem Zusammenklang, seinem Tönen und Schweigen und einander Ablösen ist die Musik von Ponape, die Jomataus Ohren schmeichelt und sein Herz betört.

Eine klingende Insel, deren Name allein schon reiner Wohllaut ist: Pon'pei …

Die Musik der Weißen ist anderer Art. Sie kommt aus einem Trichter, unter dem sich eine schwarze, gerillte Scheibe dreht. Niemand kann sagen, wie die Musik in den Trichter hineingekommen ist. Und von welcher Arbeit kündet sie? Welche Tageszeit, welches Wetter ist gemeint? Wozu ruft die Musik? Was verbietet sie?

Die Musik ihrer Arbeit ist den Weißen gleichgültig. Hören sie überhaupt, wenn sie spielt? Es ist eine schnelle und laute, eine manchmal schrille Musik, die die Arbeit der Weißen macht. Der Laut der Spitzhacken, wie Trommeln ohne Klang, unruhig, abgehackt, das schlimme Dröhnen der Äxte, die den stummen Bäumen bisher ungehörte Klagen entlocken, das schmerzhafte Kreischen der Sägen, als schnitte etwas ins Fleisch der Insel selbst. Das gräßliche Knistern der Flammen, mit dem lebendiges, grünes Holz vernichtet wird. Könnten die Weißen es hören, wie ertrügen sie es dann? Es tönt zudem immer tiefer ins Inselinnere, wo seit allem Anbeginn die Musik der Insel selber spielt, von Menschen ungehört und ungestört.

Denn Hören bedeutet Stören, wie es durch die Geister der Insel kundgetan worden ist.

Jomatau glaubt, daß die Weißen trotz ihres Trichters zutiefst unmusikalisch sind. Sie fühlen es nicht, und die Geister denken nicht daran, es ihnen kundzutun. Es sind schließlich die Geister der verstorbenen Ponape-Leute. Sie reden Ponape, und das nicht einmal auf ganz verständliche Weise, selbst nicht für Jomatau, der immerhin mit dreiundzwanzig Jahren schon Unterhäuptling ist und gute Aussichten hat, eines Tages Nanamariki zu werden. Er dient den Weißen als Vorarbeiter beim Wegebau. Die beiden deutschen Aufseher Höpfner und Hagemann brauchen ihn als Dolmetscher. Denn Jomatau kann Deutsch. Er hat es bei den Missionaren gelernt, als er beim Bau der Schule mitgeholfen hat. Bruder Ludwig hat ihn den beiden Ingenieuren empfohlen.

Er kann arbeiten, hat er gesagt.

Was dieses braune Pack auch unter Arbeit verstehen mag, hat einer der Ingenieure geantwortet.

Nein, hat Bruder Ludwig gesagt, dieser ist tüchtig.

Die beiden Ingenieure haben ihn wie einen Baum angesehen, den man fällen oder auch stehen lassen kann. Da hat Jomatau plötzlich begriffen, daß dies ein Handel war. Wie man Fische für Taro eintauschen kann oder mit zwei Schweinen einen köstlichen Hund fürs Festessen bezahlt, so, dachte er, muß ich etwas für mich selbst fordern. Sie wollten seine Arbeit, und er wollte für einen Tag zwei Mark von ihrem Geld für sich.

Er sagte ihnen das.

Schließlich kann er rechnen. Er fand sehr schnell heraus, daß er ein prächtiges Boot wert war.

Die beiden Ingenieure fingen zu lachen an. Aber er machte sich nichts daraus, denn er wußte ja, daß er etwas hatte, was sie für sich brauchten: seine Kraft und seine Geschicklichkeit. Von seinem Deutsch ganz zu schweigen. Er hatte nichts anderes zu tun als abzuwarten, bis sie einwilligten. Wer je mit Brotfrucht gehandelt hat, weiß, was sie wert ist unter Hungrigen.

Und Jomatau hat recht behalten. Sie stellten ihn ein und überließen es ihm, die anderen dreißig Männer für den Wegebau auszuwählen. Es sind ehemalige Lehnsmänner. Den Lohn bekommen nicht sie selbst, sondern die Häuptlinge. So ist es im Gesetz, dem lamalam en Pon'pei, festgelegt. Kann man den Deutschen zum Vorwurf machen, daß sie es respektieren?

Jomatau spürt, daß trotzdem etwas nicht in Ordnung ist. Doch er kann nicht genau sagen, woran das liegt. Er muß es herausfinden und ist dazu entschlossen.

Jomatau umfaßt mit der linken Hand sein rechtes Handgelenk, als ihm die Kokosnußschale mit Kawa gereicht wird. Er nimmt einen tiefen Schluck vom trinkbaren Glück, das die Kawa ist, vom Traum, von der Lust, vom Frieden, die sie gibt. Ohne Arg reicht er sie weiter an den nächsten Mann, und erst jetzt läßt seine Linke die Rechte los. Er hat lange gebraucht, um zu begreifen, daß die Weißen, wenn sie ihm die rechte Hand reichen, nichts Arges im Schild führen, und er hat aufgehört, auf die andere Hand zu starren, um zu sehen, was sie derweil tut, wie es geboten ist, wenn sie die Rechte nicht umfaßt. Sie meinen es nicht so. Wie sie überhaupt in der Regel weniger gefährlich als einfach ahnungslos sind.

Gib ihnen Kawa, und sie schlafen ein wie der Vizegouverneur beim Fest des Abzugs der Spanier vor neun Jahren. Man hatte ihn schließlich ins Haus tragen müssen. Wenn es Glück zu trinken gibt, schlafen die Deutschen ein.

Dafür sind sie überaus wach, wenn Ponape-Leute müde sind: am Nachmittag. Seit Menschengedenken hört mittags die Arbeit auf. Wozu weiterarbeiten, wenn alles getan ist? Der Fischzug beendet, der Jams gepflanzt, der Hibiskus geschnitten. Wohl bereitet man gegen Abend die Erdöfen vor, hackt das Holz, knetet die Brotfrucht und tut zerriebene Kokosnuß dazu. Aber das gehört schon zum Fest jeden Abends, das von allen im Dorf gemeinsam begangen wird. Der Nachmittag ist für die Ruhe. Selbst die Kinder sind ruhig und dösen in der Sonne, so daß Frau und Mann die Gelegenheit zum Liebeslustspiel nutzen können.

Die deutschen Männer aber versäumen das Nachmittagsliebeslustspiel bei der Arbeit. Es stört sie nicht, daß die Frauen, kommt kein Mann, das Selbstliebesspiel spielen und den Mann am Abend mit Spott empfangen:

Mann ohne Kraft, eeh,
pflanzt und rodet den ganzen Tag,
nehme ich mir
eine Jamsknolle zum Manne, eeh...

Und obwohl Jomatau selbst nach zehn Stunden Arbeit noch stark zur Liebe ist und es im Laufe des Abends mit seinen beiden Frauen aufnimmt, so verlangen doch die anderen Männer der Wegebau-Truppe von ihm, daß er den deutschen Aufsehern deutlich zu verstehen gibt, wann sich die Sonne neigt und Schluß mit der Arbeit ist.

Die Aufseher lachen ihn aus. Sie sagen Dinge, die er den Ponape-Männern nicht übersetzt. Denn sie tragen Pistolen an ihren Gürteln, und Jomatau weiß, daß es Krieg gibt auf Ponape, wenn sie sie einmal benutzen. Denn auch die Ponape-Leute haben Schußwaffen, obwohl sie von den Deutschen streng verboten sind. Sie haben sie von den australischen Händlern gekauft, die im Südhafen der Insel manchmal vor Anker gehen, dem Hafen, den die Deutschen nicht kontrollieren. Die Straße, die sie jetzt bauen, dient auch dazu, die Verbindung zum Süden der Insel herzustellen und den Schwarzhandel zu unterbinden, der dort stattfindet. Im Norden gibt es Deutsche Mark und im Süden Waffen und Munition dafür. Die meisten haben noch ihre alten Karabiner aus der Spanierzeit. Sie vergraben sie nicht einmal mehr. Die Deutschen betreten die Hütten der Ponape-Leute so gut wie nie, weil sie den Geruch der verwesenden Fischköpfe verabscheuen, die zum Trocknen an den Balken aufgehängt sind. Jomatau weiß das, weil er die Flüche der beiden Aufseher versteht. Ihr stinkenden Fischköpfe. Ihr Hundefresser. Ihr Ratten. Die Ponape-Männer können ihre Gewehre ruhig an die Wand hängen.

Aber sie dürfen sich niemals bewaffnet sehen lassen. Jomatau hat das den Männern eindringlich klar gemacht. Sie sind stärker als wir, hat er gesagt. Es ist besser zu tun, was sie wollen. Einen Weg wollen sie bauen. Wenn es den Geistern nicht recht ist, werden die Geister schon wissen, wie man es verhindern kann. Wir können gar nichts tun, also geht an die Arbeit.

Sehen die nicht, sagen die Männer, daß sich die Sonne neigt? Ende der Arbeitszeit. Die Kose-Zeit beginnt (Ponape-Wort für Nachmittag).

Die Männer bitten, entlassen zu werden, übersetzt Jomatau, sie müssen jetzt die eigenen Felder bestellen.

Hör dir das an, sagt Höpfner zu Hagemann. Auf Ponape

haben sie den Viereinhalbstundentag. Wie würde dir das gefallen? Und zu Jomatau: Die Arbeitszeit ist vorbei, wenn ich es sage!

Jomatau schweigt.

Sag den Leuten, sie sollen wieder an die Arbeit gehen! brüllt Hagemann.

Die Herren wollen, daß ihr noch ein paar Bäume fällt. Dann ist es genug für heute, übersetzt Jomatau.

Sag ihnen, daß die Frauen auf uns warten! rufen die Männer.

Und auch auf sie! ruft der alte Louán und entblößt beim Grinsen seinen letzten Schneidezahn.

Die Leute wollen arbeiten, übersetzt Jomatau, wenn sie selbst Geld bekommen und nicht nur die Häuptlinge.

Misch dich nicht in Dinge ein, Kanake, die dich nichts angehen! herrscht Hagemann ihn an.

Los, an die Arbeit! übersetzt Jomatau. Ein paar von den alten Bäumen legen wir ihnen noch um, den Schwächlingen (ein Wort, das sich sowohl auf Muskel- als auch auf Liebeskraft bezieht)!

Als Jomatau sieht, wie sich die Männer, gebückt und widerwillig, an die Arbeit machen, zögert er einen Augenblick und wendet sich an die Deutschen:

Sie sind daran gewöhnt, um diese Zeit bei ihren Frauen zu ruhen, sagt er. Er möchte, daß sie verstehen, daß ein Ponape-Mann nicht faul und träge ist. Und wie sollen die Deutschen wissen, wie Ponape-Leute sind, wenn er es ihnen nicht erklärt?

Diese Schweine! sagt Höpfner verächtlich und spuckt auf den Boden.

Wie die Tiere! sagt Hagemann und spuckt auch.

Da, als ihr Speichel die Erde netzt, werden plötzlich die

Geister der toten Ponape-Menschen wach. Sie erheben sich. Bespien, erniedrigt, verachtet, wenden sie sich an Jomatau. Es bricht ihm fast das Herz zu sehen, wie unglücklich und elend die Totengeister sind. Er fühlt ihr Elend tief in sich selbst. Doch sie sind nicht nur erniedrigt, sie sind auch aufgebracht. Sie jammern, stampfen und heulen. Sie schlagen sich vor Verzweiflung und Zorn mit den Fäusten auf die Brust. Sie sind richtig in Rage. Sie wollen Blut sehen. Das wollen sie. Töte sie! kreischen sie. Schneide ihnen das Geschlecht ab und wirf es ins Meer! Worauf wartest du? Ihr seid viel mehr als sie. Tu es! Wir können nicht warten. Wir haben nur dich, um es auszuführen, Jomatau. Tu es für uns, die Toten, die Ponape-Geister! Sie bespeien uns, siehst du das nicht? Sie zerstören unsere Wohnungen, indem sie ins Inselinnere eindringen, wo nicht einmal ihr, unsere Kinder, bisher gelitten wart. Sie verachten uns. Bestrafe sie dafür!

Sie können winseln und bitten, die Geister von Ponape. Sie können sogar schmeicheln. Betören. Verführen. Man muß am Ende alles für sie tun.

Was ist, Kanake, träumst du?

Jomatau faßt die Axt und schlägt mit wenigen Hieben eine Kentia-Palme um.

Die Deutschen sind bewaffnet. Sie haben Schiffe, Kanonen, Dampfmaschinen und Eisenbahn. Sie haben Boote, die nicht übers Meer, sondern über den Himmel fahren. Jomatau hat Bilder davon gesehen, die sie mit Hilfe des Lichts auf Papier machen. Es sind Abdrücke der Dinge, die wie in einem Spiegel erscheinen, jedoch dergestalt haften bleiben, daß du das Papier forttragen kannst und das Bild mit ihm. Jomatau will eines Tages die Dinge selber sehen, die die Weißen besitzen. Sie geben ihnen Macht und Ansehen. Es sind ihre Geister. Sie jammern, klagen und bitten nicht. Sie herrschen. Sie sind anziehend für Jomatau, so sehr ihn auch das Elend der Ponape-Geister rührt. Es müssen wunderbare, leuchtende, mächtige Geister sein, die die Deutschen beschützen. Könnten Nichtswisser und Schwächlinge wie Höpfner und Hagemann sich etwa sonst die Verachtung leisten, mit der sie Männer wie ihn und Louán behandeln, die sie – o wie gern – in Stücke hackten und ihr zerfetztes Fleisch in die Bäume hängten, damit die Ponape-Geister sich in Gestalt der Vögel daran laben können?

Jomatau nimmt erneut einen tiefen Schluck aus der Kawa-Schale. Jetzt, am Abend, läßt er Haß, Verachtung, Empörung, Zorn, Mordlust und die hündische Bewunderung, die ihnen unauflöslich beigemengt ist, in einen einzigen Kawa-Traum zerfließen, in dem er selbst der Herr über die Weißen ist, ihre Dampfschiffe, die Kanonen und die Öfen, in denen sie Eisen in Flüssigkeit verwandeln, die nach ihrem Belieben wieder feste Form annimmt. Jomataus Blut fließt heiß und träge wie flüssiges Eisen durch seine Adern. Am Nachthimmel über sich sieht er riesige Luftschiffe dahinziehen. Er begrüßt sie mit einem weiteren tiefen Schluck. Dann ruft er nach seinen Frauen.

Man muß sie nehmen, bevor der Schmerz im Kopf einsetzt.

Der Missionar erhebt sich vor Tagesanbruch von seinem Bett. Er hat schlecht geschlafen und wirr geträumt.

Stimme mich als ein Instrument zu deinem Lobe,
auf daß ich morgens erwache, wie ein Ton erklingt,
und ende wie eine Strophe,
wenn die Nacht anhebt …

Er hat dieses Gebet, zusammen mit allen anderen, schon lange nicht mehr gesagt, weder stumm noch laut. Er erinnert sich an die Worte, aber er weiß nicht mehr, was sie bedeuteten. Sie erscheinen ihm hohl, albern, mißtönend. Der Missionar glaubt zu wissen, daß sie es immer schon gewesen sind. War er ein Heuchler? Früher, als er voller Inbrunst Gebete gesprochen hat? Der Missionar nimmt an, daß er ein Heuchler war. Denn ist die Hohlheit der Worte, der Verheißungen, Gebete, Segenssprüche ihm heute offenbar, so waren sie auch schon früher hohl. Sie bedeuten nichts. Die Wahrheit war ihm verstellt, weil er gläubig – leichtgläubig wie alle Frommen – und außerdem glücklich war.

Der Missionar war bestechlich. Das weiß er jetzt. Gott hatte ihn bestochen, indem er ihm Glück schenkte. Aber es gibt kein Glück, denn das Glück offenbart sich erst in dem Augenblick, in dem das Unglück eintrifft. Also ist Glück und Unglück im Grunde eins, und verdammt sein sollen alle Offenbarungen. Das ist es, was der Missionar am Morgen, wenn er aufwacht, denkt.

Was tue ich hier? denkt er.

Er findet sich auf einer seltsamen fernen Insel im Stillen Ozean. Eine Sonne geht auf, die nicht die Sonne ist, die er kennt. Morgenwind rauscht in den Bäumen. Aber es sind nicht die Bäume, die er kennt. Kinder hört er im Schlaf greinen. Aber das sind nicht die Kinder …

Doch, denkt der Missionar morgens beim Aufwachen, das sind die Kinder von ihr und mir. Und: Es sind meine Kinder, versucht er zu denken. Aber selbst die Kinder sind ihm fremd. Sie sind ein Teil des Betrugs, der an ihm verübt wurde, des Bestechungsversuchs mit Glück.

Der Missionar tritt hinaus auf die Veranda des Missionshauses. Ein kleiner, schwarzweißer Nachtvogel, den die Ponapesen Porók nennen, flattert vor ihm auf. Der Missionar ist nackt bis auf eine kurze Hose. Sein Körper ist weiß. Es ist der weißeste Körper von Ponape. Denn er setzt ihn niemals der Sonne aus. Nur vor Tag, wenn der Missionar hinauskommt und sich am Brunnen wäscht, ist er nackt. Später wird er lange Hosen, ein weißes Hemd und eine schwarze Halsbinde tragen. Anders hat ihn noch niemand auf Ponape gesehen.

Der Missionar geht zum Brunnen. Er ist ein gutgebauter Mann. Nach Ponape-Maßstab gehört er zur Rasse der Riesen. Vor allem zeichnet ihn Langbeinigkeit aus, verglichen mit Ponape-Männern, die kurz und gedrungen sind. Mit neununddreißig Jahren hat der Missionar eher weißes als blondes Haar. Es wird keinen Übergang geben. Er wird manchmal weißhaarig, manchmal hellblond aussehen, und er selbst wird der letzte sein, dem bewußt wird, daß er ergraut ist. Für die Ponape-Leute ist der Missionar eine Lichtgestalt. Er sieht aus wie ein weißer Gott. Sie stellen sich vor, daß Jesus wie der Missionar aussieht, und sind heimlich sehr enttäuscht, wenn er ihnen die Bilder von dem schwarzgelockten Jüngling mit dem kleinen Lamm auf den Armen zeigt. Sie glauben, daß es ein Hund ist, der geschlachtet werden soll. Der Missionar läßt sie in dem Glauben. Die Frage, ob Hund oder Lamm, hält er theologisch für unerheblich.

Er entledigt sich der Hose und schöpft mit einer Kelle Wasser über sich. In der aufgehenden Sonne glitzern die Tropfen an seinem Leib. Der Missionar weiß nicht, wie schön er ist. Aber die Ponapesinnen, die sich ringsum im Gebüsch versteckt halten, um ihm beim Waschen zuzusehen, wissen es. Sie haben sich die ganze Nacht in den Hibiskusbüschen bei der Missionsstation versteckt. Sie klatschen in die Hände, als sie ihn nackt sehen. Sie gurgeln, schnalzen und stöhnen wie beim Liebesakt. Sie kommen aus ihrer Deckung und umringen ihn. Es sind nicht nur junge Frauen, auch zwei, drei ältere sind dabei. In ihren glänzenden Augen steht nichts als uneingeschränkte Bewunderung für den weißblonden Mann vom Geschlecht der Riesen. Sie strecken die Hände aus, um ihn zu berühren, wie man ein Heiligtum berührt.

Da rafft der Mann seine Kleider zusammen. Er schüttelt den Kopf, als müsse er ein Trugbild verscheuchen, wobei zur Freude der Frauen Kaskaden von im Frühlicht glitzernden Tropfen sprühen, und rennt zum Haus zurück. Der Missionar hört seinen eigenen Schrei verhallen und bemerkt voller Entsetzen, daß es sich dabei um den stammesgeschichtlich uralten Schrei eines männlichen Tieres handelt, der von Todesangst und Brunst zugleich kündet, beides: ein Jubel- und Hilferuf. Das helle Kichern der Frauen, aus derselben tiefen Schicht der Stammesgeschichte erklingend, antwortet ihm darauf. Während er vom sicheren Innern des Hauses aus ihrem Treiben zusieht, einem Jagen und Haschen, das sich durch nichts als Bewegtheit im Gebüsch verrät und das Auftauchen von Brüsten, Armen, Haarschöpfen dann und wann, fühlt der Missionar, wie er langsam aus einem Menschen zurückverwandelt wird in ein Tier. Etwas, das auf dieser Insel beheimatet sein muß, will es so. Er hat keine Kraft mehr, sich dagegen zu wehren.

Hilf mir, nicht wie Winston zu werden, denkt er in einem letzten Versuch von Gebet, einer heruntergekommenen, verkümmerten Version davon. Alles, nur nicht wie einer dieser Verlorenen, für immer Gestrandeten.

Ich will nach Hause, denkt er, schon nicht mehr in der Form, nur noch im Tonfall eines Gebets. Bitte. Weg von hier.

Alle sind verwandelt worden, die hergekommen sind. Alle. Die anderen sind wieder abgereist.

Der Missionar spricht mit Gott jetzt im Ton innerer Feststellungen. Es ist ein müdes, ein leises, von langen Pausen getragenes Gespräch zwischen Männern, die beide Bescheid wissen.

Gott antwortet ihm mit Schweigen.

Vielleicht behält er sich ein Wunder vor.

Die »Germania« hat unterdessen die Zone der äquatorialen Windstille erreicht. Lina kann sich an Deck wagen. Der Dampfer durchfurcht einen bleiern daliegenden Ozean. Was der Schrecken der Segler war, ist für Lina zwar nicht das Ende ihrer Pein, aber doch Erleichterung. Sie weiß nicht, daß ihr das Schlimmste noch bevorsteht, und dankt IHM, der Meeren und Winden gebietet, für sein Einsehen.

Dann setzen plötzlich die Motoren aus. Mitten in der flachen See liegt die »Germania«, und es herrscht eine Stille, die vollkommen ist und in den Zeiten der Segelschiffe da und dort Schübe von Wahnsinn ausbrechen ließ. Das einzige, was noch zu hören ist, sind ein paar Flüche aus dem Maschinenraum und die Stimme von Hedwig.

Harre, meine Seele,

singt Hedwig,

harre des Herrn!
Alles ihm befehle,
hilft er doch so gern.

Ruhe, verdammt noch mal! tönt die Stimme aus dem Maschinenraum.

Diesmal ist Hedwig beleidigt. Und so ist sie die einzige, die sich freut, daß es nicht weitergeht. Seelenruhig zieht sie sich zur Bibellektüre zurück und überläßt alle anderen, Mannschaft und Passagiere, ihrer Angst.

Es ist eine Angst, die so alt wie die Seefahrt ist. Was, wenn Gott die »Germania« zwischen Jaluit und Kusaie einfach vergißt, bis sie zukünftigen Befahrern der Südsee als Geisterschiff erscheint? Aber die »Germania« hat einen Aushilfsmotor, mit dem sie, halbe Kraft voraus, am nächsten Abend den Hafen von Kusaie erreicht, der ersten größeren Insel der Ost-Karolinen. Hier jedoch bleibt die »Germania« vorläufig liegen, bis die nötigen Maschinenersatzteile ankommen. Das wird, wenn es gutgeht, zwei Monate dauern.

Da sind sie also um mehr als die halbe Welt gereist, und 560 Kilometer südöstlich von Ponape soll es nicht weitergehen. Es sieht nicht einmal so aus, als ob hier mit Gebeten viel zu erreichen sei, obwohl Hedwigs Miene zu sagen scheint, man müsse nur Lina ins Meer werfen, um Gott gnädig zu stimmen, damit er wieder in die Segel bläst. Hat man nicht schon seit den Zeiten des Propheten Jona den mächtigen Gott, der Wogen glätten und Schiffe wieder flott machen kann, besänftig, indem man die allzu Sündenbeladenen an Bord ins Wasser warf? Zwar sind das nicht Hedwigs Gedanken. Sie werden durch das Gebot der christlichen Geschwisterliebe undenkbar gemacht. Aber Hedwigs Stimmung entspricht ihnen ganz und gar.

Da kommt Lina eben gerannt und scheint ganz aufgeregt vor Freude: Stell dir vor, was ich gehört habe! Man kann von hier aus ein Schiff nach Ponape mieten, eine Art Droschkenschiff, nur für uns allein. Zwar kostet es wohl ein wenig, doch nicht so viel, als wenn wir hier für zwei Monate in Pension gingen. Was sagst du dazu? Ist das nicht wunderbar?

Hedwig folgt ihr zu einem der Anleger, begleitet von

dem Matrosen der »Germania«, dem Lina den Tip verdankt.

Wo ist das Schiff? fragt Hedwig.

Auch Lina sieht sich um. Der Matrose hat sie verlassen und mit ihm jede Verbindung zu einer bekannten Welt. Da stehen sie auf einem Bootssteg im Hafen von Kusaie und wissen nicht weiter. Am liebsten würden sie wieder aufs Schiff zurückgehen. Solange man an Bord ist, weiß man, wo man hingehört. Das Schiff ist immer dasselbe, in Sydney, in Jaluit wie in Kusaie. In Kusaie ist es ein Stück von Sydney und in Sydney ein Stück von Genua. Und Genua – war das nicht fast zu Haus? Das Schiff ist eine vertraute Welt für sich, deren Abläufe und Regeln überschaubar sind. Die Langeweile an Bord erscheint in dem Moment, in dem man sich an Land findet, als der Inbegriff des Glücks und löst das heftigste Heimweh aus. Wo ist an Land der Kapitän? Wer bestimmt den Kurs? Wer nimmt Beschwerden entgegen? Wer ist es, der im Ernstfall Maßnahmen anordnet? Kaum ist man an Land, muß man selber Kurs halten.

Hier ist kein Schiff, sagt Hedwig.

Da tritt ein Junge auf sie zu. Er ist vielleicht zwölf Jahre alt, wenn man das Alter der Südseebewohner richtig schätzt.

Ladies? sagt er. Es klingt wie »Lillies«. Dann nimmt er Linas Hand und zieht sie mit. Sie gehen bis zur Spitze des Anlegers. Dort bleibt er mit ihnen stehen und zeigt auf ein Boot.

Ein Boot? Es ist ein ausgehöhlter Baumstamm, in dessen Mitte sich ein Aufbau erhebt, eine Art Plattform, auf der zwei ältere Männer kauern, die Hedwig und Lina gleichgültig entgegensehen. Auf der rechten Seite verbinden ein paar Streben den Bootskörper mit einem Ausleger, der fast so lang wie das Boot selber ist. Am Bug und Heck befinden sich ebenfalls Aufbauten, auf denen Kisten und Körbe festgebunden sind, in denen man seine Lasten befördern kann. An einer Stange hängt ein Tuch schlaff herab, das offenbar so etwas wie ein Segel darstellen soll.

Pon'pei, sagt der Junge, Pon'pei, und weist mit einer unbestimmten Geste aufs Meer hinaus. Die beiden Männer auf der Plattform scheinen sich für anderes zu interessieren.

Auf gar keinen Fall, sagt Hedwig.

Sie haben auch Paddel, sagt Lina. Sieh nur! Wenn kein Wind geht, dann kommen sie damit voran.

Lina, sagt Hedwig, das ist kein Ententeich. Das ist der Ozean.

Man sagt, sie sind sehr erfahren im Umgang mit Schiffen, sagt Lina.

Nennst du das Schiff? sagt Hedwig. Das ist ein Paddelboot.

Sie wollen doch selbst heil hinüberkommen, sagt Lina nachdenklich.

Das ist wahr, sagt Hedwig. Schließlich sind sie ja auch heil herübergekommen. Sie zögert. Und wenn Gott mit uns ist …

Hedwig, sagt Lina, komm, laß uns gehen. Es war nur so eine Idee von mir.

Frag sie, was es kostet, sagt Hedwig, als habe sie Lina als Dolmetscherin engagiert.

Hedwig! sagt Lina bittend.

Da hebt Hedwig die Fäuste hoch und spreizt ihre zehn Finger.

Drei! ruft einer der Männer auf Deutsch und hebt drei Finger wie zum Schwur. Es sind zuerst immer die Zahlen der neuen Herrn, die gelernt werden.

Nur drei Mark! sagt Hedwig begeistert. Lina, das machen wir.

Eine halbe Stunde später verstauen die Männer ihr Gepäck auf dem Boot. Lina und Hedwig nehmen auf der Plattform Platz.

Und wenn es Seegang gibt? sagt Lina scheu.

Die Plattform ist nach allen Seiten zum Wasser hin offen.

Dann hältst du dich an diesem Pfosten fest, sagt Hedwig. Schau!

Ihre schlechte Laune ist ganz verflogen. Sie ist jetzt Feuer und Flamme und scheint richtig heimisch auf dem Boot. Es ist, als sei sie nie anders als mit einem Einbaum gereist und gern bereit, Lina in seine Geheimnisse einzuweihen. Dann und wann versucht sie, ein Einvernehmen mit den beiden Männern oder dem Jungen herzustellen. Aber die drei Ponapesen beachten sie gar nicht.

Weißt du, wie lange wir unterwegs sind? fragt Lina.

Eben passiert das Boot die enge Einfahrt zwischen den vorgelagerten Riffen des Kusaie-Hafens. Die Fahrrinne ist an der tief smaragdgrünen Färbung des Wassers erkennbar. Eine leichte Brise geht, und einer der Männer zieht das zwischen zwei Stangen, einer losen Spiere und einem Besanbaum befestigte Segel an, indem er sozusagen selber den Mast darstellt. Die Sonne steht hoch. Es muß Mittag sein. Lina und Hedwig suchen Schatten unter dem Dach aus Segeltuch, das einen Teil der Plattform beschirmt.

Bis zum Abend wird es dauern, antwortet Hedwig. Sie hat die Rolle des Kapitäns übernommen. Zwar wissen die Ponapesen nichts davon, doch es genügt, wenn Lina sich nicht darüber täuscht. Man möge sich an Hedwig wenden, sofern es noch Fragen gibt.

Es sind über fünfhundert Kilometer, murmelt Lina vor sich hin.

Die Küste Kusaies verschwimmt langsam im Dunst, und der Wellengang nimmt zu. Lina verspürt ein wohlbekanntes Übelkeitsgefühl. Sie möchte sich auf der Plattform lang machen, aber dazu ist die nicht lang genug. Außerdem erfordert es ihre ganze Kraft, sich an dem Pfosten festzuhalten, denn der Seegang nimmt weiter zu. Die Übelkeit stellt sich wie immer als ein zutiefst unlösbares Problem heraus.

Bete doch! zischt Hedwig.

Aber das ist es ja. Die Übelkeit ist ein Zustand der Unmöglichkeit des Gebets. Sie ist ein Zustand vollkommener Unmöglichkeit. Sie bedeutet die bare Kapitulation vor jeder Möglichkeit. Lina läßt den Pfosten los und erreicht den Rand der Plattform, bevor sie sich übergibt und des kurzen, matten Friedens danach teilhaftig wird. Es ist ihr gleichgültig, daß sie im nächsten Moment über Bord gespült werden kann. Im Gegenteil: Es muß schön sein, in die kühlen Wellen einzutauchen. Sie will es gar nicht mehr anders, und hätte sie noch Kraft, so würde sie sich wehren, wieder in die Mitte der Plattform gezogen zu werden und sich von einem der Männer mit einem Strick am Pfosten festbinden zu lassen. Ja, wenn sie wüßte, daß dies erst ein Anfang ist, würde sich Lina widerstandslos ins Meer stürzen. Und vielleicht wäre dann Gott, der über Wasser und Winde gebietet, tatsächlich besänftigt. Vielleicht hält er wie für Jona einen Walfisch für sie bereit. In einem Walfischbauch würde sie diese Reise auf jeden Fall lieber als auf diesem Boot machen.

Als sich gegen Abend der Wind gelegt hat, richtet sich Lina auf und sucht den Horizont ringsum mit den Augen ab. Das Meer ist spiegelglatt und von der sinkenden Sonne tief goldfarben. Die Männer haben tatsächlich zu rudern begonnen. Sie rudern zügig und schnell. Das Boot scheint pfeilschnell dahinzugleiten.

Nichts, sagt Lina.

Es sind ja auch über fünfhundert Kilometer, verkündet Hedwig leicht vorwurfsvoll, als habe man es versäumt, sie eher danach zu fragen. In der Nacht kriechen alle unter die Plattformen. Lina und Hedwig teilen sich die am Heck. Sie liegen wie Ölsardinen fast übereinander und wärmen sich mit Strickjacken, die sie aus ihrem Gepäck gezogen haben. Im Morgengrauen schwappt eine Welle ins Boot. Klatschnaß versucht sich Lina auf die mittlere Plattform hochzuziehen.

Es geht schon wieder los, murmelt sie.

Als es hell ist, gibt es Frühstück. Die Männer reichen ihr käseähnliche Kugeln, die aus einer graugrünen, säuerlich riechenden Masse bestehen. Lina gelingt es, sie abzuwehren, indem sie mit Mühe die Hände hebt. Ihr Kopf liegt ganz am Rand der Plattform, so daß sie ihn nur zur Seite drehen muß. Die Augen hält sie fest geschlossen, damit ihr das Tanzen und Hüpfen des Horizonts erspart bleibt. Alles, was durch die Augen in sie eingeht, ist zuviel. Hedwig flößt ihr dann und wann leicht bräunliches Wasser ein, das vielleicht eine Art Tee ist, denn Flüssigkeit braucht der Mensch. Wenn auch Lina eigentlich nichts mehr braucht. Im Laufe der Nacht merkt sie, daß sie wieder am Heck liegt. Es ist eng wie im Sarg, nur viel weniger ruhig.

Am dritten Abend lassen die Männer sie auf der Plattform liegen. Es lohnt sich nicht mehr mit ihr. Den Eindruck hat sie auch. Nur Hedwig kommt hin und wieder noch mit der Blechbüchse, aus der sie ihr Flüssigkeit einflößt. Dann beginnt es zu regnen. Oder ist es das Meer, das sich über sie ergießt? Sind sie schon gesunken? Die Sterne jedenfalls, die Nacht für Nacht über Lina ihre rasenden Tänze vollführt haben, sind untergegangen. Woge um Woge, Guß um Guß wäscht über sie hinweg. Am Morgen ist sie ganz rein, ganz kühl. Aller Unrat, der aus ihr herausgebrochen ist, weggeschwemmt. Sie liegt wie aufgebahrt. In vollkommenem Frieden. Auch das Meer ist still. Wie im Traum hört sie Stimmen, sie fühlt sich leicht, glückselig, emporgehoben, und legt die Arme um einen Hals. Sie ist am Ziel ihrer Reise, wo immer sie jetzt ist.

Willkommen auf Ponape, hört sie. Sie öffnet vorsichtig die Augen.

Man sagt, daß man sich an seine ersten drei Jahre nicht erinnern kann. Aber ich weiß alles. Alles über die Zeit, als wir noch zusammen waren. Vielleicht nicht mehr über die ersten zwei Wochen, als unsere Mutter noch lebte. Das ist zu lange her. Und es ist auch zu traurig. Das dritte Kind in ihr füllte sie ganz mit seinem Gift, seiner Zersetzung. Es war ein böses Kind. Nicht wie du und ich. Sie wurde nicht mit ihm fertig. Daran erkannten wir, wie sanft und gut sie war und wie sehr sie uns geliebt hätte, wäre sie nur am Leben geblieben. Aber dann hätte auch das dritte Kind gelebt. Ich denke, daß es ein Mädchen war wie wir. Es war ein häßliches, dickes Kind von der Gestalt einer Made, die sich vollgefressen hat. Es war zu dick, um geboren zu werden. Und zu feige, um sich zu trauen. So blieb es in ihr drin und ließ sie mit sich sterben, anstatt sie wie wir von sich zu befreien. Es verweste in ihr, und selbst die Milch, die sie für uns hatte, war voll mit seinem Gift. Darum gaben sie uns der Amme, deren Milch süß und reichlich und voller Antworten auf Fragen war, die wir nicht gestellt hatten. Wir wußten nicht, daß sie anders war als wir. Alles war damals anders. Nur du und ich, wir waren gleich.

Bald darauf warfen sie uns ins Meer. Mit weit offenen Augen tauchten wir in diese kühlere, farbige Flut, in der rosenfarbene Hummer, Purpurkrabben, leuchtend rot, und bunte Korallenfische an uns vorbeischwammen. Es war wie sich Erinnern. Ja. Ja, dies kannten wir. Es trug uns wieder empor, und zum erstenmal empfanden wir ein Entzücken, das keine Grenzen kennt, als wir in einem Schwall aus Farben und

Licht und brausendem Tönen aufschossen, der die Musik der Schöpfung ist.

Wir konnten schwimmen. Und ob wir das konnten. Wir kraulten wie die Hündchen. Wir kriegten gar nicht genug davon, bis die Frauen uns wieder herausfischten. Gute Kinder. Starke Kinder. Flinke Fischchen. Und so weiß ... Diese Sprache verstanden wir.

Es war die zweite Taufe, die wir erhielten. Die andere nahm unser Vater am Sarg unserer Mutter vor. Es mußte rasch gehen auf Ponape mit dem Begräbnis. Bevor sie sich in der feuchten Wärme in Saft und Schleim aufgelöst hatte. Bruder Ludwig hatte den Sarg schon gezimmert, als sie noch lebte und schrie, sie könne uns nicht allein lassen. Nicht auf dieser Insel der Gottverlassenheit.

Liebes Weib, will unser Vater zu ihr gesagt haben, versündige dich nicht.

Ich frage mich, ob er wirklich »Weib« gesagt hat, wie es in seinen Aufzeichnungen zu lesen ist. Manches schrieb er auch direkt aus der Bibel in sein Heft. Ich wünschte mir, er hätte Elisabeth gesagt. Ich höre ihn flüstern: Elisabeth. Ihren Namen, den er mir gegeben hat. Oder dir? Er hat uns immer verwechselt. Und erst viel später, auf dem Schiff, das uns nach Deutschland zurückbrachte, hat er entschieden, wer ich war. Elisabeth, höre ich ihn flüstern, ich liebe dich. Laß mich nicht allein ...

Niemand weiß, was es heißt, allein zu sein außer uns. Sie haben alle sich. Selbst wenn sie heiraten, hören sie nicht damit auf, für sich zu sein, und sie können einander vergessen, wie unser Vater unsere Mutter vergessen und eine zweite Frau genommen hat.

Ich habe lange geglaubt, daß jeder von ihnen einen Zwilling hat und daß sie so wie ich nur scheinbar für sich sind.

Dann, als sie mir verboten, von dir zu sprechen, begriff ich langsam, daß es nicht so ist.

Was tust du da?

Wir spielen.

Es heißt: Ich spiele, Elisabeth.

Wir gehen ins Bett. Wir sind müde.

Du bist müde. Du gehst ins Bett.

Wir verstehen das nicht …

Sie dachten, daß ich dich vergesse, so wie sie vergessen. Welche Schwester? sagten sie. Du bist allein.

Vergiß Ponape, sagten sie.

PONAPE 1908

Manchmal, in ihren Nächten auf Ponape, träumte Lina von Altena. Es war ein immer gleicher, ein Schlittschuhtraum. Sie glitt dahin. Die Lenne war zugefroren. Es war erstaunlich zu fühlen, wie rasch sie vorankam. Die Stadt blieb hinter ihr. Die Berge wichen zurück. Eine weite, besonnte Ebene tat sich vor ihr auf. Auch war der Winter schon vorbei, und sie gelangte in Zonen milderer Luft. Der Frühling hatte hier eingesetzt. Indem sie sich noch dem Glück entgegenwarf, das sich ihr anzukündigen schien, wurde ihr plötzlich bewußt, was das bedeutete. Schon pflügte sie durch ein Meer, das um ihre Knöchel stieg, und indem sie das ganze Ausmaß ihrer Unvorsichtigkeit begriff, zog es sie hinab, und sie erwachte am Grund einer lauwarmen See. Sie war auf Ponape.

Das Leintuch, das auf ihr lag, fühlte sich klamm an. Sie schlug es zurück und stand auf, um die trockenen, glatten Holzdielen unter den Fußsohlen zu spüren, durch deren Ritzen die Luft strich. Das Missionarshaus war ein Pfahlbau und bot die Annehmlichkeit belüfteter Fußböden. Ja, man konnte sogar das Licht durch die Ritzen sehen, wenn man darunterstand, und wer weiß was noch. Sie mußten manchmal die Jungen verscheuchen, die sich zwischen den Schweinen versteckt hielten, deren Verschlag sich unter dem Haus befand. Die Missionare hielten sich drei Schweine, um ein Vorbild abzugeben, und auch, weil es sich aus Gründen der Abfallbeseitigung empfahl. Dem Bezirksamtmann schwebte seit neuestem vor, die Schweinehaltung für alle zur Pflicht zu erheben, und er zählte dabei auf die Missionare und ihren Einfluß auf Ponape. Er sah sich gern als den Bringer zukünftigen Segens für das Inselvolk: Jedem ein Schwein unters Haus. Wie einst Heinrich IV. jedem Franzosen ein Huhn in den Topf gewünscht hatte. Aber das Volk hat eigene Träume vom Glück, und die Herren kommen darin als Segensbringer gar nicht vor. Nicht auf Ponape.

Lina trat auf die Veranda hinaus. Die Luft, die sie umfing, war ebenso lau und feucht wie im Inneren. Es gab keine Abkühlung. Nirgendwo. Es gab auch keine Erwärmung. Alles schien auf ihre eigene Körpertemperatur abgestimmt. Als schwämme man durch sich selbst hindurch. Über Lina schwammen die Sterne wie Leuchtfische durch das All. Sie waren so nah, daß sie sich nicht tief unter, sondern mitten zwischen ihnen fand. Dieses war nicht derselbe Himmel wie der über Altena. Dort war er unendlich fern und wies kalt und gleichgültig seine Sternbilder vor. Man sah zwei-, dreimal im Leben zu ihnen auf und bekam ein starres Genick davon. Niemand griff dort nach den Sternen. Doch die Sterne hatten jetzt nach Lina gegriffen. Auch das kommt vor. Sie mußte sich am Geländer der Veranda festhalten, denn die Erde hatte sich unter ihren Füßen zu drehen begonnen. Phoenix, Centaur, Kanopus … Die Sternbilder des Südens erschienen ihr, ohne daß sie sie zu erkennen vermochte.

Es war auch nicht nur ihr Licht, das sie von ihnen wahrnahm, sondern es war ihr Klang. Zum erstenmal hatte Lina das Tönen des Alls gehört, und sie suchte nach einem passenden Vers, einer Gesangbuchliedstrophe, um ihm zu antworten. Aber sie fand nichts, was nicht augenblicks von dem Tönen des Alls übertönt wurde, verschlungen, ausgelöscht, für ungültig erklärt. Wie schön leuchtet der Morgenstern …, versuchte Lina. Doch das feine weiße Sirren vom Firmament übertönte auch dies. Es war schon immer da. Nur waren ihre Ohren versiegelt gewesen, daß sie es bisher nirgends gehört hatte, in Gnadenbronn nicht und ganz bestimmt nicht in Altena. Vielleicht im Traum. Mit ihren entsiegelten Ohren hörte Lina jetzt auf einmal die ganze Musik der Nacht. Sie hörte, wie in der Lagune die Fische sprangen. Wie nackte Füße den Pfad zum Dorf entlangliefen. Wie ein Nachtvogel die Flügel regte und die Luft durchstrich. Sie hörte das Rascheln der Kleinnager, das Murmeln der Bäche, die zum Meer fließen. Und plötzlich hörte sie das Atmen eines Mannes, der in ihrer Nähe war.

Lina drehte sich um, und hinter ihr in der Tür zu seinem Zimmer, das wie alle Räume des Hauses einen Ausgang zur Veranda hatte, stand, ohne sich zu rühren, der Missionar und sah sie streng und mit einem gewissen Ausdruck von Verachtung an, wie ihr schien. Vielleicht stand er schon lange dort. Das Tönen aus dem All brach sofort ab wie ein sündhafter Gedanke, bei dem man ertappt worden ist. Lina ging ins Haus zurück.

Als sie wieder auf ihrem Bett lag, horchte sie hinaus, um zu wissen, ob er noch draußen war. Was tat er? Warum schlief er nicht? Doch sie hörte nur das gleichmäßige Schnaufen von Hedwig aus dem anderen Bett, die ihren tiefen Schlaf einer Gerechten schlief.

Die beiden Missionsschwestern nehmen sich der Erziehung der Frauen und Mädchen an, ein seit Elisabeths Hinscheiden brachliegendes Feld, das ihrer dringend bedarf. Die Fächer, die sie unterrichten, sind Nähen, Hauswirtschaft, Singen und biblische Geschichte, wobei das letztere, wie ihnen der Missionar fast täglich einschärft, als Hauptfach zu betrachten ist.

Der Unterricht findet im Freien statt. Die Mädchen sitzen auf den Bänken, die Ludwig gezimmert hat. Wenn es zu regnen anfängt, ist die Schule aus. Die Mädchen besitzen die Fähigkeit, augenblicks aus dem Nichts zu erscheinen und wieder im Nichts zu verschwinden, die ihrem Volk eigen ist. Wie ein Gedanke sind sie plötzlich da und wieder weg. Es ist nicht das einzige, wohl aber das größte Rätsel, das sie den Weißen aufgeben. Keiner von denen hat es bisher gelöst.

Wo sind sie? Sie sind nach Hause gegangen.

Wo bleiben sie? Sie sind da.

Ein feines, wirres Gelächter kündigt sie an, wenn sie schon fast da sind, und bleibt von ihnen zurück, doch nur einen Moment. Lina und Hedwig stehen, die Nählappen mit den Mustern von Saumstich in der Hand, und sehen nur noch eine vage Bewegung der Buschblätter entlang des Pfades, der zum Dorf hinführt. Wie ein leichter Windstoß, der durch sie hindurchstreift. Ella, rufen sie, Lisy, Emin, Nan Katin! Dann erst spüren sie die ersten Tropfen des Regens auf ihrer Haut und tragen hastig die Bänke unter das Vordach.

Aus Sydney haben die Schwestern zehn Ballen Kattun schicken lassen, die nun angekommen sind. Dazu eine ausreichende Menge Garn, Scheren, Nähnadeln, Fingerhüte. Die Fingerhüte sind sofort zu einem begehrten Wertobjekt geworden. Sowohl Frauen als auch Männer tragen sie als Schmuckstücke, manchmal mit einem kleinen Pflock durchbohrt, im Ohr.

Die Mädchen nähen mit großem kindlichem Eifer. Es scheint, als seien sie als Näherinnen geboren und all ihr Lernen und Üben nichts als ein Erinnern an etwas, das sie ohnehin können. Wenn ihnen etwas gelingt, scheint ihr Entzücken keine Grenzen zu kennen. Sie lassen ihre Arbeit fallen und halten sich die Ohren wie überwältigt von sich selbst. Jetzt müßten Hedwig und Lina von Jesus sprechen. Aber das Pfingstwunder will nicht sogleich geschehen, obwohl sie jeden Abend bei Missionar Winter Sprachunterricht haben.

Der Unterricht besteht darin, daß er ihnen die Teile der Bibel, die er übersetzt hat, langsam auf Ponape vorliest, während sie mit dem Finger den Luther-Text verfolgen. Sodann schreibt er ein paar neue Ponape-Wörter auf die Schiefertafel, die an einer Wand seines Arbeitszimmers hängt. Er schreibt in der von ihm selbst erfundenen Orthographie, sehr ernst, sehr deutlich, um eine Korrektheit bemüht, deren Sachwalter er, er ganz alleine ist.

Einst war er Schullehrer in Deutschland. Dies ist der innerste Kern seiner Berufung zum Missionar: Nicht nur das Ethos ihrer Befolgung, nein, die heiligen Spielregeln selber vermittelt er. Ihm wurden sie offenbart, bevor er sie weitergibt. Nur als Missionar kann der Lehrer, der Geistliche noch Moses sein. Als Missionar steigt er immer noch vom Sinai hinab, betört und unwissend das Volk, illiterat und verloren ohne ihn. Die Erfindung der Schriftsprache ist seine große Tat. Seine magischen Zeichen ritzt er bedächtig ein, um sie anschließend dem staunenden Volk auszulegen: Hier bringe ich euch die Botschaft von einem neuen Gott. Doch zunächst laßt uns Grammatik und Orthographie studieren.

Die beiden Schwestern, Schiefertafeln auf den Knien, feuchten die Lippen mit den Zungenspitzen an und die Griffel mit den Lippen, wenn sie mitschreiben: *Kot me limpok. Jijoi me limpok.* Gott ist Liebe. Jesus ist Liebe. Sie sehen wie ihre eigenen Schülerinnen beim Nähen aus. Eine

Übereinstimmung, die nur dem Missionar auffallen könnte. Doch der Missionar erlaubt sich solche Wahrnehmungen nicht. Er steht zur Wandtafel gewandt.

Welche Art Liebe? fragt Lina, ganz darin vertieft, die Wörter in die dafür vorgesehenen Fächer im Kopf einzuordnen.

Wie meinen Sie das? fragt der Missionar, indem er sich zu den beiden Schwestern umwendet. Ich verstehe Ihre Frage nicht.

Ich meine *limpok*, sagt Lina. Im Deutschen verwenden wir doch dasselbe Wort für die Liebe, mit der Gott seine Geschöpfe liebt, wie auch für das Gefühl … das Gefühl, meine ich, wie es zwischen Mann und Frau … zuweilen entstehen kann. Oder zwischen Eltern und Kindern? fügt sie hinzu, während der Missionar beschwörend sein Kreidestück vor sich hält, als könne man damit einen unsichtbaren Feind auf Distanz halten.

Wir sprechen hier doch wohl von der Liebe Gottes zu seinen Geschöpfen, sagt er.

Aber wie konnten, sagt Lina nachdenklich, die Ponape-Leute schon ein Wort dafür haben?

Gott sorgt auch für die Menschen, die ihn noch nicht kennen, sagt Hedwig ärgerlich. Weißt du das nicht, Lina?

Gewiß, sagt Lina.

In der Nacht, als alle schlafen, schreibt sie den Satz *I men kin pua tse paruni patok, i kaner pua me kéika* (Ich möchte es wohl sagen, doch ich kann es nicht sagen) in ihr Tagebuch. Sie weiß nicht, ob er richtig ist. Es ist der erste Satz auf Ponape, den sie gebildet hat. Sie lernt ihn auswendig.

I men kin pua tse paruni …, sagt sie zu den Mädchen am nächsten Tag. Der Rest geht in einem Gelächter unter, das sich lange nicht beruhigen will. Als Hedwig nach Art einer deutschen Lehrerin, die ihre Klasse zur Ruhe mahnt, in die Hände klatscht, klatschen die Mädchen mit.

Sie machen sich über uns lustig, zischt Hedwig.

Sie freuen sich, sagt Lina.

Später wird sie erfahren, daß Lachen auf Ponape keinen Witz zum Anlaß braucht. Es ist ein Ausdruck der Anerkenntnis einer Leistung. Ein Ausdruck von Zufriedenheit.

Eine ganz unangemessene Verlegenheit steigt in ihr auf. Sie will nicht so viel Applaus, so viel Aufmerksamkeit. Wenn es etwas gibt, was sie überfordert, seit sie Missionsschwester auf Ponape ist, so ist es diese Rolle der Vielbeachteten. Wo immer sie auftaucht, scheint sie sich auf einer Bühne zu bewegen: Seht die Europäerin. Seht, wie sie ißt und spricht, wie sie geht, was sie anzieht. Seht die Seltsame. Und immer wieder muß sie vor sie hintreten und gestenreich auf sich aufmerksam machen: Laßt uns singen. Laßt uns beten. Laßt uns Röcke nähen. Laßt uns sein wie ich. *Menschen nach unserem Bilde, die uns gleich seien.*

Das hat Helfrich nicht bedacht, als er sie aussandte: Daß Lina schüchtern ist. Sie haßt es, wenn sie beachtet wird. Sie errötet, sie schweigt, sie entschuldigt sich. Sie ist für diese Rolle nicht vorbereitet und nicht begabt. Für keine Rolle überhaupt. Sie haßt Auftritte auf welcher Bühne auch immer. Es ist die Schüchternheit der Männer und Frauen von Altena. Sie mögen intelligent, schön, stark, erfolgreich sein –, sobald sie spüren, daß mehr als zwei Augenpaare auf sie gerichtet sind, ist es mit ihnen aus. Daran erkennt man das sauerländische Blut schon im Kindesalter: Gedichtvorträge oder Blockflötenabende enden dort stets als Desaster weinender Mütter und vor Lampenfieber sich übergebender Sprößlinge, denen man Baldriantropfen verabreichen muß. Gaukler und fahrende Sänger haben sich mit den

Töchtern Altenas anscheinend nie vermischt, wie sie es anderswo taten, um ihre charmanten kleine Bastarde in die wohlgemachten Betten des Bürgertums zu schmuggeln, Selbstdarsteller, zu denen sie heranwuchsen, Väter und Mütter zukünftiger Bürgermeister, Stadträte und, je nachdem, auch Geistlicher. In Altena hat man sie in falsch verstandener Besorgnis schon immer rechtzeitig fortgejagt. Mit dem Erfolg, daß die Söhne und Töchter der Stadt zwar nicht minder klug, schön, gesund oder begabt sind wie anderswo, jedoch vollständig des Talents zur Selbstdarstellung ermangeln, ohne das jede Begabung, welche sie auch sei, an ihren Besitzer verschwendet ist.

Leider besaß also Lina dieses Handicap, was Pfarrer Helfrich, der sie auserwählt hatte, entgangen war. Denn wie alle geborenen Selbstdarsteller hielt er Bescheidenheit und Zurückhaltung stets für vorgetäuscht, einen Trick, in dessen Beherrschung er selbst es noch nicht zur Vollendung gebracht hatte. Er ahnte nichts von den Qualen der wahren Schüchternheit, die nichts mehr fürchtet als die Begegnung mit dem Fremden, von der sie weiß, daß sie darin ausgelöscht werden wird. Dies war die tiefere Wurzel der Altenaer Xenophobie, die sich also selbst bedingte in hoffnungsloser Geschlossenheit. Die Schüchterne haßt das Fremde nicht etwa. Sie liebt es weit mehr, als gestattet ist. Sie empfindet es grundsätzlich als überlegen. Sie hält ihm nicht lange stand, geht schon bald in einen Zustand der Selbstauflösung über, eine Art Schmelzprozeß, in dem ihr Selbstwertgefühl zu nicht viel mehr als nichts schwindet. In diesem Zustand möchte die Schüchterne am liebsten abwesend sein. Doch da ist diese Person, in der sie sich peinlicherweise selbst erkennen muß, mit ihrer ganzen Physis, schwer, ausgedehnt, durchblutet, mit einem Wort: anwesend. Und die Schüchterne möchte sich jetzt gern empfehlen, ganz dringend will sie das. Doch wohin? Es gibt keine Privatheit auf Ponape. Lina ist immer im Dienst. Und immer beobachtet.

Es sind stets prüfende Augen, die auf sie gerichtet sind. Die der Ponape-Leute wie die der »Geschwister«, die sie auf der Station füreinander sind. Brüder und Schwestern im Herrn. Sie lieben sich. Sie vereinigen sich im Gebet. Morgens und abends. Gemeinsam und für sich. Einzig im Gebet verschließen sie die Augen voreinander. Und so wird das Gebet Linas wahre Zuflucht. Ihre einzige. Lina möchte am liebsten den ganzen Tag im Gebet verharren. Jesus. Jesus meine Zuversicht. Mein ganzes Hoffen. Mein Hort. Von wannen mir Hilfe kommt …

Es ist ein Jesus, der wie Lina noch nicht heimisch auf dieser Insel ist. Ein von der langen Reise noch sichtlich Erschöpfter und Mitgenommener. Er hat sich vom Klimawechsel noch nicht erholt und fühlt sich fremd wie sie. Er scheint ebenso angewiesen auf sie zu sein wie sie auf ihn. Auch er ist schließlich nicht freiwillig hier. Sie fühlt Erbarmen. Auch ihn hat man nicht gefragt.

Sei mir gnädig, Gott, sei mir gnädig! Denn auf dich traut meine Seele, und unter dem Schatten deiner Flügel habe ich Zuflucht, bis daß das Unglück vorübergehe … Während Lina bei der Morgenandacht die Worte aus dem Psalter hört, die Hedwig diesmal spricht, spürt sie plötzlich, wie sich etwas in ihr Bewußtsein schleicht, das ihre Andacht stört, ein kleinmütiges, böses Mißtrauen, das sie zwingt, die Augen zu öffnen. Und sie begegnet dem Blick des Missionars, der auf sie gerichtet ist, streng, mit derselben Verachtung, mit der er sie neulich bei Nacht angesehen hat. *Mein Herz ist bereit, Gott, mein Herz ist bereit, daß ich singe und lobe,* versucht sie wieder in den Text des Psalm einzufallen. Aber ihr Herz ist nicht mehr bereit.

Verehrtes Fräulein, schreibt Lina nach Altena, wären Sie hier! Kein Luftkurort, kein Mineralbad in Europa möchte so heilsam sein wie dieses milde Klima im Stillen Ozean. Trotzdem haben viele Eingeborene den Husten. Man versteht es nicht. Zwar regnet es recht oft, doch kühlt es auch bei Regen nicht merklich ab, was doch das Klima zu Hause, selbst im Sommer, so empfindlich macht. Auch kommt die Sonne immer wieder schnell hervor. Fast täglich sehen wir den Regenbogen am Himmel stehen, als habe Gott mit dieser Insel einen eigenen und ganz besonderen Bund, wie geschrieben steht: »Meinen Bogen habe ich gesetzt in die Wolken. Der soll das Zeichen sein.« Wie gern würde ich Sie in Ihrem Wagen umherschieben, um Ihnen alle die Schönheit zu weisen, die diese Insel dem Betrachter zu bieten hat. Es ist, als sei die Vertreibung aus dem Garten Eden noch nicht vollstreckt. Obzwar genug Sünde gedeiht, daß Gottes Urteil gerecht erscheinen müßte, zumal hier.

In Gnadenbronn hörten wir, wie schwer die Heiden an der Last der Sündenschuld tragen, bis sie im Glauben an den Auferstandenen davon erlöst werden. Auch schilderte man uns die Qual und Pein, die sie erdulden durch Dämonenglauben und Geisterfurcht. Doch sehe ich nichts davon. Sie scheinen mir recht vergnügt und fröhlich hier. Es muß dies wohl auch die Folge ihres Unglaubens sein, der sie, den Kindern gleich, die Last der Sünde nicht gewahren läßt. Seufzen und Wehklagen jedoch und tiefe Verzweiflung habe ich an ihnen nie bemerkt, obwohl sie ohne das Licht des Evangeliums doch verloren sind und im Dunkel ihres Aberglaubens vergeblich nach Gott suchen. Statt dessen sieht man sie behende in die Kokospalmen hinaufklettern und mit einem schrillen Ruf, dem Jodeln der Alpenbewohner nicht unähnlich, der etwa Darunterstehende warnen soll, daß sie ihnen nicht auf den Kopf fallen, die Nüsse hinabwerfen. Auch ziehen sie mit Gesang am frühen Morgen die Fischernetze ein, in denen sich genug Nahrung für den Tag findet, und feiern Fest um Fest. Wenn Gott sie mit seiner Ferne bisher gequält hat, so ist es für unsereinen jedenfalls nicht wahrnehmbar. Doch wird es wohl so sein. Ich kenne sie noch nicht gut genug.

Ach könnte ich dann und wann ein Stündchen mit Ihnen reden. Das täte mir not. Zwar sind die Geschwister im Missionshause mir lieb und wert und Schwester Hedwig gewiß eine gute Freundin, mit der ich unser kleines Zimmer teile. Doch muß ich dieses Geschriebene vor ihr verbergen, da sie es sicherlich mißverstehen würde. Sie ist immer sehr bedacht, im Glauben nicht zu fehlen, und sieht auch mir darin nicht das geringste nach. Ich verwahre darum dies bis zur Abfahrt des Postschiffes in der Hülle, in der mein Gesangbuch steckt. Da wir die Lieder doch auswendig singen, nehme ich es gewöhnlich nicht zur Hand.

Das Missionshaus sollten Sie sich nicht zu prächtig, eher wie ein größeres Gartenhaus vorstellen. Es ist ganz aus Holz erbaut, und verläuft eine Veranda an zwei Seiten, so daß man einen sehr hübschen Ausblick auf die etwas weiter unterhalb liegende Meeresbucht hat. Man würde es bei uns daheim wohl für eine angenehme Sommerfrische ansehen, wenngleich die Innenausstattung vom Einfachsten ist, selbstgezimmerte Möbel, von Bruder Ludwig hergestellt, und ein paar nützliche Einrichtungen, als da sind Vorhänge aus Kattun, die noch von der armen verstorbenen Frau Winter stammen und uns vor allzu neugierigen

Blicken schützen, wie man sie hier alle Zeit zu gegenwärtigen hat.

Es erstaunt sehr, wie wenig der Mensch bedarf an Dingen, die wir zu Hause für notwendig erachten, es aber tatsächlich nicht sind, wie Canapees, gestickte Decken, Lockenscheren, Tortenheber, Saucieren, Frisierkrägen und vieles andere mehr. Und wenn man sieht, wie die Braunen sich eines Bananenblatts als Teller bedienen, indem sie es mit der Linken sehr anmutig halten, während die Rechte Nahrung daraus entnimmt, so beginnt man, selbst den schlichtesten Bedarf als Luxus zu betrachten. Doch keine Sorge, wir essen noch nicht vom Blatt. Aber auch wir bedienen uns großer Muscheln als Schüsseln für alles mögliche. Die Natur schuf doch viel, was dem Menschen nützlich ist, und man lernt hier bald, es aus den Händen des Schöpfers zu nehmen, statt es im Laden zu kaufen wie bei uns. Wir können auch manches kaufen von den Handelsschiffen, die dann und wann hier anlanden und mit Kopra beladen weiterfahren. So habe ich mir einen hübschen Vorrat an Seife angelegt. Die Braunen riechen recht strenge für unsereinen. Sie wissen sich aber zu helfen in mancherlei Hinsicht. Wenn zum Beispiel die Frauen unwohl sind, benützen sie einen Schwamm, wie er hier reichlich im Meer vorkommt und nach Gebrauch weggeworfen werden kann, und Schwester Hedwig und ich machen es jetzt ebenso. Da hat man es doch viel einfacher als zu Hause mit dem vielen Einweichen und Auskochen. Wenn Sie aber diesen Brief den Jungfrauen vorlesen, so lassen Sie diese Zeilen um der Schicklichkeit willen lieber weg. Obzwar wir doch alle wissen, wovon die Rede geht und sämtlich auf dieselbe Weise geprüft werden, hier wie dort. Hier aber …

Lina, die in einem Zug, ohne Besinnung, geschrieben

hatte, wußte plötzlich nicht mehr, wie sie fortfahren sollte, um sich Fräulein Wegenast verständlich zu machen. Sie war nicht mehr sicher, ob sie sich nicht im Ton vergriff und der Entrüstung aller anständigen Menschen in Altena preisgab.

So schrieb sie auf eine Karte mit der Fotografie eines weißen Strandes mit Palmen im Hintergrund:

»Auf Gott vertraue ich und fürchte mich nicht. Was könnten Menschen mir antun? (Ps. 56, Vers 5) Die besten Grüße von der Insel Ponape sendet Ihnen Schwester Lina. PS: Bis hierher hat mich Gott gebracht.«

Diese Karte sandte Lina mit dem nächsten Postschiff ab. Das andere verwahrte sie in der Gesangbuchhülle.

PONAPE 1909

Niemand beschreibt das Wunder, das sich begab, wenn die »Germania« kam. Man wußte nie genau, wann es soweit war. Frühestens konnte man sie acht Wochen nach dem letzten Mal erwarten. Aber schon nach einem Monat begann die Vorfreude. Ach, sie begann bereits, wenn der Dampfer hinter dem Horizont versank und ein rötliches, hauchzartes Rauchwölkchen noch kurze Zeit darüber schwebte, bis es sich aufgelöst hatte und nun der Moment der schmerzlichen Einsicht kam, daß er niemals so fern wie gerade eben war. Und hatte man etwa vergebens auf einen Brief, eine Nachricht oder sonst etwas Ersehntes gewartet, so mußte man den Aufruhr in sich jetzt beruhigen, aus hochfahrender Erwartung und tiefer Enttäuschung wieder ins stille Fahrwasser geduldiger Hoffnung aufs nächste Mal finden. Doch etwas von der wilden Freude blieb immer zurück, mit der man das Schiff eines Morgens über den Horizont tauchen sah. Eine Freude, gemischt mit Furcht und Vorahnung, denn die bösen Nachrichten, Mißerfolge, Tadel, Mahnungen waren auch an Bord. Und auch sie kamen erst in zwei Monaten wieder. Die Unruhe wuchs, und täglich erreichte sie um die Mittagszeit den Scheitelpunkt ihrer Kurve, denn war sie bis mittags nicht da, kam die »Germania« mit großer Wahrscheinlichkeit nicht mehr an diesem Tag. Aber schon gegen Abend stieg die Erregung an, und niemand unter den Weißen ging zu Bett ohne das Bild dieses Schiffes vor Augen, wie es irgendwo da draußen auf dem Meer heranpflügte und sich der Insel näherte wie die

Zukunft selbst, beladen mit Ersehntem wie mit Gefürchtetem.

Für Lina hatte der Reichspostdampfer diesmal ein Problem an Bord. Als alle Fässer und Kisten und der Postsack an Land gebracht worden waren, kam auf einmal noch etwas die Reling herunter, das wie der einzige Passagier für Ponape aussah, ein sehr dünnes, blondes Mädchen mit kurzem Rock und verrutschten Kniestrümpfen, in der Hand einen Beutel mit Habseligkeiten, den es hinter sich herschleifte. Es sah sich auf dem Pier um, als erwarte es, abgeholt zu werden, und sei erstaunt, daß niemand gekommen war. Dann setzte es sich auf eine Kiste, aus der das heisere Krähen von mehreren Zwerghähnen drang, die seit zwei Wochen fast ohne Unterlaß gegen ihren Transport protestiert hatten, zog ihre Knie an, die alles andere als sauber waren, und legte mit einer Gebärde tiefen Vertrauens zu sich selbst den Kopf darauf. Ich warte, schien das zu sagen. Euer Pech, wenn ihr mich nicht wollt. Damit gab sie einen Blick frei, der sogar auf Ponape als höchst unschicklich gilt.

Bruder Ludwig, der in Begleitung von zwei Ponape-Jungen aus seinem Bauhandwerkskurs zum Hafen kam, um eine Sendung von Gipssäcken, Dachpappe, Leim und Holzlasur in Empfang zu nehmen, fragte das Mädchen, auf wen es denn warte, und war höchst verwirrt, die Antwort zu hören: The sisters invited me.

Which sisters? fragte Ludwig in dem besten schwäbischen Englisch, dessen er mächtig war.

Sister Lina, sagte das Mädchen. And the other one. You know them?

No, sagte Ludwig. But you may follow me.

Heute haben wir die kleinen mutterlosen Mädchen endlich zu uns ins Missionshaus geholt. Es war längst an der Zeit, sie von der braunen Amme zu trennen, die sie ganz mit den eigenen Kindern hielt, so daß sie bald als wahrhafte kleine Wilde erfunden worden wären. Sie sind fast zwei Jahre alt und plappern nach Kinderart Unverständliches, doch ist bestimmt kein Wort Deutsch dabei. Wie denn auch, da sie außer durch den Vater, der wohl gewissenhaft Besuch abstattete, nichts anderes als Ponape bisher gehört haben. Schwester Lina und ich haben ihnen hübsche weiße Kattunkleidchen genäht, doch gab es großes Geschrei, als wir sie ihnen überstreiften, und wollte das Stampfen, Am-Boden-Wälzen und Zerren kein Ende haben, mit dem sie sich der ungewohnten Bekleidung zu entledigen suchten. Man denke nur, daß man sie bisher völlig nackt ließ, wie es bei den Kindern der Insel leider noch allerorten angetroffen wird, und konnten die braunen Mütter noch nicht überzeugt werden, daß die Erziehung der Kinder zu Schamhaftigkeit und Anstand schon früh beginnen muß. Da hieß es hart bleiben, und ich knotete schließlich, da alles nichts half, die Ärmel zusammen, wie man es bei Tobsüchtigen zuweilen macht. Denn nicht anders benahmen sich diese Kinder, wenn auch, da noch klein und zart, nicht verantwortlich für ihr Tun.

Verantwortlich erscheint mir jedoch Schwester Lina für den Mangel an Konsequenz, der in der Kindererziehung noch immer von großem Übel war. Sie befreite die Kleinen, weil sie, wie sie sagt, ein sanfteres Eingewöhnen für bekömmlicher hält, und sogleich brach sich der wilde Trotz wieder Bahn, bis die Kleidchen ganz zerrissen und besudelt waren, so daß wir sie jetzt erst waschen und flicken müssen, bevor ein erneuter Versuch gemacht werden kann.

Doch brachten wir die Kinder immerhin so weit, daß sie die gehäkelten Leibchen aus Baumwollgarn tragen und habe ich auch auf Unterhöschen bestanden, die sie sich jedoch, sobald wir uns umdrehen, wieder abzustreifen trachten, worin man die ganze Verderbnis erkennen mag, in der sie bei der Amme aufgewachsen sind und von der wir die Insel befreien wollen.

An diesen armen Kindern ist vieles versäumt worden, woraus man sicher dem Vater keinen Vorwurf machen kann, da doch die Mutter fehlt, um sie mit Sauberkeit, Ordnung und Anständigkeit vertraut zu machen.

Vor allen Dingen brauchen sie Liebe, sagt Lina.

Als wüßte ich das nicht.

Sie erscheint mir jedoch viel zu wenig gefestigt, um den Kindern eine Mutter ersetzen zu können. Möge das auch der Vater klar erkennen. Doch waltet Gott. Und häufig prüft ER auch. Wie oft hat schon ein Mann sich falsch entschieden. Solche Prüfung währt dann allerdings lebenslang.

Ich denke aber, daß Bruder Karl über Lina die Augen geöffnet sind, seit dieses australische Mädchen bei uns Einzug hielt. Von Gestalt ist sie den Ponape-Leuten nicht unähnlich und könnte als eine Tochter der Insel gelten. Wir nennen sie »Sydney«, da sie keinen Namen angeben kann außer »Girl«, und das ist doch zu albern. Als »Gastgeschenk« brachte sie eine Kiste mit drei Zwerghähnen mit, die wir auch gleich zum Abend brieten, weil sie infolge unausgesetzter Kämpfe in ihrem engen Behältnis schon ganz gerupft waren. Wer beschreibt aber unsere Beschämung, da wir am nächsten Tag aus der Kolonie hören, daß sie für die Küche des Bezirksamts vorgesehen und auch schon bezahlt waren. Zwar beglichen wir den entstandenen Schaden sogleich, doch steht zu fürchten, daß sich die peinliche Geschichte nur allzuschnell herumspricht. Auf dieser Insel gibt es keine Geheimnisse. Zumal wir von der Mission sind immer beobachtet, und macht ein Verdacht, wenn er einmal auf uns gefallen ist, so vollkommen wir ihn auch entkräften mögen, die Arbeit von Monaten zunichte. Ist die Diebin erst im Haus, so ist die Schande auch darin. Und wer weiß, was noch alles mit ihr eingezogen ist. Man hätte sie sofort zurückschicken sollen. Doch war das Schiff schon weg, so daß wir sie eine Zeitlang wohl oder übel bei uns behalten müssen. Bruder Ludwig hat ihr sein Zimmer freigemacht und ist ins Schulhaus gezogen, das eben fertig ist.

Lina glaubt allen Ernstes, daß sie der Himmel gesendet hat, da wir doch gerade ein Kindermädchen brauchen.

Ich habe aus meiner Empörung kein Hehl gemacht. Wer soll wen hüten? Die kleinen Wilden die Diebin? Oder umgekehrt?

Wenn ein Mensch für etwas Liebes, das ihm anbefohlen sei, Verantwortung trage, sagt Lina, könne er nicht fehlgehen. Verantwortung sei die Quelle aller Erziehung zum Guten und müsse im Vertrauen dargeboten werden, das sich im nachhinein erst rechtfertigen könne.

Ich habe selten so etwas Leichtfertiges gehört.

Und wenn sie sich des Vertrauens unwürdig erweist?

Was das anbelangt, sagt Lina, sollen wir auf die Macht des Gebets vertrauen.

Tun wir das nicht sowieso? Meines fand eben Erhörung. Man brachte uns die Nachricht, daß im Dorf Kiti Fälle von Dysenterie aufgetreten sind, welche, vor allem bei Kindern, häufig tödlich verläuft. Zwar können wir, außer Kohletabletten zu reichen, medizinischerseits nicht viel tun, doch ist es immer auch ein Werk christlicher Barmherzigkeit, daß wir uns der Erkrankten und Leidenden annehmen. Auch verfehlt es nie seinen Eindruck, wenn ein Todkranker, den wir besucht haben, gesundet, wie es ja auch geschieht. So wird es allemal als Wunder ausgelegt und hat ein schönes Ansteigen unserer Gottesdienstbesucherzahlen zur Folge und manchmal sogar auch Taufen, welche wir nach Gnadenbronn melden dürfen. Also hat nun Bruder Karl Lina befohlen, daß sie sich auf den Weg nach Kiti machen und dort Barmherzigkeit tun möge. Sie bricht morgen früh auf und bleibt ein paar Tage weg.

Dies scheint mir nun eine überaus feine Fügung des Herrn zu sein. So vertraut er mir allein die Kinder an, daß sie sich an mich gewöhnen, bis sie zurückkehrt, und in mir ihre neue Mutter sehen. Sie hätte sie mir sonst wohl mit ihrer Verwöhnung und Milde abspenstig gemacht und auch das Herz des Vaters täuschen mögen. Sind doch Väter oft zu weich, wenn es um die Töchter geht. Sogar mein eigener Vater weinte, als er mich zum Bahnhof nach Reutlingen brachte, und weint man bei uns daheim sonst nur zu Begräbnisssen.

Auch Bruder Karl wirkt nach außen hin recht gefaßt und seiner selbst mächtig. Doch ist er sehr empfindlich, wenn man ihm widerspricht, wie es Lina dann und wann unternimmt. Dann braust er rasch und zu heftig auf. Man sagt, daß der Tod seiner Frau ihn immer noch niederdrückt und daß er vormals ein recht umgänglicher Mann war. Vielleicht daß er eines Tages es wieder werden kann … Es ist doch seltsam, daß Gott mich so weit gesandt hat, um mir den Ort zu zeigen, an dem ich wirken soll.

Vor Tagesanbruch hört Lina den Jungen pfeifen und steht leise auf. Aber die feuchten Holzdielen knarren, und sie ist sicher, daß alle hören, wie sie geht. Nur die kleinen Mädchen wird sie nicht aufwecken, sie haben sich lange genug in den Schlaf geweint.

Als sie vors Haus tritt, sieht sie den Mondschatten des Jungen riesengroß, bevor sie ihn selbst bemerkt. Er ist viel kleiner als sie, ihr Beschützer. Er kennt die Wege nach Kiti, das irgendwo im Südosten der Insel liegt. Kein Europäer auf der Insel weiß genau, wo es ist, obwohl es als Sitz des Nanamariki gilt. Doch auch Oua und Dschokadsch stehen in diesem Ruf. Die Europäer zeichnen es auf ihren Karten nach Gutdünken ein.

Es ist einer der Jungen, die Bruder Ludwig beim Bau der Schule helfen und von ihm im Handwerklichen unterrichtet werden, wobei er sie nebenher auch in die Mathematik einführt, indem er sie am Plänezeichnen, am Messen, an der Errechnung der Neigung einer Dachtraufe teilnehmen läßt. Und ohne es zu merken, lernen sie auch etwas Deutsch dabei.

Der Junge ist noch ein Kind, höchstens zwölf Jahre alt, doch besteht er mit großem Ernst darauf, ihre Tasche zu tragen, und sie überläßt sie ihm. Sie erreichen bald einen der Wasserläufe, die die küstennahen Regionen der Insel als ein Labyrinth überziehen, und auf denen die Ponape-Leute sich von einer Siedlung zur anderen bewegen, die Weißen jedoch ohne Führer verloren sind. Als habe er es gerufen, ist plötzlich ein Boot da, in das sie einsteigen. Durch einen dichten grünen Tunnel gleiten sie dahin, als seien sie in eine dunkle Unterwelt abgetaucht, vergleichbar dem System von Abwasserkanälen, das die großen Städte der Welt unterspült. Das Wasser scheint zu stehen. Es wirkt zähflüssig und sämig, und wo die Ruder eintauchen, bilden sich kleine Blasen an der Oberfläche. Lina versucht nicht daran zu denken, was es bedeutete, in dieses Wasser zu müssen, wenn das Boot kentert. Immer wieder gibt es Abzweigungen, die der Junge manchmal nach rechts, manchmal nach links einschlägt. Lina hat es schon lange aufgegeben, sich zu orientieren. Sie vertraut diesem Kind, seiner ernsten männlichen Autorität.

Sie spricht mit ihm. Sie erfährt, daß er der Sohn einer Frau eines Häuptlingssohnes ist.

Sein Großvater also ein Häuptling?

Seine Mutter eine Häuptlingstochter durch Erwählung, so lautet die Antwort ungefähr.

Die Macht gehört dem Mann. Die Kinder gehören den Müttern. So ist es auf Ponape. Das hat Lina schon in Gnadenbronn gelernt. Jetzt erfährt sie es. Ein Kind wird durch den Mann seiner Mutter geadelt, dadurch, daß er sie erwählt hat. Auf die Art ist es sein Kind, selbst wenn es das nicht wäre. Seine Großmutter Limén kann alles erklären. Sie weiß, was falsch und richtig in jedwedem Sinne ist. Richtig ist, was so ist, wie es ist. Und richtig ist, was sein soll, aber nicht so ist. Falsch ist, was nicht sein soll. Und falsch ist, was nicht ist, obwohl behauptet wird, daß es sei. Man muß Limén fragen.

Der Vater seines Vaters ist also der Nanamariki. Wenn er stirbt, kann es sein, daß sein Vater Nanamariki wird. Auch das weiß Limén. Aber man darf sie nicht danach fragen. Sie spricht nur mit den Toten darüber. Sie meldet, daß die Toten von Ponape traurig sind.

Worüber?

Das weiß der Junge nicht.

Und wer ist sein Vater?

Der Junge schweigt.

Wer ist der Mann seiner Mutter?

Jomatau. Der für die Deutschen arbeitet.

Ein guter Arbeiter.

Der Junge schweigt.

Lina hat das Gefühl für Zeit verloren. Sie trägt keine Armbanduhr, seit sie auf Ponape ist. Eine Uhr ist zu wunderbar. Es wäre, als wenn ein König immerzu seine Krone als Hut auf dem Kopf trüge. Es gehört sich nicht. Lina hat sich angewöhnt, es wie die Ponape-Leute zu machen und die Zeit aus dem Stand der Sonne zu lesen. Man lernt es bald. Aber auf den Kanälen gibt es die Sonne nicht. Weißt du, wie fern der Mittag ist? fragt sie den Jungen. Ihr wird erst jetzt bewußt, daß sie in seiner Sprache mit ihm gesprochen hat. Sie hat alles verstanden. Und auch der Junge scheint sie verstanden zu haben.

Mittag ist schon vorbei, sagt er, was auf Ponape eine präzise Auskunft ist.

Da hören sie plötzlich Stimmen.

Der Junge sieht Lina an und hält die Ruder still. Das Boot bleibt irgendwo zwischen den Zweigen am Ufer hängen. Sie ducken sich beide tief hinter die Bootswände, als habe jemand den Befehl ausgegeben, in Deckung zu gehen. Die Wegebautruppe arbeitet ganz in der Nähe. Nur die dichte Vegetation am Ufer trennt sie davon. Sie können die Signale der Aufgeregtheit, des Hasses empfangen. Die Stimmen, die sie hören, sind deutlich zu verstehen. Sie sprechen deutsch.

Die Leute werden solange arbeiten, bis der Deserteur wieder zur Stelle ist!

Der De-ser-teur? antwortet jemand, der offenbar dieses Wort nicht kennt.

Der Drückeberger! schreit der Deutsche. Kein Feierabend, verstehst du? Schafft ihn wieder herbei!

Dann das Schnaufen des Gejagten in ihrer Nähe. Das Rascheln im Unterholz und der Gedanke, daß er ihr Boot entdecken könnte, teils Angst, teils Hoffnung. Panik auf jeden Fall, und die Erleichterung, als Lina spürt, daß wieder das Gleiten des Bootes begonnen hat und der Junge die Ruder lautlos und glatt eintaucht. Man hört, wie sich das Toben der Jäger zum Triumph verdichtet. Sie haben ihr Wild gestellt, während der Junge das Boot zwischen den Ufern hält, wo es dahingleitet, eine Bugwelle erzeugend, die sanft die Ufer kämmt und mit ihrem nahezu lautlosen Gurgeln im Schlamm verebbt.

Als man zwei Stunden später den Rauch des Dorfes riecht und das Buschwerk am Ufer sich zu lichten beginnt, fällt Lina ein, daß sie den Namen des Jungen gar nicht kennt.

Wie heißt du? fragt sie.

Aru. Dann, mit aufleuchtendem Stolz: Ich habe auch einen deutschen Namen.

Wie lautet er? fragt sie.

Enter, sagt er und schenkt ihr das strahlendste Lächeln eines Nachfahren von Südseepiraten, ein bißchen Engländer, ein bißchen Filipino und ganz und gar Ponape.

Das ist aber ein schöner Name, sagt Lina.

Das Dorf scheint menschenleer. Lina vermutet, daß sie insgeheim von vielen beobachtet wird, als sie den Platz überqueren. Ein Hund schlägt an. Tauben gurren. Ein paar Schweine wühlen sich durch den Abfall unter einem der Häuser, die wie das Missionshaus auf Pfählen errichtet sind. Das Haus des Nanamariki hat keine Tür. Hätte es eine Tür, könnte jeder hereinkommen. Aber da nicht jeder Zugang zum Haus des Nanamariki hat, unterscheidet es sich von anderen Häusern, indem der Eingang fehlt. Der Junge führt sie zu einer verdeckten Spalte in der Wand, durch die sie sich hineinwinden muß.

Lina ist sehr überrascht zu sehen, wie stattlich und beleibt der Nanamariki ist. Wie kann er in sein eigenes Haus gekommen sein? Es ist nicht das einzige Rätsel, das der Nanamariki ihr aufgibt. Wäre er der Nanamariki, wenn er nicht Rätsel aufzugeben imstande wäre?

Lina ist auch überrascht, das Haus voller Menschen zu finden. Es besteht aus einem einzigen großen Raum, auf dessen Boden ungefähr dreißig bis vierzig Personen sitzen, in der Mitte nur Männer, die Frauen am Rand.

Lina gewahrt mit Schrecken, daß sie die einzige Person im Raum ist, die aufrecht steht. Der Nanamariki sitzt ihr gegenüber auf einer Art Podest, so daß ihr Kopf mit seinem Kopf auf einer Höhe ist. Das Gesicht des Nanamariki ist ihr zugewandt, aber er schenkt ihr trotzdem nicht die mindeste Aufmerksamkeit. Er verhält sich, als sei da einfach nichts, wo sie steht, leere Luft. Doch zum Glück hat sie den Jungen, der allerdings kleiner als sie ist, aber doch neben ihr, und sie verläßt sich auf seine Autorität, seine wissende Männlichkeit. Sie gibt acht, was er tut, entschlossen, es auch zu tun.

Der Junge beugt sich nach vorn, und Lina beugt sich auch. Erst als ihr Rumpf zu den Beinen im rechten Winkel steht, hört sie auf sich zu beugen, weil es der Junge tut. Und erst jetzt ist sie für den Nanamariki anwesend. Er streckt seine Hand aus und weist in die Richtung, in die Lina sich verfügen darf. Darf sie? Der Junge nimmt ihre Hand und zieht sie zu einer Seite des Raumes.

Mit Überraschung merkt Lina, daß sich das Haus jetzt leert. Die Menschen streben dem Ausgang, der engen Pforte, zu und quetschen sich ins Freie. Es handelte sich also um eine Versammlung, die zu ihrem Empfang stattgefunden hat. Der Junge geht mit ihr zu einer Frau, die an der Seite sitzen geblieben ist, und jetzt sieht Lina, daß sie ein Kind auf dem Arm hält. Es ist ein vielleicht einjähriges kleines Mädchen, das hohes Fieber hat. Lina befühlt seinen Bauch und hört die Lunge ab.

Die Schwester hat seit drei Tagen Durchfall, sagt der Junge. Sie nimmt nichts mehr auf.

Oh, ist das deine Mutter? sagt Lina.

Die Frau muß so alt wie sie sein, Mitte zwanzig, doch sieht sie wie die Mütter der Inseln aus, alterslos. Da sie das Kind trägt, hat sie das Tuch, das sonst die Brust bedeckt, zurückgeschlagen. Die Brüste sind lang und leer, zwei nutzlose Beutel, die über Wangen und Bauch des Kindes streifen. Lina fragt den Jungen, ob Salz im Hause ist. Der Junge fragt seine Mutter, die Mutter verneint. Salz ist nur im Kochhaus. Keine Ponape-Familie wohnt in demselben Haus, in dem das Essen bereitet wird.

Lina weist den Jungen an, abgekochtes Wasser mit etwas Salz zu versetzen und davon dem Kind soviel einzuflößen, wie es nur aufnehmen kann. Der Junge sieht enttäuscht aus. Er hat von der weißen Frau größere Wunder als dieses erwartet. Sie wird ihm später erklären, daß nur Gott Wunder tut, nicht die weißen und auch nicht die braunen Medizinfrauen.

Ärztliche Hilfe kann nur von einem Arzt kommen, und der einzige Arzt auf der Insel wird die Häuser der Ponape-Leute nicht betreten. Zwar können sie zu ihm in die Kolonie kommen, wo er Sprechstunde hält, doch der Weg ist weit, die Behandlung ist teuer, und die Ponape-Leute versprechen sich nichts davon. Sie glauben nicht an die Kunst des deutschen Arztes, und wenn es vorkommt, daß ein

Mitglied der Häuptlingsfamilien die Praxis von Dr. Helmholtz in der Kolonie aufsucht, so geschieht es aus Prestigegründen. Man demonstriert damit, daß man es sich leisten kann, so wie sich reiche Europäer eine Badekur in einem teuren Sanatorium leisten und damit eher ihren gesellschaftlichen Rang als den Wunsch nach Genesung zum Ausdruck bringen.

Im Krankheitsfall gilt Ortsveränderung bei den Ponape-Leuten ohnehin als eine Art Ultima ratio, ein Eingriff, in seiner Radikalität vergleichbar einer Operation. Wenn gar nichts anderes mehr hilft, verordnet man eine Reise für die Todkranken, die oft schon Sterbende sind, wenn man sie auf eine Bahre legt und, scheinbar sinnlos, ans Meer oder in die Berge trägt. Es bedeutet die forcierte Herbeiführung einer Krise. Vielleicht suchen sie damit auch geheime Quellen des Lebens auf, von denen kein Europäer jemals wissen wird, daß sie existieren. Und entspricht es eigentlich nicht dem tiefsten Wunsch jedes Todkranken, die Stätte seiner Krankheit zu verlassen? Besteht seine Angst nicht darin, es niemals mehr zu können? Und ist es nicht überaus hilfreich und barmherzig, ihnen diesen Wunsch zu erfüllen?

Du mußt nicht unbedingt sterben, um wegzugehen von diesem Ort deines Leidens, gibt man ihnen zu verstehen. Tut es nicht auch eine Reise? Sieh, wir verhelfen dir dazu. Und immerhin besteht eine gewisse Hoffnung, daß du zurückkehren wirst.

So, aus diesem Grund, tragen sie ihre Todkranken manchmal auch zu Dr. Helmholtz in die Kolonie. Sie überleben es oder nicht. Und manchmal hilft er ihnen sogar mit den fiebersenkenden und antiseptischen Mitteln, die die europäischen Ärzte im Gepäck haben. Auch schneidet er eiternde Wunden mit desinfiziertem Messer auf und zieht entzündete Zähne unter dem Einfluß von Lachgasmasken, auf deren betäubende Wirkung sich sein ärztlicher Nimbus auf Ponape gründet.

Lina kann nicht heilen. Sie übt nur Barmherzigkeit, versucht Schmerzen zu lindern, Wunden zu verbinden, Ratschläge zu geben. Mehr kann sie nicht tun außer im Gebet. Das weiß sie selbst genau. Aber wissen es auch die Ponape-Leute?

Als sie durch den engen Ausgang des Häuptlingshauses nach draußen blickt, sieht sie die Schlange der wartenden Mütter. Die meisten von ihnen haben mehrere Kinder bei sich, Säuglinge und matte, greinende Kleinkinder. Lina ist müde von ihrem Weg. Sie ist hungrig und durstig. Sie bittet den Jungen, ihr etwas Trinkwasser zu holen und nimmt der ersten Mutter ihren hustenden Säugling aus dem Arm.

Während sie ihn untersucht, entsteht plötzlich Unruhe unter den Menschen vor dem Haus. Lina tritt an die Tür und sieht, daß die Mütter eine Gasse gebildet haben, durch die einige Männer eine Bahre zum Häuptlingshaus tragen, die sie vor ihr absetzen. Ein Mann liegt bäuchlings darauf, dessen Rücken von tiefen, blutigen Striemen gezeichnet ist.

Was ist passiert? fragt Lina.

Einer der Männer antwortet ihr auf Deutsch, sie könne doch sehen, was passiert sei.

Es ist Jomatau.

Der Mann habe sich unerlaubt von der Arbeit entfernt. Die deutschen Herren seien streng, sagt er.

Der Raum füllt sich mit Ponape-Männern. Auch der Nanamariki ist dabei. Im allgemeinen Palaver schwillt der Ton der Wut und Empörung an, bis der Nanamariki Schweigen gebietet. Er richtet Fragen an Jomatau, die kurz beantwortet werden. Dann ein harscher Befehl, der von Jomatau an

Lina weitergegeben wird: Sie solle sich um den Verwundeten kümmern. Die Männer verlassen den Raum, in dem Lina mit dem Mann auf der Bahre und Jomatau allein bleibt.

Lina beginnt seine Wunden zu desinfizieren. Sie weiß, daß sie sich nicht um sein Wehgeschrei kümmern darf, will sie nicht an Autorität verlieren.

Die deutschen Herrn seien streng, wiederholt Jomatau. Er habe dem Mann gesagt, daß sie streng seien. Aber er sei ein dummer Mann, der nicht verstehen wolle.

Der Mann auf der Bahre stöhnt. Er fügt sich nur der Behandlung, weil Jomatau dabei ist.

Er wolle selber bestimmen, wie lange er arbeitet. Ponape-Leute seien frei, sagt Jomatau, als müsse er sich dafür entschuldigen. Sie seien nicht gewohnt, zu arbeiten, wenn es befohlen ist. Sie wollten sich selber befehlen, wann sie mit der Arbeit beginnen und wann sie aufhören. Wie es sogar den Nigurts, den Nichtbesitzern von Land, auf Ponape freigestellt sei, wann sie ihre Arbeit für die Lehnsherrn ableisten. Er ist ein Nigurt, sagt er mit Blick auf den Mann, dessen Rücken Lina jetzt mit Mull abdeckt.

Aber ihr bekommt doch Geld von der deutschen Regierung, wirft Lina ein, wenn ihr beim Wegebau arbeitet.

Nur die Häuptlinge, sagt Jomatau, nicht die Nigurts. Die Nigurts müßten fischen und Jams pflanzen. Das sei ihr Geld, sagt Yomatau. Der Mann habe gedacht, daß er lieber für die Familie als für die deutschen Herrn arbeiten wolle. Alle dächten so. Ponape-Leute hätten nämlich keine Angst vor den deutschen Herrn. Die deutschen Herrn sollten lieber Angst vor den Ponape-Leuten haben, sagt Jomatau.

Lina bittet ihn, ihr zu helfen, den Mann aufzurichten, damit sie seine Brust mit Binden umwickeln kann. Er tut es nach kurzem Zögern, unsanft, abrupt, so daß der Mann erneut aufstöhnt. Sie begreift, daß vom Stiefsohn des Nanamariki nicht erwartet werden kann, daß er einen kranken Nigurt berührt.

Nicht alle Menschen auf Ponape seien gleich, sagt Jomatau. Hätten die Deutschen ihn, Jomatau, so verprügelt, würde er sie töten. Aber der Mann sei ein Nigurt, und das bedeute nichts anderes als ein Ungleicher. Die Deutschen hätten Glück in der Wahl ihres Opfers gehabt.

Lina möchte sich jetzt gern die Hände waschen und ausruhen. Sie zwängt sich aus dem Haus und ist sogleich umringt von hilfesuchenden Frauen und ihren Kleinkindern.

Madam, das wird zuviel für Sie, hört sie plötzlich jemanden sagen. Und, ein Tuch um die Hüften gewickelt, ein dünnes, verwaschenes Hemd darüber, erkennt sie Winston, »Europas verlorenen Sohn«, wie er sich ihr bei einem Besuch auf der Missionsstation vorgestellt hat. Sie wissen, hat sie damals zu ihm gesagt, daß die verlorenen Söhne dem Vater am liebsten sind?

Was tun Sie hier? Wer hat sie hergeschickt? fragt er.

Missionar Winter, antwortet sie. Wir hörten, daß es Fälle von Dysenterie in Kiti gibt.

So. Das hörten Sie. War es auch Missionar Winter, fährt Winston plötzlich mit Nachdruck fort, der Sie ganz allein hierherkommen ließ? Wissen Sie, daß sich Dr. Helmholtz aus der Kolonie nicht einmal in Begleitung einer halben Kompanie herwagen würde? Weiß Missionar Winter nicht, wie gefährlich es in Kiti für eine weiße Frau sein kann? Zumal wenn so etwas passiert? Er weist mit dem Kopf in die Richtung des Verwundeten.

Missionar Winter vertraut ebenso wie ich auf den Schutz des Allmächtigen und die Macht unserer Gebete, sagt Lina, aber sie weiß, daß das für Mr. Winston wie eine müde, auswendig gelernte Formel klingt. Und ist es das nicht auch? Verzweifelt und überfordert, wie sie im Augenblick ist, weiß sie es selbst nicht mehr. Spricht sie nicht solche Sätze, wie sie ihre Haube trägt, als Ausweis ihres Berufes, ihres Standes, ihres Andersseins? Sie hat sie beim Verlassen des Bootes aufgesetzt, damit sie ihr eine Art schützender Immunität verleiht. Dazu ist sie da.

Wenn es so ist, dann möge Gott ihr vergeben und trotzdem mit ihr sein.

Nicht in Form klarer Gedanken geht ihr das durch den Kopf, sondern in Form diffuser Einfälle, denen sie aus Müdigkeit nichts mehr entgegensetzen kann.

Können Sie mir helfen? fragt sie Mr. Winston.

Helfen? sagt er. Madam, hören Sie sich das an! Und nach einer Pause: Hören Sie das nicht?

Ein vielstimmiges Husten ertönt rings umher, mal näher, mal etwas weiter weg. Es ist ein gleichmäßiges Tönen wie von Regen oder Wind, das niemals ganz abklingt. Es ist die Musik des Dorfes, vermischt mit Kindergeschrei, Schweinegrunzen, Hundebellen und dem Stampfen, mit dem Jams zu Brei geschlagen wird.

Die Lungen, sagt Winston. Bronchitis. Tuberkulose. Rippenfellentzündung. Sie frieren, seit man sie zwingt, sich anzuziehen. Sie erkälten sich. Früher gingen sie nackt unter einer Schicht von Kokosöl. Regen, Meerwasser, Schweiß, alle Feuchtigkeit perlte von ihnen ab. Ein Windstoß, schon waren sie trocken. Jetzt tragen sie eure Hemden aus schwerer Baumwolle. Stundenlang nach dem Regen laufen sie mit dem nassen Zeug am Leib herum. Der Wind kühlt sie aus, statt sie wie früher trockenzuföhnen. Ihr hättet ihnen mit allen Segnungen der Zivilisation auch noch den Regenschirm bringen sollen. Nur halten sie ihn zufällig für das Lächerlichste, was sie jemals bei den Europäern gesehen haben, und glauben Sie mir, in ihren Augen gibt es da wahrlich Lächerliches genug. Sich vor Regen zu schützen, das erscheint ihnen, als wolle man sich vor dem Schlaf oder vor dem aufrechten Gang schützen. Er ist ein Bestandteil ihres physischen Lebens. Als ich vor elf Jahren hierher gekommen bin, gab es noch keine Erkältungen. Und jetzt: Hören Sie sich das an! Hier kann niemand helfen, sage ich Ihnen. Das werden Sie noch lernen, Sie und Ihr Missionar.

Trotzdem folgt er ihr, als sie wieder unter das Dach tritt, und schreibt die Namen der Kinder und der Medikamente, die sie austeilt, in ihr Behandlungsbuch.

Sie schläft die Nacht in seinem Haus, wo zwei Ponape-Frauen ihre Gastgeberinnen sind, von denen sie nicht weiß, mit welcher Mr. Winston verheiratet ist. Sie nimmt sich vor, ihn zu fragen. Dann fällt ihr ein: Es könnten beide sein. Man muß nicht alles wissen als Gast in einem fremden Haus.

Am Morgen sitzt der Junge vor Winstons Haus. Er hat auf sie gewartet. Seine Augen leuchten, als er sie sieht. Er steht auf, greift nach ihrer Hand. Sie ist keine ganz Fremde mehr auf Ponape.

Diesmal bringt er sie zu einem Haus, das ein Stück weit entfernt von den anderen am Oberlauf des Baches steht. Es ist das Haus von Limén, der inén íne (Muttersmutter) des Jungen. Als sie eintreten, umfängt sie im ersten Moment Dunkelheit, an die das Auge sich nur sehr langsam gewöhnt. Ponape-Häuser haben wenig Lichtöffnungen, so daß die Eintretenden sich zwar dem Blick der Bewohner darbieten, diese sich aber nicht dem Blick der Eintretenden. Dafür nimmt Lina einen alles beherrschenden Geruch wahr, den sie nicht deuten kann. Er ist so übel, daß sie sich nur mit Mühe beherrschen kann, um nicht gleich wieder ins Freie zu flüchten. Sie tut es wegen des Jungen. Am anderen Ende des Raumes, der beträchtlich kleiner als der des Häuptlingshauses ist, sitzt eine Frau, deren Erscheinung sich aus dem diffusen Dunkel langsam materialisiert und deren Ausdruck erkennen läßt, daß sie Lina nicht erst seit ihrem Eintreten in dieses Haus, sondern immer schon, ja von allem Anfang an gekannt und im übrigen erwartet hat. Ihr Blick ist nicht freundlich, doch auch nicht feindselig. Er ist einfach arrogant. Er kündet von einer derart fraglosen Überlegenheit, daß Freundlichkeit wie Feindseligkeit sich erübrigen. Schließlich empfinden wir sie ja auch nicht angesichts der Motten, die im Schein unserer Lampen herumflattern.

Sie begrüßt nicht Lina, sondern den Jungen neben ihr, der seine Begleiterin allem Anschein nach vorstellt. Sie deutet mit dem Kopf in eine Ecke des Raumes, worauf der Junge Lina in diese Richtung zieht. Auf einer Matte liegt, immer noch bäuchlings, der Ausreißer. Die Alte, die ihnen gefolgt ist, verharrt einen Augenblick, dann schlägt sie, indem sie Lina gleichgültig anblickt, das Tuch zurück, das den Mann bedeckt. Er ist von einer schmierigen, grünlichschillernden Masse überzogen, als seien ihm über Nacht Schimmelpilze aus dem Rücken gewachsen. Und jetzt erkennt Lina auch, woher der Gestank kam. Die Alte sieht zufrieden aus wie eine, die alle ihre Tomaten auf dem Markt verkauft hat und den Gewinn überschlägt. Der Mann bewegt sich, und gelblich nässende Risse tun sich auf.

Dies ist die andere Seite der Erscheinungen. Die Fäulnis. Die Zersetzung. Die Scheußlichkeit, die sich auch als das Gesicht des Bösen offenbart. Das Böse zeigt sich mit dem

Gestus der Verhöhnung. Sieh doch hin, sagt es. Na, sind wir stark genug, um dies zu ertragen? Übrigens hilft es nicht wegzusehen, sagt es, dies ist trotzdem da. Dies ist der Grund deiner Neigung zu Übelkeit und Seekrankheit. Der Abgrund existiert, vor dem dir so schwindelt.

Am Abend erklärt ihr Winston, was sie gesehen hat.

Fischsalbe, sagt er. Da hat jemand geglaubt, daß gegen von Europäern zugefügte Wunden Ponape-Medizin besser hilft. Wer weiß, vielleicht ist es so.

Was ist Fischsalbe? fragt Lina.

Sie wird aus verrotteten Fischköpfen und Kokosmehl hergestellt. Hilft nicht, schadet aber auch nicht, wie alle unsere Arzneien. Ich weiß, europäische Nasen mögen das nicht so sehr. Wollen Sie mehr wissen?

Nein, sagt Lina schwach.

Haben Sie noch nicht bemerkt, fährt Winston trotzdem fort, daß überall in den Balken der Ponape-Häuser Fischköpfe zum Trocknen aufgehängt werden? Sehen Sie mal, sagt er und zeigt in das offene Gebälk über ihnen. Meine Frauen tun das auch. Ich habe es schon lange aufgegeben, sie daran hindern zu wollen. Im übrigen, man gewöhnt sich an den Geruch.

Also doch, denkt Lina. Aber dies ist nicht der Moment, sich auch noch darüber zu empören.

Wenn die Köpfe ›reif‹ sind, sagt Winston, dann werden sie zu Salbe verarbeitet, indem sie von den Frauen gründlich zerkaut und dadurch mit ihrem Speichel versetzt werden, der auch ein Bestandteil der Salbe ist. Sie spucken die Masse erst aus, wenn sie sie zu einem glatten Brei vermengt haben. Erstaunlich, was diese Frauen fertig bringen, sagt Winston nachdenklich und nicht ohne eine gewisse Bewunderung im Ton. Von dem Skelett bleibt gar nichts übrig. Zum Schluß vermischen sie die Masse mit Kokosmehl, lassen sie ein paar Tage in der Sonne liegen und sammeln das heraustretende Öl in Kalebassen. Man braucht nicht zu sagen, daß Hunde und Katzen diese Vorgänge mit demselben tiefen Interesse verfolgen wie ein Darbender das Bankett des Lord Mayor …

Winston, unterbricht ihn Lina, das genügt. Ich danke Ihnen für Ihre ausführliche Darstellung. Ich möchte jetzt etwas an die frische Luft. Ich will spazierengehen.

Um Gottes willen, sagt Winston, dies ist kein Kurort mit einer Flaniermeile! Es gibt keinen einzigen Weg außer den Bootswegen. Und Sie sollten niemals allein im Innern der Insel mit dem Boot fahren. Es ist unmöglich, selbst für mich, sich in diesem Labyrinth zurechtzufinden. Man braucht immer einen Ponape-Führer.

Winston, sagt Lina schwach, ich fühle mich nicht gut. Könnten Sie den Jungen holen, damit er mich zur Mission zurückbringt?

Soeben schloß ich den monatlichen Bericht für Gnadenbronn ab. Denn das Postschiff kann nun jeden Tag kommen, und man muß gerüstet sein. Seit dem Heimgang meiner Frau habe ich keine persönlichen Aufzeichnungen mehr gemacht. Für wen? Für die Kinder, damit sie dereinst in mein zweifelndes, müdes Herz blicken mögen? Gott bewahre! Aber Papier ist geduldig, wie man sagt, und mit wem soll ich mich besprechen, wenn nicht mit mir selbst in den nächtlichen Stunden, da ich keinen Schlaf finde?

Nach Deutschland konnte ich soeben dreiundzwanzig neue Taufen melden. Ich bin oft erstaunt, wie lebhaft der Zuspruch der Braunen ist. Sie nehmen alles auf, was wir ihnen bringen, die Nähmaschinen, das Eßbesteck, die Schuhe ebenso wie den Glauben an Jesu Erlösungstat und die Vergebung der Sünden, die wir durch sie haben. Ich fürchte oft, daß sie den Glauben ebenso leicht wie die Schuhe wieder ablegen mögen, sobald er sich unbequem zeigt und die erste Freude als an einem neuen Spielzeug vergangen ist.

In Gnadenbronn werden sie jedoch allein die Zahl erwägen, und sind sie, was dies anbelangt, kaum unterschieden von den bekehrten Heiden hier, deren Gemüt allzuleicht durch Zahl, Geld, Fortschritt und alles, was sonst glänzen mag, geblendet wird. Ich unterwinde mich, dies dem Papier zu vertrauen, wie ich es Elisabeth, wenn sie noch lebte, vertrauen würde, und scheint mir jede Verstellung, auch die vor mir selbst, müßig, seit sie von mir gegangen ist. Denn es ist keine Erkenntnis so schmerzhaft wie die, daß sie mir verloren ist. Was ist Erfolg, was Mißerfolg dagegen?

Als ich noch mit freudigem Herzen Jesum verkündete, war der Erfolg nicht so groß, wie er jetzt ist, da ich innerlich zernagt bin von Zweifeln an SEINER Güte und Barmherzigkeit. Wie kann das möglich sein? Der Zweifel zieht neue Nahrung aus dieser Frage.

Doch liegt es vielleicht auch nicht allein an mir, sondern an den beiden Schwestern, die uns gesandt worden sind. Selbst Bruder Ludwig mag, wiewohl eher schlicht im Geist, seinen Teil daran haben.

Schwester Hedwig scheint mir sehr zuverlässig im Glauben wie im Tagewerk. Seit sie auf der Station ist, beobachten wir ein strenges Regime. Pünktlichkeit und Disziplin werden uns abverlangt. Auch hat sie ein Auge auf unser Dienstmädchen Nan-tei, dem bisher viel zu viel nachgesehen worden ist. Ertappte ich sie doch dabei, wie sie mein Nachtgeschirr unter der Veranda ausleerte. Solches kommt nicht mehr vor, seit Schwester Hedwig das Regiment auf der Station innehat, soweit es die Weiblichkeit betrifft. Sie hält sie sogar an, die weiße Wäsche auf dem Herd zu kochen, was unter Ponape-Frauen als große Torheit gilt und Gelächter hervorruft, wie ich weiß. Hygiene ist ihnen fremd und nahezu aussichtslos, ihnen die Grundbegriffe davon vermitteln zu wollen.

So ist es auch ein Segen, daß Irmgardchen und Elisabeth jetzt von den beiden Schwestern gewartet werden. Ich gedachte, die Amme ganz zu entlassen. Doch sorgten die Kinder dafür, daß ich anderen Sinnes ward, schrien sie doch einen Tag und eine Nacht lang nach der Frau, bis ich nach ihr schickte. Unter den wachsamen Augen der beiden Schwestern mag sie ihr Werk tun. Auch ist sie inzwischen getauft und hat ihre heidnische Seele zu Jesum gewendet, wie zu hoffen steht. Sie hat die Kinder gelehrt, sie nono (Mutter) zu nennen. In ihrer Sprache mag es angehen. Sonst duldete ich es nicht.

Die größte Sorge derzeit bereitet uns Schwester Lina. Ich schickte sie nach dem Dorf Kiti, um einige gastrisch Erkrankte zu versorgen, und sie wurde uns in denkbar schlechter Verfassung wieder zurückgebracht. Es scheint, als sei sie der Aufgabe nicht gewachsen, die uns hier gestellt ist und oft das Äußerste abverlangt. Es läßt sich nur leisten, wenn man wie Schwester Hedwig und ich sich an den Unterschied hält, der zwischen uns und den braunen Brüdern und Schwestern besteht, die, mögen sie immerhin in Christo Brüder sein, kulturell doch unendlich weit unter uns als Angehörigen der weißen und als solcher fortschrittsmächtigen Rasse stehen. Sie werden sich niemals zu unserer Höhe erheben, sofern es uns nicht gelingt, sie dahin emporzuziehen. Doch erstreckt Jesu Missionsbefehl sich auch auf sie als die Geringsten, und sind wir deswegen hier. Denn wollte ER nicht sogar, daß man die Kindlein zu ihm kommen läßt? Und sind sie nicht wie Kinder?

Darum brauchen sie auch eine strenge Hand. So sahen sich unlängst die deutschen Aufseher beim Wegebau genötigt, einen Mann, der sich unerlaubt von der Arbeit entfernt hatte, mit Prügeln zu strafen, die für einen solchen Fall in Aussicht gestellt worden waren. Doch glaubte er wohl nicht an den Vollzug des Angedrohten. Allein wegen dieser Vermutung schon durfte die Strafe auf keinen Fall ausgesetzt werden, wie ich meine, hätte sich doch die Verwaltung auf Ponape ein für allemal schwach gezeigt und wären die Folgen für uns unabsehbare gewesen. So denken alle hier, womit ich alle Weißen meine, sofern sie nicht zutiefst verkommen wie Mr. Winston sind.

Nur Schwester Lina begreift es nicht. Noch eben sprach ich mit ihr und mußte mir ungereimte Ansichten wie die anhören, daß die Nacktheit der Braunen ebenso züchtig und angemessen sei wie unser Bekleidetgehen und ganz und gar ungesund, sie zur Kleidung zu zwingen, nicht anders, als wenn man unsereinen zur Nacktheit zwingen würde. Heißt das nicht die Überlegenheit unserer Kultur grundsätzlich leugnen? Ich verwies ihr solches Reden mit 1. Mose 3, Vers 21: *Und Gott der Herr machte dem Menschen und seinem Weibe Röcke von Fell und legte sie ihnen um.*

Denn sie schadet sich selbst ebenso wie uns mit solchen Ansichten. Ja, noch mehr sich selbst, sind wir doch gehalten, etwaige Abweichungen in Fragen der inneren Haltung und des Glaubens nach Deutschland zu melden, und hat das in der Regel die umgehende Abberufung der Geschwister zur Folge, die sich solches zuschulden kommen lassen. Ich fürchte schon, daß Schwester Hedwig, korrekt wie sie in allem, vornehmlich jedoch in Fragen des Glaubens ist,

Meldung erstattet. Doch wird sie mir das wohl als ihrem Vorgesetzten zur Kenntnis bringen, so daß es letztlich bei mir steht, der ich als einer, der selber zweifelt, nicht richten darf.

Ich will Schwester Lina vorerst nicht von der Station lassen. Sie ist auch noch zu schwach von der Krankheit, die sie aus Kiti mitgebracht hat. Täglich leicht steigendes Fieber. Dieser Beruf fordert ganz andere Naturen, als sie es ist. Mich dünkt die Widerstandskraft des Körpers manchmal ein Ausdruck der seelischen. Ist die Seele gefeit gegen die Berührung mit Schmutz und Krankheit, so ist es auch der Körper. Schwester Lina scheint mir infiziert auf beiderlei Art. Würden meine Gebete Erhörung finden, so betete ich für sie. Doch weiß ich, daß geschieht, was geschehen muß, ob wir beten oder nicht. Das ist gewiß.

Doch wünsche ich von Herzen, daß sie genesen mag. Wenn Gott dies als Gebet aufnimmt, so sei es eins. Ich bin auch zuversichtlich, was Schwester Lina anbelangt. Ein tiefes Gottvertrauen spricht oft aus ihr und scheint ihr ungeachtet der Irrtümer, denen sie anhängt, die Kraft zu geben, die manchmal in den Schwachen wohnt. Sie kann uns auf der Station durchaus noch nützlich sein, zumal sie mit den Braunen rasch in ein Verhältnis kommt. Sie bedient sich dazu auch der Musik als einer Sprache, die Menschen verschiedener Zunge zu verbinden vermag. Sie spielt recht hübsch das Harmonium, so daß ich oft vermeine, Elisabeth lebte noch, wenn die Klänge aus der Kirche zu mir herüberwehen und ich mich der Tränen halber, die mich überkommen, verbergen muß. Es ist erstaunlich, wie viele der schönen deutschen Lieder aus unserem Gesangbuch Schwester Lina schon mit dem Mädchenchor, den sie bald nach ihrer Ankunft bildete, einstudiert hat. Es ist nicht zu leugnen, daß dies unsere Gottesdienste durchaus verschönt und für eine Vielzahl von Braunen, die sich sonst fernhielten, zu einer regelrechten Attraktion gemacht hat. Ich vermißte sie ungern hier.

So will ich denn nicht härter mit ihr ins Gericht gehen als mit mir selbst, sind doch unter meinen Gedanken zuweilen solche, die ein frommes Gemüt wie das Schwester Hedwigs schockieren möchten. Sie suchen mich heim bei Nacht, wenn ich nicht schlafen kann, und ich weiß nicht, womit ich ihnen Einhalt gebieten soll. Denn seit Gott mich nicht geschont hat, schone ich ihn auch nicht, indem ich jedweden Gedanken in meinem Kopf Raum gebe, ob sie mit dem Evangelium in Einklang sind oder nicht. Da das Schlimmste mir schon widerfahren ist, vermag mich nichts mehr zu ängstigen, und macht das Unglück, so es trotz unserer Gebete eingetreten ist, gewissermaßen frei.

So, zwischen Nacht und Tag, zweifle ich manchmal, daß wir als Gesandte des Höchsten hierher gekommen sind. Es scheint mir dann im Zwielicht des frühen Morgens, wie es zur Stunde heraufdämmert, daß wir nicht anders als die Schiffbrüchigen sind, gestrandete Walfänger, wie sie an diese Gestade vorzeiten gespült wurden, und wie sie suche ich den Horizont nach dem Schiff ab, das mich zurückbringen soll. Es ist keine größere Verzweiflung als auf einer fernen Insel ohne Hoffnung auf Heimkehr ausgesetzt zu sein. Wie tief empfinde ich dies, obzwar ich nicht Robinson Crusoe, sondern Missionar auf Ponape bin, welches ein reichsdeutsches Bezirksamt und einen Hafen hat, der von Post- und Linienschiffen angelaufen wird.

Und ist dies ein Zeichen, das mir soeben gezeigt wird, wie ich im Licht des frühen Morgens auf die Lagune hinausblicke? Zwischen den Felsen, die die Einfahrt vom offenen Meer in den Nordhafen der Insel markieren, sehe ich den Dampfer einfahren, der uns sechsmal im Jahr Post aus der Heimat bringt. Dank sei dem Herrn.

Ist es denn möglich? Schlägt noch immer mein Herz, wenn sich ein Schiff nähert? Ist die Hoffnung in mir noch nicht erstorben? Was kann es mir noch bringen, das der Freude wert? Oder ist dies, was ich spüre, nur ein Reflex auf die Freude, die mir vor Jahren ward, als ein Schiff mir die Braut zuführte und ich zum Hafen hinunterging, um sie, die ich erwartete, endlich in Empfang und ans Herz zu nehmen? Mit welcher Ungeduld erfüllte es mich damals. Wie töricht, daß ich mich noch heute, wenn sich ein Schiff naht, zur Mäßigung rufen muß. Denn es kommt niemand mehr, und sind mir auch seitdem nichts als zwei Gnadenbronner Schwestern gekommen, von welchen ich ruhigen Blutes eine erwählen mag. Denn dazu sind sie gesandt worden. Das weiß ich wohl, und geht es ja auch nicht an, daß Männer wie Ludwig und ich, noch jung und im Saft stehend, unbeweibt bleiben sollen, zumal auf einer Insel wie dieser, da kein Respekt vor dem geistlichen Berufe ist und die Frauen dem Mann, auch unsereinem, ohne Scham und Sitte nachstellen. Noch gestern mußte ich mich wieder der Schmeicheleien eines schönes Kindes erwehren, das mir auf dem Weg von der Kirche zum Missionshause auflauerte. Schwester Hedwig sah alles von der Veranda aus. Doch es hätte der Aufsicht nicht bedurft, um mich daran zu erinnern, was sich für mich schickt. Es mißfiel mir zu sehen, daß ich bewacht wurde.

Ansonsten jedoch ist Schwester Hedwigs Betragen gegen mich durchaus sehr liebreich und angenehm. Gewiß könnte mir keine bessere Gefährtin werden, als sie mir jetzt schon ist. Auch sind ihre Züge recht ansprechend, wenn auch vielleicht etwas grob, doch mag es hingehen und sie zwar nicht für hübsch, doch annehmbar gelten. Allerdings stört empfindlich ihr Dialekt. Als aus Norddeutschland gebürtig ziehe ich Ponape-Sprache allezeit dem schwäbischen Idiom vor, das sie spricht. Warum können sie sich nicht einmal in der Südsee mäßigen, ihre Vokale zu diphthongieren? Außerdem ist ihr Becken bemerkenswert breit, was selbst bei den weiten Röcken der Schwesterntracht nicht unbemerkt bleiben kann und sich noch mit den Jahren verstärken möchte. Eine Ehe ist doch fürs Leben geschlossen, welches mitunter sehr lange dauern kann, wenn der Tod nicht vorzeitig scheidet, wie es mir mit Elisabeth widerfuhr.

Jedoch kommt sicher der Tag, da ich mich erklären muß. Auch um der Kindlein willen soll es sein. Heute will ich jedoch zur Mole hinabgehen und sehen, was das Schiff uns bringt.

Der Vizegouverneur legte den Brief seiner Frau zur Seite und öffnete zuerst das Schreiben vom Reichskolonialamt. Es war zwölf Wochen zuvor, von Anfang Juni, datiert. Er überflog es in der unvernünftigen Hoffnung, daß er von seinem Posten abberufen worden war.

Statt dessen überaus anerkennende Worte für seine Arbeit auf Ponape. Kein Wort mehr über die Kaffeeplantage. Nichts über die Ziegenzucht. Sie schienen in den Archiven im Keller des Reichskolonialamts für immer vergessen. Das Wegebauprojekt interessierte jetzt in Berlin. Die von ihm ersonnene Taktik einer Verknüpfung sozialer Reformen auf Ponape (die Abschaffung des Lehnswesens) und der Rekrutierung von Arbeitskräften im Wegebau (die Einführung von Zwangsarbeit im Dienst der Deutschen statt für die Häuptlinge) stieß auf allerhöchstes Lob und große Zustimmung. Man ermunterte ihn, auf diese Weise fortzufahren und bat um einen aktuellen Bericht für die Presse mit Fotos, die die Braunen bei der Arbeit zeigen und außerdem den Fortschritt der Straßenbaumaßnahmen dokumentieren sollten. Man hatte an eine ganze Seite in der Frankfurter Zeitung wie auch anderen wichtigen Blättern gedacht.

Der Vizegouverneur ließ den Brief sinken. Er würde den Bezirksamtssekretär damit beauftragen. Er war oft müde in letzter Zeit. Es war eine zwanghafte, starke, unbesiegbare Müdigkeit, die ihn manchmal sogar am Schreibtisch überwältigte, obwohl er in den Nächten tief und traumlos schlief. Es war eine Müdigkeit, die, sobald er an seinem Schreibtisch Platz genommen hatte, auch Platz nahm und auf das Nachlassen seiner Aufmerksamkeit wartete. Die kleinste Nachlässigkeit, ein minimales Erschlaffen nutzte sie sofort, um ihn ganz zu überwältigen, und da die Aufmerksamkeit und Sorgfalt, mit der er seine Arbeit verrichtete, dünn und löcherig waren, fiel er dabei in lauter kleine Löcher des Schlafs, aus denen er sich sogleich wieder aufrichtete. Es dauerte nur Bruchteile von Sekunden, dann hatte er sich wieder in der Gewalt. Die Wachsamkeit jedoch, die von ihm gefordert war, um nicht in eins dieser Löcher zu fallen, ermüdete ihn derart, daß die Sehnsucht nach Schlaf, das Verlangen, sich fallen zu lassen, immer stärker wurden und es seine Kraft schon fast überstieg, sich noch am Schreibtisch zu halten, geschweige denn zu arbeiten. Dabei fühlte er, daß er es nicht mehr lange durchstehen würde, obwohl er nicht wußte, worin der Zusammenbruch, auf den er zutrieb, bestehen sollte. Denn er war durchaus gesund und wohlgenährt.

Der Vizegouverneur öffnete noch ein paar Rechnungen und kontrollierte die Auszüge eines Bankinstituts in Hongkong, wo er einen Teil seiner Bezüge dem Zugriff seiner Familie entzog, und öffnete schließlich den Brief seiner Frau. Seine älteste Tochter war konfirmiert worden. Die jüngere hatte eine Blinddarmoperation gehabt. Sie wollten ihrem Vater selber schreiben, was ihm des längeren schon angekündigt wurde, bisher jedoch nicht geschehen war. Der Vizegouverneur ließ seinen Blick zu den Fotografien schweifen, die silbergerahmt auf einem Sims neben seinem Schreibtisch standen. Verschneite Zwergtannen. Ein Kinderschlitten. Ein Schneemann, von ihm gebaut. Zwei pelzbesetzte Mäntelchen. Er tauchte in einen kurzen Wachtraum von dem Tag, an dem die Bilder entstanden waren, und fuhr sogleich vom Erschrecken darüber auf, daß er wieder eingeschlafen war. Diese Kinder gab es gar nicht mehr, statt dessen zwei junge Mädchen, die ihm unbekannt waren. Er zwang sich, den Brief seiner Frau weiter zu lesen. Sie wollte kommen. Da stand es. Sie hatte ihre Schiffsreise schon gebucht. Er rechnete nach. Der nächste Reichspostdampfer würde sie bringen. Die Mädchen, schrieb sie, seien noch zu jung, sie zu begleiten und außerdem schulpflichtig.

Er war plötzlich hellwach. Er würde sie wiedersehen. Ihm wurde bewußt, daß er nicht mehr damit gerechnet hatte. Nicht wirklich. Es war, als wäre ein Fenster aufgestoßen worden und eine kräftige, frische Brise dringe in den Raum, nicht das feucht duftende Element von Ponape, sondern die herbe Kühle der norddeutschen Tiefebenen, klar, hell, nüchtern und duftlos wie die Wirklichkeit. Auf einmal sah er den Schmutz zwischen den Holzdielen, die Flecken an der Wand, die verblichenen Bezüge auf den Stühlen, die lange nicht mehr geleerten Aschenbecher, die halbblinden Scheiben und einen klebrigen, nassen Ring von seinem Cognacglas, über dem ein paar Fliegen schwirrten. Und er dachte an die Gefangenen, die im Keller unter ihm saßen, auch sie nicht Teil eines Traumes, sondern der Wirklichkeit. Ein paar Wegebauarbeiter, die sich unerlaubt von der Arbeit entfernt hatten und wegen Gehorsamsverweigerung eingekerkert worden waren. Dieser Schmutz. Das Geschmeiß. Die Unbotmäßigkeit. Es wurde Zeit, daß er durchgriff. Ja, er fühlte die Lust, seit langem, endlich, etwas zu unternehmen. Zu erledigen. Ordnung zu schaffen. Wenn er wollte, dann wäre dies binnen kurzem ein kleines Paradies der Ordnung und Mustergültigkeit. Er hatte nie aufgehört, daran zu arbeiten. Vielleicht war er ein wenig säumig gewesen in letzter Zeit. Gut, er hatte dann und wann die Erledigung gewisser Dinge aufgeschoben. Er hatte sich schließlich nicht immer ganz wohlgefühlt. Auch gab es manche Entscheidung, die reifen wollte und dazu Weile brauchte. So war er immer gewesen: Eine Zeitlang sah er den Dingen zu, wie sie sich von selber entwickelten. Doch dann griff er ein und führte aus, was er sich vorgenommen hatte. Dann lernte man ihn kennen.

Als erstes sollten die Mädchen ein Großreinemachen in den Büros durchführen. Er würde das Rauchen an den Schreibtischen verbieten. Es fiel ihm jedoch ein, daß er der einzige war, der am Schreibtisch rauchte, und er gab den Plan wieder auf. Auch könnte es ihn, wenn zu gründlich geputzt würde, vielleicht stören, die Schriftstücke, die auf seinem Schreibtisch zu Türmen anwuchsen, nicht mehr an derselben Stelle wiederzufinden, wo sie zwar nicht hingehörten, er aber doch wußte, daß sie sich befanden, so daß das Herstellen einer Ordnung im üblichen Sinne nicht nötig war. Denn es kommt ja nur darauf an, zu finden, was man sucht. Und dazu dienten die Türme auf seinem Tisch. Er legte eben das Schreiben des Reichskolonialamts auf einen von ihnen und würde es nun unter allen Umständen an seinem Platz wissen, wenn er es demnächst einmal wieder brauchte, um es zu beantworten. Spätestens kurz bevor das nächste Postschiff abging.

Beim Fensterputzen jedoch sollte es unter allen Umständen bleiben. Davon ging er nicht ab. Und wäre es nötig, die Wände neu weißen zu lassen? Wohl nicht. Die Stockflecken bildeten sich bei der hohen Luftfeuchtigkeit binnen kurzer Zeit wieder. Es wäre nicht rationell. Falls Luise es sehen und bemängeln würde, konnte er es ihr erklären. Wie es überhaupt so manches geben würde, was er ihr erklären müßte. Doch hatte das Zeit. Er mußte sich jetzt mit Wichtigerem befassen.

Er rief nach dem Sekretär. Er hatte sich selten so frisch, so tatkräftig gefühlt. Vielleicht in Daressalam. Nicht auf Ponape.

Die Vernehmungsprotokolle, sagte er.

Der Sekretär bemerkte, daß sie noch nicht ins reine geschrieben seien.

Der Vizegouverneur überging das und ordnete eine Inspektion der Arrestzellen an, jetzt sofort. Wo waren die Schlüssel?

Der Sekretär wies auf eine Schublade im Schreibtisch des Vizegouverneurs.

Die beiden Wachen, Angehörige der malaiischen Polizeitruppe, die sich der Uniformröcke entledigt hatten, saßen vor dem Kellereingang in der Sonne und erhoben sich ungelenk.

Als sie die Treppe hinabgingen, fiel dem Vizegouverneur wieder ein, warum er es gewöhnlich vermied, die Zellen zu inspizieren. Die Erwartung von kühler Feuchtigkeit wurde enttäuscht. Im Keller war es lauwarm wie am Tageslicht, nur daß die Luft hier für immer zu stehen schien. Es fand kein Austausch statt. Der Vizegouverneur bereute seinen Entschluß zu Tatkraft und Kontrolle, während er den Mief des Kellers atmete, in dem sich die Ausdünstungen von Schimmel, Schweiß und abgestandenen Essensresten aus seiner Küche vermischt hatten.

Kann man kein Fenster öffnen? fragte er den Sekretär.

Es gibt keins, sagte der Sekretär. Sie kriegen Luft durch die Schächte.

Und Licht?

Auch Licht, sagte der Sekretär.

Einer der Malaien öffnete die Zellentür. Der Raum war besser belüftet als der Flur. In dem Licht, das von schräg oben kam, saßen drei Männer und spielten ein Würfelspiel. Als sie die Deutschen bemerkten, nahmen sie die vollendete Indifferenz in Mimik und Körperhaltung an, die sie auch in der Freiheit zur Schau tragen würden. Sie wirkten ruhig, zufrieden, ausgeglichen auf den Vizegouverneur. Die Zelle war nicht möbliert. Doch das waren die Häuser, in denen sie sonst lebten, ebensowenig. Die Kokosmatten, auf denen sie schliefen, lagen zusammengerollt an der Wand wie üblich in ihren Wohnungen. In einer Ecke standen ein Krug und ein paar Teller mit Essensresten, an denen der Vizegouverneur erkannte, daß ihre Verpflegung aus seiner Küche kam und daß man ihnen zu Mittag dasselbe wie ihm zu essen gebracht hatte. Wie auch anders? Schließlich konnte man nicht eigens eine Gefängnisküche für die drei einrichten. Das fehlte noch. Trotzdem erschien es ihm unpassend, daß für ihn und sie dasselbe gekocht wurde. Er würde Anweisung geben, den Fleischanteil für sie zu reduzieren. Und unter der Woche sollten sie kein Dessert mehr erhalten. Es war doch gut, daß er sich einmal selbst darum kümmerte.

Einerseits war er erleichtert zu sehen, daß es den Gefangenen an nichts fehlte. Es hatte ihn dann und wann irritiert, daß sein eigenes Leben, Tage und Nächte, über einem Keller stattfand, der ein Gefängnis war, und in dem möglicherweise dieses und jenes erlitten wurde, was er sich nicht vorstellen mochte. Denn er gehörte zu denen, deren Gemüt für fremdes Leiden nicht unempfindlich ist und die es daher vorziehen, keine Kenntnis davon zu haben. Doch nun, da sich seine Befürchtungen hinsichtlich des menschlichen Leidens unter ihm als übertrieben herausstellten, war er, obwohl erleichtert, auch ärgerlich. Schließlich handelte es sich um ein Gefängnis, und etwas sollte darin doch wohl außer der Freiheit noch entbehrt werden, zumal die Delinquenten nicht mehr zur Arbeit herangezogen wurden, in ihren Augen ein unschätzbares Privileg, wie er wußte, das sonst nur von den Häuptlingen genossen wurde.

Er wollte einige Worte an die Häftlinge richten, in denen unnachgiebige Strenge zum Ausdruck kommen sollte, aber es fiel ihm ein, daß kein Dolmetscher zugegen war. Den Malaien, die sowohl etwas Deutsch als auch etwas Ponape konnten, mißtraute er. So wandte er sich nur an den Sekretär:

Wie lange sitzen die noch? fragte er.

Der Sekretär schien etwas irritiert. Die Verhandlung, sagte er, ist noch nicht anberaumt.

Richtig. Es handelte sich um Untersuchungshäftlinge. Das endgültige Strafmaß festzusetzen, lag noch an ihm. In der Regel ließ man sie dann frei, indem man die Dauer der Untersuchungshaft als gültiges Strafmaß zugrunde legte. Darum galt es bei dem Aufschub, den er sich bis zur Erledigung seiner richterlichen Dienstpflichten gab, das mutmaßliche Strafmaß für Diebstähle, Arbeitsverweigerung und Unbotmäßigkeit von vornherein zu erwägen, damit sie nicht länger saßen, als unter Anwendung der gesetzlichen Bestimmungen zu rechtfertigen war, an die er sich schließlich bei aller Freiheit, mit der er Ponape regierte, gebunden sah. Man mußte immer an die Berichte ans Reichskolonialamt denken, denen seine Sorgfalt galt.

Richtig, sagte er. Aber wir haben nur zwei Untersuchungshäftlinge.

Ja, sagte der Sekretär.

Und wer ist der dritte?

Der Sekretär radebrechte mit den Malaien.

Es ist ein Verwandter von Nosu, dem Älteren dort, sagte der Sekretär.

Und was tut er hier?

Der Sekretär richtete die Frage an die Malaien. Es stellte sich heraus, daß der Verwandte seine Zeit im Gefängnis verbrachte, weil das Essen dort reichlich und Arbeit verboten war. Außerdem brachte er hin und wieder Nachricht von den Gefangenen zu den Familien und umgekehrt. Die malaiischen Wärter ließen ihn passieren, denn er war ja schließlich nicht inhaftiert.

Welcher ist es? fragte der Vizegouverneur.

Man wies auf einen der Männer, und er gab den Befehl, ihn auf der Stelle hinauszuwerfen. Auf der Stelle. Er soll sich nicht mehr blicken lassen, sonst ..., der Vizegouverneur brach ab, denn das deutsche Gefängnis war offenbar nur von begrenzter Abschreckungswirkung auf Ponape.

Trotzdem fühlte er sich gestärkt und gewissermaßen erfrischt durch seine Tat, als er ins Büro zurückkam. Er entwarf sogleich Grundlagen zu einer Reform des Strafvollzugs und wies den Sekretär an, sein Diktat aufzunehmen:

Erstens: Den Delinquenten waren bei ihrer Einlieferung in das Bezirksgefängnis die Köpfe zu scheren.

Das verhindert, daß sich Unbefugte in die Zellen einschleichen, erläuterte er dem Sekretär.

Zweitens: Eine Anstaltskleidung wird eingeführt. Hemd und Hose gestreift. Das hat sich bewährt.

Aber wir müßten den Stoff dazu in der Heimat bestellen, wandte der Sekretär, von seinem Diktatblock aufblickend, ein. Das möchte ziemlich lange dauern. Dagegen haben wir noch einen schönen Posten von braungefärbtem Segeltuch.

Streichen Sie »gestreift«, sagte der Vizegouverneur, und schreiben Sie »braun« hinein. Braun ist auch nicht schön.

Drittens: Die Gefangenenkost betreffend. Das Dessert wird abgeschafft.

Vanillepudding mit Ananas! sagte er. Sonst noch was!

Viertens: Statt der Haftstrafe bei Lügen, Widersetzlichkeit und unverschämtem Benehmen gegen Weiße können ersatzweise auch Prügel erteilt werden. Und zwar …

War das nicht immer schon so? warf der Sekretär ein. Die Aufseher …

Der Vizegouverneur war jetzt nicht in der Stimmung, auf Einwände einzugehen. Das Treffen kurzer, distinkter Festlegungen berauschte und ermüdete ihn zugleich.

Und zwar …

Zwölf? schlug der Sekretär vor, zwölf Stockschläge bei Lügen und Widersetzlichkeit? Bei unverschämtem Benehmen vielleicht das Doppelte?

Schreiben Sie es genauso, wie Sie gesagt haben. Doch nicht das Doppelte. Nein. Das scheint mir zuviel. Sie sind auch Menschen.

Der Vizegouverneur lehnte sich in seinem Stuhl zurück. Es war ein Lehnstuhl auf dunkel gebeizten Krallen von deutschem Eichenholz. Er hatte schon einen langen Weg über die Meere zurückgelegt. Der Vizegouverneur wartete jetzt auf den Abgang des Bezirksamtssekretärs. Er fühlte sich wunderbar nach diesem Tag des Durchgreifens und der Entscheidungen, voller prickelnder Erwartung auf den ersten Schluck aus der Flasche, deren Vorhandensein im linken unteren Fach seines Schreibtisches das einzige war, woran er noch denken konnte.

Ich gebe jedoch zu bedenken ... setzte der Sekretär noch einmal an.

Ihre Bedenken, sagte der Vizegouverneur, interessieren mich nicht.

Es gefiel ihm, zu herrschen. Es gefiel ihm gut. Für einen Augenblick, während seine Fußspitze das linke untere Fach wippend antippte, fühlte er sich wie der König von Ponape. Und war er das nicht? Das Echo dieses Gedankens würde ihm beim ersten Schluck den köstlichen Schwindel bereiten, der das Glück des Trinkers ist.

Sie können gehen! beschied er den Sekretär.

Es war einmal ein Geist, erzählt Limén, der stahl die Seele einer Frau. Er nahm sie, sprang aus dem Haus und traf den Mann, der heimkam. Der Mann warf ihn mit einem Stein und zerschmetterte ihm einen Arm. Der Geist sagte da zum Manne:

Du hast zerbrochen dem Lisotam den Arm,
zerbrochen, zerbrochen, zerbrochen.

So holte er sich die Seele und flog damit gen Westen. Die Frau aber wurde krank. Viele Tage lag sie im Haus. Lisotam hatte ja die Seele der Frau mitgenommen. Sie vergnügten sich im Westen. Da flog einmal eine Möwe herbei, setzte sich auf das Haus und sah, wie die Frau immer schwächer und schwächer wurde, und sie hörte erzählen, daß ein

Geist die Seele der Frau gestohlen hätte. Da flog der Vogel gen Westen und fand den Geist, wie er sich mit der Seele der Frau vergnügte. Er flog dicht an ihn heran und versuchte, ihm mit dem Schnabel die Seele fortzunehmen. Doch es gelang ihm nicht, und er kam ohne die Seele der Frau zurück. Der Geist hatte so viel Spaß mit ihr.

Und weiter? fragt Lina.

Nichts weiter. Die Geschichte hört hier auf.

Aber ...

Limén unterbricht sie: So erging es der Frau.

Aber was bedeutet es? möchte Lina fragen, weiß aber plötzlich, daß Limén sie nicht verstehen würde. Sie hat auch Angst vor der Antwort: Es bedeutet nichts.

Ponape-Geschichten sind so. Sie weisen nicht über sich hinaus. Sie künden von nichts außer von sich selbst. Eine Art metaphysisches Gruseln erfaßt Lina, wenn sie Limén zuhört.

Als Lina in Kiti krank geworden ist, haben sie Limén zu ihr geschickt. Sie hat Winston gebeten, die Alte fortzuschicken. Doch Winston bestand darauf, daß Lina sich von ihr behandeln ließ. Es war eine Geste huldvoller Dankbarkeit des Nanamariki, daß er die Alte zu Lina befohlen hat. Kann sich die deutsche Frau, die Kranke heilt, selber nicht helfen, so soll die Ponape-Heilerin ihr helfen.

Gehört die Geschichte vom Geist, der die Seele stiehlt, zu Liméns Therapie? Lina kann sich nicht erinnern, was sonst noch mit ihr geschehen ist. Wenn sie an Kiti zurückdenkt, ist alles in Bilder von traumartiger Unschärfe aufgelöst. Aru, wie er sie zum Eingang des Häuptlingshauses winkt. Die ausgestreckte Hand des Nanamariki. Begrüßung? Bann? Befehl? Die Fische im Deckengebälk, tanzend in jedem Luftzug, der das Dach bestreicht, und schwarz von Fliegen, die sie umschwirren und mehr sind, als sich auf jedem von ihnen niederlassen können. Liméns Lächeln, das ihre zwei einzigen Zähne im Oberkiefer zeigt, braun und nadelspitz, ihre Eckzähne. Es ist ein siegreiches Lächeln, seiner selbst so gewiß, wie nur je das einer strahlenden jungen Schönheit, die ihre makellos perlweißen Zähne zeigt. Die Silhouetten der Männer am Feuer, wie sie sich hoch aufrichten und wieder zusammenfallen, dazu das rhythmische dumpfe Stampfen von Holz auf Stein, das Klatschen der nassen Wurzeln wie große Wäschestücke, die im Wind hin- und herschlagen. Dann der Mann, der aus dem Dunkel zu ihr tritt, ihre Angst, weil sie weiß, daß Winston und seine Frauen am Fest teilnehmen und niemand außer Limén in der Nähe ist. Sein erregtes Palaver mit ihr, von dem sie kein Wort versteht. Da beugt er sich zu ihr nieder. Sie erkennt Jomatau. Doch er scheint ihr verändert. Sein Oberkörper ist nackt. Schweißglänzend. Sein Gesicht trägt einen Ausdruck wütender Entschlossenheit.

Trinken, sagt er auf deutsch und hält ihr eine Kokosschale, mit einer schaumigen braunen Flüssigkeit gefüllt hin, von der ein Geruch wie nach Eierlikör aufsteigt. Als Lina sich nach Limén umsieht, ruht deren Lächeln auf ihr und verheißt keine Hilfe.

Trinken, sagt Jomatau.

Mit dem, was ihr den Mund füllt, dringt etwas so Neues und Fremdes in Lina ein, daß sie nie sagen können wird, wie es schmeckt. Es ist nicht süß und nicht sauer, nicht salzig und nicht scharf. Es ist gar kein Geschmack. Es ist eine Erfahrung. Noch ungläubig blickt Lina von Limén zu Jomatau und von Jomatau zu Limén. Sie versteht jedes Wort, das gesprochen wird, hört auch das Muschelhorn und den gleichförmig langsamen Rhythmus der Trommeln, in dem der Boden, auf dem sie liegt, vibriert. Jemand muß sie aus dem Haus getragen haben. Sie sieht das Flackern des Feuers, seinen Widerschein auf den Gesichtern um sich herum. Sie begreift, daß ein Fest gefeiert wird. Die Europäerin in ihr denkt: Sieh dir diese Eingeborenen an. Du bist es, die dabeigewesen sein wird und davon künden kann. Doch da ist etwas anderes, etwas, das sie schläfrig macht. Sie spürt, daß sie ein Teil dieses Festes ist. Ein Bestandteil der Träume, die hier geträumt werden. Und die Versuchung ist groß, sie mitzuträumen. Sie ist größer, als daß Lina sich gegen sie wehren kann. Sie hat getrunken wie alle hier. Es ist ein Schlaftrunk, den sie getrunken hat. Ein Trunk des süßen Vergessens. Nie wird sie sich an die Eingeborenen und ihre seltsamen Bräuche erinnern. Sie wird nie davon künden. Wie man von einem Traum, den man gehabt hat, nicht künden kann, ohne zu merken, daß man Unverständliches spricht. Botschaften aus einer Welt, die keine Botschaft hat. Bruchstücke eines Ganzen, das kein Sinn erhellt.

Seit Lina aus Kiti zurück ist, ist sie verändert.

Sie ist verändert, wie einen ein Traum verändern kann. Es muß ein Traum sein, in dem ihr etwas gezeigt worden ist, das sie begehrt. Sie weiß nicht, was es ist. Zurück bleibt das Begehren. Es ist namenlos. Dann und wann erinnert sich Lina an das sieghafte Lächeln von Limén. Ihre spitzen kleinen Eckzähne. Die Gleichgültigkeit, mit der sie auf sie herabgesehen hat, als Lina von der Kawa trank. Sie hat von dem Drilling in Elisabeth gewußt. Sie weiß, wonach Lina krank ist, ohne daß sie selbst es weiß.

Täglich, seit sie im Missionshaus zurück ist, steigt noch ihr Fieber am Nachmittag leicht an. Zwar unterrichtet sie, nimmt an den Andachten und Sprachlektionen von Missionar Winter teil, aber die Mattigkeit, die sie am Nachmittag befällt, scheint unbesiegbar, und auch wenn sie sich immer wieder vornimmt, sie mit der Kraft ihres Willens niederzuhalten, so erliegt sie ihr doch wie einem süßen, verlockenden Kawatraum.

Der Geist, der sich mit ihrer Seele vergnügt, hat Spaß an ihr.

Schwester Lina macht uns immer noch große Sorgen. Zwar ist sie nicht mehr zu Bett, doch will die rechte Genesung sich nicht einstellen. Was heißt: Es bleibt alles an mir, die Arbeit auf der Station, die Betreuung der Kranken, der Unterricht sowie die Sorge um die beiden Kleinen. Doch ist es auch besser so.

Lina redet im Schlaf, seit sie zurück ist. Ich habe es bisher niemandem anvertraut. Doch weiß ich nicht, ob es richtig ist, daß ich in mir verschließe, wovon ich in nächtlichen Stunden Kenntnis erhalte, die sie zumeist in sehr großer Unruhe zubringt, was auch mir als bei Tage verantwortlich Tätiger den dringend benötigten Schlaf raubt. Ich halte es jedoch für meine Pflicht zu ergründen, was die Schwester umtreibt und nicht zur Ruhe kommen läßt. Denn vom Bösen ist es sicherlich. Hat man doch bei uns zu Hause stets gesagt: Wer schläft, der sündigt nicht. Oder daß ein reines Gewissen ein sanftes Ruhekissen sei. Sie aber wälzt sich im Schlaf, sie seufzt und stöhnt dabei auf die unschicklichste Weise und spricht Ponape.

Ich kann nicht alles verstehen, was sie sagt. Auch scheint mir das, was sie spricht, viel flüssiger und fortgeschrittener, als unser Sprachunterricht bei Bruder Winter erwarten läßt. Dort scheint mir, daß meine eigene Kenntnis der Ponape-Sprache durchaus nicht geringer als Linas ist. Bei Nacht jedoch redet sie nicht anders als eine Eingeborene. Wörter kommen heraus, die wir bei Bruder Winter noch niemals gelernt haben. Sonst müßte ich, die ich gewissenhaft mein Wörterheft memoriere, selbst noch, wenn ich dann und wann von der vielen Arbeit des Tages zu müde bin, um mein Gebet noch zu sprechen, sonst müßte ich die Wörter, die Lina kennt, auf jeden Fall doch auch kennen, meine ich. Schwerer wiegt es jedoch, daß auch sie selbst sie nicht immer zu kennen scheint.

Tipue, tipue, tipuetip, hörte ich sie nächtlich rufen, und ich merkte es mir.

Was heißt »tipue«, fragte ich Lina am Morgen, da wir uns ankleideten.

Sie wußte es nicht!

Was heißt »tipue«, fragte ich Bruder Winter.

»Zerbrochen«, antwortete er nach kurzem Bedenken.

»Zerbrochen, zerbrochen, zerbrochen ganz und gar« – welchen Sinn gibt das?

Man sagt hier, daß die unreinen heidnischen Geister von manchen Menschen Besitz ergreifen können. Ist es möglich, daß Schwester Lina von einem solchen Geist besessen ist? Ich bete natürlich zum Herrn, daß dies nicht der Fall sein mag. Doch sollte es sich erweisen, daß meine Befürchtung berechtigt ist, so wäre es zu ihrem eigenen Besten, wenn man sie, sobald als möglich, von hier entfernte, von dem Schaden ganz zu schweigen, den sie der Mission zufügt, indem sie bleibt. Wie denn Matthäus 5, Vers 29 geschrieben steht: *Ärgert dich aber dein rechtes Auge, so reiß es aus und wirf's von dir. Es ist dir besser, daß eins deiner Glieder verderbe und nicht der ganze Leib in die Hölle geworfen werde.*

Nach diesem Bibelwort habe ich auch gehandelt, als ich das australische Mädchen aus dem Haus wies, während Lina in Kiti war. So konnte sie kein Aufhebens davon machen. Es tut jetzt Dienst in der Küche des Bezirksamtssitzes in der Kolonie. Die Frau des Vizegouverneurs ist angekommen und will selber eine Auge darauf haben, daß es nicht faulenzt und stiehlt, wie zu befürchten steht. Doch seit Lina wieder bei uns ist, findet man auch das Mädchen am Abend häufig bei uns auf der Station. Sie sitzen beieinander auf der Veranda und singen zweistimmig. Unsere schönen alten Gesangbuchlieder klingen, von ihnen gesungen, recht weltlich, wie mir scheint, vor allem, wenn man dazu mit dem Fuß auf den Boden klopft und zuweilen sogar in die Hände klatscht, wie Sydney es tut. Es fehlte nicht viel und sie tanzte noch dazu, ohne daß es ihr verwehrt wird, von Lina nicht und auch nicht von Bruder Winter, den ich unlängst recht sorglos mit dem Fuß dazu wippen sah.

Bruder Winter scheint sich überhaupt der Gefahr nicht bewußt zu sein. Er ist leider auch nicht der Mann des strengen Durchgreifens. Wie die meisten Gelehrten denkt er viel zu gut von den Menschen um ihn herum. Allein ist er nicht gewappnet gegen die Schlechtigkeit.

Ich wünschte, Pfarrer Helfrich hätte Kenntnis von dem, was sich hier begibt. Er wüßte, was zu tun ist.

Am 24. Dezember feiern die Deutschen das große Fest des neuen Gottes. Es ist ein Kindschaftsfest, hat man den Ponape-Leuten gesagt. Auch bei ihnen werden Kindschaftsfeste gefeiert, wenn ein Kind geboren ist, und es gilt als überaus unhöflich, einem Anschlag auf das Leben des Neugeborenen vergleichbar, der Einladung nicht Folge zu leisten. Fürs Kindschaftsfest werden stets ein gemästetes Schwein und ein paar feiste Hunde geschlachtet. Ein Fest der Freude. Das sei es auch bei den Christen, hat man den Ponape-Leuten versichert.

Sie sind alle gekommen. Es ist einleuchtend, neu und durchaus belebend, sich vorzustellen, daß auch Götter sich vermehren. Ponape-Götter sind stets schon Erwachsene. Ein Gotteskindschaftsfest hat einen gewissen Charme für das Empfinden der Ponape-Leute. Was sie vermissen, ist der Geruch nach Gebratenem, als sie sich der Mission nähern. Aber die Christen sind für Überraschungen gut. Und so beginnt das Fest. Es findet auf dem Platz vor der Missionskirche statt. So viele Menschen sind herbeigeströmt. Viele von ihnen waren noch nie in der Mission.

Auch viele Deutsche aus der Kolonie sind da, sofern sie protestantisch sind. Der Vizegouverneur mit seiner Gattin, die Bezirksamtssekretäre, der Agrarexperte Bohlmann, der Koch und seine Frau. Auch ein paar Seeleute sind gekommen sowie die Vertreter der Handelsgesellschaften. Die übrigen besuchen die kleine Kapelle der Kapuziner-Patres in der katholischen Mission in der Kolonie, die nach dem Abzug der Spanier von deutschen Kapuzinermönchen übernommen worden ist.

Missionar Winter hält eine längere Predigt zuerst auf Deutsch, dann auf Ponape, wobei er die Inhalte sehr fein auf die jeweilige Zuhörerschaft abstimmt. Er ist ein guter Prediger, der sich selber an der Kraft seiner Worte stärkt. Am Text dieses Abends hat er lange gearbeitet. Doch es scheint, als übertrage sich das Feuer des Geistes nicht auf seine Zuhörer. Ponape-Leute, auf der Erde sitzend, stehen auf, laufen hin und her und reden miteinander, wobei sie nach Ponape-Art heftig gestikulieren. Auch die Deutschen auf den Bänken im Vordergund scheinen unkonzentriert, unerreichbar für die Botschaft vom Herrn, der das Fleisch annahm. Der Missionar schwitzt, und mehrfach bricht ihm die Stimme. Er fleht innerlich unaufhörlich die Hilfe des

Heiligen Geistes herbei, was seine Konzentration auf den Predigttext erheblich stört, so daß er auch nicht mehr in der Lage ist, zu kürzen, was dringend nötig wäre.

Inzwischen senkt sich die Nacht herab, und die beiden Altarkerzen auf dem Tisch, den man ins Freie getragen hat, flackern und drohen ständig auszugehen. In ihrem Licht erscheint das Gesicht des Missionars darüber wie eine Maske, weiß, die Lippen und Augenhöhlen tiefschwarz. Eine Maske, hinter der sich Drohungen und Verwünschungen verbergen. Die Ponape-Leute sind tief enttäuscht. Wann beginnt das Fest? Sind sie gekommen, um sich Verwünschungen anzuhören? Und diese beiden kümmerlich flackernden Lichter – soll das das Feuer sein, um das man sich bei diesem Festgelage versammelt? Und wann beginnt es überhaupt?

Der Himmel hat sich bezogen, und ein Guß steht bevor. Im Dezember regnet es mehrmals täglich auf Ponape. Es war riskant, zu diesem Weihnachtsfest ins Freie zu laden. Die Missionare wissen das. Aber durfte man nicht auf den Beistand des Höchsten bauen? Jetzt fühlen sie sich wie Gastgeber, denen kurz vor Eintreffen der Gäste das Essen angebrannt ist.

Endlich endet der Missionar, und Lina summt den Akkord für den Einsatz des Chores an.

Freut euch, ihr lieben Christen,
freut euch von Herzen sehr.

Doch in diesem Augenblick öffnet der Himmel die Schleusen, und ein allgemeines Flüchten setzt ein.

Euch ist geboren Christus,
recht gute neue Mär,

singt der Chor, der im Kircheninnern nahe der offenen Türen Aufstellung genommen hat, von Lina am Harmonium dirigiert, während die Ponape-Leute das Weite suchen und die Deutschen den Schutz des Kirchendachs. Es ist, als schieden sich die Geister am Evangelium, wie geschrieben steht.

Es singen uns die Engel
aus Gottes hohem Thron,

fährt der Chor fort, den Lina aus den Nähschülerinnen gebildet hat, verstärkt durch Bruder Ludwig als Tenor und einen der Sekretäre des Bezirksamtes als Baß. Doch jetzt ergreift die allgemeine Auflösung auch den Chor. Das Singen der Mädchen dünnt aus, bis nur noch Linas Sopran vom Harmonium her erklingt. Nach wenigen Augenblicken stehen die beiden Männer alleine da.

Gar lieblich tun sie singen,
fürwahr ein' süßen Ton …

Dann brechen auch sie ab. Triefend naß steht der Missionar in der Tür. Still brennen die Kerzen auf dem Mangrovenbaum im Altarraum, den sie als Christbaum geschmückt haben. Das Bezirksamt hat ein paar Fichten anpflanzen lassen, damit die Deutschen auf Ponape einen Weihnachtsbaum haben, aber die Fichten sind innerhalb kurzer Zeit gelb geworden und haben all ihre Nadeln verloren. Eine Mangrove tut es auch.

Fröhliche Weihnachten, sagt der Sekretär.

Fröhliche Weihnachten, sagt Ludwig.

Fröhliche Weihnachten. Fröhliche Weihnachten. Gelächter füllt den Kirchenraum. Die Bezirksamtsleute, das Gouverneurspaar, die Kaufleute reichen einander die Hände, manche umarmen und küssen sich sogar. Die Missionare finden sich plötzlich inmitten einer ausgelassenen, verschworenen Gesellschaft, die es genießt, endlich unter sich zu sein. Lina sieht, wie Schwester Hedwig die kleinen Zwillinge aus einem Knäuel von Umarmung und Aufmerksamkeit befreit. Dann wird sie durch einen feuchten, schmatzenden Kuß von Sydney abgelenkt, die ihr feierlich ein Päckchen, ein Weihnachtsgeschenk, unter den Latz ihrer Schürze schiebt. Sie lacht, versucht sich davon zu befreien. Da merkt sie, daß der Missionar vor ihr steht.

Er sieht bekümmert aus, denkt sie. Er als einziger von allen widersteht der Fröhlichkeit. Er sieht sie mit einem Ernst an, der sie auf merkwürdige Weise erschauern läßt. Ohne zu überlegen, tritt sie auf ihn zu und umarmt ihn.

Fröhliche Weihnachten, flüstert sie dem Missionar ins Ohr.

Es ist alles mißlungen, sagt er.

Nein, sagt Lina, nein.

Über seine Schulter hinweg sieht sie Hedwig mit einem Kind an jeder Hand. Sie weiß plötzlich, was zu tun ist und nickt Hedwig zu, als sei es ein Befehl von ihr, den sie jetzt ausführt. Sie löst sich aus der Umarmung des Missionars, geht zurück zum Harmonium und fängt zu spielen an. Später hofft sie, daß Hedwig dies als eine Geste verstanden hat, die bedeutet, daß zwischen ihnen alles in Ordnung ist.

Sie weiß noch nicht, wie sehr sie sich da irrt.

Die Ponape-Leute, die sich auf dem Heimweg in ihre Dörfer befinden, bleiben auf einmal stehen und blicken zur Missionskirche auf dem Hügel über dem Meer zurück. Die Deutschen singen.

Stille Nacht, heilige Nacht steigt in den Himmel über der Lagune auf. Sterne blinken. Die Wolken ziehen immer schnell weiter auf den Ozean.

Vielleicht haben sie doch das Beste am Gotteskindschaftsfest verpaßt, denken die Ponape-Leute.

GNADENBRONN 1910

Es war so kalt, daß sein Atem zu kleinen Eiskristallen an der Bettdecke gefroren war. Darunter lag er bewegungslos in einer Wärme, die vom Körper seiner Frau in seinen flutete, der sich im Schlaf dicht an sie herangedrängt hatte. Er rückte etwas von ihr ab, als ihm das bewußt wurde, besaß jedoch die Schwäche, sich ihr sogleich wieder zu nähern, die ihm wie ein gut nachgelegter, gleichmäßig wärmender Ofen schien. Es war vier Uhr morgens. Zeit aufzustehen und sich mit Fleiß der Gebetsarbeit des Tages zu widmen.

Pfarrer Helfrich überdachte die Liste der Anliegen kurz, die er mit Gott zu besprechen hatte – sie war wie immer am Abend auf seinem Nachtschränkchen abgelegt worden –, und gestattete sich, für die Dauer dieses Überdenkens noch liegenzubleiben. Ja, für einen schwachen Moment erwog er sogar, das Gebet an diesem Morgen im Bett zu absolvieren. Denn es war tatsächlich über die Maßen kalt. Es war eine der Winternächte, in denen man etwas von der unendlichen Kälte des Weltalls spürt und sich fragt, ob nicht Gott selber darin friert. Doch rief sich Helfrich sogleich wieder zur Ordnung. Eine Nachlässigkeit seinerseits würde das ganze Gebäude dessen, wofür er sich verantwortlich wußte, ins Wanken bringen. Davon war er überzeugt wie jeder, der auf Grund selbstgeschaffener Regeln über andere herrscht. Auch wenn niemand es merkte, durfte er nicht vom Wege abweichen. Und Helfrich fiel sofort ein: Es konnte bemerkt werden. Zu der Legende von Gnadenbronn gehört das Licht, das allnächtlich um vier in einem bestimmten Zimmer der Missionsvilla entzündet wird. Dann berät Helfrich sich mit Gott. Und wer um diese Zeit jemals schlaflos war, würde den Blick zu seinem Fenster richten und sehen, daß er wacht, wenn die Welt im Tiefschlaf liegt. Schlaft ruhig, sagt das Licht. Vergeßt, was euch belastet. Ich bin es, der sich gerade mit Gott über euch bespricht. Viel von dem Nimbus, der Pfarrer Helfrich umgibt, hat mit diesem Licht zu tun, einer bescheidenen Kerze, die pünktlich sommers wie winters um vier Uhr angeht.

Legenden dulden kein Aussetzen, keine Pause. Werden sie ein einziges Mal nicht dabei angetroffen, wie sie sich gerade ereignen, ist es mit ihnen aus.

Ist er ein Heiliger?

Manchmal.

Dann ist er nichts.

Pfarrer Helfrich hatten diese Überlegungen bereits ein paar Minuten gekostet, die er noch unter seinem Federbett liegend verbracht hatte, jedoch so, daß sein linker Fuß schon darunter hervorgeschoben war, wie um sich zu überzeugen, wie kalt es tatsächlich war. Bitterkalt. Er zog ihn jetzt zurück und entschloß sich, ihn wieder anzuwärmen, bevor er sich der Kälte aussetzte. Denn selbstverständlich gab es keinen Ofen in seinem Gebetskabinett, dort so wenig wie im Schlafzimmer. Und hätte es einen gegeben, so wäre er um diese Zeit nicht beheizt gewesen. Um vier Uhr morgens sind alle Öfen im Haus niedergebrannt und ausgekühlt. Die Kälte schickt sich an, es ganz und gar zu erobern, und wer keine Frau neben sich im Bett hat, dem gnade Gott. Helfrich arbeitete sich wieder etwas zu ihr heran, und auch sie schien ihm näher gerückt zu sein. Sie seufzte leise im Schlaf. Sie regte sich und legte ihm eine Hand auf das Gesäß. Staunend blieb er liegen. Er bewegte sich nicht.

Seine Ehe war mit fünf Kindern gesegnet, von denen allerdings drei wieder abberufen worden waren. Es war nicht leicht für ihn, auch darin zur Übereinkunft mit Gott zu gelangen, zumal seine Frau Margarethe noch immer haderte. Sie warf ihm vor, daß er bei Krankheiten der Kleinen keinen Arzt zu Rate zog und statt dessen alles dem Höchsten anheimstellte. Doch konnte von einer Frau nicht Gleiches erwartet werden wie von ihm, was die Schickung in des Herrn Willen anbelangt, denn ihr Wille blieb stets in der Knechtschaft des Körpers gefangen. Wie Margarethe den ihren seitdem verschloß, sei es, um anzuklagen und ihn an eine Schuld zu gemahnen, die keine war, sei es, um kein weiteres Kind mehr zu empfangen, obwohl sie doch alle durch IHN gegeben wurden und zu IHM zurückgerufen, wo sie in guter Obhut waren. Es war eine Sünde, um deren Vergebung er den Herrn jeden Morgen aufs neue ersuchte, war sie doch in der Schwachheit des Weibes begründet und könnte durch Anwendung ehelicher Gewalt, die er sich vorbehielt, leichterdings bewiesen werden, daß sie im Unrecht war.

Nun war er doch tatsächlich wieder eingenickt. Allerdings schien es ihm, daß er nicht geschlafen habe, sondern wach geträumt. Und dieser Traum war von der Art gewesen, daß er sich jetzt strikt befahl, auf der Stelle aufzustehen. Dies war noch immer wahr: Daß man die sündigsten Träume gegen Morgen hat. Er versuchte sich vorsichtig unter der Hand, die auf seinem Gesäß lag, wegzuziehen. Er spürte ihr sanftes Gleiten an sich herab und blieb noch etwas so. Nur kurz, sagte er sich. Er mußte sich konzentrieren. Im Dunkeln lag das Blatt mit den Gebetsanliegen neben ihm.

Er überdachte ein paar Umbesetzungen, konnte aber zu

keinem rechten Entschluß kommen. Die finanziellen Probleme verschob er auf später. Da war etwas, was ihn bedrängte. Ja, die vertrackten Probleme auf der Station in Ponape. Ein Brief von Schwester Hedwig hatte ihn aufgeklärt. Er erfuhr, daß Schwester Lina den Anforderungen des Lebens auf Ponape nicht gewachsen war. Sie war kränklich, weiß Gott, das wußte er. Doch es erwies sich ein weiteres Mal, daß die Schwachheit des Leibes auch eine solche der Seele und, schlimmer noch, der Moral eines Menschen war. Er selbst war niemals krank gewesen. Er betete nicht einmal für die eigene Gesundheit. Er wußte in sich einen zuverlässigen Hort der Resistenz gegen Anfechtungen. Und was war Krankheit denn anderes als Anfechtung? Manche Menschen ließen sich mit einer gewissen Vorliebe darauf ein, sich anstecken zu lassen. Kaum schickt man sie in ein Dorf von Eingeborenen, schon infizieren sie sich mit den schmutzigen Erregern, die dort grassieren.

Diese Schwester gehörte dazu. Er hätte es wissen sollen. Sie hat schon in Sydney den Umgang mit leichten Mädchen nicht gescheut und eines von ihnen soweit verführt, daß es ihr inzwischen nach Ponape gefolgt ist. Es ist wie behext von ihr, folgt ihr auf Schritt und Tritt. Auch pflegt sie Freundschaft mit einem Polygamisten. Sie betritt sein Haus und nächtigt sogar dort. Wahrscheinlich durch diesen Mann, der im Konkubinat mit eingeborenen Weibern lebt, ist sie zur Teilnahme an den heidnischen Kulten verleitet worden. Sie nehmen berauschende Getränke zu sich und geben sich allen möglichen Ausschweifungen hin. Seit sie von dort zurück ist, hört man sie bei Nacht Zauberformeln murmeln, rätselhafte Worte in Ponape-Sprache, die sie am Tag nicht zu kennen behauptet. Es ist überaus besorgniserregend, schwächt ihre Gesundheit, die ohnehin als labil zu bezeichnen ist, und verleiht ihr bei Tag – wie soll man es nennen? – etwas Herausforderndes? Schwester Hedwig wußte, wovon sie sprach, und war sich über die Tragweite der Gefährdung durchaus im klaren, wie ihm schien.

Pfarrer Helfrich, der mit geschlossenen Augen noch immer betete – denn all diese Gedanken gingen ihm nicht anders denn als Gebet für die Schwachen und Angefochtenen durch den Sinn –, versuchte sich jetzt sehr lebhaft die Ausschweifungen vorzustellen, die unter Einfluß berauschender Getränke begangen werden. Er selbst trank niemals Alkohol außer dem kleinen Schluck Wein beim Abendmahl und stellte sich deshalb die Wirkung eines ganzen Glases davon ungeheuer vor. Und dann erst die noch berauschenderen Getränke, die sie in der Südsee brauen! Wie schwach doch Frauen sind! Er fragte sich, ob nicht sogar seine Frau Margarethe unter dem Einfluß von Kawa Ausschweifungen beginge. Ausschweifungen. Ging nicht allein von dem Wort eine Art Berauschung aus?

Den Plan aufzustehen und sich in sein kaltes Gebetskabinett zu begeben, gab er vorläufig auf. Dies würde er wieder einmal allein durchstehen müssen. Gott überließ ihm oft die ganze Verantwortung, und heute morgen schien er sowieso recht weit entfernt. Helfrich sehnte sich aufrichtig nach etwas Hilfe. Manchmal drückte ein Amt, wie es ihm auferlegt worden war, auch ihn. Der Kampf um die Hebung der Sitten in einer Welt von Zuchtlosigkeit forderte den ganzen Mann in ihm. Und hätte nicht etwas Wärme, etwas Verständnis ihm dann und wann gutgetan? Ein gewisses Gefühl des Vernachlässigtseins stieg in ihm hoch und verwandelte sich aus Selbstmitleid in Zorn. Sein Zorn wuchs und richtete sich gegen Lina. »Nur die Zerbrochenen, die Zertretenen, die Gedemütigten können ein gesegnetes Werkzeug in Seiner Hand werden«, hörte er sich sagen. »Sind Sie etwa zerbrochen, zertreten genug? O nein, das sind Sie nicht.« Er fühlte wieder das Beben an seiner Schulter, das sich auf ihn überträgt, wenn sie in seinem Büro neben ihm auf der Erde knien und in Tränen ausbrechen. Dieses zarte Erzittern, das er mitspüren kann.

»Sie müssen noch viel tiefer gedemütigt werden«, fuhr er in Gedanken fort, während die schlafende Frau in seinem Bett sich mit Seufzen ein wenig näher zu ihm drängte und etwas murmelte. Sprach nun auch sie im Schlaf? War auch sie das Opfer einer Berauschung, die zu Sünde und Ausschweifung verführt? Ein Mann weiß nie genau, was in ihnen vor sich geht. Helfrich machte sich daran, es zu ergründen.

Was tust du da? sagte seine Frau. Sie versuchte sich ihm zu entwinden.

Aber seine Entscheidung stand jetzt fest.

Im selben Jahr, als sie die erste Wasserstoffbombe auf den Bikinis zündeten, 1946, bekam ich Zwillinge, einen Jungen und ein Mädchen. Kein Doppelkind, wie du und ich es waren. Sie stritten sich zwanzig Jahre lang, bis ihre Wege sich endlich trennten. Sie waren verschieden wie Tag und Nacht und haben niemals begriffen, wovon ich sprach, wenn ich sagte, sie seien eins und untrennbar wie meine Schwester auf Ponape und ich.

Vergiß Ponape, sagten sie dann. Auch sie. Diese Schwester hat es wahrscheinlich nie gegeben. Und wenn schon, sagten sie. Du wirst sie nie wiederfinden. Sie hat ihr Leben dort gehabt und du deines hier.

Kinder glauben immer, daß ihre Mütter ihr Leben vor ihnen gehabt haben. Sie können sich nicht vorstellen, daß es noch andauert, während ihr eigenes begonnen hat.

Ich will sie noch einmal sehen, sagte ich.

Fang nicht wieder damit an, sagten sie. Du warst kaum vier Jahre alt. Niemand kann sich richtig erinnern an diese frühe Zeit.

Ich kann es, sagte ich. Ich vergesse nichts, was Ponape betrifft. Spätere Dinge ja. Aber nicht Ponape. Ich kann euch alles erzählen. Alles, was ihr wissen wollt.

Aber sie wollten nichts wissen. Niemand will es wissen.

Ich kann euch noch den Weg vom Bootsplatz an der Lagune zum Missionshaus hinauf beschreiben, jeden Farn, jeden Brotfruchtbaum, die Steinnußpalme, in der wir uns manchmal versteckten. Ich weiß, was dort an dem Tag des Aufstands geschehen ist.

Vergiß es, sagten sie. Sie haben dir davon erzählt, als du älter warst.

Das Mysterium meiner Erinnerung. Unbezweifelbar. Aber nur für mich selbst. Ein Wissen, das man mit niemandem teilt, macht verrückt. Das Siegel meiner Verrücktheit ist deine Abwesenheit. Wärst du da.

Sie zeigten mir die Bilder von Rongelap. Kahle Felsen, weißer Sand. Gespaltene Palmenstämme, an denen die Rinde in Fetzen hing. Neugeborene mit sechs Fingern an jeder Hand oder mit Köpfen wie Mohrrüben.

Das ist nicht Ponape, sagte ich. Wir sind mindestens eintausend Kilometer entfernt davon.

Herrgottnochmal, Mutter, sagten sie, wir sind in Stuttgart.

Ich sah mir die Bilder an. Hündinnen mit zwei Hinterleibern, die in einen Kopf münden. Ein Hinterleib mit zwei Köpfen. Derselbe Ausdruck zwischen Klage und Spott, wenn sie die Lefzen ziehen. Dieselben spitzen Ohren, die sich beim gleichen Laut begierig aufstellen.

Vielleicht sind wir eine Mißgeburt. Vielleicht bringen die Inseln auch ohne nuklearen Fallout dergleichen hervor? Welches Organ ist es, an dem wir festgewachsen sind? Die Seele? Welches Messer ist scharf genug, um uns auseinanderzuoperieren?

Das Messer hat geschnitten. Aber wir stellen noch immer gemeinsam die Ohren auf.

Ich empfange keine Botschaften von dir, niemals. Ich bin die Botschaft. Dein Klagen erhebt sich in mir. Ein feiner Wind, der unsere Insel mit weißem Sand überzieht. Verdorrte Palmblätter. Fische, die mit den Bäuchen nach oben schwimmen. Myriaden von Fischen. Das Meer ist tagelang weiß davon. Sie quellen auf, sie zerplatzen und zerfallen in graue, stinkende Flocken, die sich langsam auflösen und nur noch als trüber Schaum an die Strände gespült werden.

Die Menschen sind vor dem Gestank in die Berge geflohen. Aber auf einer Insel gibt es kein Entkommen vor dem Meer. Nur wer ein Flugzeug hat, entkommt. Nur die Fremden.

»Das Meer stinkt« gilt als der schlimmste Fluch bei uns auf Ponape. Diesmal ist es wahr, und wir erkennen daran die Nähe eines Verderbens, das unentrinnbar ist. Einmal ging die Sonne im Norden auf. Wir sahen ihren Schein wie ein fernes Irrlicht am Horizont.

Sie haben jetzt einen Flugplatz, sage ich.

Schlag es dir aus dem Kopf, sagt mein Mann. Das können wir nicht bezahlen.

Du wirst sie nicht wiedersehen. Kannst du nicht endlich die Dinge so nehmen, wie sie sind? sagt er.

Doch, sage ich, aber ich weiß nicht, ob sie es kann.

Ich weiß ja nicht einmal, ob sie ihr Lesen und Schreiben beigebracht haben.

Hätte sie dann nicht auf deine Briefe geantwortet? sagt mein Mann.

An deiner Stummheit erkenne ich, daß du existierst. Wir sind stumm für einander wie die Schatten, die ein Leben lang neben uns hergehen. Du mein Schatten, ich dein Leib. Du mein Leib, ich dein Schatten. Was sollten sich die beiden mitzuteilen haben?

Ich sehe, wie du zum Strand hinuntergehst. Deine Hand streift das Haar nach hinten, das uns immer wieder in die Stirn fallen will. Es ist trocken, sehr kraus und durch und durch ergraut. Du drückst das Kreuz durch, wie wir es tun, wenn wir müde sind, lehnst dich an einen Stamm und blickst zum Riff hinaus. Niemand muß dich mehr an einen Hausbalken fesseln, wenn eine Schiffssirene ertönt.

Du legst deine Hand auf die harte faustgroße Stelle im rechten Oberbauch.

Die Geschwulst in uns wächst heran wie eine Frucht, die zur Reife drängt. Wir können sie deutlich spüren.

PONAPE 1910

Der Missionar tritt auf die Veranda hinaus. Es ist Vormittag. Er hört die Stimmen der Mädchenchors aus dem Schulhaus. Es sind weder die Stimmen von Kindern noch von Frauen. Etwas fehlt in ihnen. Sie klingen vogelhaft. Europäerinnen singen so, wenn sie Kindlichkeit und muntere Lustigkeit imitieren wollen. Dann hört er die klare kräftige Stimme von Lina, die sich darüberlegt. Der Missionar schließt die Augen und gibt sich einen Moment dem Wohllaut hin, in dem die lange entbehrte Schönheit hoher Kirchenschiffe klingt, gefüllt mit Menschen, die vertraut und mit ihm eines Sinnes sind. *Tochter Zion* … Er ist zermürbt von Fremdheit und der Erinnerung an Verlorenes. Sie verblaßt. Sie verflüchtigt sich. Es gibt immer weniger, was ihn berührt. Nur die Fremdheit bleibt. Was er jemals geliebt hat, läßt ihn zurück auf einer Insel der Unvertrautheit, des Alleinseins. Er ist Robinson. Vor seinem Horizont drehen die Schiffe ab und laufen andere Häfen an. Und wenn er je eine menschliche Stimme vernimmt, so wie diese, die er spürt und die die Saiten seiner Erinnerung zum Klingen bringt, so ist sie auch schon im Begriff, sich zu entfernen und ihn wieder der Stille, der Fremdheit und Einsamkeit zu überlassen. Kaum hat ihn ein Gesicht je freundlich angeblickt, so nur um sich von ihm sogleich zu verabschieden. Alles, alles Vertraute strebt wie von einer fremden Macht gezogen weg von ihm.

Tochter Zion … singt Lina … *Freue dich*, fällt der Chor der Ponapesinnen mit ihren Vogelstimmen ein. *Jauchze laut, Jerusalem* …

Der Missionar kann es einfach nicht mehr ertragen. Er hat es ihr noch nicht gesagt, daß sie gehen muß. Vor einer Woche ist die Post gekommen und hat Pfarrer Helfrichs Anweisung gebracht, sie zur vorläufigen Verwendung in der Inneren Mission zurückzusenden.

Der Missionar will es jetzt nicht länger hinausschieben. Er stürmt ohne weitere Besinnung die Stufen von der Veranda zu dem Weg hinab, der zum Missionsschulhaus führt. Es sind vielleicht hundert Meter, die er im Laufen nimmt. Er reißt die Tür auf.

Ruhe! brüllt er. Er blickt in offene Münder, in denen ein Ton stecken geblieben ist. Schwester Lina, sagt er barsch, ich muß Sie sprechen!

Der Chor der Ponapesinnen löst sich auf, schwatzhafte Vögelchen, die jetzt durcheinanderschwirren. Können Sie denn nicht für ein Mindestmaß an Ordnung sorgen! herrscht er Lina an. Ein beifälliger Blick von Hedwig streift ihn, in dem Triumph mitglimmt.

Wir haben gesungen, sagt Lina.

Ich bin nicht taub, sagt er. Kommen Sie! Schwester Hedwig kann sich um die Mädchen kümmern.

Selbstverständlich, sagt Hedwig.

Als sich hinter Lina die Tür seines Arbeitszimmers schließt, hat sie für einen Moment dasselbe aus Angst und Verzagtheit gemischte Gefühl wie vorzeiten in Pfarrer Helfrichs Büro. Nur muß sie nicht mit ihm knien. Sie steht, und er steht auch. Er sieht sie an und schweigt lange, und sie weiß, daß nichts Gutes kommt.

Ihr Verhalten, sagt er schließlich, gibt Anlaß zu Klagen. Man hat sich über Sie beschwert.

Es tut mir leid, sagt Lina, wenn ich gefehlt habe.

Es tut Ihnen leid, sagt er. Mehr haben Sie nicht zu sagen?

Das Ansehen der Mission hat durch Sie Schaden gelitten, und Sie bleiben unerschüttert dabei, im Recht zu sein?

Ich behaupte nicht …, sagt Lina.

Es ist einfach unerhört, unterbricht er sie erregt. Ich erhalte Weisung von Helfrich, Sie in die Heimat zurückzuschicken, und es berührt Sie nicht einmal! Sie verlassen uns ohne ein Zeichen der Einsicht und Anerkenntnis Ihrer Schuld.

Aber was habe ich denn … Auf welche Vorwürfe stützt sich denn diese Weisung?

Schwester Lina, sagt der Missionar plötzlich leiser und sehr eindringlich, ist Ihnen wirklich nicht bewußt, worin Sie gefehlt haben? Sie wissen doch, daß Gott den Hochmut in uns am meisten straft. Nur ein zerbrochenes Ich …

… kann ein gesegnetes Werkzeug in seiner Hand sein, ich weiß, sagt Lina plötzlich mit der ganzen bitteren Auflehnung einer zu Unrecht Verurteilten, die noch einmal das Wort ergreift, um endlich die Wahrheit zu sagen, von der sie weiß, daß sich niemand dafür interessiert: Bruder Winter, mein Ich wurde mehrfach zerbrochen, seien Sie darüber beruhigt. Daran fehlt es nicht. Und eben geschieht es wieder, daß es zerbrochen wird. Wenn ich an die Menschen denke, die ich verlassen soll, ich meine die Braunen, zu denen wir gesandt worden sind … Seit kurzem schien es mir, daß ich ihnen näher als zu Anfang bin. Ich beginne zu verstehen, was anders an ihnen ist als an uns. Scheint es Ihnen nicht auch so, daß wahre Freundschaft mit ihnen möglich ist? Bruder, können Sie nicht machen, daß ich bleiben darf?

Irgend etwas hindert sie daran zu weinen und rät ihr, statt dessen wachsam zu sein. Ein Verdacht, ja, ein sicheres Gefühl, daß dies alles noch etwas anderes bedeuten muß, als es scheint.

Daran ist nicht zu denken, sagt der Missionar. Sie werden gewiß in der Heimat ebenso glücklich sein, wie Sie es hier offenbar gewesen sind, und ebenso leicht Freunde finden wie hier. Ja, Sie werden vermutlich von Freunden erwartet und rasch vergessen, was Sie hier zurücklassen. Es bedeutet Ihnen nichts, wie ich feststellen muß. Ich habe selten gesehen, daß ein Mensch so ungerührt und gleichgültig scheidet, wie Sie es anscheinend tun.

Aber, sagt Lina, ich sagte Ihnen doch …

Die Braunen. Gewiß. Die Braunen, sagt der Missionar verächtlich. Und ich? Sind Sie ein Stein, daß Sie nicht an mich denken? Wissen Sie, was es heißt, auf dieser Insel zurückzubleiben, ohne einen vertrauten Menschen, eine Frau um sich zu haben? Wir saßen manchmal am Abend vor der Kirche und besprachen uns. Über die Heimat. Über Vergangenes. Haben Sie das vergessen? Ich dachte, daß auch Sie … Aber wie konnte ich nur? Wie konnte ich glauben, daß Sie vielleicht mit Bedauern, mit einem Funken Gefühl an mich zurückdenken werden, der auf dieser Insel zu bleiben hat, bis es Helfrich eines Tages gefallen wird, auch mich endlich zu erlösen und in die Heimat zurückzurufen? Und wie werde ich Sie dann finden? Werden Sie sich überhaupt an mich erinnern? Die Braunen! Ja, für die haben Sie etwas übrig! Und wer denkt an mich? Zuerst verließ mich Elisabeth und jetzt Sie. Aber gehen Sie! Gehen Sie doch! Wie kann ein Mensch nur so kalt sein. So ganz und gar ohne Herz.

Er steht wie am Weihnachtsabend in der Kirche vor ihr. Die Tiefe seiner Enttäuschung, sein flehender Ernst entzünden in ihr das leidenschaftliche Mitleid, das sie damals für ihn empfand.

Was wollen Sie von mir? fragt sie ihn.

Sie möchte wissen, was ihn so hart, so bekümmert, so ungerecht ihr gegenüber macht.

Was wollen Sie eigentlich? Und, einer plötzlichen Eingebung folgend: Wollen Sie mich heiraten?

Ja! schreit der Missionar außer sich vor Empörung und Ärger. Ja!

Ich werde also bleiben können, denkt Lina, während ihr keine Einzelheit der Veränderung des Missionars entgeht, Schreck, Überraschung, Beschämung, dann ein langsames Begreifen, das in eine um Verzeihung bittende Geste übergeht, eine ausgestreckte Hand, deren Berührung die erste Zärtlichkeit eines Mannes ist, die sie erfährt. Lina ist fünfundzwanzig. Sie ist nicht dazu bestimmt, einem Mann zu gehören. Für die Notleidenden, die Bedürftigen ist sie da. Aber was ist dieses Begehren, das sich ihr mitteilt, anderes als eine Not und Bedürftigkeit? Sie hat nicht damit gerechnet, begehrt zu werden. Aber darauf gewartet hat sie ihr Leben lang. Dies kann nichts anderes sein als der innerste Grund ihrer Berufung zur Krankenschwester. Ihr Befehl von Gott. Noch nie hat sie sich mehr im Einklang mit ihm gefühlt.

Im Laufe des Monats August spitzte sich die politische Lage auf Ponape zu. Der Wegebau näherte sich dem Zentrum der Insel. Die Leute konnten nur mit vorgehaltener Waffe gezwungen werden, weiter zu arbeiten. Sie wurden auch von einigen Angehörigen der malaiischen Schutztruppe zum Arbeitseinsatz begleitet und vorher gründlich auf etwa mitgeführte Schußwaffen untersucht. Die Messer, die sie, wie alle Ponape-Männer am Gürtel führten, mußte man ihnen lassen, da sie bei der Arbeit gebraucht wurden. Den ersten Pfad durch das dichte verfilzte Grün legten sie mit den Messern frei.

Der Vizegouverneur hatte Verstärkung der Schutztruppe beantragt, wurde jedoch von Berlin hingehalten. Auch wünschte er sich ein Kabel durch das Meer bis nach Yap, das seinerseits verkabelt war. Aber wie stellte er sich das vor? Wer übernähme die Kosten? Ponape brachte der reichsdeutschen Wirtschaft immer noch nichts ein bis auf das bißchen Kopra, das ausgeführt wurde. Doch die Kosten der Verwaltung waren um ein Vielfaches höher und kaum zu rechtfertigen. In Berlin versprach man sich viel von dem Straßenbauprojekt, schon allein deshalb, weil es in den Berichten des Vizegouverneurs das einzige war, bei dem man sich etwas denken konnte. Alles andere, so der Eindruck im Reichskolonialamt, schien merkwürdig unkonkret. Man wünschte endlich ein abgeschlossenes Werk, etwas Definitives, und gab das dem Vizegouverneur durch eine leichte Verschärfung des Brieftons zu verstehen.

Die Zeit der Steuerarbeiter war um. Die ehemaligen Lehnsleute hatten ihre Verpflichtung zur unentgeltlichen Arbeit für die Regierung abgedient, für die sie aus der Fronarbeit und Abgabenpflicht für die Lehnsherrn entlassen worden waren. Jetzt brauchte man Lohnarbeiter. Aber es gab keine. Nicht für eine Mark pro Tag. Jomatau übersetzte dies den Deutschen bereitwillig.

Dann für zwei Mark.

Nein, für vier.

Das ist ja mehr, als er bisher als Vorarbeiter erhalten hat.

Ja, das ist wahr. Er bekommt jetzt auch sieben Mark, wenn es weitergehen soll.

Jomatau hat ein Konto bei der Niederlassung der Jaluit-Gesellschaft in der Kolonie. Er spart für ein eigenes kleines Transportschiff. Aber das sagt er den Deutschen nicht. Es soll auch nicht im nördlichen Hafen der Insel, sondern im südlichen von Metalanim liegen, den die australischen und philippinischen Schiffe anlaufen, die Gewehre und Munition für die Ponape-Leute an Bord haben. Was sollten die für ihr sauer verdientes Geld auch sonst erstehen? Alles andere, was man braucht, gibt es auf Ponape kostenlos.

Jomatau kann die Straße zum Hafen in Metalanim, die ihn von der Kolonie aus erreichbar macht, eigentlich nicht gebrauchen. Aber so eine schmale Schneise durch den Dschungel ist rasch wieder zugewachsen, selbst wenn sie geschottert ist. Das dauert kaum ein Jahr, sagt er den Arbeitern. Warum soll man also den Deutschen nicht den Gefallen tun, zumal wenn sie gut bezahlen?

Allerdings brauche man keine deutschen Aufseher mehr bei der Arbeit, teilte er Becker mit.

Der Vizegouverneur ließ die Männer eines Morgens, bevor sie zur Wegebaustelle gebracht wurden, im Hof des Bezirksamtes antreten und erklärte ihnen, daß die Aufsicht und Leitung deutscher Ingenieure keineswegs entbehrlich seien. Er erinnerte an den Brückenbau über den Wasserarm zwischen Dschokadsch und Tolonier, wo die Sohle vier Meter und die Krone fünf Meter breit angelegt worden war, so daß das Ganze beim ersten stärkeren Regen einstürzte.

Er war an diesem Morgen extra früh aufgestanden, um seiner Frau zu beweisen, daß ein Mann in seiner Position nicht ruht noch rastet, um Ordnung zu schaffen.

Außerdem, sagte er, ist es bekannt, daß ohne die Aufsicht von Weißen keine vollwertige Arbeit geleistet wird.

Wenn die Deutschen nicht aufpassen, übersetzte Jomatau, daß gearbeitet wird, glauben sie nicht daran, selbst nützlich zu sein.

Auf erstklassiger Arbeit, rief der Vizegouverneur aus, müsse er bestehen!

Sag ihm, dann soll er doch selber die Straße bauen! rief einer der Ponape-Männer.

Es ist ihnen eine Ehre, übersetzte Jomatau, aber sie möchten gern um drei Uhr nachmittags aufhören statt um vier.

In Ordnung, sagte der Vizegouverneur. Er fand, daß er jetzt ausreichend für Disziplin eingetreten war, und freute sich auf das Frühstück mit seiner Ehefrau.

Um halb elf kam die Meldung, daß Leute von Palikir in Kiti eingefallen waren. Sie hatten Pflanzungen verwüstet, Bananen- und Brotfruchtbäume niedergehauen und an zwei Vorratshäuser am Dorfrand Feuer gelegt, das allerdings sofort gelöscht werden konnte. Es handelte sich um einen schon lange schwelenden Erbstreit zwischen den Familien Nanpei und Joukeiti, der für Unruhe sorgte, seitdem das Lehnsrecht nicht mehr galt. Die Häuptlingsfamilien versuchten ihren Besitzstand jetzt auf andere Art zu wahren und machten sich gegenseitig den Grundbesitz streitig.

Stammesfehden, sagte der Vizegouverneur verächtlich, das hat uns noch gefehlt! Am liebsten hätte er sich gar nicht darum gekümmert. Was ging es ihn an, was in den Siedlungen geschah, die für ihn ohnehin nicht zugänglich waren? Man sollte einen Zaun darum ziehen, dachte er, eine Art Reservat, in dem sie sich ungestört die Köpfe einschlagen können.

Aber es ging ihn an. Denn die Wegebauleute hatten erfahren, was in Kiti los war. Sie wissen immer, was geschieht, als wenn sie über unsichtbare Telefone miteinander verbunden wären. Man versteht es nicht. Und sie hatten auf der Stelle die Arbeit verlassen, da es sich vorwiegend um Leute aus Kiti handelte. Sogar der Vorarbeiter war verschwunden. Er zuerst. Es hieß, er gehöre zur Sippe des

Joukeiti. Diesmal war nichts zu machen gewesen, es sei denn, man hätte sie samt und sonders über den Haufen geschossen.

Was sonst! Der Vizegouverneur erlaubte sich einen Ausbruch. Was denn sonst! Soll es sich etwa herumsprechen, daß man die Arbeit nach Lust und Laune verlassen kann?

Immerhin hatten sie einen Gefangenen. Der alte Louán war gerade zum Pinkeln hinter die Büsche gegangen, als die Nachricht kam und die Leute die Spitzhacken wegwarfen und wie der Blitz – »wie der Blitz«, sagte Höpfner und schüttelte den Kopf – verschwunden waren. So hatten sie ihn gefangengenommen, bevor er begriff, was sich da abspielte, und aufs Bezirksamt geschleppt.

Prügel, schrie der Vizegouverneur, was sonst! Exempel statuieren!

Die Gegenwart seiner Frau verpflichtete ihn zu Härte und Konsequenz.

Das doppelte Maß! schrie er.

Wenn ich mir erlauben darf, sagte der Bezirksamtssekretär, so hatten Sie verfügt …

Ich weiß selber, was ich verfügt habe. Abführen! schrie der Vizegouverneur.

Geh hinein, befahl er seiner Frau. Zu seinem Erstaunen entfernten sich mit ihr auch Höpfner und Hagemann. Ihm wurde bewußt, daß die Ingenieure mit dem Vollzug der Strafe tatsächlich nichts zu tun hatten. Die beiden Malaien, die den Gefangenen zwischen sich hielten, bewegten sich nicht und sahen ihn unsicher an.

Wo? fragte der Bezirksamtssekretär mit der gebotenen Beflissenheit des Untergebenen. Auch er hatte streng genommen mit Stockschlägen nichts zu tun.

Ja, wo? sagte der Vizegouverneur. Ihm fiel ein, daß die

Schreie möglicherweise bis in seine Wohnung und ans Ohr seiner Gemahlin dringen könnten. Er dachte fieberhaft nach.

Ich denke, dort drüben.

Dabei wies er unbestimmt in die Richtung der bezirksamtlichen Stallungen, in denen sie ein paar Rinder und Schweine hielten.

Dahinter, meine ich.

Als das geklärt war, entfernte sich auch der Sekretär. Der Vizegouverneur begriff, daß die heikle Aktion, die er angeordnet hatte, nicht ohne ihn durchzuführen war. Auf die beiden Malaien war kein Verlaß. Außerdem würde die Züchtigung, obwohl von ihm befohlen, nach Willkür aussehen, wenn man sie nicht in seinem Beisein vollzog. Der Vizegouverneur fühlte ein ungeheures Verlangen nach Alkohol, doch konnte er es erst stillen, wenn dies vorüber war.

Der alte Louán sah ihn vertrauensvoll an und bleckte seinen einzigen Schneidezahn. Der Vizegouverneur galt bei den Ponape-Leuten als ein eher dekoratives Element der Fremdherrschaft, ein deutscher Nanamariki, dessen Macht auch symbolisch und keine der treibenden Kräfte ist. Sie gewährt aber Schutz, wenn man ihn braucht. Offensichtlich hatte Louán das Gefühl, daß alles in Ordnung war, solange sich der Vizegouverneur selbst darum kümmerte. Er war ja schließlich nur pinkeln gegangen. Er hatte nichts verbrochen. Soviel stand für ihn fest.

Gehen wir, sagte der Vizegouverneur.

Am Nachmittag füllte sich der Hof des reichsdeutschen Bezirksamtes mit Ponape-Leuten. Es waren auch einige von denen darunter, die sich am Morgen durch unerlaubtes Entfernen von der Arbeitsstelle schuldig gemacht hatten.

Doch niemand nahm Notiz davon. Sie waren gekommen, um den alten Louán abzuholen.

Louán ist im Gefängnis, ließ man ihnen durch den Bezirksamtssekretär ausrichten.

Welches ist sein Verbrechen? fragte Jomatau den Sekretär. Es herrschte vollkommene Stille auf dem Hof. Das Palaver der Ponape-Leute war verstummt.

Es handele sich um Untersuchungshaft, sagte der Sekretär. Also werde untersucht, welches sein Verbrechen sei. Wenn sich herausstelle, daß Louán kein Verbrechen begangen habe, dann komme er wieder frei.

Ob es wahr sei, daß Louán sich krank fühle, fragte Jomatau. Er habe gehört, daß es ihm nicht gut gehe.

Der Sekretär sagte, daß er das nicht genau wisse. Wenn aber Louán sich nicht wohlfühle, werde man Dr. Helmholtz rufen und ihn vom deutschen Bezirksamtsarzt behandeln lassen. Es bestehe kein Grund, um den Gefangenen besorgt zu sein. Und nun bitte man die Ponape-Leute zu gehen. Es sei ein Gerücht zum Vizegouverneur Becker gedrungen, wonach sich einige von ihnen unerlaubt von der Arbeit entfernt hätten. Man wolle darauf verzichten, der Sache nachzugehen, wenn sie sich jetzt vom Hof des deutschen Bezirksamtes entfernten.

Im Hintergrund hatte die Polizeitruppe Aufstellung genommen, Gewehr bei Fuß.

Ob der Vizegouverneur persönlich zu sprechen sei, fragte Jomatau.

Nein, sagte der Sekretär. Der Vizegouverneur habe sich leider zur Ruhe begeben.

Die Übersetzung dieser Auskunft durch Jomatau fiel merkwürdig lang aus und wurde von ihm im Ton deutlicher Erregung hervorgebracht.

Ein vielstimmiges Gemurmel zustimmender Art erhob sich darauf. Doch zerstreute sich die Versammlung zur Erleichterung des Sekretärs und des Vizegouverneurs, der ihr hinter der Gardine an einem der Fenster seiner Privaträume beigewohnt hatte.

An diesem Abend hatten der Vizegouverneur und seine Gattin zum Essen geladen: den alten Stabsarzt Dr. Helmholtz, die beiden Vertreter der Jaluit-Gesellschaft, ein undurchschaubares Duo von Bankkaufleuten oder Handelskontoristen, jung und seit kurzem auf Ponape, deren koloniale Eignung in nichts auszumachen war, sowie Missionar Winter mit seiner neuen Frau.

Seit die Vizegouverneurin auf der Insel war, bemühte sie sich darum, ein gesellschaftliches Leben in der Kolonie zu initiieren. Man denke an Kairo, an Delhi, an Shanghai. Sie hatte ganz bestimmte Vorstellungen kolonialen Glamours nach Ponape mitgebracht, Gartenparties mit leichter Konversation und kühlen Drinks, die von livrierten Eingeborenen gereicht werden, während sich im Hintergrund die Buffets unter Bergen von Ananas und delikaten Meeresfrüchten biegen. Die köstliche, träge Erotik von Fünfuhrtees, die in eine samtene Tropennacht übergehen. Zwar hatte sie sich nicht im geringsten gewundert, daß derlei bei ihrer Ankunft auf Ponape nicht anzutreffen war, wußte sie doch, daß ihr Mann die Dinge nur zu gern sich selber überließ, wenn sie sie nicht immer wieder persönlich in die Hand nahm. Dazu war sie jetzt da. Sie hatte sofort sämtliche Dienstmädchen entlassen – die kleinen Dinger waren ja faul wie die Sünde – und junge Ponape-Männer als Diener eingestellt, was ihr viel milieugerechter und stilvoller erschien. Sie unterstrich diese Wirkung, indem sie ihnen Handschuhe zu tragen befahl, weiße Baumwollhandschuhe, von denen sie zwei Dutzend aus Deutschland mitgebracht hatte. Es machte sich gut. Zwar zogen sie sie immer wieder hinter ihrem Rücken aus, aber sie trug eine kleine Gerte im Gürtel, wie sie die Schullehrer benutzen, ließ sie ihre unbehandschuhten Hände ausstrecken und zog ihnen eins damit über.

Es gab Hühnersuppe mit Eierstich, danach einen zarten Lendenbraten von dem Rind, das aus gegebenem Anlaß geschlachtet worden war, mit frisch gestochenem Spargel – der Koch und seine Frau hatten tatsächlich ein Spargelbeet angelegt – und zum Nachtisch Kokosmakronen mit Sahne. Die Vizegouverneurin hatte sich ihrem Traum vom kolonialen siebten Himmel noch nie so nah gefühlt. Sie trug einen Hut mit Straußenfedern und Pompons, dessen Durchmesser ihren Mann zu wiederholten Ausweichmanövern zwang, während er einen Trinkspruch auf Kaiser, Vaterland und »unser aller geliebtes Eiland« ausbrachte. Er hatte am Nachmittag schon reichlich getrunken und gefiel sich in der Rolle dessen, der nach einem Tagewerk anstrengenden Regierens noch Gäste bei sich sieht.

Tages Arbeit, abends Gäste!

rief er aus.

War es nicht ein besonderes Vergnügen, inmitten einer Welt der Primitivität Goethe zu zitieren? Fühlte man da nicht zutiefst die innere Heimat, die alle Deutschen von Kultur und Bildung verband, wo immer sie sich auch aufhalten mochten? Goethe, den macht uns niemand nach, dachte er mit einer Wärme, die alle einschloß, die um seinen Tisch saßen, selbst den Missionar. Er empfand seine Gemeinschaft mit ihnen wie eine Insel inmitten der Ozeane von Fremdheit, Unkultiviertheit und geistiger Unterlegenheit. Goethe – das war der Inbegriff.

Seid umschlungen, Millionen, kam ihm in seinem leicht umnebelten Bewußtsein ein anderes Zitat in die Quere. Doch er hielt es zurück.

Saure Wochen, frohe Feste,
sei dein künftig Zauberwort,

vollendete seine Frau und stieß ihn mit ihrem Hutrand an, was ihn zu einem raschen Wegzucken des Kopfes veranlaßte, als habe er eine leichte Ohrfeige von ihr erhalten.

Wünsche guten Appetit, schloß der Vizegouverneur.

Der Missionar räusperte sich. Wollen wir nicht beten? sagte er im Tonfall milder Zurechtweisung.

O selbstverständlich, sagte der Vizegouverneur und legte sein Besteck wieder hin. Man vergaß doch immer wieder, diesen unsichtbaren Gast einzuladen, der unvermeidlich zur Tischgemeinschaft gehört.

Komm, Herr Jesus, betete der Missionar … Doch niemand außer Lina fiel mit ein.

Neben der Hausherrin sah sie in dem dunkelblauen, hochgeschlossenen Kleid ihrer Schwesterntracht und mit den zu einem Krönchen gezwirbelten Haaren wie eine Konfirmandin aus. Andere Kleider besaß sie nicht. Zu Anlässen wie diesem ließ sie nur die weiße Schürze und das Häubchen weg. Sie hatte auch so geheiratet, in ihrem blauen Schwesternkleid mit einem Kranz von Orchideen auf dem Kopf, den ihr Nan-tei als Geschenk überreicht und aufgesetzt hatte, wie es auf Ponape üblich ist. Laß das doch, hatte der Missionar gesagt, als sie ihn vor der Kirche abnehmen wollte, wo Bruder Ludwig, vom Priesteramt der Laien Gebrauch machend, die Trauung vollziehen sollte, nachdem sie auf dem Bezirksamt in der Kolonie gewesen waren, um die Ehe standesamtlich beurkunden zu lassen. Laß doch, das sieht sehr hübsch aus, hatte der Missionar gesagt, während Schwester Hedwig mit Hast die Kränzchen von den Köpfen der Zwillinge wegriß, mit denen Nan-tei auch sie geschmückt hatte.

Leider, sagte die Frau des Vizegouverneurs, müssen wir statt unserer Kartoffeln gekochten Jams reichen.

Reden Sie nicht von Kartoffeln, gnädige Frau, sagte einer der Vertreter der Jaluit-Gesellschaft. Das einzige, was mich dann und wann wirklich schwermütig vor Heimweh macht, ist das unerfüllte Verlangen nach Bratkartoffeln. Bratkartoffeln mit Zwiebeln und etwas Räucherspeck.

Auch dies eint, dachte der Vizegouverneur.

Jams ist auch nicht schlecht, man gewöhnt sich an alles, sagte er laut.

Aber nicht doch, entgegnete Dr. Helmholtz, es gibt da einige Dinge, an die kann ein zivilisierter Mensch sich nie gewöhnen, behaupte ich. Lieber hungern als …

Es gibt doch keine Kannibalen mehr auf dieser Insel? fiel einer der Jaluit-Leute ein. Ich habe meiner Gesellschaft ganz klar gesagt: Mich können Sie überall hinschicken, mitten in den Busch, wenn's sein muß in jeden Negerkral, nur nicht zu Kannibalen. Ich bin einfach viel zu zart im Fleisch …

Es hat hier wahrscheinlich nie Kannibalismus gegeben, sagte der Missionar im Tone strenger Belehrung.

Das sollte nur ein Witz sein, sagte der Jaluit-Mann.

Zeig mir einen Pfaffen, der einen Witz versteht, dachte der Vizegouverneur und tauschte einen Blick mit dem Jaluit-Mann, der ihm zeigte, daß er dasselbe gedacht hatte.

Haben Sie schon vom Hund probiert? nahm Dr. Helmholtz seinen Faden auf, diesmal an Lina gewandt, die zu seiner Linken saß.

Was meinen Sie? fragte Lina.

Hundefleisch, sagte er. Die Delikatesse der Braunen. Sie lieben es. Wußten Sie, daß die Frauen die Welpen zur Brust nehmen, um die Hündinnen zu schonen, damit sie schön zart bleiben?

Die Jaluit-Männer blickten von ihren Tellern auf und blinzelten einander mit unverhohlenem Vergnügen zu. Was sie da hörten, bestätigte und übertraf gleichzeitig, was sie sich vorgestellt hatten. Dies war es, was sie, zurück in Deutschland, zum besten geben würden. Man sah ihnen an, wie begierig sie es in sich aufnahmen. Sie kosteten, sie kauten, sie schlangen es herunter.

Sie wollen doch nicht sagen, daß Sie noch kein Hundefleisch probiert haben, fuhr Dr. Helmholtz, zu Lina gewandt, fort. Die besten Teile für den Gast, oder? Hundeherzfett und Nieren. Kriegt man das runter, was meinen Sie?

Lina hatte ihr Besteck hingelegt.

Man hört doch, daß Sie in den Hütten der Braunen ein- und ausgehen. Vielleicht haben Sie auch gedacht, daß es vom Schwein ist. Aber es schmeckt doch – anders? sagt man mir.

Verderben Sie unserer lieben Frau Winter nicht den Appetit, Helmholtz, sagte der Vizegouverneur. Er fand wirklich, daß der Arzt ein bißchen zu weit ging.

Lassen Sie nur, sagte Lina und wandte sich wieder Helmholtz zu: Ich gehe in die Häuser der Leute, um ihren Kranken zu helfen. Ich esse dort nicht.

Das ist gut, sagte Helmholtz. Sie helfen den Kranken, sieh an. Da können sie mehr als ich. Ist es Ihnen auch gelungen, den Schmutz abzuschaffen? Die Kakerlaken? Die Fischköpfe? Den ranzigen Tran, mit dem sie sich einreiben?

Schaffen Sie das ab, und beginnen Sie dann, Krankheiten zu behandeln.

Ich bin kein Arzt, sagte Lina, ich behandle nicht.

Richtig, sagte Dr. Helmholtz, sehr wahr bemerkt. Im übrigen sind Sie noch nicht lange genug da, um zu wissen, daß selbst ein Semmelweis, ein Virchow bei diesen Wilden hier aufgeben müßten, denn kaum hat man ihnen den Rükken gekehrt, nachdem man sie nach den Regeln der ärztlichen Kunst, wie sie das moderne Europa hervorbrachte, behandelt hat, so nehmen sie die Sache der Sicherheit halber noch einmal selbst in die Hand und schmieren Fischsalbe darauf. Kennen Sie Fischsalbe? Sie wird aus stinkenden, verrotteten Fischen …

Ich kenne sie, unterbrach Lina. Ich weiß, woraus sie besteht.

Und Sie glauben noch immer, fuhr Helmholtz fort, daß fromme Sprüche da weiterhelfen?

Helmholtz! rief der Vizegouverneur.

Der Missionar schob seinen Teller weg und legte die Serviette daneben, als wenn er aufstehen und gehen wollte.

Sie vergessen, sagte er scharf, daß wir nicht nur im Auftrag Jesu, sondern auch Seiner Majestät Kaiser Wilhelms II. hier sind.

Für einige Sekunden blieb es still. Er saß nach vorne gebeugt, seine Stirn wie im Angriff gegen den Arzt gesenkt. Lina wußte plötzlich genau, wer wen und wie sehr verachtete. Sie sah ihren Mann in diesem Kraftfeld von Haß, Abhängigkeit und dem Willen zu erniedrigen. Sie sah ihn mit den Augen einer Ehefrau. Sie sah genau. Wie Ehefrauen nichts schärfer als die Unterlegenheit des eigenen Mannes sehen, so nahm Lina die Verachtung des Arztes für den Vizegouverneur wahr, die gegenseitige Verachtung des Vizegouverneurs und der Jaluit-Leute, aus der der Arzt sorgfältig ausgeklammert war, und die Verachtung aller für den Missionar, die nur durch die Verachtung für die Eingeborenen übertroffen wurde.

Wir vergessen niemals die unschätzbaren Dienste, die die Mission für die kolonialen Interessen des Kaiserreichs leistet, sagte der Vizegouverneur, offensichtlich in der Absicht, versöhnlich zu wirken, indem er sein Glas hob und sich huldvoll wie die Majestät, als deren Vertreter er sich fühlen durfte, dem Missionar zuwandte: Trinken wir darauf. Übrigens ein Rheinhessen von achtzehndreiundneunzig, sagte er, schon wieder an den Arzt und die Kaufleute gewandt. Zum Wohl!

Spielverderber, dachte er, verdammter Spielverderber. Samt der kleinen Betschwester, die er geheiratet hat.

Er nickte Lina zu, während er sein Glas absetzte.

Die zehn Gebote, sagte er, immer noch und berufsmäßig auf Versöhnung aus, damit fängt doch die ganze Zivilisation an. Das fünfte zum Beispiel. Ich behaupte, nicht nur die Ehe, nein, die ganze Nation ruht auf diesem Fundament. Was wären wir ohne unsere Ehefrauen?

Er suchte den Blick seiner eigenen, fand aber, daß ihm durch ein gewisses Stirnrunzeln mitgeteilt wurde, wie er im Begriff stand, sich zu vergaloppieren. Doch er war schon zu tief im Text.

Lauter selbstsüchtige Sklaven der eigenen Leidenschaft, fuhr er fort, lauter Individuen, die unfähig sind, gemeinschaftsbildend und staatstragend zu wirken. Man braucht nur die Braunen anzusehen. Ihre Zuchtlosigkeit. Solange sie noch nicht die sittlichen Normen besitzen, die nun einmal die Bedingung geordneter Familienverhältnisse sind, können sie auch keinen Anspruch darauf machen, gleichberechtigte Bürger unserer großen Nation zu sein.

Die Ehe ist ohne Zweifel die Keimzelle der Kultur und Humanität, sagte der Arzt, der seit Menschengedenken Witwer war.

Aber, sagte Lina, das Familienleben der Braunen scheint im allgemeinen sehr glücklich zu sein.

Glücklich! sagte der Arzt.

Glücklich! sagten der Vizegouverneur und fast alle anderen.

Wir sprachen über die Moral, meine Liebe, sagte auch der Missionar.

So mußte Lina den Zusammenhang zwischen Glück und Moral am Beispiel der Menschen von Ponape darlegen. Sie versuchte es. Sie erwähnte die Kinder, ihr offensichtliches Glück, auf der Welt und geliebt zu sein. Sie erwähnte die Ehepaare, die alten und die jungen, ihren zärtlichen Umgang miteinander, soweit sie es beobachtet hatte.

Ehepaare? sagte der Arzt. Was man so Ehe nennt. Sie lassen sich mit ein wenig Kokosöl beträufeln, das soll die Hochzeit sein. Und wenn sie einander leid sind, dann ist es auch schon vorbei. Man scheidet sich hier, indem man auseinandergeht. Man stelle sich das vor. Das sollte eigentlich Ihnen, Frau Missionar, nicht als Ehe gelten. Aber lassen Sie sich von mir nicht Ihre Eindrücke vom pazifischen Paradies verderben. Nur wundere ich mich doch. Und was im übrigen die Liebe zwischen Mann und Frau betrifft, wie Sie es zu nennen belieben, so gibt es da ein paar überaus scheußliche Bräuche, die man nicht anders als tierisch nennen kann und die in Gegenwart von Damen näher auszuführen sich verbietet. Doch denke ich mir mein Teil, wenn das Liebesglück der Braunen besungen wird. Aus dem Mund einer Dame habe ich allerdings dergleichen noch nicht gehört. Glauben Sie mir, Frau Winter, der Grund dieser Glückseligkeit, die Sie vermuten, ist das Laster, nichts anderes.

Lina fing einen verzweifelt beschwörenden Blick ihres Mannes auf.

Die Sünde, sagte sie, ja, ich weiß.

Sie konnte jetzt nicht mehr zurück.

Gedeiht die Sünde nicht auch bei uns? Und ist ihre Vergebung nicht den Völkern der Südsee wie auch uns zugesagt? Wir bringen ihnen doch die Botschaft, daß sie unsere Brüder sind, die Botschaft von ihrer Erlösung durch Jesus Christus.

Gewiß doch, sagte der Vizegouverneur.

Und die Tuberkulose, sagt der Arzt.

Ein maßvolles Gelächter antwortete ihm. Man trank. Auch der Missionar trank mit, wobei sein Adamsapfel eine Bewegung vollführte, die Lina zwang wegzusehen.

Beim Dessert ertönte ein langgezogener, schriller Schrei. Die Vizegouverneurin ließ ihren Löffel fallen.

Vielleicht eine Katze? sagte einer der Jaluit-Leute.

Der Vizegouverneur befahl einem der Ponape-Diener nachzusehen. Der Ponape-Mann kam nicht wieder. Er schickte einen zweiten Mann hinterher. Auch er kam nicht wieder. Währenddessen hörte man Stimmen und Schritte draußen im Hof.

Der Vizegouverneur, in Ermangelung eines weiteren Befehlsempfängers, sah unsicher und betreten von einem Gast zum anderen. Schließlich stand er selber auf.

Ich sehe mal nach, sagte er.

Auf dem Hof war jetzt Stille, so daß man das tiefe Stöhnen, das sich der Brust des Vizegouverneurs entrang, als er hinaustrat, im Speisezimmer deutlich hörte. Es war ein

Laut, wie ihn jemand in dem Augenblick ausstößt, wenn sich ein Alptraum, der ihn Nacht für Nacht gequält hat, am hellichten Tag erfüllt. Die Vizegouverneurin und der Missionar liefen gleichzeitig zur Tür.

Stehenbleiben! rief der Arzt im Befehlston. Er war einer von den Gedienten, die jederzeit, an jedem Ort und für immer einsatzbereit sind. Lina sah mit Verblüffung, daß er unter seine Achsel griff und bewaffnet war.

Sie rühren sich nicht vom Fleck! sagte er.

Niemand rührte sich. Später sollte sich Lina wundern, wie leicht es ist, ein paar zivile Personen, die eben noch eine Tischgesellschaft waren, unter Kommando zu nehmen. Es geschah mit großer Selbstverständlichkeit, so daß sie selbst sich nur unter Aufbietung beträchtlicher Willenskraft aus der Starre lösen konnte, in die sie wie unter Einfluß eines Zaubers geraten war, eine Art Salzsäulenstarre, und aus dem Raum in den Vorflur und den Hof hinaustrat, wo auch sie es sah: Einer der Malaien in der Uniform der Schutztruppe lag wie ein Läufer vor der Tür. Ein anderer hing über dem Brunnenrand ein paar Schritte entfernt. Ein dritter hielt noch den Stamm des Trompetenbaums in der Mitte des Hofes halb umarmt. Ein vierter lag vor dem Eingang zum Gefängnis mit dem Gesicht im Schlamm. Allen floß das Blut in langsam verebbenden Stößen vom Hals abwärts. Einer von ihnen stöhnte und zuckte noch mit dem Fuß. Der Arzt zog ihn zur Tür und beugte sich über ihn. Man hatte ihnen die Kehlen durchschnitten.

Der Vizegouverneur übergab sich in dem Winkel zwischen Hauswand und Küchenbungalow.

Sie hatten den alten Louán geholt.

Verehrtes Fräulein, schrieb Lina nach Altena, wer hätte das gedacht. So bin ich nun doch vermählt. Gottes Wege sind unerforschlich. Das hat sich an mir aufs seltsamste erwiesen. Auch hat er mir ohne Beschwernis, wie es sonst geschieht, zwei Kinder gegeben, die mir ganz eigen ans Herz gewachsen sind, und geschähe es, daß es brennt oder die Flut steigt, so würde ich Wasser und Feuer nicht scheuen und zuerst meine Kinder herausholen, auch wenn das eigene Leben dabei nicht zu retten wäre. Gott richtet so das Herz zu, indem er Kinder gibt. Es geschieht ohne Vorsatz und Anstrengung, allein durch den großen Liebreiz, der ihnen gegeben ist. Und ist der Liebreiz von Zwillingen nicht ein Beweis für die Freude des Schöpfers an seinem eigenen Geschöpf, daß er es zweimal macht, als folge er einer Laune, einem Mutwillen? Nie konnte ich Zwillinge ansehen, ohne zu fühlen, daß auch Gott manchmal spielt und seinen Spaß haben will. Irmgardchen und Elisabeth sind so gleich, daß ich zu Anfang oft nicht wußte, wer welche ist, und sie schienen mir auch oft Schabernack zu treiben und uns alle nach Lust und Laune zu täuschen, selbst ihren Vater, der darin eine Anlage zu Lug und Trug erblickt und glaubt, man müsse ihr mit einer strengen Erziehung zur Aufrichtigkeit begegnen. Ich denke aber, daß sie einander so nahe sind, wie eine Person sonst nur sich selber ist, und daß sie darum nicht lügen, indem sie sich eins im anderen wiedererkennen und auch von uns so erkannt werden wollen. Hat nicht jeder Mensch ein Geheimnis und gibt nur einen Teil von sich für andere preis? Selbst unter Ehegatten kann dies nicht anders sein und ist gewiß von Gott so gewollt. So sind sie ein Kind, das uns jeweils als Irmgard und Elisabeth entgegentritt, wie Mann und Frau ein Leib, jedoch so verschieden sind wie der Abend vom Morgen, und bald die Verschiedenheit, bald das Einssein Gestalt gewinnt. Doch sehe ich, daß Elisabethchen ein wenig, wie soll ich sagen? kräftiger als Irmgard ist, ein wenig heller auch, was den Ton der Haut und des Haares betrifft. Denn beide scheinen sie mir, als wirke die Milch, von der sie genährt wurden, in der Weise, daß sie zu Kindern der Insel geworden seien. Beide sind merkwürdig braun, merkwürdig kräftig und gedrungen, wie es die Kinder der Ponape-Leute sind. Auch schwimmen sie wie die Fische, und wenn wir sie einmal nicht zum Wasser hinabbringen, daß sie ihr tägliches Bad haben, so reißen sie uns aus, so sehr wir auch aufpassen, und kommen über und über von einer Salzschicht bedeckt zurück wie von einem glitzernden Schuppenkleid. So wie ein Fisch entgleitet, wenn man ihn greifen will, und je fester man zupackt, desto eher entgleitet er, so entwischen sie einem bei dem Versuch, sie als einzelne zu begreifen. Es scheint ihnen selbst ganz gleichgültig, wer von ihnen Irmgard, wer Elisabethchen ist, und nur der Vater vermutet listige Täuschung, wo in Wahrheit nichts als Spiel und kindliche Unschuld ist.

Er neigt überhaupt zu Strenge und Unnachsichtigkeit, auch gegen sich und mich, die wir als Ehepaar ein Vorbild sein müssen für jedermann, sowohl die Christen als auch die Heiden auf der Insel hier. Ich sehe es wohl und bemühe mich nach Kräften. Zumal die Aufrichtigkeit ist ihm ein Anliegen. Wenn Ehegatten schon nicht aufrichtig gegeneinander sind, wer soll es sonst wohl sein, pflegt er zu sagen und mahnt mich, nichts vor ihm zu verbergen, weil dies der Anfang aller Zwietracht unter Ehegatten sei. Welches Geheimnis sollte ich vor ihm haben? Und doch scheint es mir, als lauere hinter der Wahrheit, die wir einander schulden, hinter der vollkommenen Offenheit, in der wir uns einander anvertrauen, neuer Betrug und neue Unwahrheit, und könnte man sie ergründen, so täten sich weitere Abgründe auf. Dies ist ein eigener Schmerz, den die Ehe mit sich bringt. Das nahe Miteinander zeigt uns doch immer, wie fern wir einander sind, und keine Aufrichtigkeit kann dies aus der Welt schaffen. Doch sind das nur Betrachtungen und keine Klagen, wie Sie gewiß nicht mißverstehen.

Unser Leben hat sich nur wenig geändert, seit wir verheiratet sind. Das Missionshaus ist recht klein, und da sind Hedwig, die Kinder, Ludwig, das Dienstmädchen Nan-tei und alle anderen, die täglich, oft bis in die Nacht, als Besucher zu uns kommen, Bittsteller, Kranke, Ratsuchende –, wir weisen niemanden ab, wie Gott uns auch nicht abweist, wenn wir uns an ihn wenden. Sind wir doch nicht aus eigenen freien Stücken, sondern um seinen Befehl zu vollstrecken hier. So gleicht unser kleines Haus oft einem Taubenschlag, und selbst wenn wir uns zur Ruhe begeben, geschieht es oft noch, daß Schritte auf der Veranda von einem Besuch künden. Einer von uns steht dann auf, um ihn zu empfangen, wie es von uns erwartet wird. Oft kommen sie auch aus Neugierde, wie überhaupt die Neugierde eins ihrer Charakterzeichen ist. Sie verhehlen sie nicht, wie unsereiner es anstandshalber tut, sondern zeigen sie ganz offen als einen Beweis des Interesses, das ein Mensch dem anderen entgegenbringt, oft nur aus Höflichkeit. Ja, es scheint, als sei Neugierde hier eine Sache des höflichen Umgangs miteinander, und nicht neugierig zu sein, so viel als Unfreundlichkeit. Dies berührt uns als Europäer manchmal peinlich, und wenn man bedenkt, wie sorgfältig wir bedacht sind, ein Ehepaar doch sich selbst zu überlassen, auf daß es dann und wann mit sich allein sei, um vielleicht etwas zu besprechen, was niemanden sonst angeht, so stellen Sie sich vor, daß dies hier so gut wie unmöglich ist. Und zwar sowohl innerhalb als auch außerhalb des Hauses ist man stets beobachtet und belauscht. Denn unsere Wände sind dünn und voller Astlöcher und Ritzen allzumal. Und tritt man endlich hinaus, meinend, daß der Himmel ein genügend großes Dach für alle Geschöpfe darunter sei, so hört man rings das Gewisper, das einem anzeigt, nicht allein zu sein, so daß man die Besprechung auf ein andermal verschiebt. Ja, es kommt sogar vor, daß, während man wähnt, für sich zu sein, auf einmal ganz aus der Nähe Einmischung stattfindet und durch ein rhythmisches Klatschen oder ähnliches plötzlich ganz ungewollter Beifall gespendet wird. Kurz, man kann niemals alleine sein, was unter Ehegatten doch recht lästig ist. Und wenn Gott mir einen Wunsch gönnte, so wünschte ich mir eine Hochzeitsreise, wie meine Eltern sie an den Rhein machten und Bruder Herrmann mit Gretchen in den Harz. Ich möchte nur bis Dschokadsch. Das ist eine winzige Insel, die zum Riffgürtel um Ponape gehört und zwar bewachsen ist, doch, wie man sagt, nicht bewohnt wird. Ich schaue sie mir von hier oben aus manchmal an. Sie liegt hinter der Lagune und sieht so schön und verlockend aus mit ihren Buchten und Felsen und dem weißen Sandstrand, der sie umgibt. Besonders am frühen Morgen, wenn die Sonne aus dem Meer emporsteigt, sieht sie ganz bezaubernd aus.

Wir stehen immer vor Tag auf, wenn wir Schwester Hedwig hören, die eine große Frühaufsteherin vor dem Herrn ist und mir darin schon immer überlegen und ein Vorbild war, dem ich oft nur mit Mühe folgen konnte. Meine Natur ist so schläfrig, so träumerisch am Morgen. Sie soll aber doch nicht denken, daß wir säumig sind. Auch am Abend gehen wir nie zu Bett, bevor Hedwig geht. Es schickt sich nicht für uns, denke ich. Sie ist jedoch eine wahre Künstlerin im Verzicht auf Schlaf und geht selten vor Mitternacht. Mich jedoch kommt es hart an und schlafe in letzter Zeit manchmal sogar in der Kirche ein, wenn mein Mann predigt. Ich weiß wohl, daß es nicht recht ist. Doch scheint mir oft, daß sie gern ein Unrecht an mir findet. Und das ist auch nicht recht. Aber glaube ich zu wissen, was ihre heimliche Not ist, und muß es ihr nachsehen. Gott helfe ihr.

Gott helfe uns allen. Sie haben einige Wächter ermordet, Angehörige der deutschen Schutztruppe, die die Gefangenen bewachen. Man versteht es nicht. Sie sind so überaus freundlich, die Hiesigen. Wie Kinder, ganz ohne Arg und voller Fröhlichkeit. Sie nahmen mich bei sich auf, als ich schwer krank war, und pflegten mich. Auch sind viele von ihnen inzwischen getauft und zum Herrn bekehrt, einhundertzwanzig, und es werden immer mehr. Sie sprechen vom Herrn Jesus wie von einem gut bekannten Ponape-Bewohner, und wir erlauben es ihnen getreu dem Wort Lukas 12, Vers 8: *Wer mich bekennet vor den Menschen, den wird auch des Menschen Sohn bekennen vor den Engeln Gottes.* Doch kommen mir manchmal Zweifel, Gott verzeihe mir, nicht an ihrer Aufrichtigkeit, sondern ob diese Aufrichtigkeit auch dieselbe ist, die wir mit dem Wort zu bezeichnen meinen. Denn es ist ja eine große Verschiedenheit auf der Welt. Und manchmal fürchte ich, daß wir vielleicht nur meinen, wir kennten einander. Und wenn schon Ehegatten, so nah sie einander sind, im anderen immer wieder ein Fremdes antreffen und sich darüber verwundern, wieviel mehr muß man doch in der Fremde auf das gefaßt sein, was man nicht kennt, wo weder Sprache noch Sitte noch Nahrung noch Natur und Witterung Vertrautes birgt und es beinah ein Wunder, mithin ein Zeichen des Waltens göttlicher Gnade ist, daß man sich überhaupt versteht.

Denn dies erfahre ich täglich, daß es möglich ist. Ihr Lachen steckt uns an. Ihre Hilfsbereitschaft rührt uns. Ihr Lerneifer fordert uns heraus. Und wenn man irgendwo begreift, was Menschen dem Menschen sind, so ist es unter Fremden, sofern sie friedlich gesonnen sind. Denn wie in einem Spiegel werfen sie das eigene Bild zurück, und man sieht sich als das, was man ohne alles Ansehen der Person, ohne Bildung, ohne Besitz, ohne Rang und Namen und ohne die eigene Nation ist, ein Geschöpf Gottes, sonst nichts, wie auch sie es sind. Da endet aller Dünkel, alle Überheblichkeit, wie sie leider unter den Deutschen, die hier leben, oft angetroffen wird. Doch hat auch Dr. Helmholtz, ein hiesiger Arzt, das Chinin nicht erfunden, mit dem er Fieber senkt, sondern wächst es in der Rinde peruanischer Bäume, wenn ich mich nicht irre, und ist mithin ein Geschenk von Gott, wie auch die Arzneien der Ponape-Leute, über die er nicht genug Verächtliches sagen kann. Ich weiß jedoch, daß am Anfang aller Verachtung die Angst vor dem Fremden ist, dem Unerklärlichen, und ich habe sie zuweilen selbst in mir gespürt. Es durchzuckt einen, daß die freundlichen Gesichter mit ihrer Fröhlichkeit und Kindlichkeit plötzlich wie Masken abfallen und dahinter ein böses höhnisches Grinsen zum Vorschein kommt und mit ihm das ganze Ausmaß der Verstellung, die stattgefunden hat. Und als wir die hingemeuchelten Wächter im Hof des Bezirksamts sahen – denn Gott stehe mir bei, wir sahen sie leibhaftig, und Entsetzlicheres sah ich noch nie –, da schien dieses plötzlich wahr und unsere Angst berechtigt zu sein. Wissen wir doch, daß die Spanier, die vor uns da waren,

Ponape nur zu gern verließen, weil sie den Geist des Aufruhrs fürchteten, der in dem Volk der Insel schlummert und mit dem sie anno 1887 Bekanntschaft gemacht haben. Zwar wissen wir auch, daß sie durch Unbarmherzigkeit und gottlose Härte selbst verschuldeten, was sie erdulden mußten, doch ist es uns allezeit eine Warnung und Grund genug für die Angst, die nur das Gebet besiegt. Sowie auch die bessere, besonnenere Regierung unseres Vizegouverneurs, der mir ein durchaus gottesfürchtiger Mann scheint, welcher die Gefangenen stets nach der Ordnung hält, die es um der Disziplin willen geben muß, ohne die eine Herrschaft, wie mein Mann sagt, nicht bestehen kann.

Daher, sehr verehrtes Fräulein, fürchten Sie nichts für mich. Denn Gott ist ja mit uns. Sprach ich doch nur von der Angst, die einen zuweilen wie Anfechtung überkommt. Und könnten Sie sehen, wie voll unsere Kirche ist, so daß wir häufig im Freien Gottesdienst halten, weil sie die Menschen nicht faßt, die uns zuströmen, wären Sie bei den Taufen, könnten Sie hören, wie fröhlich da Sünden bekannt werden und die Vergebung des Herrn vertrauensvoll entgegengenommen wird, ja, vernähmen sie unsere schönen alten Lieder, wie sie von dem Mädchenchor, den ich hier bildete, voller Inbrunst gesungen, in den Himmel steigen, der sich über Palmenwipfeln und Stränden über unserer herrlichen Insel wölbt, so wüßten Sie, daß das Werk, das wir hier in Seinem Namen begonnen haben, durch Seine Gnade gekrönt und nach Seinem Willen vollendet wird.

Beten Sie für uns. Denn es ist ein und derselbe Vater hier und dort, und die Entfernung, die zwischen dem Sauerland und der Südsee liegt, ist für ihn wie der Gedanke, der sie denkt, und so gesehen sind wir doch recht nah beieinander, wie mir scheint. Das Gebet ist ein Luftschiff, rasch und leicht, das unsere Wünsche und Hoffnungen an Bord nimmt. Ich wünschte aber, daß es ein solches für den Transport des übrigen auch gebe. Wann wird man endlich von dort nach hier durch die Luft reisen? Die lange Seefahrt ist das Schlimmste, was Gott mir abverlangt hat und noch abverlangen wird, so ich einmal in die Heimat zurückkehre. Doch erhofft dies

Ihre Lina Winter geb. L.

Das Unglück braucht wie das Glück eine lange Reifezeit. Aus verborgenen Quellen führt es sich Nahrung zu. Wie eine Pflanze, die lange nicht blühen noch wachsen will, senkt es beharrlich seine Wurzeln tiefer ins Erdreich, verbreitert sie, bis es, fast über Nacht, austreibt und sprießt und erkennen läßt, welche Kraft in ihm steckt.

So wie das Glück gedeiht das Unglück am besten, wo es unbeachtet bleibt. Paare finden sich, indem sie einander zunächst einmal übersehen. Sie würden alles verderben, wenn sie gleich bedächten, was möglich ist. So hat das Glück eine Chance. Es will überwältigen. Und auch das Unglück muß überwältigend sein, wenn es geschehen will. Es tritt gern mit einer gewissen Plötzlichkeit auf, heimtückisch, hinterrücks.

Ihr hättet es wissen können, ist sein Argument.

Der Herbst 1910 war eine gute Zeit für die Mission auf Ponape. Zweiundvierzig neue Taufen konnten nach Gnadenbronn gemeldet werden. Die Spendenaufrufe »Nähmaschinen für Ponape« und »Glocken am Südseestrand« hatten entsprechend überwältigenden Erfolg, so daß das Postschiff im November fünf Singer-Nähmaschinen und eine neue Glocke für den von Ludwig erbauten freistehenden Glockenturm der Missionskirche an Bord hatte.

Beim feierlichen Dankgottesdienst am ersten Advent sollten zehn weitere Taufen stattfinden. Es handelte sich um ältere Angehörige der Jungen und Mädchen, die sich als Schüler der Missionsschule meist schon nach kurzer Zeit taufen ließen, weil es ihnen als Konsequenz ihrer Teilnahme am Unterricht erschien und alles, was sie dort lernten, Geographie und Rechnen nicht ausgenommen, darauf hinauszulaufen schien, obwohl ihnen die Missionare immer wieder versicherten, daß ihre Taufe freiwillig, allein in gläubiger Annahme von Jesu Erlösertat geschehe und keineswegs als Leistungsnachweis zu betrachten sei. Es galt unter ihnen als Zeichen mangelhaften Schulerfolgs, wenn sie sich nicht taufen ließen. Und schließlich war es nicht der Beruf der Missionare, sie abzuweisen in ihrem Verlangen nach dem Heil, selbst dann, wenn ihr Begreifen nicht hinreichen mochte. Denn wer begreift es schon? Und sind dem Herrn nicht die Kinder am liebsten, und hat er nicht verlangt, ihnen nicht zu wehren?

Doch dieses war etwas Neues, daß auch die Erwachsenen zum Taufunterricht kamen. »Die Ausbreitung des Glaubens in den Familien«, wie der Missionar nach Deutschland geschrieben hat.

Als er die kleine, roh gezimmerte Kanzel bestieg, versuchte Lina wie jedes Mal ruhig zu bleiben. Doch rang sie heimlich die Hände im Faltenwurf ihres Rocks, über dem sie eine sonntäglich weiße, wenn auch ungestärkte Schürze trug. Sie empfand die ganze Pein und Seligkeit einer Pfarrfrau bei seinen Predigten. Diese untrennbare Mischung von Scham und Erwähltheit. Da stand er und war ihr Mann und würde wieder zu lange predigen, und manches bliebe wie immer in Versuchen stecken, Unsagbares zu sagen, und manches würde er auch verschweigen, was doch gesagt werden müßte, und dann wieder würde er die einfachsten Dinge zu umständlich darlegen, und kein falscher Zungenschlag und keine Kunstpause würde Lina entgehen, seit sie seine Frau war, wie auch das leiseste Räuspern und Füßescharren ihr nicht entging, kein Hin- und Herrücken, kein Flüstern, nichts, was darauf hinwies, daß die Aufmerksamkeit der Zuhörer ihm entglitt. Eine eigentümliche Prüfung ist es für eine Frau, dem eigenen Mann zuzuhören, wie er auf der Kanzel spricht. Denn ebenso empfänglich ist sie für den Glanz seiner Vollmacht und seiner Autorität. Ihn, den sie kummervoll, begehrlich, launisch kennt, sieht sie plötzlich erhöht, zwischen sich und dem Himmel nichts als ein Kirchendach.

Niemand verstand den Zusammenhang seiner Ausführungen. Doch ist dies bei einer Predigt ja nichts Ungewöhnliches. Das Forteilen der Gedanken der Zuhörer, ihr Sichverlieren im Privaten, ihr fortwährendes Nicht-bei-der-Sache-Sein ist ja gerade der Anlaß, an dem die Worte des Predigers sich entzünden, die hinter ihnen hereilen und sie unaufhörlich zurück und zur Sache rufen. Das ist der Zustand, in dem das Wort Gottes seine Adressaten antreffen will: der Zustand des Abgeirrtseins, der Verlorenheit. Bei einer Sünde betrifft es sie.

Während Lina sich noch mühte, den Faden nicht zu verlieren, und während ihr kein Wort entging, weder auf Deutsch noch auf Ponape – denn der Missionar übersetzte sorgfältig jeden Satz seiner Predigt sogleich für die Inselbewohner, was die Konzentration sowohl für sie als auch für die deutschen Gottesdienstbesucher noch schwieriger machte –, war es auch ihr unmöglich, nicht abzuschweifen, und plötzlich erinnerte sie sich an den Abschied Elisabeths vor vier Jahren in Gnadenbronn. »Ich wollte, du könntest ihn sehen. Er sieht so gut aus.« Hatte Elisabeth das gesagt? Der ungeduldige Eifer, mit dem sie sich verabschiedet hatte.

In der Welt habt ihr Angst, sprach der Missionar, während ein Strahl der Ponape-Sonne durch das hohe, kleine Fenster über ihm fiel und eine diagonale Lichtbahn etwas oberhalb seines Kopfes, fast sein Haar streifend, zog, in der der Heilige Geist als Taube mit ausgebreiteten Flügeln gerade Platz gehabt hätte. In der Welt habt ihr Angst, aber seid getrost, ich habe die Welt überwunden.

Dann folgte die Übersetzung. Sie lautete etwa:

»Ängstigt euch nicht an dem Ort, an dem ihr seid. Ich bin schon weiter gegangen.«

Elisabeth, wie sie sich nach der Einsegnung durch Pfarrer Helfrich zu den Schwestern dreht, ihr triumphierendes Strahlen, als sei es möglich, das Glück, das ersehnte, zu zwingen und man müsse nur sie fragen, wie das geht: Ängstigt euch nicht an dem Ort, an dem ihr seid, *ich bin schon weitergegangen.*

Die Stimme des Missionars senkte sich jetzt beschwörend. Er sprach von der gebrochenen Macht der Ponape-Geister. Von der langen dunklen Nacht des Unglaubens, die jetzt geendet hat. Von der Knechtschaft der Sünde, die aufgehoben ist.

Sind eure Geister nicht Tote? rief er. Seht doch die Toten an! Man braucht sie nicht zu fürchten, aber sie helfen auch nicht mehr. Ist denn ein einziger von ihnen jemals wieder lebendig geworden? Kam er zurück? Sprach er wieder mit euch? Zeigte er euch seine Wunden? Ließ er sich anfassen?

Der Lichtstrahl über ihm erreichte jetzt sein Haar und ließ es weiß aufscheinen. Niemand erfaßte, wovon er sprach, doch alle Unaufmerksamkeit, alle die Tagträumereien und Abschweifungen mündeten an dieser Stelle in seine Worte ein, wie es manchmal im Verlauf einer Predigt geschieht und ohne Zweifel auf das Wirken des Heiligen Geistes zurückgeführt werden muß, denn einen Moment zuvor hing noch jeder den eigenen Gedanken nach. Ein tiefes Einverständnis jenseits aller rationalen Zusammenhänge stellte sich ein. Kein Scharren, kein Flüstern und Räuspern mehr.

Ein einziger ist von den Toten auferstanden, rief der Missionar, Jesus lebt! (»Ein Geist aus dem Geisterreich, dem Wald, ist zurückgekommen. Er hält nicht still.«)

Er vergibt eure Sünden. (»Er übersieht eure Fehler.«)

Kommt her zu mir, Menschenkinder, sagt Jesus und meint auch die unter euch, die Böses tun. (»Ich lade euch in mein Haus ein, sagt Jesus und meint auch die unter euch, die nicht wissen, wie man sich als Gast benimmt.«)

Ihr alle tut Böses. (»Jeder benimmt sich manchmal falsch.«)

Aber selbst einem Mörder vergibt Jesus seine Schuld, wenn er auf seine Gnade vertrauend zu ihm kommt. (»Aber selbst einen Meuchelmord findet er nicht so schlimm, wenn er von einem Gast seines Hauses begangen worden ist.«) Amen.

Lina entflocht ihre Hände und legte sie auf die Tasten des Harmoniums.

Jesu, geh voran
auf der Lebensbahn,

präludierte sie. Und die Gemeinde der Ponape-Leute, angeführt von den Mädchen aus ihrem Chor, fiel ein:

und wir wollen nicht verweilen,
dir getreulich nachzueilen,
führ uns an der Hand
bis ins Vaterland.

Es war ein wunderschöner Klangbrei, wie ein Gemeindegesang in der reformierten Kirche in Altena, getragen, schleppend und unartikuliert. Lina kamen beinah die Tränen, und sie zog es bis zum letzten Vers der letzten Strophe durch, die nur noch reiner Klang, nur noch immer gleicher Nasal und Vokal war, der sich wie ein zäher, süßer Zauberbrei vom Missionshügel über die Bucht ergoß,

uang uang uang uang uang,
Jesu, lebenslang …

Als sich die Täuflinge, die Männer in ihren dunklen Anzügen, die Frauen in weißen Kleidern, unter die taufende Hand des Missionars beugten, schien es Lina, als sei die Gegenwart Gottes so unbezweifelbar wie die jeder anderen Person im Kirchenraum. Es war ein Gott, der mit ihnen über die Meere gefahren und nun endlich auf dieser Insel so heimisch geworden war, wie es einem Gott gebührt, der an jeden Ort der Welt als seine eigene Schöpfung zurückzukehren berechtigt ist. Ist er etwa auf Missionare angewiesen, um das zu tun? Mitnichten. Doch sind sie als Wegbereiter, als Quartiermacher für ihn tätig, wie jeder Herrscher sie aussendet, daß er gebührend in Empfang genommen wird, wenn er kommt. So oder ähnlich sah Lina in dieser Stunde des Triumphes ihren Beruf. Alles erschien ihr leicht und selbstverständlich, nach einem göttlichen Plan verlaufend, der nicht fehlgehen konnte und zufällig auch der Plan ihres eigenen Lebens war. Dankbarkeit erfüllte sie und feierliches Glück, das sich in einem langen Harmoniumnachspiel äußerte, welches sie, während die Kirche sich langsam leerte, noch einmal da capo begann und durch alle Variationen und Wiederholungen zu ihrer eigenen Freude und mit einer mühelosen Fertigkeit, die sie selbst überraschte, bis zum Ende durchspielte, um das Glück, das sie durchdrang, so lange auszukosten, wie das Stück dauerte, und am liebsten ein drittes Mal, bevor sie es mit einem orgelähnlichen Akkord ausklingen ließ und sich, nur widerstrebend, von ihrem Sitz erhob. Die Kirche war menschenleer, und vor dem Ausgang sah sie die letzten Besucher sich zerstreuen und auf den Heimweg machen. Nur der Missionar, der sich nach den Gottesdiensten von jedem, der gekommen war, persönlich verabschiedete, wie es die Seelenhirten auf der ganzen Welt machen, stand noch im Gespräch mit einem Ponape-Mann vor der Kirchentür, einem der Lohnarbeiter der Wegebautruppe, der dann und wann auch beim Schulhausbau geholfen hatte und etwas Deutsch konnte.

Aun-tol will sich bei dir bedanken, sagte der Missionar, als Lina zu ihnen trat.

Wie geht es deiner Tochter? fragte sie Aun-tol.

Sie hatte dem kleinen Mädchen die Brust abgehört und seiner Mutter ein Fläschchen mit Hustensaft gegeben.

Tochter geht gut, sagte Aun-tol, Medizin geholfen. Gute Medizin. Und, wieder zum Missionar gewandt, anerkennend: Gute Medizin. Jesus gute Mann.

Und, mit einer Geste zum Kirchenraum hin: Will auch böse Mörder bei sich einladen. Ich Mörder. Komme in Kirche, Jesus mich vergibt. Findet nicht so schlimm. Komm zu mir, Menschenkind, Jesus sagt. Gute Mann.

Lina wollte ihn zum Schweigen bringen. Man würde vergessen, was er gesagt hatte. Sie reden viel. Man verhört sich auch.

Wen hast du getötet? fragte der Missionar.

Sie wollte ihn wegziehen. Komm, versuchte sie. Aber der Missionar rührte sich nicht von der Stelle.

Nur Wächter von Gefängnis, sagte Aun-tol, dumme böse Männer. Jesus mich vergibt.

Komm jetzt, sagte Lina, zum erstenmal mit der ganzen Schärfe und Strenge einer Ehefrau, die bei erhöhter Gefahr das Kommando an sich nimmt.

Geh nach Hause, sagte sie zu Aun-tol.

Der Missionar trat ein paar Schritte von dem Mann zurück, ohne daß er seinen Blick von ihm wandte.

Wir vergessen es, sagte Lina, während sie ihn auf den Weg zum Missionshaus zog. Hörst du? Wir vergessen es.

Der Vizegouverneur erwachte aus seinem Schreibtischschlaf. Das passierte, wenn man wie er viel zu tun hatte. Man schlief am Schreibtisch ein, den Kopf nach vorn auf die Arme gelegt, das Schriftstück zerknautscht, das man immer vor sich hat, von einem Rinnsal aus Speichel und Schweiß benetzt, dessen Spuren er mit dem Ärmel abzuwischen versucht. Hat es geklopft? Nein? Er hat sich ein strenges Ungestörtsein ausgebeten. Wie soll er sonst zum Arbeiten kommen, wenn immer wieder jemand an seine Tür klopft und etwas von ihm will? Sein Assistent. Der Sekretär. Von seiner Ehefrau ganz zu schweigen, die sich häufig von den beiden nicht mehr abweisen läßt und während der Arbeit einfach in seinem Büro erscheint und ihn mit Lächerlichkeiten wie dem Verschwinden der Dienstboten belästigt. Als sei nicht die ganze Insel voller Dienstboten. Hausfrauenhysterie. Sie ist hier nicht in Berlin, wo Dienstboten neuerdings einen freien Nachmittag haben. Wer frei haben will, wird ersetzt durch neue Dienstboten. Ist das so schwer zu verstehen? Wo Frauen sind, sind Probleme von dieser Art. Welcher Mann kennt das nicht?

Der Vizegouverneur versuchte sich auf das Wichtige zu konzentrieren. Ah, ja. Er setzte sich gerade hin. Das linke untere Schreibtischfach. Die Nische hinter dem Aktenschrank.

Das obere Bord im Bücherschrank hinter den Klassikern im Bereich Hebbel und Körner und die alte Hutschachtel, in der einmal sein Zylinder aufbewahrt worden war. Wie ein Feldherr bedachte er seine heimlichen Cognac-Depots, seine Stützpunkte. Angst beschlich ihn. War noch genügend da? Er hatte in letzter Zeit das meiste geplündert. Wenn er es genau bedachte, war dies die vorletzte Flasche, die er griffbereit hatte. Und das nächste Schiff war frühestens in vierzehn Tagen zu erwarten. Wie sollte er solange die Stellungen halten? Er brauchte Stärkung jetzt nötiger denn je.

Es klopfte an seiner Tür, diesmal unmißverständlich.

Nein, rief er laut, ich verbitte mir …

Helmholtz kam herein.

Ich habe viel zu tun, sagte der Vizegouverneur.

Der Arzt hatte schon einen Stuhl zum Schreibtisch gezogen und schob den Papierturm beiseite, der ihm die Sicht auf den Vizegouverneur nahm.

Wir dürfen jetzt keinen Fehler machen, sagte er eindringlich.

Was meinst du? sagte der Vizegouverneur. Seit wir einen von ihnen haben, ist doch schon viel erreicht. Er leugnet nicht einmal.

Was wirst du mit ihm tun? fragte der Arzt, indem er auf das Porträt des Kaisers blickte, das über dem Schreibtisch hing, als bespräche er sich in Wahrheit mit Seiner Majestät.

Nun, sagte der Vizegouverneur, ich denke, es wird ein Verfahren geben.

Ein Verfahren! sagte der Arzt. Er ist geständig. Man muß ihn hinrichten.

Möglicherweise, antwortete der Vizegouverneur und verschränkte seine Hände, weil er beobachtete, daß sie zitterten.

Und die anderen? sagte der Arzt.

Welche anderen? fragte der Vizegouverneur derart begriffsstutzig, daß der Arzt den Eindruck bewußter Verstellung hatte.

Herrgott, sagte er, er hat doch nicht allein vier bewaffnete Leute getötet.

Vermutlich nicht, sagte der Vizegouverneur.

Wir müssen sie alle haben, sagte der Arzt, und alle hinrichten. Dies ist der Moment, Stärke zu zeigen. Sie müssen uns fürchten. Sie müssen lernen, daß wir die Herren sind. Und das lernen sie nur durch Furcht. Durch Härte. Durch Abschreckung. Eine andere Sprache verstehen diese Leute nicht. Ein ungesühntes Verbrechen, das ist der Anfang vom Ende, sage ich dir. Sollen wir vielleicht die nächsten sein, denen sie eines Nachts die Hälse durchschneiden, wie sie es Anno 87 mit den Spaniern gemacht haben? Bist du ein Märtyrer? Sie werden dich in Deutschland nicht heilig sprechen, das glaube mir. Sie werden dir die Verletzung deiner Pflicht vorwerfen, wenn du …

Genug, sagte der Vizegouverneur mit einem Versuch, von seiner Amtswürde Gebrauch zu machen, die ihm bei aller Freundschaft dem Arzt gegenüber den höheren Rang verlieh. Diese immer gleichen Reden ermüdeten und langweilten ihn. Er kannte die Einstellungen, die der Arzt bei jeder Gelegenheit umschweifig zum besten gab. Er teilte sie übrigens. Wer denn nicht? Es waren Binsenweisheiten jeder Kolonialpolitik.

Komm zur Sache, sagte er.

Die Sache ist die, sagte der Arzt, wir brauchen die Namen der anderen, die dabei waren.

Du weißt, daß sie nicht reden. Sie halten wie Pech und Schwefel zusammen, sagte der Vizegouverneur. Lieber sterben sie, als daß sie uns ein Geheimnis anvertrauen.

Das werden wir ja sehen, sagte der Arzt.

Der Vizegouverneur spürte plötzlich eine Welle von flauer Übelkeit, die ihn in letzter Zeit manchmal schockartig überkam, ein inneres Wegsacken, wie ein beschädigter Damm, der dem Ansturm der Fluten nicht länger standhalten kann. Es kam von zu wenig Alkohol.

Was willst du tun? fragte er den Arzt.

Ich will mich um die Gesundheit des Gefangenen kümmern. Glaub mir, daß es Mittel gibt. Und vertrau mir. Es wird ihm kein Haar gekrümmt. Wie heißt er übrigens?

Aun-tol, sagte der Vizegouverneur.

Ich möchte, daß du dabei bist, sagte der Arzt, indem er aufstand. Das scheint mir notwendig.

Sicher, sagte der Vizegouverneur.

Trübe, lauwarme Fluten, die in die Hohlräume seines Inneren eindringen. Abscheulich. Ekelhaft. Kein Damm, der ihnen wehrt.

Am dreizehnten Dezember, kurz nach Sonnenaufgang, wurden die sieben Männer hingerichtet, die am Überfall auf das Gefängnis im August beteiligt waren: Aun-tol, Uarsai, Ettekar und Topu aus Kiti und Uari, Oonar und Nan-su aus Metalanim. Sie waren am Abend vorher im Verlauf einer Razzia verhaftet worden, von der die weiße Bevölkerung in der Kolonie nichts mitbekommen hatte. Auch auf der Missionsstation wußte man noch nichts davon. Die sieben Salven auf dem Gelände des Amtssitzes klangen wie sieben Salutschüsse, mit denen manchmal besonders hochstehende Gäste empfangen wurden, etwa der Gouverneur oder die Besatzung eines deutschen Schlachtschiffes. So liefen manche zum Hafen, um zu erfahren, wer angekommen war. Doch kein Schiff war zu sehen.

Was war das? fragte Lina den Missionar, der eben aus dem Bett aufgestanden war.

Keine Ahnung, sagte er. Es ist noch viel zu früh.

Für was? sagte Lina.

Für alles, sagte er.

Um acht Uhr, als der Unterricht begann, waren nur vier von fünfundzwanzig Mädchen da. Sie waren alle aus dem Dorf Uu.

Was ist heute los? sagte Lina.

Die Mädchen sahen sie ausdruckslos an, und Lina, wie jeden Tag, begann mit dem Morgengebet und der Tageslosung. Doch brach sie ihre Auslegung des Bibelwortes bald ab. Sie war schlecht konzentriert und merkte, daß auch die Aufmerksamkeit der Mädchen ihr entglitten war.

Gegen halb zehn kam Hedwig aus der Kolonie zurück, wo sie auf dem Fischmarkt eingekauft hatte.

Um die Zeit machten sie immer eine Pause. Lina ging zum Missionshaus hinauf, wo Hedwig mit den beiden Männern auf der Veranda stand.

Weißt du es noch nicht? sagte sie. Du bist anscheinend die letzte, die es noch nicht weiß.

Und eine seltsame, schwache Erinnerung streifte Lina aus Träumen, in denen Hedwig ihr genau mit diesen Worten als Unglücksbotin entgegegetreten war: Weißt du es noch nicht? Alle wissen es schon. Nur du bist ahnungslos.

Was? sagte Lina schwach.

Sie haben endlich die Mörder vom August geschnappt. Und heute morgen sind sie hingerichtet worden.

Die Begeisterung in ihrer Stimme war nicht zu überhören.

Jetzt ist die Insel wieder ein sicherer Ort für uns, sagte sie.

Wer war's? sagte Lina.

Ich weiß nicht genau, sagte Hedwig. Aun-tol war dabei,

und noch ein paar andere. Jomatau haben sie nicht gekriegt.

Jomatau, sagte Ludwig, den kriegen sie nicht so leicht.

Glaubst du, daß er dabei war? fragte ihn Hedwig.

Vermutlich, sagte er.

Der Missionar schien in Nachdenken versunken, als könnten ihn solche Fragen gar nicht berühren, da er viel tiefere als sie ergründete, Fragen, deren Tragweite die anderen gar nicht ermessen konnten.

Zuerst hatten sie Aun-tol, sagte Hedwig. Er hat die anderen verraten. Sie haben keinen Charakter. Ein deutscher Offizier hätte das nie getan. Vielleicht ein Mannschaftsgrad, aber kein Offizier. Ein deutscher Offizier ließe sich lieber töten, als seine Kameraden zu verraten.

Während sie weitersprach, über die Treue, die Pflicht, die Fähigkeit, sogar Schmerzen zu ertragen, wenn es die Pflicht fordert, und über den himmelweiten Unterschied zwischen Deutschen und dem Rest der Welt, in Sonderheit den Südseebewohnern, was die Treue, die Pflicht und die Standhaftigkeit anbelangt, trat Lina in einen neuen, ganz unbekannten Zustand des Fernseins von sich selber und ihrer Umgebung ein: Sie hörte, was Hedwig sprach, und hörte es doch nicht. Es war, als wenn es sich mit allem anderen, was tönte, dem fernen Tosen des Meeres am Außenriff, dem papierenen Rascheln der vom Wind bestrichenen Palmblätter über ihr, dem nahen Schlagen der Vögel im Gebüsch zu einer Art von unausdeutbarem Rauschen zusammenfand, das nichts anderes als der Widerhall des Entsetzens war, das sie empfand.

So trat das Ende von Linas glücklicher Phase ein.

Sie war nicht einmal besonders glücklich gewesen. Doch gibt es ja auch das Glück im landläufigen Sinne, das neu verheirateten Paaren verheißen ist und sich in ihrem Befinden auf konventionelle Art niederschlägt, so daß sie an dem Strahlen, dem für alle sichtbaren Glanz des Liebesglücks teilhaben, selbst wenn sie es nicht empfinden. Ja, es ist nicht einmal klar, ob sie es nicht empfinden. Die Macht der Konventionen über unsere Gefühle ist größer, als wir wissen, und wo ein Licht ist, da ist auch eine Lampe, in der es brennt.

Doch dies war nun vorbei, und selbst im Rückblick schien es Lina entwürdigt, von Anfang an ungültig. Es war nicht einmal der Erinnerung wert.

Sie hatte einen Verräter geheiratet.

Mittags um drei kam die Nachricht im Bezirksamt an. Der Sekretär nahm den Zettel entgegen, auf dem die paar Sätze standen, die von Hagemann oder Höpfner hingekritzelt worden waren.

Der Vizegouverneur hatte sich zur Ruhe begeben, wie es hieß. In Wahrheit war bekannt, daß er betrunken war. Der Sekretär hatte ihm aus Mitleid eine der Flaschen besorgt, die seine Frau konfisziert hatte. Sie kannte jedes Versteck im Haus, und auch der Sekretär wußte um die kleinen Depots. Alle wußten es.

Dies war kein Tag, um mit dem Entzug zu beginnen. Der Sekretär war überhaupt der Meinung, daß ein Vorgesetzter, der trinkt, kein schlechter Vorgesetzter ist. Es machte ihn irgendwie menschlich, den Bezirksamtmann.

Denn der Vizegouverneur war eigentlich nichts weiter als ein Bezirksamtmann. Die Anrede hatte sich von der Zeit der Spanier her erhalten. Irgendwann hatte man damit aufgehört, sie richtigzustellen, und jetzt war Becker eben der »Vizegouverneur«, was in den Ohren von Kennern der Ponape-Szene wie eine Art Spitzname klang. Er war einer von den Trinkern, die im Rausch unkomplizierter und umgänglicher werden. Dem Sekretär gefiel das. Es machte seine Arbeit bei weitem einfacher.

Doch diesmal, wenn auch betrunken, konnte man den Vizegouverneur nicht umgehen. Der Sekretär informierte den Assistenten, und gemeinsam traten sie in den privaten Empfangsraum des Vizegouverneurs. Er lag auf einem Sofa, breitbeinig, verschwitzt, und ließ im Schlaf feuchte Bläschen zwischen den geöffneten Lippen zerplatzen. Aus dem angrenzenden Zimmer kam seine Frau herbeigeeilt, um seine Ausnüchterungsruhe zu verteidigen.

Es handelt sich um eine äußerst dringende dienstliche Angelegenheit, flüsterte der Sekretär, als ginge es darum, den Vizegouverneur zu wecken, ohne seinen Schlaf zu stören.

Der Assistent überwandt sich und faßte nach dem Arm des Vizegouverneurs.

Mit einem inbrünstigen Schnarcher fuhr er auf.

Er hatte wieder von einem Bergwerk geträumt, in das er tiefer und tiefer eingefahren war.

Was bedeutete das? Es bedeutete, daß es noch Schätze gab, die nicht gehoben waren und auf ihn warteten, daß er sie hob. Es war ein Bergwerk auf Ponape, in welches er in dem Traum einfuhr. Eine Welt unter der Insel, verborgen, unbekannt. Eines Tages wird er mit vollen Händen aus ihr zurückkehren, und dann wird alles gewendet sein.

Es ist ein Bergwerk ohne Sohle. Das macht es so gefährlich. Die Tiefe, in die es hinabreicht, weist eine Tendenz gegen unendlich auf. In dieser Dimension, abwärts gerichtet, ist an der Unendlichkeit nichts Wunderbares, nur noch der Schrecken des freien Falls. Man klammert sich an alles, was ihn aufhalten kann, Strickleitern an den Wänden, Nischen, Vorsprünge.

Ist er alleine dort unten? Nein. Doch die Stimmen, die er hört, kommen von tief unter ihm. Sie sind verlockend, sirenenhaft. Weder Sprache noch Gesang – beides macht ihre Verlockung aus. Er muß tiefer hinab. Er kann nicht widerstehen. Eine deutliche Stimme weist darauf hin, daß es sich nur um einen Traum handelt, aus dem er jederzeit wieder erwachen kann, wenn er will, und daß sein freier Fall nichts anderes als sein Erwachen bedeuten wird. Was hat er zu verlieren?

Trittleitern reißen, Vorsprünge bröckeln ab, manchmal hält er sich nur noch mit seinen Zähnen irgendwo fest. Und plötzlich wird ihm klar, was er gehört hat. Und jetzt sieht er es auch: Hier unten ist der Patient, den Dr. Helmholtz behandelt hat. Wie Prometheus ist er mit Ketten geschmiedet an die glatten Wände des Schachts. Aber es ist kein Adler da. Keine offene Wunde, wo seine Leber sitzt. Warum also schreit er? Warum stöhnt er so laut? Denn der Sirenengesang, der ihn herbeigelockt hat, ist nichts anderes als der Ausdruck einer tiefen Qual.

Während er sich nur noch mit einem Arm über dem Abgrund hält, fühlt er, wie das Reißen und Zerren darin unerträglich wird, und sein Abstürzen bedeutet erwartungsgemäß sein Erwachen aus diesem Traum.

Lagebesprechung … Dringend … Eine vollkommen veränderte Situation … Der Vizegouverneur versuchte, die Neuigkeit aus den Worten, die er hörte, herauszufinden. Es gelang ihm nicht sogleich, während er sich mühsam aufrichtete und seine Übelkeit niederkämpfte.

Ein Cognac hätte geholfen. Er fragte sich, ob er darum bitten könne, ließ es dann aber doch. Außerdem fiel ihm ein, daß nichts mehr im Hause war.

Man muß den Polizeimeister rufen lassen, sagte der Sekretär.

Was habe ich denn getan? murmelte der Vizegouverneur.

Die beiden Männer entschlossen sich, das als Witz aufzufassen.

Dieser Aufstand hat uns gerade noch gefehlt, sagte der Assistent, um den Eindruck der Entgleisung zu verwischen.

Ah! sagte der Vizegouverneur, ein Aufstand! Warum sagt mir denn niemand etwas davon? Und zu seiner Frau gewandt, die die ganze Zeit dazwischengeredet hatte: Laß uns bitte allein.

Er schien schlagartig wach und nüchtern zu sein.

Hat niemand daran gedacht, den Polizeimeister rufen zu lassen? sagte er.

Noch einmal kehrte die alte Befehlsseligkeit in ihn zurück. Dies war sein Bild von sich: In Stunden der Gefahr wuchs er über sich selbst hinaus. Wie alle, die nicht gern arbeiten, liebte er solche Stunden, in denen ein einziges Wort, von ihm gesprochen, erstaunlich viel bewirken konnte. Wer Macht hat, braucht wie Gott nur zu sprechen, und es geschieht. Heimlich verachtete er den Fleiß und die Zähigkeit, die er manchmal bei seinen Untergebenen antraf. Hatte er so etwas nötig? Er, der Befehle gab? Trotzdem wußte er, daß er in der letzten Zeit viel von seinem Glanz eingebüßt hatte. Aber dies konnte immer noch sein Tag werden. Ein Mann wie er wartet manchmal lange auf die Gelegenheit, zu zeigen, was in ihm steckt.

Der Polizeimeister kam herein. Was ist geschehen? fragte er den Vizegouverneur. Die Leute munkeln so einiges.

Nun, sagte der Vizegouverneur, wir haben erfahren, ein Aufstand …

Er sah sich hilfesuchend nach dem Sekretär und dem Assistenten um. Der Sekretär trat zu ihm und reichte ihm die Nachricht der beiden Wegebauaufseher:

»Bitte um sofortigen militärischen Schutz, da heute morgen Arbeitsniederlegung erfolgte und die Leute sich mit Gewehren bewaffneten. Wir befinden uns in der Mission und werden von allen Seiten belagert. Gefahr im Verzuge. Mittags 11 Uhr 45. Heinrich Höpfner. Gustav Hagemann.«

So, sagte der Vizegouverneur, nachdem er es laut gelesen hatte. So. Von jetzt an durfte kein Befehl, kein Satz, den er aussprach, zurückgenommen werden. Dies war das Gesetz, das ihm auferlegt war. Er fühlte sich so im Einklang wie nie damit. Der Strom der Ereignisse, an dessen Ufern er lange untätig herumgesessen hatte, floß endlich durch ihn hindurch. Das berauschte ihn. Vielleicht im Zusammenwirken mit dem Rest von Alkohol in seinem Blut.

Er gab bekannt, daß er sich zur Schlichtung der widerstreitenden Interessen zur Missionsstation begeben wolle.

Der Polizeimeister stellte ihm die Begleitung von so viel Leuten seiner Truppe in Aussicht, wie er für richtig halten würde.

Keine Polizeisoldaten, befand der Vizegouverneur.

Der Sekretär und der Assistent erblaßten. Schließlich ging es auch um sie und ihre Sicherheit. Alle drei Männer stellten ihm die Gefahr und den unverzeihlichen Leichtsinn vor Augen, dessen er sich schuldig machte, wenn er den mit Gewehren und Messern bewaffneten Aufständischen ohne militärischen Schutz entgegentreten wollte.

Kein Zurücknehmen von gar nichts. Keine Korrektur bekannt gegebener Entschlüsse. Fließt denn ein Fluß rückwärts zu seiner Quelle? Der Vizegouverneur bestand auf der deeskalierenden Wirkung seines unbewaffneten Auftretens. Sie hatten ihn immer respektiert. War es nicht so? Sie würden bei seinem Anblick die Waffen abgeben und nach Hause gehen. Jawohl.

Man gab ihm zu verstehen, daß er den Grad der Aufgebrachtheit der Leute vielleicht unterschätze. Man erinnerte ihn an die Hinrichtungen, die erst ein paar Stunden zurücklagen.

Eben, sagte er. Sie wissen, was dem passiert, der sich mir widersetzt. Im übrigen ist es Ihnen freigestellt, ob Sie mich begleiten wollen, fuhr er zu dem Assistenten und dem Sekretär gewandt fort, oder ob Sie es vorziehen, unter dem Schutz der Polizeitruppe in der Kolonie zu bleiben, bis ich zurückkomme.

Die beiden Männer, der eine streberhaft, jung, beflissen, ehrgeizig, der andere ein altgedienter Verwaltungsbeamter, dem es um die frühzeitige Pensionierung in kolonialen Diensten ging, zweifelten nicht daran, daß dies reine Rhethorik war. Sie würden mitmüssen.

Wir nehmen ein Boot, sagte der Vizegouverneur. Ein Boot mit fünf Mann Besatzung. Aber sie kommen auf keinen Fall mit an Land.

Der Polizeimeister entfernte sich, um das Boot bereitzustellen.

Bewölkung zog herauf. Der blaue Spiegel der Lagune war grau und trüb, als sie ablegten. Sie blieben im Schutz der Mangroven, möglichst nah am Land. Vögel flogen von ihren ufernahen Gelegen auf, peitschten das Wasser mit ihrem Flügelschlag, bevor sie eintauchten. Die Warnschreie der braunen Buschvögel kündigten sie an. Möwen folgten ihnen. Der Vizegouverneur hätte sich am liebsten im Bug des Bootes aufgebaut wie ein Eroberer. Nichts lag ihm ferner, als sich verbergen zu wollen. Das einzige, was ihm leid tat, war, daß seine Frau ihm nicht zusehen konnte, wie er die Dinge lenkte. In Ausübung seiner Tätigkeit, des Regierens, hätte sie ihn sehen können, niemals so überzeugend, so ungebrochen wie jetzt, da er kurz vor dem Ziel war. Er hatte Zweifel gehabt. Zweifel daran, ob er der Richtige für diesen Posten sei. Schlimmer noch: Zweifel, ob dieser Posten der richtige für ihn sei, ob sein Leben auf dieser Insel nicht ein fürchterlicher Irrweg, ein Verfehlen des Eigentlichen sei, das einmal für ihn bestimmt gewesen war. Er hatte getrunken. Er war sich darüber klar. Doch er fühlte sich jetzt frei. Er würde nie wieder damit anfangen, das wußte er. All seine Zweifel kamen in diesem Gefühl der Sicherheit zum Erliegen, in dem sich die Dinge seinem Willen fügten und sein Wille im Einklang mit den Dingen war. Es war ein königliches Gefühl, wunderbar wie ein Rausch, kurz bevor die Übelkeit einsetzt.

Das Boot legte am Landesteg der Missionare an. Der Weg zur Missionsstation führte von hier aus etwa zweihundert Meter bergan. Der Vizegouverneur ging an Land und befahl der Besatzung, an Bord zu bleiben und sich für die Rückfahrt bereitzuhalten. Für die beiden Männer in seiner Begleitung gab es keinen Befehl, weder an Bord zu bleiben noch mit ihm zu kommen. Nichts konnte sie unfehlbarer zum Mitkommen veranlassen. Einem Befehl hätten sie sich widersetzen können, doch dieser stumme Verweis an ihr männliches Ehrgefühl zwang sie zu handeln, den Jungen wie den Alten, und sie gingen an Land und folgten im Abstand von ein paar Schritten dem Vizegouverneur.

Der Aufstieg zu der weißen kleinen Missionskirche, die über ihnen lag, hatte etwas von der Unwirklichkeit einer Prozession. Die Kirche schien ihr Ziel zu sein, die ihnen verheißene Zuflucht. Als käme es auf nichts anderes an, als sie zu erreichen, um für immer außer Gefahr zu sein. Der Vizegouverneur, schwer atmend, empfand die absonderliche Feierlichkeit dieses Aufstiegs. Ein Gefühl, als sei man versehentlich zwischen die Ausübenden eines fremden Kultes geraten und müsse, während aller Augen auf einen gerichtet sind, Riten vollziehen, von deren Ablauf und Bedeutung man keine Ahnung hat. Unter dem Zwang einer wachsenden Peinlichkeit und der Angst, sich unsterblich zu blamieren, versucht man, einfach weiterzumachen. Da traf Becker ein Bauchschuß und gleich darauf noch einer. Er fühlte, wie sich der Schacht aus seinem Traum unter ihm auftat. Die geheimnisvolle Welt im Innern Ponapes nahm ihn auf. Im freien Fall stürzte er der Tiefe entgegen, allen Schwindel der Welt in seinem Bauch konzentriert, eine rasende, böse Übelkeit, die proportional zur Geschwindigkeit seines Fallens wuchs. Er hob die Hände, versuchte noch, seinen Kopf vor einem Aufprall zu schützen, der ihn zerschmetterte.

Die beiden Männer versuchten das Boot zu erreichen. Aber die Bootsleute hatten schon abgelegt. Der Sekretär blieb, von mehreren Schüssen getroffen, am Ufer liegen, während der Assistent, auch er schon verletzt, ins Wasser watete, wo er von zwei Ponape-Männern, die ihm gefolgt waren, mit Messerhieben umgebracht wurde.

Jomatau, nachdem er den Vizegouverneur, über ihm stehend, durch einen Kopfschuß getötet hatte, verhinderte nicht, was mit dem Toten geschah. Es geht darum zu entehren. Das ist der Sinn der Tötung eines Feindes. Wäre es erlaubt, dem Lebendigen anzutun, was man dem Toten antun kann, brauchte man ihn nicht zu töten. Aber das ist Ponape-Leuten nicht erlaubt. So entehrten sie den toten Vizegouverneur, bis ihre Geister zufrieden waren. Sie hatten lange gewartet auf diesen Tag.

Niemand hat mich gefragt. Dabei war ich die einzige, die gesehen hat, was geschehen ist. Sie hätten mich fragen sollen.

Ich war es, die auf dem Baum saß, als die Männer kamen. Später sagten sie: Das arme Kind. Sie ist vor Angst in die Palme geklettert. Wie ein Äffchen hat sie sich in die Krone gerettet.

Immer sprachen sie so über mich: »wie ein Äffchen«. Dabei gibt es keine Affen auf Ponape. Es gab sie nie und wird sie niemals geben. Warum glauben sie immer, daß es auf Ponape Affen gegeben hat?

Richtig ist vielmehr, daß ich an dem Tag, als die Männer kamen, schon in der Palme saß, bevor wir sie kommen sahen und diese schrecklichen Dinge tun, von denen später noch oft die Rede war. Es war eine halbhohe Steinnußpalme. Wir saßen häufig dort, geschützt vor Sonne und Regen, vor allem unsichtbar, vollkommen unauffindbar. Sie kamen nie darauf. Wir hatten uns in der Nische zwischen Zweigen und Stamm unsere Plätze ausgesucht. Wie kleine Baumschlangen halb um den Stamm geringelt, preßten wir uns an das Herz des Baums und aneinander. (Es gibt auch keine Schlangen auf Ponape.) Wir schliefen manchmal sogar für kurze Zeit, und der Baum hielt uns fest und breitete seine gefiederten Arme unter uns aus, wie er sie über uns hielt, um uns zu beschirmen. Man konnte von dort aus sowohl den Platz vor der Kirche als auch den Weg zu unserem Haus hinauf beobachten. Man sah, wer kam und ging und wenn sie auf die Veranda traten und uns riefen: Irmgard! Elisabeth! Wir rührten uns nicht. Erst wenn sie weg waren, aufgeregt zum Strand hinuntergerannt, weil sie dachten, daß wir schon wieder ausgerissen seien, um ins Wasser zu gehen – gibt es einen Ort, an dem Kinder sicherer aufgehoben sind als im Wasser? – erst wenn nur noch die Amme unter den Bäumen umherging und leise nach uns rief, ließen wir uns wie der Blitz am Stamm hinabgleiten. Limui! Nalio! Sie rief unsere Ponape-Namen. Die Amme kannte die Stelle, an der wir uns verbargen.

An dem Tag, als die Männer kamen, saßen wir beide dort. Ich erinnere mich an unseren Entschluß, oben zu bleiben, weil wir Angst hatten. Sie riefen nach uns. Aber niemand von ihnen ließ sich auf der Veranda sehen. Dann war es still für lange Zeit. Wir waren hungrig und müde. Ich glaube, wir schliefen manchmal ein.

Die Männer waren überall. Sie standen vor der Kirche. Um das Missionshaus herum bildeten sie einen dichten Kreis. Einer von ihnen lehnte sogar unter uns an dem Stamm der Steinnußpalme. In unserem Garten hatten sie alles niedergetreten, was unsere neue Mutter gepflanzt hatte. Wir wünschten uns, daß wir bei ihr geblieben wären. Wir hatten nur noch den Baum zu unserem Schutz. In ihm blieben wir. Dann geschahen die Dinge, über die viel gesagt worden ist. Ich weiß, daß das, was wir hörten, Schüsse gewesen sind. Gleich darauf kam unser Vater aus dem Haus. Er war sehr aufgeregt. Er schrie die Männer an. Da schossen sie auch auf ihn, daß das Holz von dem Balken über unserer Haustür krachte und splitterte, und wir riefen »Vater!«, und sie zogen ihn von innen ins Haus zurück und schlossen die Tür wieder. Und bald darauf sahen wir, daß das Haus brannte. Zuerst quoll nur der Rauch aus dem Dach, und wir rochen ihn. Dann ging die Tür wieder auf, und wir sahen sie herauskommen, unseren Vater, die neue Mutter und die anderen. Sie hoben die Arme hoch, und wir sahen sie durch all den Lärm und den Qualm schreiten, wie die Boten des

Herrn über die Erde gehen, lautlos und unverletzlich. So erreichten sie die Kirchentür, und es war ein Schweigen der Schußwaffen um sie her, nur das Prasseln der Flammen über dem Dach des Missionshauses war zu hören, als sie in die Kirche traten wie in das Himmelstor. Ein paar Ponape-Leute, Männer und Frauen, stellten sich davor, darunter unsere Amme und unser Dienstmädchen Nan-tei. Gott hatte die Missionare bei sich aufgenommen. Wir sahen es. Und dann sahen wir die beiden Engel aus dem Haus treten. Es waren Männer und Weiße. Sie waren fremd. Wir erkannten sie daran, daß sie in Flammen standen und trotzdem lebendig waren, wie es von Engeln gesagt ist, daß die Flammen der Hölle ihnen nichts anhaben. Sie schreiten durch sie hindurch und bleiben unversehrt. Damals wußte ich es nicht, doch später verstand ich es.

Die Männer schossen auch auf sie, und so blieben sie wie zwei flackernde Scheite vor dem Haus liegen, gekrümmt und noch lange Zeit vor sich hinschwelend, während das Haus, in dem wir wohnten, zum Himmel loderte. Es sah wie ein großes Feuer beim Festmahl aus, von dem der Wind ein paar Scheite verweht hat, und die Wärme davon kam bis zu uns.

Dann hörten wir die Amme. Limui! Nalio! Und wir beeilten uns, hinabzuklettern, zuerst du, dann ich. Péipéi ani (Götterhaar), rief sie, meine Fischchen! Und ich sah, wie du dich in ihren Arm fallen ließest. Es war das letzte, was ich von dir sah, dies liebe, vertrauensvolle Fallenlassen in ihren Arm. Dann waren da die Männer, die dich von ihr wegrissen, und das Gezeter der Amme und ihr Befehl: Bleib oben, Nalio, versteck dich! Und ich drückte mich fest an das Herz des Baums, und er schützte mich mich. Ich sah die Männer, wie sie zu mir hinaufblickten, aber sie sahen mich nicht. Ein Äffchen? Eine Schlange? Ich war unsichtbar.

Ich kann mich nicht mehr erinnern, was danach geschah.

BERLIN 1911

Wilhelm II. liebte es, sich zu verkleiden. Wer hat ihn je in Zivil gesehen? Es kommt vor, aber selten. Die Kleiderkammern im Schloß nahmen ganze Fluchten ein. Sicher hat er Europas kostbarste Garderobe, die Damen der herrschenden Häuser mit eingeschlossen. Er tritt als Schwede auf, mit Stulpenstiefeln und Schärpe, Spitzenschulterkragen und Federhut. Oder in spanischer Galauniform mit goldenen Epauletten und bis zum Ellbogen bestickten Ärmelaufschlägen. Oder als Schotte mit Kilt, Brustschild, gestrickten Strümpfen und schiefem, kleinem Barett. Oder in der hermelinbesetzten Tracht des Johanniterordens. Oder, am liebsten natürlich, als preußischer Gardeoffizier. Immer trägt er dazu den gleichen verwegenen Ausdruck im Gesicht, immer den arroganten, den herausfordernden Blick dessen, der weiß, daß er unvergleichlich ist. Es ist der Blick eines Knaben, der im Indianerkostüm posiert. Man hat ihn niemals darüber aufgeklärt, daß sein Leben kein Kostümfest ist. All diese Uniformen, diese Trachten stehen ihm. Er scheint dazu geboren, in ihnen zu posieren. Es steckt nichts in ihm, aber er steckt in etwas, das ihn zur Geltung bringt.

Und er kommt nicht heraus. Wie eine Schildkröte lebt er in diesem Panzer seines Herausgehobenseins. Er ist mit ihm verwachsen. Eine Trennung von ihm schnitte in sein lebendiges Fleisch. Keinen Menschen auf der ganzen Welt kann man sich schwieriger nackt vorstellen. Kann Auguste Victoria ihm dabei helfen? Es ist etwas um sie, ein wissendes, komplizenhaftes Einvernehmen, nicht mit ihm, sondern dem Rest der Welt, den Ehefrauen in ihr.

Sein Einvernehmen ist schwieriger herzustellen. Er versucht es immer wieder. Er ist ganz süchtig danach, verstanden zu werden (nicht zu verstehen). Selbst seinen Flügeladjutanten wirft er gern ein paar Worte hin und wartet inständig darauf, wie sie ihm antworten. (»Zu gnädig, Majestät. Majestät sind zu huldvoll.«) Wie ein Bordellbesucher ist er im Laufe der Zeit rücksichtsloser und kühner geworden, entschlossen auszuprobieren, wo sein Verfügungsrecht endet und die Person beginnt. Und er findet diese Stelle nicht. Was er findet, ist ein stetiges Zurückweichen vor ihm. (»Majestät belieben zu scherzen.«) Er wird deutlicher und legt ihnen im Ton eines Gymnasialprofessors die großen politischen Fragen vor, als seien sie längst entschieden und es gelte nur zu prüfen, ob der Kandidat auch Bescheid wisse. In Wahrheit sucht er nach Zustimmung, auch nach Verständnis für seine Unsicherheit. Ist er der einzige, der manchmal die Janusköpfigkeit politischer Entscheidungen bemerkt? Die Flottenaufrüstung – stärkt sie oder schwächt sie die deutsche Position? Sie stärkt sie natürlich. Aber sie schwächt sie auch, weil sie England einen Grund zur Feindschaft gegen Deutschland gibt. (»Ganz wie Majestät zu meinen belieben.«)

Ins Hotel Esplanade lädt er zu Altherrenabenden ein. Im Kreis verdienter ehemaliger Offiziere fühlt er am ehesten, daß er verstanden wird. Aber die Herren sind zu glücklich über die Auszeichnung, eingeladen zu sein. (»Zu gütig, Majestät. Majestät sind zu gütig.«) Es gibt nichts Langweiligeres als die Gesellschaft von Menschen, die eben in eine Sphäre gesellschaftlichen Aufstiegs vorgedrungen sind, von der sie bisher nur in ihren kühnsten Träumen geträumt haben. Sie hätten den ganzen Abend am liebsten nur ein Wort gesagt: Hurra! Und dieses Wort, dieser Urschrei der Affirmation und Begeisterung, schien alles übrige, was gesagt werden mochte, zu durchdringen und mit dem frenetischen Jubel fragloser Zustimmung zu erfüllen.

Der Weiterbau der Bagdad-Bahn?

Hurra!

Der weitere Ausbau der Flotte?

Hurra! Hurra!

Der Kaiser hatte sich schon immer als Kapitän gesehen, der auf der Kommandobrücke seines Staatsschiffes steht und dessen Kommando »Volldampf voraus!« lautet. Prell hatte ihn so gemalt, und er liebte dieses Bild von sich. Es gibt Herrscher, deren ideeller Platz der Pferderücken ist. Und obwohl er zu Pferde weiß Gott keine schlechte Figur machte, war doch dies sein ideeller Platz. Zeigte nicht eines der ersten Fotos, die es von ihm gab, ihn nicht etwa auf einem Schaukelpferd, sondern in einem kleinen Schaukel*schiff*, das »Fortuna« hieß? Sein Glück waren die Schiffe und der Ausbau der Flotte eine Herzensangelegenheit für ihn. Die Überseeflotte muß erweitert werden. Acht große und zehn kleine Kreuzer. Eine Großmacht mit weltumspannenden Kolonialbesitzungen kann ohne eine einsatzfähige Überseeflotte nicht bestehen. Da war er mit Großadmiral von Tirpitz einer Meinung. Dazu die fünf Geschwader zu acht Linienschiffen und zweiundvierzig Kreuzer. Es war immer von beruhigender Wirkung auf ihn, Schiffe zu zählen. Es half ihm beim Einschlafen. In Fällen von kolonialer Insubordination zum Beispiel brauchte man nur zu telegrafieren.

Wir haben Nachricht von einer Erhebung auf Ponape, Ost-Karolinen, sagte er. Unbedeutende Insel. Nicht der

Rede wert. Doch sind tapfere deutsche Beamte getötet worden. Man weiß nichts Genaueres. Was meinen Sie, General, wandte er sich an den Inhaber eines der Plätze neben ihm, der unaufhörlich die beiden Enden seines im Stil des Großadmirals zweigeteilten Bartes auseinanderstrich, wie würden Sie entscheiden? Soll unsere Marine eingreifen?

O gewiß doch, sagte der Angesprochene, überrumpelt. Wilde Völker lassen sich nur mit unnachsichtiger Härte beherrschen.

Und das gilt besonders für die Bewohner der Südsee, sagte ein reich Dekorierter aus einer von der Majestät entfernteren Position, in der er den ganzen Abend schon auf seinen Einsatz zu einem Gesprächsbeitrag gewartet hatte, der ans kaiserliche Ohr dringen würde und an den er sich bis zum Ende seines Lebens mit gehörigem Stolz zu erinnern beabsichtigte: Sie sind von Natur aus feige und heimtückisch. Unberechenbar. Sie verstehen nur die Sprache kompromißloser Gewalt. Wir dürfen nicht in den alten Fehler der Spanier zurückfallen, die viel zu milde mit ihnen waren. Unter uns: Es sind keine Helden, die Südseebewohner, wie man weiß. Wohlleben, Faulheit und sinnliche Ausschweifung haben sie zutiefst verweichlichen lassen. Beim bloßen Anblick unserer Schiffe werden sie sich ergeben, da kann man sicher sein. Und dann …

Keine Gnade … Vergeltung … Rache für deutsches Blut, das vergossen worden ist, ließen sich mehrere andere vernehmen. Es war jetzt Leben in die Versammlung gekommen. Der Damm der Scheu und Zurückhaltung in Gegenwart des Monarchen war gebrochen. Niemand an der großen runden Tafel wollte in vaterländischem Eifer zurückstehen. Alle wußten sich in Übereinstimmung mit sich selbst und dem Kaiser. Ein erhebender Gemütszustand. Die beinah sakramentale Teilhabe am Geist des Kaiserreichs, freigiebig gespendet durch den Monarchen selbst. Ein Abendmahl.

In Wahrheit jedoch war Wilhelm II. verstimmt und ärgerlich, wenn er an Ponape dachte: Kampfschiffe seiner Marine für die Rettung von ein paar Missionaren und bankrotten Kaufleuten? Lohnte sich das etwa? Verschwendung, dachte er. Dafür hatten er und Tirpitz keine Flotte von Weltgeltung aufgebaut. Aber – der koloniale Gedanke verpflichtet, sagte er laut.

Hurra. Hurra. Hurra.

Schließlich gehörte auch dies zum Wettlauf mit England. (»Majestät haben ja so recht.«)

PONAPE 1911

Das alte Fort aus der Spanierzeit liegt auf einer Halbinsel, die der Kolonie vorgelagert ist. Die zwei Kilometer lange Befestigungsmauer ist an vielen Stellen gerissen und eingestürzt. Von den Kasematten und Unterständen, die es einmal gab, sind nur noch ein paar überwucherte Hügelchen übrig, in denen Ratten und Flughunde leben. Das Vorgelände, von den Spaniern sorgfältig gerodet, um ein gedecktes Anschleichen unmöglich zu machen, ist stark bewachsen und stellenweise sogar bebaut.

Die Eingeschlossenen sind müde. Sie müssen bei Tag und Nacht die Wälle kontrollieren. Und sie sind nicht genug für zwei Kilometer: Fünfzig Polizeisoldaten malaiischer Herkunft und zweifelhafter Loyalität, der Polizeimeister Kampnagel, der sie befehligt, der Arzt, der Koch, seine Frau und ein Landmesser sowie die beiden Vertreter der Jaluit-Gesellschaft, eine Handvoll Siedler mit ihren Frauen und die Missionare, die sich immer noch weigern, Waffen zu tragen, obwohl sie sich für den Wachdienst einteilen lassen und den Ruf des pórok, des Nachtvogels, erlernt haben, der als Alarmsignal dient.

Die Eingeschlossenen besitzen hundert Karabiner und alle Munition aus dem Waffendepot des Bezirksamtes, die sie in der ersten Nacht nach dem Überfall auf die Missionsstation in die Festung gebracht haben. Wasser gibt es genug für sie. Es regnet beinah jeden Tag in die Zisternen auf dem Festungsareal. Die Eingeschlossenen werden aller Voraussicht nach keinen Durst leiden müssen. Und sie haben auch Vorräte für ein paar Wochen, Getreide, Reis, Brotfrucht und Jamsknollen, alles unter dem Kommando des Arztes herbeigeschafft, der sich als Organisator ihrer Verteidigung und alter Kriegsveteran bewährt. Sie haben Zeltplanen, Decken, Stacheldraht und Fernrohre, mit denen sie das Meer nach den Schiffen absuchen, die sie zu ihrer Rettung erwarten.

Ihre Feinde sind schlau. Sie haben sich am Tage nach dem Ablegen des Linienschiffs erhoben, der einzigen Verbindung ihrer Kolonialherren mit der übrigen Welt. Zwar haben die das Ferngespräch erfunden, das durch Drähte geht, und einen Draht vom Bezirksamt zur Jaluit-Station gelegt, aber nicht durch das Meer. Vorsorglich haben die Ponape-Männer das Kabel heruntergerissen und mehrfach durchgetrennt. Selbst jetzt, da die Weißen besiegt sind, empfiehlt es sich immer noch, ihnen nicht zu trauen.

Doch auch der Arzt ist schlau. Sofort, in der ersten Stunde, als er die Nachricht vom Tod des Vizegouverneurs erhielt und alles auf einmal begriff, die Gefahr und die Chance, die darin für ihn lag, hat er einen Motorschoner zur Insel Yap geschickt, bemannt mit einem der Siedler, der lange zur See gefahren ist, und zwei Malaien, die als einigermaßen zuverlässig gelten. Eintausendzweihundert Seemeilen. Das sind acht bis zehn Tage bei ruhiger See. Von Yap aus kann man telegrafieren. Im Südchinesischen Meer kreuzt das ostasiatische Geschwader der Kaiserlichen Marine. Von dort kann Hilfe für Ponape kommen. Aber wer weiß, ob das Boot durchgekommen ist? Vielleicht sind sie schon auf Truk, wo sie Kohlen aufnehmen mußten, von Bord gegangen, froh, der ponapesischen Hölle entronnen zu sein? Doch der Siedler hat Familie auf Ponape. Der Arzt hat das bedacht, als er ihn auswählte. Aber ein Sturm? Ein Motorschaden? Auf See ist nie etwas sicher.

Die Eingeschlossenen erfahren, was es bedeutet, standhalten zu müssen. Die Bedrohung setzt niemals aus, weder bei Tag noch bei Nacht. Sie ist anwesend, nah, sehr nah. Bis in den Schlaf der Eingeschlossenen dringt sie mit ihrer Anwesenheit. Es gibt keinen Schlaf in der Festung, nur Augenblicke der Erschöpfung, wenn man sich, besiegt, den Träumen überläßt, in denen die Bedrohung Gestalt gewonnen hat, so daß man sich mit Entsetzen ins Wachsein zurückflüchtet, um festzustellen, daß man unvermindert bedroht ist, umstellt von allen Spielarten und Möglichkeiten des Entsetzlichen, von denen selbst der Alptraum nur einen mehr oder weniger unbedeutenden Ausschnitt zeigen konnte. Der wahre Alptraum ist die Wirklichkeit der Belagerten.

Dann, nach wenigen Tagen, vergessen sie den Feind. Kann es sein, daß er abgezogen ist? An seine Greuel erinnern sie sich nicht mehr. Sie sind ihnen entfallen, wie einem ein Traum beim Aufwachen entfällt. Gewiß hat sich der Feind längst zur Versöhnung entschlossen und wird hocherfreut sein, wenn man ihm dabei entgegenkommt. Verhandeln, sagen die Eingeschlossenen, wenn sie mit gesenkten Köpfen zur Wachablösung aneinander vorbeieilen, wir sollten verhandeln. Gerüchte gehen um, die davon wissen wollen, daß Verhandlungen bereits stattfinden, Friedensgespräche, geheim, die kurz vor ihrem Abschluß stehen. Soll man vielleicht mit weißen Fahnen winken?

Währenddessen ist die Bedrohung näher und unerbittlicher denn je. Einer muß sie beschwören. Es ist der Kommandant. Der Kommandant einer Festung muß die Angst vor den Belagerern wachhalten. Darin besteht seine wichtigste Aufgabe. Sie erfordert eine große Kraft und Beständigkeit im Haß. Das Herz des Komandanten muß eine uneinnehmbare Festung sein. Er ist es, der der Versuchung zur Ergebung widerstehen muß. Der Verlockung, die darin liegt, sich die Feinde weniger schrecklich, weniger gnadenlos vorzustellen. Die Festungsanlage selbst kann Breschen und Risse aufweisen, nicht aber die Furcht des Kommandanten vor den Belagerern. Er ist es – und manchmal ist er der einzige –, der nicht vergißt, wozu sie fähig sind.

Dr. Helmholtz ist ein solcher Kommandant. Sein Haß auf die Belagerer widersteht der Zermürbung, die Ziel und Zweck der Belagerung ist. Er wächst an ihr. Das ist es, was ihn befähigt, der Kommandant zu sein.

Wir sollten eine Abordnung von ihnen ins Fort einlassen, sagt der Missionar. Wir sollten verhandeln. Ich kenne die Braunen, glauben Sie mir. Viele von ihnen sind Christen, ich habe sie selbst getauft. Die Macht der Vergebung …

Muß ich Sie daran erinnern, entgegnet der Arzt, was diese Christen, die Sie zur Sanftmut bekehrt haben, wozu ich gratuliere, mit dem Vizegouverneur getan haben?

Ich plädiere nicht dafür, daß wir uns ergeben, sagt der Missionar. Aber man sollte verhandeln. Von Mensch zu Mensch, meine ich.

Vorausgesetzt, daß es keine Unmenschen sind, sagt der Arzt. Was ich bezweifle nach dem, was wir erlebt haben. Im übrigen heißt verhandeln ein Angebot machen. Und welches Angebot wollen Sie ihnen machen. Was ist Ihnen unser Leben wert? Das Ihrer Frau? Wollen Sie den Wilden Ihre eigene Frau überlassen, damit Sie und ich und die anderen – damit wir unsere Haut retten? Gerade Sie, Winter, müßten doch wissen, worum es geht.

Meine Frau ist keine Geisel, sagt der Missionar, blaß vor Beherrschung. Sie ist freiwillig zu ihnen gegangen. Sie wollte bei unserer Tochter sein. Es wurde keine Gewalt angewendet, wie Sie wissen. Die Braunen respektieren und achten sie. Sie hat schon sehr viel für sie getan.

Lieber Winter, sagt der Arzt, wenn es Sie beruhigt zu denken, daß diese Wilden auf eine schutzlose Frau Rücksicht nehmen … Ich dagegen bin hier für ebenso schutzlose Menschen verantwortlich. Sie erlauben, daß ich mich zu meiner zweistündigen Ruhe begebe.

Zwei von vierundzwanzig Stunden zum Schlafen. Wie kommen Sie damit zurecht?

Alte Menschen wie ich brauchen nicht viel Schlaf. Das einzige, was wir euch Jungen körperlich voraushaben. Ich kann mehrere Tage und Nächte hintereinander wach bleiben. Und Sie, Winter? Sie sehen müde aus. Legen Sie sich hin und schlafen Sie. Auf der Wache sind Sie ohnehin nicht viel wert. Dieses lächerliche Piepen nach Art der Nachtvögel, wem soll das nützen? Hätte ich eine Frau, die in der Gewalt von Wilden ist, würde ich lernen, mit einer Waffe umzugehen. Wenn ich mich recht erinnere, eine ganz reizende kleine Frau. Ein bißchen spitzzüngig, richtig? Ein bißchen vorlaut und – wie soll ich sagen – naiv, die kleine Frau. Naivität ist reizend, ganz reizend. Wir Männer mögen das. Doch müssen auch Frauen Bekanntschaft mit der Wirklichkeit machen, ganz genau wie wir. Und unter uns, Winter: Manchmal sind sie danach noch reizvoller als vorher. Trotzdem rate ich: Vertrauen Sie nicht zu sehr auf weibliche Vernunft oder gar Charakterstärke! Sie sind von Natur aus schwach. Und vertrauen Sie noch weniger auf die Ritterlichkeit der Wilden! Die wissen nicht, was das ist. Zwischen uns und den Wilden verläuft ein Graben, der tiefer ist, als daß Erziehung und Bildung ihn überbrücken könnten. Sie sind nun einmal von überwiegend animalischer Natur, wenn auch eine Anlage zu Höherem durchaus vorhanden ist. Das will ich keineswegs leugnen, Missionar. Und wenn ich als ein theologischer Laie recht unterrichtet bin, so ist die christliche Lehre doch au fond für die kindlichen und schlichteren Gemüter konzipiert und vielleicht gerade darum so erfolgreich in der weiten Welt. Rät sie nicht zu Demut und Dienstbarkeit? Verspricht sie nicht himmlischen Lohn für eben diese Tugenden? Wenn Sie mich fragen, Winter, so kann es für diese Menschen, die zur Herrschaft, anders als wir, nicht berufen sind, keine bessere Religion geben. Da bin ich ganz und gar einig mit Ihnen. Doch wird man von ihnen niemals – niemals! – die höheren Tugenden erwarten können, die unsere Zivilisation so unvergleichlich machen: Ehrgefühl. Ritterlichkeit. Treue. Zumal wir Deutschen sind in der Welt nicht so leicht zu überbieten, was unsere Ideale anbelangt. Was ist dies spanische Fort, in dem wir unglücklicherweise eingeschlossen sind, anderes als ein vorgeschobener Posten deutschen Geistes inmitten der Barbarei, die uns umgibt? Und Sie glauben, verhandeln zu können! Mit wem wollen Sie verhandeln? Mit Leichenschändern? Mit den Vergewaltigern Ihrer Frau? Pardon, Winter! Aber Sie müssen den Tatsachen ins Gesicht sehen. Irgendwann müssen wir das alle tun. Und nebenbei: Diese Festung, belagert von Wilden, die ganz erpicht darauf sind, sich an unseren Leichen zu vergehen, das ist ein guter Ort, um damit zu beginnen.

Vielleicht ist es für Sie ein guter Ort, um zu lernen, wohin die Menschenverachtung uns bringen kann, sagt der Missionar.

Er hat seit zehn Tagen nicht mehr geschlafen. Sein ehemals weißer Anzug ist schmutzig-grau und schweißgefleckt, sein Gesicht bärtig, die Augen tiefliegend, flackernd vor Anstrengung, wach zu sein und zu begreifen. Niemand von den

Eingeschlossenen sieht mehr wie ein Bote der Zivilisation aus. Am ehesten noch die Malaien in ihren khakifarbenen Uniformen. Es ist erstaunlich, wie sehr die Belagerung verändert. Jeden auf seine Art. Bis zur Unkenntlichkeit.

Wer ist zum Beispiel die Frau im dunklen Kleid, dessen Rock sie geschürzt hat, damit er sie nicht beim Besteigen der Wehrgänge hindern kann? Sie trägt das Haar offen und einen großen, breitkrempigen Strohhut darauf, den sie mit einem weißen Band festgebunden hat, in dem man beim näheren Hinsehen eine auseinandergefaltete Schwesternhaube erkennt? Richtig, es ist Hedwig. Die oberen Knöpfe des Kleides hat sie der schwülen Hitze wegen geöffnet, die Ärmel aufgekrempelt. Wie ihre nackten Waden sind die Arme tief gebräunt. Auch ihr Gesicht ist gebräunt. Oder ist es der Schmutz, das dunkle Make-up der Verwilderung, das ihr so gut steht? Ihre Augen blitzen hellblau daraus hervor. Sie hat Unschätzbares geleistet bei der Ausbesserung der Befestigungsanlagen. Sie hat Gräben ausgehoben, Pfosten eingerammt und Stacheldraht gezogen. Der Schlafentzug, die Bedrängnis, das stete Wachsamsein bekommen ihr gut. Sie ist geschwellt von der Hoffnung auf das Eintreffen der Hilfstruppen. Sie malt sich einen Sieg aus, der die Feinde bestrafen und diejenigen, die sich im Kampf für das Gute bewähren, erhöhen wird. Sie zweifelt nicht an diesem Sieg. Sie besitzt die Gesundheit einer Bäuerin, die vom Feld heimkehrt und, ohne sich Erholung zu gönnen, die Arbeit im Stall aufnimmt. Sie *ist* diese Bäuerin, ausgestattet mit Belastbarkeit, guten Nerven und einer Kraft, die sich in rastloser Arbeit stählt. Die Belagerung bringt es endlich an den Tag. Ihre Kraft wächst in Bedrängnis. Ihr Mangel an Geist bewährt sich jetzt als Vertrauen in Durchhalteparolen. Wenn keine Hilfe kommt, wenn es den Feinden gelingt, den Belagerungszustand so lange aufrecht zu erhalten, bis der Letzte in der Festung gestorben ist, so wird Hedwig diese Letzte sein. Nein, diesem Durchhaltevermögen ist kein Feind gewachsen.

Dr. Helmholtz hat Gefallen an Hedwig gefunden. Er sieht ihr mit großem Vergnügen zu, wie sie mit Schaufel und Spitzhacke arbeitet. In Betrachtung ihrer Waden verrät sein Gesicht den Abglanz vergangener Begehrlichkeit. Und auch Hedwig, kennte sie andere Träume als die vom Sieg der Rechtschaffenen, würde vielleicht den alten Witwer in Betracht ziehen. Doch erfüllt sich nicht jede Bestimmung zum Paar notwendig in einer Liebesgeschichte. Die Möglichkeiten sind zahllos, und dies ist offenbar eine von ihnen: leidenschaftliches Kombattantentum.

Eines kann Hedwig dem Arzt nun nicht länger verweigern, und es scheint, daß es sich um einen Akt wahrer Hingabe handelt, der alle Merkmale wahrer Hingabe trägt: Unwiderruflichkeit, Selbstüberwindung sowie den Makel der Sünde und des Verrats moralischer Grundsätze. Hedwig will Dienst mit der Waffe tun.

Der Missionar ist sprachlos.

Jawohl. Hedwig ist bereit, in einer außerordentlichen Lage das Außerordentliche zu tun. Während sie das dem Missionar begreiflich zu machen versucht, sieht sie Dr. Helmholtz an:

Wir brauchen jetzt jeden Mann, sagt sie.

Aber du bist eine Frau, sagt der Missionar fassungslos.

So hat sie ihn nun doch so weit gebracht. Sie ist heiter, gelassen, zufrieden, als sie ihn das sagen hört. Man muß sehen, wie sie sich den Strohhut abnimmt und mit gespreizten Fingern durch die widerspenstigen Locken fährt, indem sie den Kopf zurückwirft, eine Geste, die zwei Generationen später erst wissen wird, was sie bedeuten will: Hüte dich je zu vergessen, daß ich eine Frau bin, bedeutet sie.

Glauben Sie, daß ich es lernen kann? sagt sie zu dem Arzt gewandt.

Aber ja, sagt der Arzt. Ich möchte wetten, daß Sie ein Naturtalent im Umgang mit der Waffe sind. Man muß vielleicht etwas üben ...

Ich werde es dir zeigen, sagt der Missionar zu Hedwig.

Nanu, sagt der Arzt, haben Sie denn gedient?

Bisher nur Gott, sagt der Missionar. Aber das kann sich ändern, wenn es so weitergeht.

Natürlich ist er Soldat gewesen. Jeder gesunde Mann ist Soldat gewesen. Trotzdem gefällt es dem Arzt nicht, wie der Missionar mit ihm spricht. Wenn Männer wie Karl Winter schlagfertig werden, ist viel zu viel Bitterkeit und Gekränktheit im Spiel. Dann werden sie unberechenbar.

Es ist nicht gut, wenn der Kommandant einer Festung mehr gehaßt wird als der Feind, der vor den Mauern steht. Gefürchtet: ja. Aber nicht gehaßt. Das ist Verschwendung. Aller Haß muß für den Feind aufgespart werden. Das könnte der Missionar eigentlich selbst wissen, denkt der alte Arzt.

Bei der Wachablösung am Abend des dreizehnten Tages entstand plötzlich Unruhe an der Seeseite des Forts, wo ein sorgfältig bewachter Durchschlupf für die Versorgung mit Nachschub über das Wasser angelegt worden war. Die Malaien hörten ganz nah die Stimme einer Frau, die in Ponape-Sprache höflich darum bat, eingelassen zu werden, als handle es sich um einen schon lange fälligen freundschaftlichen Besuch.

Wenn wir dich sehen, dann schießen wir auf dich, sagte einer der Malaien ebenso höflich.

Ich bin hier, sagte die Frau und klopfte gegen die Bohlen, die in die Festungsmauer eingelassen waren.

Sie holten den Polizeimeister. Der Polizeimeister lief zum Arzt.

Gesetzt den Fall, es handelt sich um eine Spionin, sagte der Arzt, ist es besser, wenn wir sie bei uns haben.

Richtig, sagte Kampnagel. Wir können sie verhören und immer noch erschießen.

Richtig, sagte der Arzt. Aber seien Sie vorsichtig.

So ließen sie Nan-tei herein. Bei dem Versuch, sie zu fesseln und zu knebeln, biß sie einem der Malaien die Handwurzel durch. Schließlich gelang es vier Männern, sie zu Dr. Helmholtz zu tragen.

Was willst du hier? fragte er.

Sie will zu den Missionaren.

Wer schickt dich? fragte er.

Jesus, sagte sie. Jesus ist mein Herr.

Sie hatte dem nichts hinzuzufügen und ging offenbar davon aus, daß dies genügend Einvernehmen zwischen ihr und dem Arzt stiftete. Denn war er nicht ein Weißer? Und alle Weißen nicht Christen wie sie auch?

Ich meine, wer dir gesagt hat, daß du ins Fort gehen sollst, sagte der Arzt ungeduldig.

Sie schien die Frage nicht zu verstehen. Dann, plötzlich aufleuchtend, verschwörerisch, als verriete sie ein Geheimnis, an dem teilzuhaben auch für den alten Arzt eine Freude sein müsse: Bruder Ludwig.

Bruder Ludwig? Der Hilfsmissionar? Wann hat sie mit ihm gesprochen?

Wann? Sie spricht immer mit ihm, bei Tag und auch bei Nacht, setzte sie etwas verschämt hinzu. Er ist in ihrem Herzen. Da redet er zu ihr.

Ob auch sie zu dem Herzen des Hilfsmissionars rede, fragte der Arzt, halb verächtlich, halb amüsiert.

O ja! sagte Nan-tei.

Man soll die beiden Missionare holen, befahl der Arzt.

Diese Kanakin behauptet, daß Sie sie dazu verleitet haben, in das Fort einzudringen und für die Aufständischen zu spionieren. Kennen Sie sie? fragte er, zu Ludwig Klingenschmied gewandt.

Natürlich, antwortete Karl Winter an seiner Stelle. Sie war als Dienstmädchen bei uns. Sie ist getauft.

Gratuliere, sagte der Arzt. Ich habe einiges gelernt über die Methoden, mit denen Sie arbeiten. Waren Sie in anderen Fällen auch so gründlich beim Bekehren der schönen Heidinnen? Diese gibt jedenfalls an, daß sie von Ihnen, Herr Hilfmissionar, geradezu besessen ist. Sie kann bei Tag und Nacht an nichts anderes mehr denken als an Sie. Na? Und wie geht es Ihnen damit? Haben Sie nicht vorwiegend weibliche Seelen um sich geschart und »zum Herrn bekehrt«? Wobei die Herren wohl eher Sie selber waren, wie mir scheint. Nun ja, das ist Geschmackssache. Mein Fall waren diese Kanakinnen nie, muß ich zugeben. Zu leicht, diese Mädchen. Zu hurenhaft, wie sie sich einem überall anbieten. Ich wundere mich doch, daß Sie diesen Umweg über die Seelen für notwendig halten. Soweit ich weiß, kann man mit ihnen doch sehr viel direkter zur Sache gehen.

Sie werden sich für diese unglaublichen Unterstellungen entschuldigen, sagte der Missionar.

Sie haben recht, entgegnete der Arzt. Ich bin zu weit gegangen. Dies alles ist sehr privat. Es gehört nicht hierher. Sie haben völlig recht. Ich kann auch gut verstehen, daß Sie auf diesem Gebiet besonders empfindlich sind. Sagten Sie nicht, daß Ihre Frau aus freien Stücken bei den Wilden lebt?

Ich glaubte an Gewalt. Sie selbst belehrten mich, daß auch persönliche Neigung mit im Spiel ist. Ich erinnere mich daran, daß sie schon früher einem gewissen Hingezogensein zu dieser Rasse nicht widerstand. Doch, wie gesagt, sehr privat, sehr heikel, dies Thema. Verzeihen Sie, wenn ich Sie beleidigt haben sollte. Ich entschuldige mich. Aber was tun wir mit dieser Frau? Sie ist möglicherweise tatsächlich – wie soll ich sagen? – aus persönlichen Gründen hier. Doch bleibt sie unsere Gefangene. Wir können sie als Geisel verwenden. Wer weiß, was uns das noch nützt.

Lassen Sie sie gehen, sagte Ludwig. Sie vertraut uns. Sie versteht überhaupt nicht, was hier geschieht. Bei einer möglichen Erstürmung unseres Forts wäre sie viel zu gefährdet hier.

Bei einem Sturm auf das Fort würden wir sie erschießen. Was sonst, sagte der Arzt. Bis dahin kann sie für uns in der Küche arbeiten.

Er befahl den Malaien, sie fortzubringen.

Geh, sagte Ludwig zu ihr. Geh mit ihnen.

Und sie ging ohne Umstände mit.

Ich hoffe nur, sagte der Arzt, daß all die anderen Mädchen, die Sie so gründlich bekehrt haben, nicht auch überlaufen wollen. Das könnte lästig sein.

Das Festungsareal ist nicht so klein, daß die Eingeschlossenen sich nicht aus dem Weg gehen können, aber es ist auch nicht groß genug, um zu erlauben, daß man für sich sein kann. Vor allem im Bereich der Zeltunterkünfte und der wiederhergestellten Küchenbaracke ist es unmöglich, einander nicht zu begegnen. Jeder einzelne übt Kontrolle aus und wird kontrolliert. Warum schleicht der Missionar um den Küchenbau herum? Was sucht er in der Nähe der

Abfallgrube, über der mit Geschrei die Möwen kreisen und auf ihn aufmerksam machen? Er will Nan-tei sprechen. Als es ihm schließlich gelingt, weiß er, daß er von verschiedenen Seiten dabei beobachtet wird, und er ist nicht einmal sicher, ob er nicht belauscht wird. In einer Festung wird Privatheit nicht respektiert. Es gibt sie einfach nicht.

Weißt du, wo meine Frau ist? fragt er Nan-tei. Hast du sie gesehen? Weißt du, wie es ihr geht?

Nan-tei hat sie nicht gesehen.

Aber was sagt man? fragt der Missionar. Was spricht der Papagei (Ponape-Ausdruck für Klatsch)?

Der Papagei sagt, was er gehört hat: Schwester Lina ist bei Jomatau. Der Papagei sagt auch, daß Schwester Lina nicht mehr die Frau des Missionars ist, sondern Jomataus Frau. Aber nicht alles, was der Papagei spricht, ist wahr. Er hat es nachgesprochen. Er spricht auch die Lügen nach.

Ja ja, sagt der Missionar. Und wo ist Jomatau?

Niemand weiß, wo er ist. Beim großen Jagen (Ponape-Wort für Krieg) weiß niemand, wo die Männer sind.

Und wo sind die Frauen? Jomataus Frauen?

In Kiti wahrscheinlich.

Aber sie kommt doch von Kiti. Dann müßte sie Schwester Lina doch gesehen haben.

O, sagt Nan-tei und lächelt nachsichtig. In Kiti gibt es viel Platz für schöne Geheimnisse (Ponape-Ausdruck, der so etwas Ähnliches wie Privatleben bedeutet).

Und meine Tochter, fragt der Missionar, hast du meine Tochter gesehen? Wo ist meine Tochter?

Na na, sagt einer der Siedler, der eben vorbeigeht, was machen Sie denn da?

Der Missionar hält das Mädchen an beiden Schultern fest. Es sieht ganz so aus, als wollte er ihr zu nahe treten.

Limui? sagt Nan-tei erfreut.

Der Missionar läßt sie los.

Sie heißt Irmgard, sagt er müde.

Das Fischlein (Ponape-Kosewort für Kinder) schwimmt hier und dort, sagt Nan-tei. Ein Ausdruck, der das allgemeine Wohlergehen einer Person bezeichnen soll.

Und wo? sagt der Missionar.

Das letzte Mal hat Nan-tei sie im Boot von Nan-murai, der Amme, gesehen, die mit ihrer Familie einen neuen Siedlungsplatz aufgesucht hat, wo die Kinder in Zeiten des großen Jagens sicherer sind. Nan-tei weiß nicht, wo er liegt. Überhaupt sind sowohl Schwester Lina als auch das Kind bei den Ponape-Leuten viel sicherer, als die anderen Weißen im Fort es sind, meint Nan-tei. Hier sind bald alle tot, sagt sie bekümmert und blickt in Richtung der Wälle, wo Ludwig irgendwo steht und Wache hält.

Der Missionar ist auch so entschlossen, einen Ausfall zu wagen. Er ist soweit. Er ist der erste von den Eingeschlossenen, der soweit ist. Nur: Wie kommt er nach Kiti? Niemand weiß, wo es liegt. Er müßte jemanden finden, der ihn nach Kiti bringt. Der Missionar denkt daran, sich ganz allein auf den Weg zu machen, obwohl er weiß, daß das schon in friedlichen Zeiten unmöglich war. Aber er ist soweit. Irgend etwas muß geschehen.

Der Missionar weiß nicht, daß dies das taktische Ziel der Belagerung ist: die Eingeschlossenen zu einem Ausfall zu bewegen. Wenigstens einen von ihnen. Und daß er es ist, den sie von Anfang an schon erwarten. Beim großen Jagen verhalten sich nämlich die Weißen nicht anders als jeder Feind. Sie werden voraussagbar. Die Ponape-Leute wissen das. Kriegführen macht gleich. Es bringt die Menschen auf seltsame, grausame Weise einander nah.

Dem Missionar wird ein Zufall zu Hilfe kommen.

Lina hat jetzt begonnen, mit Gott sehr formlos zu verkehren. Sie beschwert sich bei ihm, macht ihm Vorhaltungen. Manche Dinge, die sie nötig braucht, wie zum Beispiel ein Mittel gegen die Flohplage, erbittet sie nicht, sie verlangt sie einfach von ihm. Ihre Füße sind bis zum Knöchel geschwollen von Flohbissen, als habe sie rote Söckchen an. Gott kümmert sich nicht darum. Ihr Haar ist verfilzt, voller Läuse, die sie auf Schultern und Nacken spürt.

Auch er macht nicht mehr viel Umstände mit ihr: Verhalte dich ruhig! Halt die Augen auf! Warte! Was ist denn schon wieder?

Es ist ein unwirscher Gott, der sich zwar möglicherweise ganz in der Nähe aufhält, jedoch anderweitig beschäftigt ist. Je näher, desto einsilbiger und stummer verhält er sich. Er spricht nur noch aus den Dingen. Er gibt keine Erklärungen, keine Antworten mehr.

Sie liegt in einer Hütte, die keine Fenster hat. Licht dringt nur durch die Ritzen zwischen Zweigen, die das Flechtwerk der Wände bilden. Es herrscht ein dämmriges Dunkel mit überraschenden Lichtbahnen dann und wann, in denen goldener Staub und kleine Mücken tanzen. Sie ist nackt. Ihr Körper fühlt sich wie ein glattes, fremdes, glitschiges Tier an. Eine Fröschin vielleicht. Sie muß verwunschen sein. Das ist es, was sie fühlt: Sie befindet sich im Zustand des Verwunschenseins. Wenn sie sich kratzt, und sie kratzt sich viel, schabt sie mit ihren Nägeln Schichten von Talg von sich. Sie schmiert ihn auf die Matte und auf den Boden, auf dem sie liegt. Sie ist in einen Geruch gehüllt, der von ihr kommt und doch nicht ihr eigener ist. Ein Geruch nach verwestem Fisch. Sie hat sich ihm ergeben nach und nach. Er steigt aus ihren Poren, also muß es ihr eigener sein. Der Widerspruch zwischen ihr und dem Geruch, den sie ausströmt, ist das Unerträglichste an ihrer Gefangenschaft. Doch quält es sie nicht mehr eigentlich. Es erniedrigt nur noch, zu wissen, daß sie imstande ist, sich daran zu gewöhnen.

Die Alte kommt jeden Tag und reibt sie aufs neue ein. Lina hat alles Fragen und Bitten aufgegeben. Limén tut an ihr, was sie tut, mit herrscherlicher Geste und dem Ausdruck gnadenloser Überlegenheit.

Eines Tages hat sie ein seltsames Werkzeug bei sich, ein Bambusrohr, an dessen Ende mit Pandanewurzelfasern einige Dornen befestigt sind. Dazu ein paar kräftige, frische Zuckerrohrabschnitte. Zwei jüngere Frauen sind mit ihr gekommen, die mit dunkler Flüssigkeit gefüllte Kokosschalen tragen. Sie haben Lina zum Baden an eines der vielen Bachstaubecken geführt, die es in der Nähe des Dorfes gibt, und ihren Körper zum Trocknen mit Bast abgerieben.

Als sie wieder auf ihrer Matte liegt, befiehlt ihr die Alte, sich umzudrehen. Dann setzt sie sich auf Linas Rücken und beginnt, ihr Gesäß mit dem Zuckerrohr zu bearbeiten. Es kommt Lina bis zur Lachhaftigkeit absurd und gleichzeitig beschämend und erniedrigend vor. Sie versucht die Alte von sich abzuschütteln, wird aber von den anderen Frauen gepackt und festgehalten. Sie begreift, daß an Notwehr nicht zu denken ist. Sie fühlt ein seltsames Brennen auf der rechten Gesäßbacke, dem ein rhythmisches Klatschen folgt, begleitet von dem monotonen Gemurmel der drei Frauen, das sich sofort lauter erhebt, sobald Lina sich rührt. Jetzt wiederholt sich das Brennen, und Lina begreift, daß man sie tatauiert. Hat sie sich je in einer lächerlicheren und zugleich auswegloseren Lage befunden? Ihr wird bewußt, daß ihr Körper ihr nicht mehr gehört und auch nie wieder gehören wird. Ein Tatoo ist für immer. Und sie weiß nicht einmal, womit sie gezeichnet wird.

Später, als sie wieder allein ist, auf dem Bauch liegend, versucht sie es zu ertasten und zeichnet mit dem Finger die leichte Schwellung nach, die sie fühlt. Ein halber Mond? Eine aufgehende Sonne? Ein Boot mit geblähten Segeln? Sie wird es nicht erfahren. Denn es gibt keinen Spiegel in ihrer Hütte. Und ihr eigener Blick beim nächsten dämmrigen Tageslicht, perspektivisch verzerrt, läßt verschiedene Deutungen zu. Sie wird darauf angewiesen sein, daß es ihr jemand sagt.

Sie weiß nicht, wie viele Tage sie schon in der Hütte war. Sie denkt an Robinson Crusoe und seine sorgsame Buchführung der Zeit. Altes Merkmal der Verwilderung, des Ausgestoßenseins aus der Zivilisation: Nicht mehr zu wissen, wann Sonntag ist. Nicht mehr mitzuschwingen im Rhythmus aus sechs und eins. Die Zeit ein Stillstehen im Wechsel von Tag und Nacht. Ohne den Fluchtpunkt der Ewigkeit. Vollkommen diesseitig. Keine Entwicklung, nur Zustand ist noch wahrnehmbar. Der Monat? Januar. Oder schon Februar? Was sind Januar oder Februar auf Ponape? Es bedeutet nichts.

Am Abend riecht sie die Feuer der Erdöfen vom nahe gelegenen Dorf. Es ist nicht weit entfernt. Sie hört Schritte und Stimmen. In ihrer Nähe führt ein Weg vorbei. Sie kann durch ein paar Farnbüschel dann und wann etwas Bewegung sehen, einen Haarschopf, braune Glieder, einen bunten Rock. Einmal hat sie blondes Haar gesehen, helle Beine von einem Kind. Sie hat »Irmgard!« gerufen. Aber ihr hat niemand geantwortet. Und so sehr sie auch jeden Tag mit den Augen sucht, ein weißes Kind ist nicht wieder vorbeigekommen. Vielleicht hat sie sich auch geirrt. Es gibt ja in den Dörfern auch Mischlinge, mehr oder weniger weiß.

Eines Tages tritt jemand ohne Gruß in ihre Hütte ein. Die Tür bleibt offenstehen, so daß das Licht des Tages auf sie fällt. Nach der langen Dunkelheit, in der sie gelegen hat, ist es wie ein Paukenschlag. Das Licht tönt, wenn man an das Dunkel gewöhnt ist. Sie richtet sich auf. Sie kriecht zur Wand. Sie versucht, sich in den Schatten zu bergen. Sie bedeckt ihre Nacktheit mit der Matte, die sie zu sich zieht. Aber der Besucher nimmt sie ihr mit ruhiger Geste weg. Es ist Jomatau.

Er betrachtet sie lange, so wie er ein Boot betrachten würde, dessen Seetauglichkeit er überprüft, bevor er einen Kauf in Erwägung zieht. Im Hintergrund steht die Alte, die lautlos mit ihm eingetreten ist. Er nimmt sich Zeit. Er setzt sich auf seine Fersen, so daß er Auge in Auge mit ihr ist. Es ist ein ernster Blick, auf den sie trifft, überaus sachkundig. Ein Blick, der genau weiß, was er sucht, und keinen Zweifel daran läßt, daß er sich nehmen wird, was er gefunden hat, weil es ihm zusteht. Eine Spur Bekümmertheit ist darin, daß er tun wird, was er tun wird. Doch nicht so viel, daß er sich dafür entschuldigte. Bei weitem nicht. Jetzt nimmt er ihre Hand und zieht sie von der Schulter, auf der sie lag, weil sie mit den gekreuzten Armen ihre Brust bedeckt hielt. Es ist eine sanfte Bewegung. Viel von der wissenden Skepsis des prüfenden Blickes liegt darin. Er legt ihre Hand in ihren Schoß. Dann läßt er sie los und ergreift die andere, die sich ihm ebenso überläßt. Es geschieht ohne Linas eigenen Willen, aber nicht willenlos. Indem ihr Wille sich ergibt, tut er es mit der ganzen Kraft und Inbrunst, mit der er will, was er selber will. Er willigt ohne Bedenken ein. Sie ist nichts anderes mehr als Antwort auf die Frage, die immer noch prüfend verhaltene skeptische Frage, deren Gegenstand sie ist, tastend vorgebracht. Zwischen zwei Fingern richten sich ihre Brustwarzen auf. Eine Hand legt sich auf ihre zitternden Schenkel, nachdrücklich, wie sich die Hand des Besitzers auf die Bootsreling legt, ihre Glätte überprüfend, genießend, indem sie sanft auf- und abstreift, während er noch innehält und überschlägt, welchen Kurs er nimmt.

Da taucht Limén plötzlich aus dem Dämmern der Hütte auf. Nach Art der Ponape-Leute tritt sie aus ihrer verborgenen Anwesenheit in die Sichtbarkeit, ohne Übergang. Lina wird schlagartig bewußt, worum es sich handelt: ihre sexuelle Übereignung. Die Alte preist ihre Vorzüge, ihre Schönheit, die sie als ihr eigenes Werk ausgibt. Sie will sie umdrehen, um ihre Tätowierung zu demonstrieren. Lina ist ihr Produkt. Wie die Hexe im Märchen das Kind gemästet hat, so hat sie sie zum Verzehr vorbereitet. Sie will gelobt werden.

Aber der Herr, für den sie arbeitet, scheint nicht zufrieden. Jomatau wendet sich jetzt von Lina ab.

Keinen Appetit?

Nein. Hat er nicht.

Ist sie ihm vielleicht zu dünn? Sie will aber auch nicht essen. Es ist zu schlimm mit ihr. Man bringt ihr Früchte, Gebratenes – alles lehnt sie ab. Sie spricht nur von dem Kind. Sie will das Kind sehen.

Jomatau schüttelt mit Unwillen den Kopf. Weiberkram. Er hat das flüchtige Interesse, das er haben mochte, verloren. Ohne Lina noch einmal anzusehen, wendet er sich zum Ausgang.

Soll man weiter an ihr arbeiten? Möchte er sie aufwendiger tätowiert? Ein Anfang ist gemacht. Will er es nicht doch in Augenschein nehmen?

Doch Jomatau hat in Zeiten des großen Jagens Wichtigeres im Kopf.

Die Tür bleibt offen. Von jetzt an kann Lina gehen, wohin sie will. Sie bittet Limén um Kleidung und erhält sie von ihr: einen halblangen Rock aus Rindenstoff und, auf ihre Bitte hin, einen baumwollenen Überwurf, ein viereckiges Tuch mit einer Halsöffnung, das ihre Brust zwar bedeckt, jedoch keineswegs versteckt und bei jeder Bewegung, die sie mit den Armen macht, sehen läßt.

Ihre eigenen Kleider?

Nein, sagt Limén.

Sie ist eine Gefangene.

Als sie zum erstenmal ins Dorf geht, begegnet sie der gleichen Freundlichkeit, die sie kennt.

Schwester Lina! Wann ist wieder Unterricht?

Wenn Gott es wieder erlaubt, antwortet sie darauf.

Da und dort wird sie scheu um Hilfe gebeten. Aber sie hat kein Verbandsmaterial, keine Medikamente. Sie kann nichts weiter tun als dann und wann einen Umschlag machen, einen Rat geben. Das enttäuscht, wie sie merkt. Offenbar hat man geglaubt, daß die Magie der Weißen unter allen Umständen wirkt. Die Erfahrung, daß Schwester Lina nicht mehr kann als jede Frau auf Ponape, die zwei Hände hat, trägt viel zu dem Rückhalt bei, den die Aufständischen in der Bevölkerung haben. Da sitzt sie in ihrem Rindenrock, mit nackten, schmutzigen Füßen und bloßen Knien, das Haar zu einem Zopf im Nacken geflochten, und keinen Zierrat, keine Muscheln um den Hals, keinen Laubkranz auf dem Kopf, keine roten, wollenen Pompoms im Ohr, schmucklos wie die allerärmste und verachtetste Ponape-Frau.

Ihr Gott hat ihr nicht geholfen.

Und Jomatau hat sie nicht gewollt.

Sie fragt jeden nach dem Kind.

Sie haben das Kind gesehen, das ist wahr. Die Männer haben es mitgebracht. Es ist ein Ponape-Kind, von Ponape-Milch genährt. Die Kinder gehören dem Stamm, der sie genährt hat. So ist es nun einmal.

Und was haben sie mit ihm gemacht?

O weiter nichts. Die Amme, die Nan-murai, hat es mit sich fortgenommen. Sie ist mit einigen anderen Familien in ein anderes Dorf weiter im Süden der Insel gezogen. Sie fürchten die Rache der Deutschen. Doch ist da nichts zu fürchten. Die Deutschen sind in der Festung. Sie können nichts mehr tun.

Und wie heißt das Dorf?

Es gibt mehrere Dörfer.

Und welches ist es?

Das Dorf der schlafenden Fische.

Das gibt es doch gar nicht. Davon hat Lina nie gehört.

Sie lachen. Nein, das gibt es nicht. »Das Dorf der schlafenden Fische« ist ein Witz. So nennt man Orte, von denen man nicht weiß, wo sie sind.

In der ersten Zeit auf Ponape hat Lina Heimweh nach Altena gehabt. Es gibt nicht ein bißchen Heimweh. Heimweh ist immer total. Ein Schmerz, der von jedem anderen Schmerz oder Glück Besitz ergreift und es zunichte macht. Die Heimwehkranke kennt kein Gefühl außer dem Heimweh. Da ist nichts außer ihm. Kein Glück, kein Duft, keine

Schönheit, kein Abend, kein Morgen. Alles dies gab es da, wo sie zu Hause war.

Ein Bach, dessen rieselnde Wasser ihr das Gefühl von Kühle und Geheimnis vermitteln?

Sie kannte einen Bach in Altena. Allein sein Name, Linscheider Bach, birgt mehr Kühle und Geheimnis als jeder Bach der Welt.

Es gibt keine Empfindung für die Heimwehkranke. Selbst Güte, Mitmenschlichkeit, ja Liebe sind nichts als Wörter für sie, schemenhaft, inhaltsleer. Sie wecken nichts als den Schmerz, nicht dort zu sein, wo sie Leben und Bedeutung haben. In Altena, nirgends sonst.

Lina hat diese Anfechtungen im Gebet bestanden. Das sind die Wunder, die der Gott, an den sie sich wendet, leisten kann. Sie hat ihn bestürmt, ihr Heimweh zu heilen, und er hat ihr die Schönheit der ponapesischen Süßwasserbäche offenbart, ihre grüne Kühle, ihr murmelndes Geheimnis, unendlich viel wunderbarer als in Altena. Das Herz der Ponape-Menschen, voller Rätsel und Abgründe, hat er ihr gezeigt. Jetzt will er ihr den Schmerz, die Verlassenheit zeigen, den Ponape-Schmerz, die Ponape-Verlassenheit, unendlich viel schlimmer und tiefer als in Altena. Lina begreift, daß jetzt Schmerz und Verlassenheit an der Reihe sind, um sie hier heimisch zu machen. Sie wundert sich nicht, und sie wehrt sich nicht dagegen. Jetzt erst ist sie auf Ponape angekommen. Jetzt lebt sie hier. Von Altena aus gesehen ist dies das Dorf der schlafenden Fische, wo sie ist. Kein wirklicher, ein virtueller Ort. Ein Ort, zu dem kein Weg, nicht einmal in Gedanken, führt. Sie ist hier so unauffindbar verlassen, als wäre sie nicht mehr von dieser Welt. Es braucht einen glühenden Willen, ein ungewöhnliches Maß an Entschlossenheit, um sie hier wegzuholen. Eine ganze Armee brauchte es. Aber Armeen setzen sich nicht in Bewegung, um eine Missionarin zu retten, die sich zudem noch freiwillig in Gefangenschaft begeben hat. Es müßte sie jemand sehr lieben, um das zu tun.

Ist sie vielleicht die letzte von den Europäern auf Ponape? Sie weiß es nicht. Sie hört, daß das große Jagen weitergeht, und schließt daraus, daß noch andere außer ihr überlebt haben. Sie weiß nicht, ob ihr Mann noch lebt. Doch sie denkt, daß er zusammen mit den anderen im Fort ist. Sie werden durchhalten, bis ein Schiff kommt, denkt sie. Und ich werde hier bleiben. Vielleicht für immer? Wie Winston, der sie in ihrer seltsamen Kleidung einer Ponape-Frau, und zwar der ärmsten und verachtetsten unter ihnen, immer noch Madam nennt.

Madam, dürfen wir Sie zum Tee einladen?

Madam, haben Sie auch alles zu Ihrer Bequemlichkeit?

Es treibt ihr fast die Tränen in die Augen. Zu denken, daß er vielleicht der letzte ist, der in ihr noch sieht, was sie einmal war. Sie möchte ihm von Altena erzählen. Und sie beginnt …

Vergessen Sie's, sagt Winston. Das beste ist, Sie vergessen es vollkommen. Es hilft Ihnen hier nicht, Madam.

Aber sie will lieber tot sein, als das zu vergessen: das rötlichgelbe Band der verschmutzten Lenne, ihr metallener Geruch …

Das macht Sie fertig, sagt Winston. Vergessen Sie's. Das ist Gift.

Dann wieder stellt sie sich vor, wie sie mit der Kleinen, wenn sie sie gefunden hat – und sie muß sie finden –, heimlich ein Boot nimmt. Eines von den Einbaumbooten mit Ausleger, wie es sie vor drei Jahren nach Ponape gebracht hat. Sie wird es nach Truk schaffen. Und von dort aus nach

Yap und weiter nach Sydney. Und irgendwann ganz nach Hause. Und, längst verloren gegeben, werden sie vor der Tür stehen. Und es wird ein großes Fest und Tränen und Umarmungen geben. Es gibt kein größeres Pathos als das der Heimkehr verlorener Kinder. Kein größeres Glück. Kein wundervolleres Ende einer Geschichte von weiter Fahrt, Gefahr und Verirrungen. Doch jetzt befindet sie sich am Punkt denkbar größter Entfernung von ihrem Ziel. Oder war dies das Ziel? Ist sie jetzt angekommen, wohin sie gesendet war? Sie hat erziehen, verändern, die Botschaft von einer großen Erneuerung der Menschen verkünden wollen. Jetzt ist sie es, die verändert worden ist.

Lina sitzt in der offenen Tür ihrer Hütte. Kinder laufen vorbei, Frauen auf ihrem Weg zum Badeplatz. Niemand beachtet sie. Keiner wendet den Kopf, um sie zu grüßen. Ihr Rat und ihre Belehrungen sind nicht gefragt. Ihr Wissen um erste Hilfe, Lochstickerei und moderne Konservierungsmethoden hat seinen Glanz, seine Anziehungskraft verloren. Als Lockmittel hat es ausgedient. Ihre Musik, ihre Lieder, der ganze Katzenjammerklang ihres Harmoniums, der den Ponape-Leuten noch nie gefallen hat – wo sind sie jetzt? Verstummt in dem Mißgetön, das der klingende Kasten von sich gab, als man ihn zerschlug, diesem Splittern und Jaulen und dünnen Wimmern, das er hören ließ.

Sie hatten sich in der Kirche eingeschlossen. Eher aus Einsicht in die Unausweichlichkeit ihres Endes als im Verlangen nach Schutz. Eine Art Anstandsgefühl befahl ihnen, sich dort zerstückeln zu lassen. Nicht im Freien wie der Vizegouverneur, nicht wie seine Begleiter im Wasser oder am Strand, sondern unter dem Dach des Hauses Gottes, das sie gebaut hatten. Es war erstaunlich, wie starr und stumm sie waren. Keiner von ihnen hatte sich ein Ende als Märtyrer vorgestellt. Sie hatten jede Anfechtung, jedes Maß an Heimweh, Entbehrung, Strapazen erwartet, aber nicht dies. Es kam ihnen unwirklich, beinah lächerlich vor, daß sie so enden sollten. Eine peinliche Blamage. Und hätte nicht Sydney in einem fort geschrien, sie hätten sich eher wie zu Unrecht Gefangengehaltene gefühlt als mit dem Tod Bedrohte. Doch ließ ihr schrilles Schreien immer wieder für sie die Messer aufblitzen, die sie gesehen hatten.

Schließlich war auch Sydney still. Der Abend brach herein. Sie sind fort, sagte Lina. Aber niemand rührte sich. Dann hörten sie auf einmal ein feines Scharren an der Kirchentür, ein Kratzen wie von einer Katze, die hereinwollte. Der Missionar stürzte vor und schloß die Tür auf. Da stand Elisabeth, ganz still, ganz tief verstört. So kam sie aus dem Dunkel einer mondlosen Nacht. Lina spürte ihr Sträuben, als sie sie in die Arme nahm. Sie war fremd und ohne Vertrauen wie ein Wolfskind, das zum erstenmal in Menschennähe gerät. Ein verwandeltes, ein tränenloses Kind.

Wir haben alles gesehen, sagte es.

Wo ist deine Schwester? fragte Lina. Um Himmels willen, sag uns, wo deine Schwester ist!

Wir sind mit den Männern gegangen, sagte Elisabeth. Da waren Männer, die uns mitgenommen haben.

Es war ein Kind *nach* der Begegnung mit seinem schwarzen Mann.

Wir holen sie, sagte Lina. Wir holen sie wieder.

Das Kind sah sie ohne Vertrauen, ohne ihr Glauben zu schenken, an.

Man findet uns nicht mehr, sagte es.

Bei Sonnenaufgang öffneten sie die Kirchentür wieder. Einer der gnadenlos schönen, wolkenlosen Tage von Ponape zog herauf. Die Überreste des Hauses schwelten noch. Sie hatten nichts, worin sie die Toten bergen konnten. So nahmen sie die Sitzbänke aus der Kirche, um sie als Tragbahren zu verwenden. Sie kamen zum Wasser herunter und fanden die Boote der Missionsstation unversehrt. So gelangten sie mit ihrer lebenden und toten Last in die Kolonie.

Die Evakuierung der Weißen ins alte Fort war schon im Gange, als sie dort ankamen. Die Akten aus dem Bezirksamt, Waffen, Munition, Vorräte wurden ins Fort gebracht. Die Siedler kamen, zum Teil mit ihrem Vieh, die Kaufleute brachten auf einem Karren ihren Geldtresor. Alles war erregt und verbrüdert wie bei einem großen Fest. Die einzige richtige Straße der Kolonie, die Hafenstraße, war manchmal wie bei einem großen Umzug verstopft. Ponape-Leute standen gaffend herum. Manche halfen den Weißen auch beim Koffertragen und Beladen der Pferde- und Ochsenwagen, mit denen sie ihre Habe ins Fort brachten. Sie schienen nicht begriffen zu haben, daß Krieg auf Ponape ausgebrochen war, und zu glauben, daß dies alles eine Art Volksfest sei.

In Wahrheit jedoch war Krieg auf Ponape immer ein Volksfest gewesen. Die Kriegführenden waren eine geschlossene Kaste von Männern, die ihr Geschäft weitgehend im Verborgenen betrieben. In der Unwegsamkeit der Wälder von Ponape fand es statt, in der Nähe der toten, nicht der lebenden Bevölkerung der Insel. Von den Siedlungsplätzen hielt der Krieg der Stämme sich immer fern. Dort ging das Leben wie gewöhnlich weiter. Das große Jagen – die Frauen empfanden es so, wie Frauen es überall empfinden, wenn Männer zum Jagen gehen: Sie tun fernab Unbegreifliches. Dann kehren sie nach Hause zurück, müde, und je nach Lage der Dinge, stolz, herrisch und begehrlich nach ihnen oder beschämt, erniedrigt und lange Zeit nicht zur Paarung aufgelegt. Am Ende begräbt man die Toten und feiert das große Versöhnungsfest. Sie wissen nicht, daß sie diesmal einen Feind haben, der den Krieg in ihre Dörfer tragen wird.

Was die Weißen nicht wissen: Indem sie sich in das Fort begeben, werden sie angreifbar. Das Fort als ein Terrain, das außerhalb ihres Siedlungsplatzes, der Kolonie liegt, ist das Feldlager der Weißen. Die Ponape-Krieger folgen ihnen an den Schauplatz zukünftiger Kämpfe. Sie verstehen nicht, daß die Weißen ihre Frauen und Kinder zum Großen Jagen und Gejagtwerden mitnehmen. Wären sie in ihren Häusern geblieben, kein Haar würde ihnen gekrümmt. Wie auch die Missionare in ihrem Gottes-Haus sicher waren. Man wollte nur die beiden Aufseher, deren Verwerflichkeit auch darin zum Ausdruck gekommen war, daß sie in einem Wohnhaus Zuflucht gesucht haben. Dann und nur dann werden die Ponape-Männer in Siedlungsplätze einfallen. Und auch dann noch steht den Bewohnern, den Nicht-Kriegern, zu, unbehelligt abzuziehen. Doch im Felde sind sie zum Abschuß freigegeben. Jetzt sind sie alle am Kriegsschauplatz, auch ihre Kinder und ihre Frauen. Wie können die weißen Männer so etwas zulassen? Die Ponape-Leute verstehen das nicht. Sie werden noch ihren Urenkeln von dieser Torheit der Weißen erzählen. Unbegreiflich wie so vieles, was sie tun.

In der folgenden Nacht schrie der porók von den Wällen des alten Spanierforts. Seine Insassen, alle schlaflos, bleich, mit weit aufgerissenen Augen, in denen Überforderung und der Versuch zu begreifen geschrieben standen, traten plötzlich wie Gespenster aus der Dunkelheit am Feuer zusammen. Was gab es? Kam die Rettung? War schon das Schiff da, das sie nach Hause bringen würde? Und indem sie näher zueinander traten, sich wie verängstigte Schafe aneinanderdrängten, sahen sie jenseits der Bucht die Missionkirche brennen, und sie glaubten das klagende Geläut im zusammenbrechenden Glockenturm zu hören, das Wimmern des Harmoniums, das Ächzen, mit dem das Dachgebälk einbrach. Aber das Klagen und Stöhnen kam aus ihnen selbst, am jammervollsten aus Ludwig, der das Werk seiner Hände aus vielen Jahren in Flammen aufgehen sah. Denn auch das Schulhaus brannte. Man konnte es deutlich sehen.

Da wußten die Deutschen auf Ponape, daß es für sie keine Schonung geben würde. Sie konnten nur auf Hilfe von außen hoffen. Das wußten sie. Sie wollten nur noch fort. Keiner von ihnen dachte an etwas anderes als an Bord zu gehen, wenn das Schiff käme, und sich wegbringen zu lassen. Möglichst weit weg von hier.

Das dauert mindestens zwei Jahre, bis ich alles wieder aufgebaut habe, hörte man Bruder Ludwig aus tiefer Not sagen.

Mit ihm war es anders. Er war zum Bleiben auf Ponape bestimmt. Wie die gestrandeten Walfänger. Wie die Beachcomber. Wie Winston. Man hätte es wissen können. Doch hatte niemand so genau hinsehen wollen, was Ludwig betraf. Lina begriff es in diesem Augenblick. Sie begriff, daß er eine einzige Seele wahrhaftig bekehrt hatte und daß er ihr für immer treu bleiben würde. Vielleicht ist eine Bekehrte schon viel für einen Missionar.

Sie beschloß in dieser Nacht, das Fort zu verlassen und Irmgard zu suchen. Ihr Entschluß brauchte keine Zeit, um zu reifen. Sie hatte keinen Moment daran gezweifelt, daß sie es tun würde. Man läßt ein Kind nicht allein. Man holt es nach Hause. Nur hatte sie nicht gewußt, wie es zu beginnen war. Sie hatte keinen Führer und würde den Weg nach Kiti nicht selbst finden. Jetzt, bei Nacht in der Festung, wurde ihr auf einmal klar, daß sie das Dorf nur als Gefangene erreichen konnte. Und Gefangene zu werden, konnte nicht schwer sein mitten im Krieg.

Es war ein unfehlbar erfolgversprechender Plan: sich außerhalb des Forts aufgreifen zu lassen. Sie hatte nicht die geringste Angst davor, nicht vor den Ponape-Männern, deren Frauen ihr die Kinder gebracht hatten, wenn sie erkrankt waren, nicht vor den Vätern und Brüdern der Mädchen aus ihrem Kirchenchor. Und wenn sie sie nicht erkannten? Sie hatte sicherheitshalber ihre Schwesternhaube dabei, als sie zum Wachtdienst ging und sich im Dunkel der Nacht langsam auf der äußeren Seite der Mauer niederließ. Sie fürchtete eher die eigenen Leute, vor allem die Malaien, die, wie sie wußte, den Befehl hatten, auf alles, was sich bewegte, zu schießen. Sie wartete darum nicht bis zu dem triumphalen Fanfarenstoß des Lichts, wie er auf Ponape den Tag ankündigt, der ohne Dämmerung, ohne Morgengrauen, wie eine Fontäne der Helligkeit aus dem Ozean schießt, sie benutzte die zum Glück mondlose Nacht, um, in ihrem Schutz kriechend, von einer Riesenfarngruppe zur anderen zu gelangen, bis sie fürchtete, schon zu weit ins Niemandsland vorgedrungen zu sein, das auf Ponape nur von den Toten bewohnt wird, ins sumpfige Buschland, aus dem eine Lebende nicht mehr so leicht herausfindet. Von da an versuchte sie, auffällig zu sein. Auch setzte sie ihre Schwesternhaube auf in der Hoffnung, daß sie die Spuren des Lichts, die immer, auch im tiefsten Dunkel, vorhanden sind, auf sich lenken würde. Sie war ihr

Kriegs- und Friedenszeichen in einem. Signal und Schutz zugleich. Lina hatte sie noch nie so nötig gebraucht. Sie war sonst eher lästig gewesen, überflüssiges Requisit der Menschenliebe, die Tugend und Jüngferlichkeit nötig zu haben meint, obwohl sie ohne die beiden ebenso wirksam ist.

Eine Hand legte sich über einen Gewehrlauf und drückte ihn nieder. Im selben Augenblick sprang der Tag aus dem Meer ans Land.

Es ist die Lehrerin, sagte Jomatau. (Ponape-Wort, das höchste Achtung vor einer Frau, ihrer Klugheit, zum Ausdruck bringt.)

Damit begann Linas Reise ins innerste Ponape, wo nur der hingelangt, der sich ganz preisgibt und alles hinter sich läßt, auch die überkommene Würde und das Anderssein. Als erstes nahmen sie Lina ihre Haube ab. Später nahmen sie auch das Kleid. Am Ende würde sie sogar ihren eigenen Körpergeruch verlieren und einen anderen annehmen. Das letzte Stück einer Reise tut man entblößt von allem Eigenen.

Als die Männer sie in das Boot stießen und rasch in lautloser Fahrt in die tageslichtfernen grünen Schlünde der Wasserstraßen eindrangen, spürte sie diesen Sog, der sie ins Innere zog, in rascher lautloser Fahrt immer tiefer ins Innere, einem rätselhaften, gefährlichen Mittelpunkt zu, einer Art Zellkern, mit dem nichts als Verschmelzung möglich ist.

Dieses ganz und gar geschmeidige Handhaben der Ruder, die ohne Wirbel, ohne Laut, ohne die Erzeugung von Spritzern ins Wasser eintauchen, ist eines der Wunder auf Ponape. Ein Zaubertrick. Sie beherrschen ihn.

Am zwanzigsten Tag der Belagerung griffen die Wachen am Fort einen Kundschafter auf. Es war Aru, der Junge.

Jetzt schon fast ein Mann. Ausdauernd, schnell, gelenkig und stumm vor Haß auf die Deutschen. Was sollten sie mit ihm anfangen? Sie verprügelten ihn, dann brachten sie ihm zu essen und fesselten ihn. Sie hatten keinen Mann übrig, um ihn zu bewachen, und schlossen ihn in der Vorratsbaracke ein, indem sie der Frau des Kochs befahlen, ein Auge auf ihn zu haben. Nan-tei war es, die ein Auge auf ihn hatte.

In der Nacht kam der Missionar.

Laß mich mit ihm sprechen, befahl er ihr.

Er hatte jemanden gefunden, der ihn nach Kiti führen würde.

Morgen bringe ich dich nach Hause, sagte der Missionar. Wir gehen nach Einbruch der Dunkelheit. Halt dich bereit.

Er wußte nicht, ob der Junge ihm vertraute. Es schien ihm unbegreiflich, daß er je geglaubt hatte, man könne sie verstehen. Diesen Jungen hatte er getauft. Er war unter seinen Augen herangewachsen. Jetzt kam er ihm wie ein Fremder vor. Er fürchtete sich sogar vor ihm.

Am nächsten Vormittag stieg ein Schiff über den Horizont und bald darauf ein zweites. Die Eingeschlossenen waren außer sich vor Glück, als wenn schon alles vorbei wäre. Die Kreuzer »Emden« und »Nürnberg«, je 132 Mann, eine Bootskanone, ein Maschinengewehr. Von den Belagerern keine Spur mehr. Die Schiffe liefen in den Hafen der Kolonie ein. Die Besatzungen gelangten unbehelligt an Land.

Es war erstaunlich, wie rasch man sich von einer Niederlage erholt. Das Bewußtsein ihrer Übermacht stellte sich unter den Deutschen der Insel sogleich beim Anblick der Schiffe wieder ein. Als wären sie niemals gedemütigt gewesen, entmutigt, im Banne der Angst vor aufblitzenden Messern. Sie hatten durchgehalten. An etwas anderes erinnerten sie sich nicht. Jetzt kam es nur noch auf die Bestrafung der Schuldigen an.

Die Schuldigen? Die Rädelsführer. Die Rädelsführer? Alle Männer, die am Aufstand und an der Belagerung beteiligt sind. Alle Männer? Alle Männer und Frauen, ihre Familien, die ganze Bevölkerung von Ponape. Wer war eigentlich nicht an dem Aufstand beteiligt? Vernichten, ausmerzen, liquidieren. In den befreiten Köpfen der Befreiten aus der Festung war dies der Widerhall ihres Glücks. Ihre plötzlich wiedergefundene Überlegenheit drückte sich darin aus.

Wo waren sie denn, die Schuldigen, die Rädelsführer, die Männer des Aufstands von Ponape? wollte der Kommandant der »Nürnberg« wissen.

Es gab ein Nest des Widerstands namens Kiti. Der Anführer und die meisten seiner Männer kamen dorther. Aber niemand wußte genau, wo es lag. Man konnte es nur über ein kompliziertes System von Wasserwegen erreichen.

Dann brauchten sie einen Führer.

Aber sie hatten sich alle aus dem Staub gemacht. Es war kein Führer da.

Doch, sagte der Missionar. Der Junge, der Kundschafter, den wir gefangenhalten.

Und kann man ihm trauen?

Wenn ich dabei bin, sagte der Missionar. Ich habe ihn getauft.

Schon gut, wir werden Sie brauchen, sagte der Fregattenkapitän, der zum Kommandanten der Landetruppen ernannt worden war. Wir jagen sie so lange, bis wir sie in ihren letzten Schlupfwinkeln aufgespürt haben und keiner mehr übrig ist.

Das ganze Unternehmen war ihm überaus lästig. Er

liebte das Gefühl, auf einer Kommandobrücke zu stehen, dies königliche Gefühl von unbeschränkter Macht über ein Schiff, das unter seinen Sohlen stampfte und zitterte. Er war ein Mann, der die erhöhte Position, den damit verbundenen Überblick schätzte. So mochte man ihn treffen. So wollte er untergehen. Nur nicht mit dem Bauch an der Erde, durch Dschungel robbend, Unterschlupf in Erdlöchern suchend, sich verfangend im Gerank und Blattwerk, das einem die Sicht benimmt. Er haßte allein die Vorstellung davon. Er wollte dies möglichst schnell hinter sich bringen.

Wir brechen diese Nacht auf, sagte er. Sie kümmern sich um den Kundschafter, befahl er dem Missionar. Führen Sie ihn an der Leine, unseren Fährtenhund. Sie sind unser Hundeführer. Entschuldigen Sie, wenn ich ein bißchen wie unter Männern mit Ihnen rede, Missionar. Sicher entspricht diese Mission, die wir vorbereiten, nicht ganz dem, was Sie unter Mission verstehen.

Das ist richtig, sagte Karl Winter.

Er hatte genug gehört von der Zerstörung von Kiti, der Vernichtung seiner Bewohner, der Liquidation von Schuldigen, um zu wissen, welches seine Mission war.

Noch vor Einbruch der Dunkelheit brachen sie auf, indem sie sich dem Dorf Kiti auf dem Landweg zu nähern versuchten. Zweihundertvierundsechzig deutsche Soldaten, ein Missionar und ein Ponape-Junge, der von dem Missionar an einer Art Halfter geführt wurde.

In Altena war die Ehe so heilig wie anderswo. Zwar wurde sie gebrochen wie anderswo auch, doch geschah dies derartig im Verborgenen, daß es so schien, als könne es, wenn überhaupt, nur anderswo geschehen, milchstraßenweit entfernt, niemals in Altena. Allein das scharfgeschliffene Schwert des Wortes »Ehebruch«. Niemand, den es traf, konnte das überleben. Die kollektive Abschreckung war überaus wirkungsvoll. Aber nur kollektiv. Im einzelnen geschah, was im einzelnen geschieht. Es kam auf die Definitionsmacht an. Über sie verfügten dieselben, die über die Produktionsmittel verfügten. Wer, wenn nicht sie? Im Falle von Linas Vater zum Beispiel war von einem gewissen Leichtsinn die Rede, von Lebensfreude und Genußfähigkeit. Er war ein »ganzer Kerl«. Dienstmädchen mußten entlassen werden, jungverheiratete Vorarbeiter abgewiesen, die bleich, mit zusammengepreßten Lippen vor seiner Bürotür standen und mit dem Chef zu sprechen begehrten. Kellnerinnen verloren ihre Stelle und wurden nie wieder in Altena gesehen.

Komplementär verhielt sich Augustes Frömmigkeit dazu. Komplemantär in dem Sinne, daß sie zur Aufrechterhaltung des Status quo beitrug, wie auch in dem Sinne, daß sie eine Rechtfertigung für Wilhelms Verhalten nachlieferte. Man sagte: Sie rennt in die Kirche. Eine Beobachtung, die in zweierlei Hinsicht zutreffend war: erstens, was ihre Neigung zu häufigem Kirchgang betraf, und zweitens den Umstand, daß sie eine notorisch Verspätete war, eine von diesen Frauen, die niemals fertig sind, die immer etwas vergessen, immer alles im Laufschritt erledigen, kurz, auf symptomatische Weise unfähig, eine Mahlzeit pünktlich auf den Tisch zu bringen. Sie zog jeden Vorwurf der Welt auf sich, als gelte ihr ganzer Eifer der Aufgabe, schuldig zu sein, woran auch immer. Alles, was Auguste tat, tat sie im Zeichen einer Wiedergutmachung, beflissen, gehetzt, ohne Aussicht, für diesmal ihr Ziel zu erreichen, denn Wiedergutmachung hat ihr Ziel von Anfang an schon zu hoch gesteckt.

Das ganze Dilemma von Augustes Existenz war sonntags vormittags offenbar, wenn sie den Anforderungen von Sonntagsbraten und Kirchgang gerecht werden sollte. Sie verstand niemals, wie andere Frauen dies bewältigten. Sollte man mit dem Braten vor dem Kirchgang beginnen? Das brachte die Gefahr mit sich, daß er nachher angebrannt war. Oder sollte man ihn erst nach dem Kirchgang aufsetzen? Dann bestand die Gefahr, daß er nicht rechtzeitig fertig war und schon wieder erst gegen zwei Uhr gegessen werden konnte. Wie Auguste auch entschied, es bedeutete, daß sie schuldig werden würde, allen möglichen berechtigten Vorwürfen ausgesetzt, denen sie auch durch die größte Eile und Beflissenheit nicht zuvorkommen konnte. Dieses Dilemma lähmte sie schon frühmorgens derartig, daß sie weder den Braten aufsetzte, noch pünktlich zur Kirche kam, weil sie zu lange darüber nachdachte, wie sie das eine mit dem anderen zur Versöhnung bringen könnte, und derweil ein paar andere liegengebliebene Pflichten erledigte, hier einen Knopf annähte, dort ein paar Pflanzen goß. Außerdem mußte der Frühstückstisch abgeräumt werden, und es stellte sich heraus, daß Albertchen schmutzige Fingernägel hatte, so daß sie am Ende den Weg zur Kirche mit wehendem Mantel, Lina an der Hand hinter sich herziehend, im Laufschritt zurücklegte, um schließlich, schwer atmend, der Knoten aus strähnigem Haar, den sie in der Eile nur nachlässig festgesteckt hatte, in Auflösung begriffen, durch das Kirchenportal einzutreten, wenn schon der erste Choral angestimmt wurde.

Dann aber empfing Auguste der Frieden des Herrn. Ein vollkommenes Glück, das einzige, das sie kannte. Sie ließ sich schwer atmend in die Bank fallen und schlug das Gesangbuch auf. Noch im Aufruhr, noch von der Schubkraft der Eile fortgetragen, stimmte sie in das Lob Gottes ein, und es widerfuhr ihr die Gnade, daß ihre Aufgeregtheit in Hochgestimmtheit, ihre Angst in Inbrunst, ihre Schuldgefühle in wahre Frömmigkeit verwandelt wurden, und ihre Lungen, gestählt im Dauerlauf ihres Lebens, trugen mit ihrer Kraft zur Kräftigung des eher dünnen Gemeindegesangs bei, der derart anschwoll, daß auch denen, die weiter vorn im Kirchenschiff saßen und sich anstandshalber nicht zu ihr umdrehten, klar wurde: Auguste war wieder einmal zu spät gekommen.

Auguste rennt in die Kirche. Wilhelm geht zur Kellnerin.

In einer Gesellschaft, in der das Wort »Ehebruch« (das Wort allein) tödlich war, herrschte doch großes Verständnis für die Komplementarität dieses Sachverhalts, die schließlich auch ihren Ausdruck in der physischen Erscheinung des Paares fand: Auguste im Zeitgeschmack viel zu dünn und asthenisch, Wilhelm das, was man stattlich nennt. Bei ihm wölbte sich der Bauch, bei ihr der Rundrücken. Sie waren ein Ehepaar. Und obwohl es der Vorschrift entsprach, nichts über Sexualität zu wissen, galt doch das Einverständnis, daß dünne Frauen den Mann nicht befriedigen.

Jetzt, da sie selbst eine Ehefrau war, verstand Lina das ganze Ausmaß des Eheunglücks ihrer Eltern. Es war ein Unglück, für das es keine Worte gab. Ein namenloses Unglück und unabwendbar wie der Tod. Auf dieselbe Art gegenwärtig: immerzu. Wir sind gezwungen, haarscharf daran vorbeizublicken, so zu tun, als wenn sie nicht da wären, Eheunglück und Tod, damit es ein Überleben geben kann. In ihrem Schatten blühen die kleinen Freuden, die großen Leidenschaften und die tapferen Tröstungen. Denn ist die Ehe nicht die kleine Schwester des Todes, unerbittlich wie er?

An Flucht war nicht zu denken. Ein Entkommen aus ihr gab es nicht. Lina dachte nicht einmal darüber nach. Seit sie wußte, daß ihr Mann ein Verräter war, der einen der Mittäter beim Überfall auf das Gefängnis im August an den Bezirksamtmann verraten hatte, seit sie seine Mitschuld an dem, was Aun-tol widerfahren war, kannte, an den Folterungen und Hinrichtungen, die dann zum Aufstand geführt hatten, seitdem hatte Lina mit dem großen Unglück der Ehe Bekanntschaft gemacht, das unabwendbar in ihr Leben getreten war. Manchmal schleicht es sich im Verlauf von vielen Jahren ein, zuerst noch unkenntlich, in der Maske des Glücks, die es nur zögernd, kaum wahrnehmbar fallen läßt, und manchmal bricht es von einem Augenblick zum anderen herein, mit einer Geste, die sagt, daß es sich nie wieder vertreiben lassen wird.

Über Lina war es in dem Augenblick hereingebrochen, als sie von den Hinrichtungen erfuhr. Sie hatte nach dem Blick des Missionars gesucht und ihn abgewendet gefunden und sich danach für immer von ihm abgewandt. Aber nicht von der Ehe. Die Ehe blieb, was sie war, lebenslang. Und von den großen Gefühlen, die Lina vielleicht nicht gehabt, aber doch ersehnt hatte, blieb am Ende nur die Empfindung des Zugehörigseins. Und wenn nichts anderes blieb, so doch, unweigerlich, die überraschende Regung, mit der man inmitten des Fremden, Unvertrauten das Eigene begrüßt, die kleine Emphase, mit der etwas »mein Mann« in einem sagt, wenn man ihn plötzlich von weitem kommen sieht oder in einer Menge sekundenlang auftauchen und mit Staunen erfährt, daß die Liebe kein Bestandteil dieser unvermittelten Regung ist.

Halbnackt, mit dem Brandzeichen von Ponape gezeichnet, schmutzig, dorthin geflohen, wo Europäer nicht zu folgen vermögen, war Lina immer noch die Frau des Missionars. Ehefrau, wie ihre Mutter die Frau ihres Vaters gewesen war. Und wie Auguste bei der Nachricht von seinem Tod aufgeschrien hatte, als sei sie selbst von einem herabstürzenden Balken getroffen worden, und zwei Jahre um ihn wie um ihr einziges Glück aufrichtig trauerte, so bangte Lina inständig um das Leben des Missionars, wenn sie an die belagerte Festung dachte, nur um seins. Und wenn sie je daran dachte, gerettet zu werden, gerettet durch die Tat eines Mutigen – die einzige Rettung, an die eine Frau glaubt –, so war er es, der sie rettete. Gelegenheit war ihm gegeben. Daran fehlte es nicht. Je unmöglicher es aussah, desto mehr wünschte sie sich, es möge wahr werden. Eine törichte Hoffnung, die, wie die meisten, die man hegt, jeglicher Grundlage entbehrte.

Als die Nachricht von der Landung der beiden Schiffe kam, sprach sie mit Winston.

Die Leute sind hier nicht mehr sicher, sagte sie. Man sollte das ganze Dorf räumen und ins Dorf der schlafenden Fische gehen.

Oh, Sie kennen sich ja auf dieser Insel gut aus, sagte Winston.

Gut genug, sagte Lina, um zu wissen, was deutsche Marinesoldaten mit den Aufständischen vorhaben.

Aber die Ponape-Leute werden nicht glauben, daß die Deutschen ein Dorf angreifen wollen, sagte Winston. In den Dörfern waren die Menschen immer geschützt. Sie werden auf jeden Fall hier bleiben. Sie werden nicht im geringsten auf einen Angriff vorbereitet sein. Die Kinder werden wie immer frei herumlaufen, die Frauen zum Baden gehen …

Man muß mit dem Nanamariki sprechen, sagte Lina.

Vergessen Sie's, sagte Winston. So wie Sie aussehen.

Wie sehe ich denn aus?

Wie eine Ponape-Frau, sagte Winston. Und Sie riechen auch so. Entschuldigen Sie, Madam. Aber sehen Sie mich an und stellen Sie sich vor, wie ich in einer britischen Marine-Uniform ausgesehen habe. Sie können sich das nicht vorstellen? Nun, es fällt ebenso schwer, sich vorzustellen, wie Sie in ihrer dunklen Schwesterntracht aussahen. Dabei ist es noch gar nicht lange her, daß ich Sie so sah. Und in gewisser Weise schließe ich meine Augen, wenn ich Sie jetzt ansehe. Das gebietet die Höflichkeit. Das bißchen Anstand, das mir geblieben ist. Ich schulde Ihnen die Ehre, Sie anders zu sehen, als Sie mir vor Augen sind. Unsere Würde kann uns durchaus mit den Kleidern abhanden kommen, ob freiwillig, wie in meinem Fall, oder gezwungen wie in Ihrem. Für mich tragen Sie diese komische weiße Haube, die Sie immer trugen, ob Sie sie aufhaben oder nicht. Und was man in Ihren Hintern eingraviert hat, interessiert mich nicht. Verzeihen Sie, Madam. Verzeihen Sie. Man erfährt alles, was hier geschieht. Wie gesagt, unsere Würde. Trüge ich noch meine Uniform, wäre mir das gewiß nicht so herausgerutscht.

Winston, sagte Lina, wo ist diese Uniform?

Wo sie ist? Ich glaube, meine Frauen bewahren sie bei ihren Schätzen auf.

Sagen Sie Ihren Frauen – sie benutzte zum erstenmal diesen Plural –, sie sollen sie ausbürsten, flicken und die Knöpfe aufpolieren. Wir brauchen sie, sagte Lina.

Kurz darauf trat sie in das Haus von Limén. Sie hatte nach Ponape-Art einen Augenschirm aus Kokosblatt geflochten und machte ihn der Alten zum Geschenk.

Du beschenkst mich. Ich beschenke dich, sagte die Alte (Ponape-Formel für »vielen Dank«).

Mein Kleid, sagte Lina. Gib mir bitte mein Kleid wieder.

Mein Sohn hat es verboten, sagte Limén. Sie meinte Jomatau.

Liebst du deinen Sohn? sagte Lina.

Die Alte antwortete auf solche Fragen nicht.

Und deine Töchter, sagte Lina. Liebst du sie? Und die Enkelkinder?

Ich bin reich, sagte Limén statt einer Antwort. Es bezog sich auf die Anzahl ihrer Nachkommen.

Man muß schützen, was man besitzt, sagte Lina. Man muß sie wegbringen.

Hier sind sie geschützt, sagte die Alte. Hier ist das Dorf.

Nein, sagte Lina. Das Dorf der schlafenden Fische. Da müßt ihr hin. An einen Ort, von dem niemand weiß.

Lina mußte vorsichtig sein.

Hatte sie etwa Zweifel an der Überlegenheit der Ponape-Kämpfer? Zweifelte sie daran, daß sie unschlagbar waren?

Natürlich nicht. Aber die Deutschen haben Gewehre, die man nicht nachladen muß. Sie schießen hundertmal, wenn ein Ponape-Mann einmal schießt. Außerdem haben sie Geschütze, die sie wie Kühe am Strick hinter sich herziehen. Lina versuchte der Alten begreiflich zu machen, was eine Kanone ist.

Doch Limén hatte das Interesse an Linas kriegstechnischen Ausführungen verloren. Sie kehrte zu dem Thema zurück, das sie mehr interessierte: Warum fürchtet Lina um Ponape-Kinder, sie, die eine Deutsche ist?

Ich habe auch Kinder, sagte Lina. Ich weiß, was es heißt, ein Kind zu verlieren.

Du hast sie nicht geboren, sagte die Alte.

Sie werden uns teuer durch das, was wir für sie ausstehen, sagte Lina. Sie wußte nicht, ob sie sich verständlich gemacht hatte. Denn Limén, obwohl sie etwas Deutsch konnte, unterhielt sich nur auf Ponape mit ihr. Und man wußte nie genau, was man gesagt hatte.

Wozu brauchst du dein Kleid? fragte die Alte, streng wie eine Lehrerin.

Ich will zum Nanamariki, sagte Lina, und ihm das mit den Kanonen und den Kindern von Ponape erklären.

Dann mußt du auch deinen Hut aufsetzen, sagte Limén. Sonst hört er nicht auf dich.

Am Abend sah man ein seltsames Paar über den Dorfplatz von Kiti gehen, eine deutsche Diakonisse am Arm eines Offiziers der Royal Navy. Sie trugen keine Schuhe und mieden mit Sorgfalt den Schlamm und Unrat auf ihrem Weg. Vor dem Haus des Nanamariki sah man sie stehenbleiben, bis ein Bote, von ihnen abgesandt, wieder erschien und sie zum Eintreten lud. Aus der Ferne konnte man Schüsse und Geschützdonner hören.

Die Landungskorps unter Führung des Fregattenkapitäns Fredemann mußten sich einen Pfad durch die Vegetation schlagen.

Fragen Sie unseren Spürhund, befahl er dem Missionar, ob es hier keine besseren Wege gibt.

Der Missionar richtete das Wort an Aru. Er sprach Ponape mit ihm. Sie sprachen ausschließlich Ponape. Niemand wußte, daß der Junge Deutsch konnte.

Nein, übersetzte der Missionar. Die anderen Wege werden von den Aufständischen kontrolliert.

Wie lange noch, bis wir den Stützpunkt erreicht haben – seiner Einschätzung nach? fragte der Kapitän.

Das hängt vom Wetter ab, übersetzte der Missionar.

Wenn Regen kommt und der Boden aufweicht, kann es noch Tage dauern, bis wir in Kiti sind.

Und Ihre Einschätzung, Missionar? Sie kennen die Insel.

Das kann noch Tage dauern, sagte der Missionar.

Zwei der Polizeisoldaten waren eigens abkommandiert, um Aru zu bewachen. Sie hielten abwechselnd die Leine, an der er ging. Es war nicht klar, wieviel Ponape sie verstanden.

Sehen sie nicht, sagte Aru, daß wir in die Berge und nicht zu den Dörfern gehen? Man kann es mit den Füßen sehen.

Sie sehen nicht mit den Füßen, sagte der Missionar.

Was hat der Junge gesagt? wollte der Kapitän wissen.

Er hat gesagt, daß der Weg von jetzt an steil ansteigt, sagte der Missionar.

Das macht nichts, sagte der Kapitän. Wenn wir nur vorankommen.

Doch wurde es zunehmend schwieriger, das Geschütz den Hang hinauf durch das Rankwerk zu ziehen. Es mußte eine breite Schneise geschlagen werden, die sie weithin für jeden Kundschafter verriet und anzeigte, welchen Weg sie nahmen: steil den Berg hinauf. Zudem erschwerte die Schwüle, die hohe Luftfeuchtigkeit, den Aufstieg der Seeleute, die die Anstrengung an Land, fern jeder kühlenden Brise, nicht gewohnt waren. Auf halber Höhe sah Fredemann sich gezwungen, Rast zu befehlen. Das Geschütz kam nicht nach. Die Leute waren erschöpft.

Gegen Abend sah sich die Vorhut einer steilen Wand gegenüber, die nicht zu umgehen war. Die Leute mußten sich daran gegenseitig hochziehen. Plötzlich wurde von oben Feuer eröffnet, und ein Steinhagel prasselte auf sie herab. Der Kapitän ließ sofort Deckung suchen. Doch wurden der Leutnant z. S. von Prittwitz und ein Kadett schon durch die ersten Schüsse verwundet.

Der Fregattenkapitän sah keine Alternative zum Sturm auf die Bergkuppe. Schließlich war man nicht auf der Insel gelandet, um sich beim ersten Scharmützel mit den Aufständischen zurückzuziehen.

Den Männern war es befohlen, beim Sturmangriff »Hurra!« zu schreien. Sie taten es mit dem Rest der Luft in ihren Lungen und der ganzen Verzweiflung, die sie schon seit dem Beginn dieses Unternehmens befallen hatte. Es waren Männer, die der Dienst auf den Schiffen in seiner Einförmigkeit und Leere berauscht und betäubt hatte. Die meisten nicht sehr intelligent, eher auf der Flucht vor Bewährung als auf der Suche nach ihr, als sie zur See gingen. Wenn sie etwas einte, eine gemeinsame Vision sie zusammenband, dann war es die einer Welt, die einfach sein sollte, in ihrem Oben und Unten, ihren Loyalitäten und Feindschaften unkompliziert. In der Eindeutigkeit militärischer Ordnung hatten sie ihr Heil gesucht. Sie bedeutete ihnen weit mehr als das Eigene, ihr Behagen, ihre Sicherheit. Es waren Männer von großer physischer Standfestigkeit, wie sie Seeleuten eigen ist, die eher bereit sind zu sinken, als von den wenigen Handbreit Schiffsplanken zu weichen, die zu verteidigen sie ausgefahren sind, ihr symbolisches Vaterland immer unter den Füßen. Es waren Söhne und Väter und Männer von Frauen, deren Leben um ihre Abwesenheit kreisten. Sie schrien vor Angst und Enttäuschung, in voller Kenntnis der Ungeheuerlichkeit, die darin lag, daß sie, mit der Aussicht zu sterben, auf diese Insel kommandiert worden waren. In der Klarheit dieser Einsicht und der Verzweiflung darüber schrien sie, die sie nur während des Angriffs und weder vorher besaßen noch nachher besitzen würden. Sie schrien: Hurra!, indem sie den Hang hinaufstürmten, so gut es ging, während sich ihre Füße in Wurzelwerk verfingen, über Geröll abrutschten, in Spalten hängen blieben. Die Vegetation war gnädiger hier oben, bot allerdings auch nicht so viel Schutz. Sie röchelten, sie schnauften, sie keuchten: Hurra! und wußten nicht, daß der Krieg auf Ponape stumm vonstatten geht, ein gegenseitiges Anschleichen, Hinterhalte legen und überraschend Angreifen. Ihre Feinde waren bei den ersten Hurras in kopfloser Flucht den rückwärtigen Abhang hinabgeflohen. Der dichte Urwald entzog sie jeder Verfolgung.

So endete der erste Tag mit einem Sieg für die deutschen Landetruppen auf Ponape.

Sie biwakierten in der feindlichen Stellung auf der Bergkuppe. In der Nacht setzte Regen ein, und es regnete während der nächsten Tage und Nächte ohne Unterlaß.

Sie durchquerten mehrere Flußtäler, immer wieder Gebirgszüge überwindend, die bis auf sechshundert Meter anstiegen. Der Kapitän wollte wissen, ob man nicht längs der Täler gehen könne.

Doch. Aber man werde nur so den Hinterhalten der Aufständischen entgehen, ließ Aru übersetzen.

Der Boden war schlüpfrig, ihr Schuhwerk naß. Um sich nicht mit zuviel Gepäck zu belasten, hatten die Leute kein Reservezeug dabei. Sie waren durchnäßt bis auf die Haut. Nachts kühlte es auf den Bergen empfindlich ab. Doch konnten sie wegen des Regens kein Feuer in Gang halten. Ihr Husten, das wie das heisere Gebell streunender Hunde aus den Wäldern drang, verriet den Aufständischen immer genau, wo sie sich befanden. Sie sahen sich jedoch zum Angriff nicht genötigt. Denn alles verlief nach Wunsch.

In der vierten Nacht wurde dem Kapitän klar, daß dies eine Falle war. Sie lagerten in ein paar morastgefüllten Mulden, die sich zwischen Baumwurzeln an einem steilen Hang gebildet hatten. Ein stürmischer Monsun ließ eine Regenböe nach der anderen auf sie niederprasseln. Die Posten standen an derartig gefährlichen Stellen, daß gegen zwei Uhr einer abstürzte und dabei den Sicherungsflügel seines Gewehres abbrach, so daß es sich entlud. Trotzdem erfolgte kein Angriff. Dies *war* der Angriff. Die Schlacht war längst im Gange. Sie lassen ihre verdammte Insel für sich kämpfen, dachte der Kapitän. Ihre Unwegsamkeit. Ihren Monsunregen. Seine Männer hatten keine Chance.

Seine Wut richtete sich gegen den Jungen, der sie mit Plan in die Irre geführt hatte. Es war auch die Wut auf sich selbst, der vier Tage und Nächte gebraucht hatte, um zu merken, was geschah. Er hatte Lust, den Jungen erschießen zu lassen. Für den Rückzug brauchten sie keinen Führer. Von allen Bergen war das Meer zu sehen. Und in die Irre gehen konnten sie auch allein.

Er befahl dem Missionar, blaß, hohlwangig, hustend wie alle, den Jungen zu bringen.

Der Bastard. Sein Spiel ist aus, sagte er. Wir brauchen ihn nicht mehr.

Und dann beging er den Fehler, einen Zivilisten über eine militärische Entscheidung zu informieren.

Was heißt das? fragte der Missionar.

Er wird erschossen, sagte der Kapitän.

Der Missionar entfernte sich. Aber er kam nicht wieder. Die Wut des Kapitäns, auch er blaß und hohlwangig, kannte keine Grenzen mehr. Sie wärmte ihn. Sie war das einzige, was nach den letzten vier Tagen stark und lebendig in ihm war. Konnte man den Missionar auch erschießen lassen? Er war schließlich kein Gefangener und auch kein befehlsverweigernder Soldat. Er wußte, daß es seinen Leuten gefallen würde. Sie hatten zuviel gelitten, um nicht auf ein Sühneopfer versessen zu sein.

Lassen Sie nachsehen, befahl er einem Kadetten, wo der Missionar und der Ponape-Bastard bleiben!

Der Ponape-Bastard ist weg, sagte der Kadett, zurückkommend, und der Missionar auch. Sie sind geflohen.

Sie können noch nicht weit sein, schrie der Kapitän. Bringen Sie sie zurück, tot oder lebendig! Das sind die Burschen, die uns in die Falle gelockt haben.

Kurz darauf hörte er mehrere Schüsse und wachte aus seinem Vergeltungsrausch auf. Wie konnte er die Zeit und die Kraft seiner Leute für die Jagd auf zwei Flüchtige vergeuden! Überflüssige Esser, die sie verproviantiert hatten. Es galt ohne weitere Verluste in die Kolonie zurückzugelangen und den Leuten nach all den schweren Strapazen ein paar Tage der Erholung zu gönnen. Er war selbst überanstrengt. In diesem Zustand überschätzt man den Gegner leicht. Schließlich ging es um nichts anderes, als ein paar primitive Wilde zur Räson zu bringen, die schon beim ersten Scharmützel Reißaus genommen hatten. Er gab den Befehl zum Rückmarsch.

Die beiden Flüchtigen blieben verschwunden. Doch fanden sich am nächsten Tag, als sie in einer Höhle Rast machten, blutige Tücher, in denen sie Reste von einem Hemd wiedererkannten, das der Missionar getragen hatte. Mindestens einer von beiden mußte verwundet sein.

Der Auszug der Kinder von Kiti vollzog sich bei Nacht. Es war eine Nacht mit bleichem milchigem Vollmond, der auf Nebelmeeren schwamm. Das dunkle Land dampfte nach den Regentagen. Dunstschleier hüllten sie ein, als sie alle hintereinander den Pfad nahmen, der in die Berge hinaufführte, Alte, Kinder und Frauen, ein paar Schweine und Rinder, die schlafenden Hühner in Körben, denen man Tücher übergeworfen hatte, und die Hunde, hechelnde Schatten, die bald an der Spitze des Zuges, bald an seinem Ende den Pfad kreuzten. Auch sie hielten sich an das Gebot der Lautlosigkeit, mit der die Kinder von Kiti im Nebel verschwanden. Nur ein paar Nachtvögel kreischten dort, wo sie der Urwald verschlang, wie das Meer ein sinkendes Schiff verschlingt.

Als Lina am nächsten Morgen aus ihrer Hütte trat, schien ihr die Stille, die sie empfing, zunächst aus den Nebeln zu kommen, aus den dicht fließenden Dämpfen der Feuchtigkeit, die die Insel umhüllten und unter der steigenden Sonne sich später erst auflösten. Je näher sie dem Dorf kam, desto feierlicher und wunderbarer erschien ihr diese Stille, als sei dahinter, gedämpft, ein feines Jubilieren zu vernehmen, etwas, das sich mit dem Nebel in die Luft heben und zu übergroßer Klarheit auflösen wolle, ein reiner Triumphgesang. Scheu trat sie zwischen die Häuser, schon im Bann einer Neuigkeit, die sie noch nicht kannte, angstvoll und gierig zugleich, sie zu erfahren, in diesem Bann, der sie später sagen lassen würde: Ich habe es gleich gewußt. Am Morgen, als ich aufstand, habe ich gewußt: Sie sind nicht mehr da.

Doch sie glaubte es erst, als sie in allen Häusern des Dorfes gewesen war – die Eingänge unverschlossen wie immer –, und niemanden mehr fand bis auf das eine oder andere vergessene Huhn, das sich aufscheuchen ließ.

Sie hatte nicht im geringsten damit gerechnet, daß man sie zurücklassen würde. Ihr erster Impuls war eine große Gekränktheit. Eben noch hatte sie sich ein wenig als Retterin gefühlt. Jetzt sah sie sich verschmäht. Oder konnte es sein, daß sie versehentlich vergessen worden war? Käme man am Ende zurück, um sie zu holen? Sie sah ein, daß dies unwahrscheinlich war. Sie mußte sich selbst helfen. Doch es gab nichts, was sie tun konnte, außer zu warten.

Erst jetzt machte sie sich ein Bild von ihrer Lage. Es war eine völlig ausweglose Lage. Zwar hätte sie von den Kronen der Bäume, den Firsten der Dächer aus das Meer sehen können, doch wußte sie, daß beim Eintauchen in die Mangrovenwälder, bei dem Versuch, mit dem Boot einen Weg durch das System der Wasserwege zu finden, die Gefahr viel zu groß war, sich zu verirren. Es war die größte Gefahr für die Fremden auf Ponape. Es gab keine wilden Tiere, keine Giftschlangen, nichts als dieses Labyrinth, das gefährlich war. Die Insel selbst war es, die Eindringlinge verschlang. Lina war lange genug hier, um sich zu hüten. Sie mußte bleiben, wo sie war. Und vielleicht war sie schon verschlungen? Vielleicht war schon dies der Magen des Ungeheuers, in dem sie sich befand? Ihr Walfisch, der sie nie wieder ausspucken würde, in dessen Bauch sie von nun an den ganzen Rest ihrer Reise tat?

Lina war noch nie für sich gewesen. Zuerst in einer Familie, dann in einer Schwesternschaft, schließlich in der Gemeinschaft der »Missionsfamilie« – so hatten sie sich genannt –, war sie jetzt zum erstenmal allein. Sie blickte sich um, als eben der Nebel der Sonne wich. Es war, als ob eine Hand den Schleier vor ihren Augen lüftete. Und sie sah, daß der Gürtel der Vegetation, der das Dorf wie eine Mauer umschloß, lebendig war. Die Feigen- und Brotfruchtbäume, Steinnußpalmen, Hibiskus, Maulbeerbäume, umstrickt von Baumfarn und Orchideen, von Lianen und weißblühenden Winden, überzogen von braunem und blauem Schwamm, von roten Moosflechten und Mehltau, wuchsen ihr entgegen. Sie umschlangen einander, verfilzten sich, bildeten eine einzige Pflanze, die unersättlich, mit ihrer Seele aus Grün, auf unbezwingbarem Wachstum bestand. Sie gehorchte dem Gesetz des Heliotropismus. Sie bewegte sich. Sie wuchs auf Lina zu, die ihr heimliches Atmen hören konnte. Den Gesang des Chlorophylls in ihrem Zellplasma.

Sie setzte sich auf die Stufen vor dem Häuptlingshaus und versuchte, den Aufruhr in sich zu bekämpfen.

Einer der großen Schrecken des Verlassenseins ist dieses Sprechen der Dinge, das um einen herum anhebt. Wie ausbrechender Wahnsinn. Lina wußte noch nicht, daß man es sich dienstbar machen kann. Am Ende flüstern die Dinge einem auch die rettende Botschaft zu.

Sie erkor sich Winstons Haus zu ihrer Wohnung. Am ehesten war er es, dessen Rückkunft sie erwartete. Warum hatte er sie nicht geweckt? Hatte auch er geglaubt, daß sie hier auf die Zerstörer des Dorfes warten wollte?

Am Abend grub sie sich ein paar wilde Jamsknollen aus. Sie schaute nach, ob die Hühner ein Ei gelegt hatten, fand aber keins. Der Hunger war es nicht, den sie fürchtete. Aber sie hatte Angst, zum Badeplatz an ihrer Hütte außerhalb des Dorfes zu gehen. Als böten diese paar Häuser, zusammengekauert, Schutz für sie, trat sie aus ihrem Umkreis nicht mehr heraus. Sie bewegte sich nur noch im Schatten der Hauswände. Schon in der Mitte des Dorfplatzes erfaßte sie ein Gefühl, als zöge ihr etwas die Haut enger. Als müsse sie sich etwas fester in den Mantel ihrer Epidermis hüllen. Jedes Geräusch ließ sie erstarren. Wie eine halbwilde Katze huschte sie ins Haus zurück.

Dann brach die Nacht herein. Sie verbrachte sie hockend in einem Winkel von Winstons Haus, mit weit aufgerissenen Augen zum Eingang starrend, der allen Geistern der Mondnacht offenstand, wie es in Ponape-Häusern üblich ist. Sie haben keine Tür. Die Geister kamen und gingen, wie es ihnen beliebte. Und unaufhörlich näherten sich die Schritte, hallend und dumpf, die ihr eigenes Herz pochte. Dazu die Nachtvögel, das Streifen des Windes in den Bäumen, das Knistern der Insekten unter dem Dach, das Piepsen aus einem Nest von jungen Ratten, das manchmal über, manchmal unter ihr zu sein schien.

Trotzdem wachte sie bei Tageslicht, hingesunken, aus einem bleiernen Tiefschlaf auf. Sie trat, über Nacht in ein Tier verwandelt, vorsichtig sichernd vor die Tür. Wieder hatte sich der Urwald ein Stück auf sie zubewegt. Wie lange dauert es, bis er einen gerodeten Platz zurückerobert hat? Sie verrichtete ihre Notdurft in der Nähe des Hauses und sah selbst, daß dies ein Zeichen ihrer Verwilderung war. Ponape-Leute bevorzugen bestimmte Stellen an den Bachläufen außerhalb des Dorfes. An einem der Legeplätze fand sie zwei Eier, die sie gierig mit den Zähnen öffnete und auslutschte. Dann suchte sie wieder das Dunkel im Innern des Hauses auf. Sie saß nahe beim Eingang, doch selber unsichtbar. So behielt sie ein Stück des Dorfes im Blick und den Saum des Waldes, die grüne Wand, die den Abschluß einer kleinen Bananenplantage am Dorfrand bildete. So, mit dem Blick des gehetzten, verängstigten Tieres, das sie geworden war, sah sie die Schönheit nicht, die ihr vor Augen lag, nicht die schwankenden hohen Kronen der Palmen im leichten Wind, nicht den kegelförmigen Gipfel des Tolokolme am Horizont, in rosenfarbenen Dunst gehüllt, dieses Berges, dessen Geheimnis darin besteht, daß er immer fern ist, ganz gleich, wo man sich auf der Insel befinden mag. Der Tolokolme weiß sich jeder menschlichen Annäherung zu entziehen, er ist gewissermaßen auf steter Wanderschaft ins Unzugängliche, erreichbar nur für die Toten von Ponape. Sie sah auch nicht die tiefe Bläue der Schatten im lichten Grün, ihre rasche Verkürzung bei steigender Sonne, die mit weiterer Vertiefung einherging, bis sie sich zur Mittagszeit, wenn hier, äquatornah, die Sonne beinah im Zenith stand, dem Schwarz näherten, so daß es für eine halbe Stunde so schien, als habe das Land allen Schatten aufgesogen und tief seinem Erdreich einverleibt, aus dem es ihn nachmittags wieder kühl und blau hervorwachsen ließ. Lina versuchte nur die Sprache der Dinge zu entschlüsseln, deren Mitteilungen noch ungeordnet und neu auf sie einstürmten. Sie war nichts als den Ankündigungen fremder Anwesenheit oder Annäherung auf der Spur. Die Dinge verschlüsseln die Botschaft, die sie für ein ängstliches Tier übermitteln, als Abweichung vom zu Erwartenden. Von diesem Grundgesetz aller Information gibt es keine Ausnahme. Die Deutung des Vogelflugs, der Spuren im Sand beruht auch darauf.

Über dem leicht ansteigenden Wald gegenüber sah Lina ein paar große graue Tauben auffliegen. Kurz darauf hörte sie den Kuckuck und die Warnrufe der Buschvögel. Dann bestrich eine Sumpfohreule die Wipfel, ein Schwarm von Fliegenfängern stieg auf. Sie verlängerte in Gedanken die Linie, auf der das geschah, und fand, daß sie auf das Dorf zuging. Woher rührte das Zittern in den Baumkronen? Wovon knackte das Geäst, daß sie es bis hierher hören konnte?

Doch mehrten sich die Zeichen derartig, daß sie für ihre ungeübten Sinne nicht mehr unterscheidbar waren. Zudem kam ein leichter Wind auf und verwischte sie. Der Abend war schon nah, als sie sich in einem Zustand solcher Überreiztheit befand, daß sie aufstand, ihre Glieder streckte und vor den Eingang trat, als könne sie durch ihr sichtbares Erscheinen die Gefahr zwingen, ihren Hinterhalt zu verlassen und sich zu zeigen.

Und sie zeigte sich. Von der Bananenplantage her näherte sich ein Mann. Er kam sehr langsam. Denn er trug eine schwere Last. Als er das erste Haus des Dorfes erreicht hatte, legte er sie vor der Tür ab und sah sich nach Hilfe um. Er konnte sich kaum noch auf den Beinen halten. Da sah er eine Frau auf sich zukommen. Sie trug das blaue Kleid einer Schwesterntracht. Doch je näher sie kam, desto deutlicher sah man an ihr die Spuren der Verwilderung, den Schmutz, die Magerkeit. Ihr Haar hatte sie mit einem aus Schilfgras geflochtenen Band zurückgebunden, und um die Taille trug sie einen farbig gewebten Gürtel aus Bananenbast, mit dem sie ihren Rock geschürzt hielt, wie Ponape-Frauen es bei der Arbeit tun, indem sie auf einer Hüfte den Saum darin feststecken, so daß ihre nackten Beine bis zu den Knien sichtbar waren. Sie war barfuß.

Lina, sagte der Missionar, indem er den Blick wieder zu ihren Augen hob. Augen, die, groß, wasserblau und etwas zu weit vorgewölbt, wie sie von Natur aus waren, jetzt tiefer in ihren Höhlen lagen, wie es unter dem Einfluß von Entbehrungen und Schrecknissen der Fall sein kann. Doch trugen sie immer noch den Ausdruck großen Erstaunens, der ihnen eigen war und dem sich eben jetzt der Ausdruck des Begreifens beimischte. Sie hatten vieles gesehen, und sie sprachen von dem, was sie gesehen hatten.

Der Junge lebte. Er war am Schenkel getroffen und hatte viel Blut verloren. Der Missionar hatte ihn die ganze Zeit abgestützt und manchmal getragen. Doch hatte der Junge ihm den Weg zeigen können. Sie waren fast zwei Tage unterwegs und erleichtert, daß sie das Dorf vor Einbruch der Dunkelheit erreicht hatten. Der Junge war so erschöpft, daß ihm bei dem Versuch zu sprechen, die Augen zufielen.

Er muß etwas essen, sagte der Missionar.

Du auch, sagte Lina.

Gemeinsam trugen sie den Jungen in Winstons Haus und betteten ihn auf eine der Schlafmatten.

Dann machte Lina sich auf die Suche nach einem Huhn. Sie packte es, und da verließ sie für einen Augenblick der Mut. Sie brauchte ein Stoßgebet, das erste beste, das ihr auf die Lippen kam:

Komm, Herr Jesus, sei unser Gast, und segne, was du uns bescheret hast, betete sie laut und mehrmals, während sie dem Tier einen Tod durch Ersticken bereitete, indem sie, so gut es ging, versuchte, sich an die Anweisung zu halten, ihm den Hals umzudrehen. Sie drückte ihn mit beiden Händen so lange zu, bis das Flattern aufgehört hatte.

Es geschah wohl zum erstenmal, daß dieses Gebet mit wahrer Inbrunst gesprochen wurde.

Sie rupfte das Huhn und briet es am offenen Feuer. Es war köstlich und zart, und sie aßen gebratene Bananen und Jamsbrei dazu.

Lina fütterte den Jungen und wusch seine Wunde. Sie war verschmutzt, und die Ränder sahen schon entzündet aus.

Wir müssen ihn zu Dr. Helmholtz in die Kolonie bringen, sagte sie.

Das geht nicht, sagte der Missionar und erklärte ihr, warum er mit dem Jungen geflohen war. Wir müssen uns hier um ihn kümmern, sagte er.

Und wenn sie kommen? sagte Lina.

Sie kommen nicht so bald, sagte der Missionar.

Wir brauchen Wundtinktur, sagte er. Welcher Familie

hast du, wenn du früher hier warst, Wundtinktur gegeben? Es muß doch noch davon übrig sein.

Lina machte sich auf die Suche in einigen Häusern und hatte zum Schluß einige angebrochene Fläschchen zusammen. Sie kochte ein paar Lappen aus. Das mußte reichen.

In der Nacht das Streifen des Windes, das Knistern der Insekten unter dem Dach, das Piepsen der jungen Ratten unter oder über ihr. Das Kommen und Gehen der Ponape-Geister. Doch gab es das Geräusch des Atmens neben ihr, und sie fiel in den tiefen, traumlosen Schlaf, wie er nur in der Gegenwart eines vertrauten Menschen möglich ist.

Das Haus von Winston besaß als einziges in Kiti mehrere getrennte Räume, ein Relikt seiner europäischen Vergangenheit. Lina hatte, wenn sie bei ihm zu Gast war, sogar in einer Art Gästezimmer geschlafen, in dem jetzt Aru lag. Die Ponape-Leute kannten sonst keine räumliche Trennung von Wachen und Schlafen, Eltern oder Kindern im Haus. Ihre Häuser bestanden aus einem einzigen großen Raum. Nur die Zubereitung des Essens fand in einem eigenen kleinen Kochhaus statt, das oft von mehreren Familien gemeinsam benutzt wurde. Wie kann man gleichzeitig wohnen und kochen unter einem Dach? Und wie kann man anders als in vertrauter, familiärer Gemeinsamkeit schlafen?

Arme Deutsche, die das Wort »schlafen« für etwas verwenden, das doch nur im Zustand äußerster Wachheit geschieht. Und die sich dazu auch noch in die kargen Zellen der »Schlafzimmer« zurückziehen. Lieben sie etwa im Schlaf, die Deutschen? Wissen sie nicht, was sie tun, wenn sie sich lieben? Tun sie es blind? Abwesend von sich selbst, wie man es während des Schlafes ist? Muß ihr waches Bewußtsein erst auf die Reise gehen, bevor sie sich zu lieben imstande sind? Oder schlafen sie während der Liebe ein?

So wie die Deutschen sich nicht vorstellen können, wie und wann Ponape-Paare der Liebe pflegen, da sie mit ihren Kindern, mit Eltern und Großeltern einen Schlafraum teilen, und sich fragen, wieso sie sich unter diesen Umständen überhaupt vermehren, so ist es für die Ponape-Leute ein Rätsel, warum die Deutschen nicht längst ausgestorben sind, wenn miteinander zu schlafen die äußerste Annäherung ist, die zwischen Männern und Frauen stattfindet.

Ponape-Leute lieben sich bei Tag. Sie sind hellwach dabei und tun es überall. Überall, wo sich ein ungestörter Platz findet. Und eine Insel, die zu drei Vierteln von tropischer Vegetation überwuchert ist, von Bachläufen durchzogen, von stillen Buchten gesäumt, hat ungestörte Plätze genug.

Als Lina kurz vor Sonnenaufgang erwachte, nahm sie plötzlich die Gerüche wahr. Zuerst ihren eigenen, den leicht moderigen Geruch der Erde von Ponape, etwas Seetang, etwas Blütenduft. Dazwischen, wie die Botschaft, die einer leicht geöffneten Muschel entströmt, das Aroma ausgestandener Angst. Dann den Geruch des Mannes neben ihr, den säuerlichen Geruch seiner Anstrengung, dem ein wenig von dem fremden Blutgeruch beigemischt war, den Zersetzungsgeruch seiner Mutlosigkeit, torfartig, moorig, und die holzige Note ihrer Überwindung, besonnte Schiffsplanken. Es waren Ausdünstungen ungewaschener Körper. Sie verbargen nichts, ihr Geschlecht nicht und ihre Herkunft aus den Falten einer vorzivilisierten Existenz, die keine Scham kennt und trotzdem voller Geheimnis ist. Sie erfüllten den Raum. Sie sprachen miteinander. Sie bekämpften und verbanden sich. Sie umarmten einander und stießen sich ab. Es war ein leidenschaftliches, ein heftiges Gespräch, in das sie miteinander vertieft waren, voller Zurückweisungen und sanfter Geständnisse, die ganze Nacht schon, während der Mann und die Frau, die nebeneinander lagen, den tiefen Schlaf ihrer Erschöpfung und Hilflosigkeit schliefen.

Am Abend hatten sie sich alles Notwendige mitgeteilt. Sie hatten, scheu wie ein Paar, das sich zwar schon länger kennt, doch zum erstenmal miteinander verabredet hat, am Feuer gesessen, das langsam zwischen ihnen heruntergebrannt war, rötliche Glut wurde, in deren düsterem Schein sie einander anstarrten, als müßten sie sich immer wieder vergewissern, wen sie vor sich hatten. Doch hätten sie, an einem Tisch bei Café Dunkel in Altena sitzend und sich über den Rand einer Tasse Schokolade anblickend, nicht höflicher sein können, nicht vorsichtiger in ihrem Umgang miteinander.

Und es war ja tatsächlich ihr erstes Rendezvous. Sie hatten nie eins gehabt, und dieses war es nun. Und es war auch die erste gemeinsame Mahlzeit, zu der sie jemals allein gewesen waren. Der Junge schlief schon längst. War es etwa ein Wunder, daß sogar von dem Huhn übrig blieb, obwohl sie beide seit Tagen kaum etwas gegessen hatten? Es ging nicht darum, sich zu sättigen. Nicht beim erstenmal.

Hat es Ihnen nicht geschmeckt? fragen die Kellner, wenn sie die kaum angerührten Speisen abräumen.

O doch, o doch, sagt das Paar zerstreut.

Ein Paar, das sich miteinander satt ißt, ist schon satt.

Die anderen stehen so hungrig auf, wie sie sich zu Tisch gesetzt haben. Doch nein: Sie haben sich von Geständnissen genährt. Und in ihrem Fall ist jeder Satz ein Geständnis. Indem sie von sich sprechen, sprechen sie von dem Weg, den sie zurückgelegt haben, um dort zu sein, wo sie sind. Und alles, was sie von sich erzählen können, erscheint als Station auf diesem Weg.

Ich bin deinetwegen hier. Aus keinem anderen Grund, als um dich zu treffen. Das ist der immer gleiche Subtext der Rendezvous.

Ich bin hier, weil ich hoffte, daß auch du kämest, lautet die Antwort darauf.

Als Lina und der Missionar sich das Notwendige mitteilten, das es zu wissen galt, durchaus im sachlichen Stil der Berichterstattung, nüchtern und distanziert, das Feuer zwischen sich, lief doch alles, was sie sagten, auf dies Geständnis hinaus. Sie legten die Hühnerknochen, kaum angenagt, aus der Hand.

Schmeckt es dir nicht? fragte Lina.

O doch, o doch, sagte der Missionar. Sprich weiter. Was tat Jomatau?

Und sie gab Bericht davon. Und da dies nicht Café Dunkel in Altena war, wo sie sich verabredet hatten, sondern eine tropische Nacht im innersten Ponape, ließ sie nichts aus.

Es ist noch Jamsmus da, schloß sie. Möchtest du noch davon?

O ja, bitte, sagte der Missionar.

Aber er rührte nichts an.

Als das Feuer zwischen ihnen fast erloschen war, hatten sie voneinander erfahren, was ein Paar beim ersten gemeinsamen Essen erfahren kann: Geschichten von tiefer Enttäuschung, von Kampf und Verrat und langer Einsamkeit. Sie hatten einander anvertraut, welchen Mut, wieviel Entschlossenheit sie aufgebracht hatten, um zur Stelle zu sein. Auch ihre Irrtümer hatten sie bekannt.

Warum nur hast du den Aun-tol verraten?

Der Aun-tol hat sich selbst verraten. Er hat es selbst überall erzählt.

Aber es war deine Predigt, die ihn überredet hat.

Das ist wahr. Die Botschaft von der Vergebung der Sünden, sie hat nicht Frieden, sondern Krieg gebracht.

Nicht die Botschaft. Sondern daß sie bei uns selbst nicht gilt.

Wie sollen die Ponape-Leute das wissen?

Du hättest es ihnen sagen sollen.

Aber wie? Ohne daß ich uns alle unglaubwürdig mache. Nicht nur uns, auch die Verwaltung. Das Gesetz. Die Kultur. Alles, was sie von uns lernen sollen.

So bleiben nur die Nähmaschinen und die Motorboote.

Um von der Tuberkulose zu schweigen.

Was tun wir eigentlich hier?

Ja, was tun wir eigentlich? Was haben wir hier verloren?

Wir haben etwas verloren. Wir suchen das Kind.

Man sollte auch nirgendwo hingehen, wo man nichts zu suchen hat.

Das ist wahr. Du bist müde.

Du etwa nicht?

Und so endete ihr erstes Rendezvous mit der Art gemeinsamer Nacht, von der Ponape-Leute glauben, daß Deutschen nichts Besseres einfällt als auf diese Weise Liebe zu machen: Sie schliefen fest zusammen.

Jetzt, am frühen Morgen, stand Lina als erste auf.

Was tust du? sagte der Missionar. Wohin gehst du?

Ich gehe zum Badeplatz, sagte sie.

Ich komme mit, sagte der Missionar.

Es war einer dieser Orte, die eher dem europäischen Traum vom Südseeparadies als der Wirklichkeit gleichen. Der Bachlauf trat hier zwischen zwei Felsen hervor und ergoß sich als kleiner Wasserfall in ein Becken darunter, das, tiefgrün und klar, mit ein paar Stößen durchschwommen werden konnte. Die Ufer waren dicht bewachsen mit Riesenfarnen,

Moos, Schlingkraut und blühendem Hibiskus. Libellen und rotbrüstige Honigsauger schossen darüber hin. In der Gischt des Wasserfalls stand ein Regenbogenband, das sich bei näherem Hinzutreten wieder in weiße Gischt verwandelte. Unsichtbare Vögel schlugen und schluchzten im Gebüsch wie die Seelen Verstorbener, die mit Verzweiflung beklagen, daß sie diese Schönheit nur noch körperlos erfahren.

Die beiden Körper, die in das Wasser eintauchten und eine Zeitlang so taten, als bemerkten sie einander nicht, als zöge jeder von ihnen seine Bahn in dem Becken, wie er es auch getan hätte, wenn er allein wäre, näherten sich immer mehr, bis sie sich schließlich aneinander preßten, umschlangen und einer den anderen ans Ufer drängte, wo sie sich endlich auf Ponape-Art liebten, hellwach und am lichten Tag, ohne Hemmung und ohne Rücksicht auf die toten Ponape-Seelen, die in ihren Vogelgestalten zusehen mußten, wie sie eine richtige Sünde, etwas Schmutziges und Schlimmes begingen, denn es war auf Ponape streng verboten, daß sich die Geschlechter beim Baden vermischten. War ein Mann genötigt, den Platz, wo eine Frau badete, zu passieren, so warf er ein Holzscheit ins Wasser und ließ es zu ihr treiben, so daß sie aufmerksam werden und sich zurückziehen konnte. Beim Baden achteten sie auf Wahrung der Sitten. Und was tat der Missionar da? Er betrachtete die Frau von allen Seiten. Er ließ sie vor sich aufstehen und hin- und herdrehen. Besonders ihren Hintern sah er genau an.

Was ist es? fragte sie.

Ein Fisch, sagte er. Ein springender Fisch.

Ist es schön? fragte sie.

Wunderschön, sagte er und zog sie wieder zu sich heran.

Sie waren Missionare. Sie hatten sich noch nie nackt gesehen.

GNADENBRONN 1911

Sehr geehrter Herr Winter,
nach den Vorkommnissen, von denen ich durch eine Nachricht des Reichskolonialamtes Kenntnis erhielt, bezüglich der Rolle, die Sie und Ihre Frau bei der Erhebung von heidnischen Elementen auf unserer geliebten Insel Ponape gespielt haben, verbietet es sich fürderhin für mich, die Anrede »Bruder« zu gebrauchen, die wir Diener im Weinberge des Herrn einander sonst schulden. Auch entbinde ich Sie hiermit aller Rechte und Pflichten als eines Abgesandten der Gnadenbronner Mission und befehle Ihnen, mit sofortiger Wirkung und dem nächsten Schiff auf schnellstem Weg heimzukehren. Die Passage für Sie und Ihre Frau und (wie viele?) Kinder ist, soweit von hier aus möglich, schon reserviert.

Sollten Sie zu irgendeinem späteren Zeitpunkt zurückreisen wollen, so wird hiermit ausdrücklich die Übernahme der Kosten durch die Missionsgesellschaft abgelehnt.

Auch gehen Sie hiermit der Zusage verlustig, die in der Regel für unsere heimgekehrten Missionare, soweit als möglich aufrecht erhalten wird, daß sie nämlich für die Dauer des Heimaturlaubs bis zu ihrer nächsten Aussendung als Lehrer in Gnadenbronn beschäftigt werden. Die Gesellschaft lehnt eine Weiterbeschäftigung in Ihrem Fall grundsätzlich ab. Sie mögen sich um Ihren weiteren beruflichen Werdegang selbst bemühen. Dieses ist eine fristlose Entlassung und geschieht auch mit Billigung und im Interesse unserer Geldgeber, die durch die Nachrichten, die uns von Ponape erreichten, höchst befremdet sind; und möchte sich das auf unsere Aktivitäten und finanziellen Möglichkeiten in Zukunft auswirken, wenn die Spenden ausbleiben, da man von einem Missionar hört, daß er sich mit heidnischen Aufrührern und Mördern gemein macht, ja den Streitkräften des eigenen Landes durch Verrat Schaden zufügt, so daß Schlimmeres als Entlassung ihm gebührt. Doch ist dies nicht mein Beruf, solches zu ahnden. Auch bin ich nicht Ihr Richter. Der himmlische jedoch wird Sie verdammen, dessen bin ich gewiß. Und Ihre Frau, deren charakterliche Eignung für den Beruf von Anfang an mangelte. Und wären Sie mir nicht durch Schließung der Ehe zuvorgekommen, so wäre sie längst, wie Sie wissen, abberufen und dadurch viel Schaden abgewendet worden. Einer Ehe, das sei auch erwähnt, die ohne meine Erlaubnis geschlossen wurde, welche einzuholen als Gnadenbronner Missionar Ihre Pflicht gewesen wäre, statt mit solcher Eile wie irgendein junges Blut, das den Eltern entlaufen ist und den väterlichen Segen gering achtet, zusammenzukommen. Solches ist noch nie von Segen gewesen.

Der Wiederaufbau der Station auf Ponape wird in die Hände von Bruder Taube gelegt, dessen Gottesfürchtigkeit außer Zweifel steht und der als Überbringer dieses Briefes bereits auf Ponape anwesend ist, wenn Sie dies lesen.

Bruder Taube hat Weisung, dafür zu sorgen, daß Sie und Ihre Frau sich von der Missionsstation unter jeder Bedingung fernhalten. Jegliche Hilfe von Ihrer Seite ist unerwünscht, so wie auch Sie keine Hilfe von den Brüdern zu erwarten haben, es sei denn um christlicher Barmherzigkeit willen, die wir nach der Schrift auch den Allergeringsten unter unseren Mitmenschen schuldig sind.

So wie ich auch fürderhin nicht verabsäumen werde, Sie

als einen der Verlorenen des HERRN in mein Gebet einzuschließen. Doch die Missionsgesellschaft schließt Sie für immer aus.

Gott stehe Ihnen bei.

Helfrich, Gnadenbronn

PONAPE 1912

Lieber Bruder,
werden wir uns je wiedersehen? Es ist schon fast vier Jahre her, daß wir Abschied nahmen. Wie geht es Mutter? Ich habe schon seit einem halben Jahr keine Post mehr von ihr erhalten. Sie ist doch nicht krank? Und Gretchen? Und die Kinder? Habt Ihr von August gehört? Wie gern käme ich einen Nachmittag zu Besuch zu Euch! Was hätten wir zu erzählen! Und zu sehen, wie die Kinder groß geworden sind! Denk Dir: Auch ich werde bald Mutter. In wenigen Tagen muß es soweit sein und sehe wie ein Dampfroß aus, sagt mein Mann, und schnaufe auch so, denn es ist doch sehr beschwerlich bei dieser Witterung, schwül und feucht, ein Ungeborenes in sich zu tragen. Doch will ich mich nicht beklagen. Es ist ein großes Glück, wenn auch mein Mann voller Angst und Sorge ist, da er seiner ersten Frau gedenkt, die bei Geburt ihrer Kinder das Leben lassen mußte. Aber ich bin guten Mutes, und Mutter soll sich keine Sorge machen. Am besten sagst Du ihr nichts, bis ich wieder schreiben kann. Ich hätte auch gern gewartet mit der Neuigkeit, bis sie sich eingestellt hat, doch geht das Postschiff ab, und ist immer ungewiß, wann das nächste kommt, nicht vor zwei Monaten. Ich habe nämlich ein Bitte, die ich nicht säumen kann, Dir vorzutragen, und gewiß wirst Du ein Einsehen haben, wenn Du vernimmst, wie sehr wir, mein Mann und ich, unsere kleine Elisabeth und das Ungeborene auch, auf Dich und Deine Hilfe angewiesen sind.

Die traurigen Ereignisse, deren Zeugen wir hier werden

mußten, liegen nun schon ein Jahr zurück. Der Aufstand ist niedergeschlagen, die Schuldigen bestraft. Man hat sie bis in den letzten Schlupfwinkel unserer Insel gejagt. Zuletzt zogen sie sich auf den höchsten Berg der Insel, den Tolokolme, zurück und verschanzten sich dort. Als wir das hörten, wußten mein Mann und ich, daß sie aufgaben. Und so war es auch. Denn auf dem Tolokolme wohnen die toten Seelen – so glauben sie es hier –, und Tote kämpfen nicht. Wer zu ihnen geht, hat den Mut verloren. Da hätten unsere Deutschen keine Verstärkung von einem dritten Kriegsschiff mehr gebraucht, der »Cormoran«, die zur »Nürnberg« und zur »Emden« hinzugestoßen war, nachdem sich die Besatzung der ersten beiden von einem vergeblichen Vorstoß ins Innere der Insel zurückgezogen hatte. Es war das Wetter, der Regen, der unsere Insel manchmal in einen Morast verwandeln kann, in dem man zu versinken meint. Dies ist kein Paradies, wie man in Deutschland wohl glauben mag. Die deutschen Marinesoldaten haben gewiß auch viel mitgemacht, und wollen sie das Paradies entdecken, das die Südsee verheißt, so sollen sie lieber zu Hause bleiben und sich die Bildchen ansehen, die man in Alben einkleben kann: »Die deutschen Kolonien«. Als wenn wir hier am Strand von Travemünde wären und die Eingeborenen nur zufällig hier, um vor den Fotolinsen der Deutschen zu posieren. Ist doch dies die ganze Welt, die sie kennen: diese Insel, ihr Korallenriff und das Meer, das daran brandet, und wissen oft nicht einmal, daß hinter der nächsten Insel am Horizont weitere Inseln sind und Wüsten, Eisberge, Städte, größer als Ponape, mit Häusern, die so weit in den Himmel ragen, daß Kirchen dazwischen wie Spielzeug aussehen, das Gott vergessen hat, und riesige breite Flüsse und Berge, schneebedeckt. Sie glauben, wenn ein deutsches Kriegsschiff am Horizont auftaucht, daß sie heimgesucht werden von einer Macht, die zu groß und zu fremd ist, als daß man sich ihr widersetzen kann. Es entmutigt sie, daß fremde Männer eindringen in Wälder, die sie bisher kaum selbst betreten haben, weil man das Land der Toten als Lebender nicht betritt, und so gaben sie sich von Anfang an verloren, obwohl es ihnen ein leichtes gewesen wäre, einen Hinterhalt zu legen, aus dem die deutschen Soldaten niemals herausgekommen wären.

Wir aber fürchteten, daß sie das Dorf finden möchten, in das die Aufständischen sich manchmal zurückzogen. Ihre Familien lebten dort und viele Seelen, die wir getauft hatten und Kinder, die zu uns in den Unterricht kamen, und sie vertrauten uns. Und so verhalfen wir ihnen zur Flucht, so daß die deutschen Soldaten, als sie schließlich kamen, nur uns fanden, meinen Mann und mich, und sie wunderten sich, was wir dort taten, und wir verrieten es ihnen nicht. Und den Ponape-Jungen, der bei uns war, fanden sie zum Glück nicht. Er war verletzt, und wir pflegten seine Wunden, bis er uns zur Kolonie bringen konnte, denn es gibt keine Wege auf Ponape, außer wenn man sie kennt.

Dort erst erfuhren wir, daß sie sich ergeben hatten. Sie kamen in die Kolonie und gaben ihre Waffen ab, einhundertzwanzig Gewehre und über tausend Patronen, und wurden daselbst in der Festung gefangengesetzt. Zuallerletzt kam auch Jomatau, ihr Anführer, und ergab sich. Wenige Tage später wurde über sie unter dem Vorsitz des Fregattenkapitäns Fredemann zu Gericht gesessen. Ihre Schuld stand außer Zweifel, und siebzehn von ihnen wurden zum Tode verurteilt, die nämlich, welche an der grausamen Ermordung unseres Vizegouverneurs und seiner Leute wie auch an dem Überfall auf unsere Missionsstation beteiligt waren, darunter Jomatau. Am 24. Februar wurde das Urteil verkündet und wurden die Männer am selben Nachmittag erschossen. Mein Mann begleitete sie zu der Richtstätte. Doch waren sie seines geistlichen Beistands nicht bedürftig, den er ihnen zu geben bereit war. Furchtloser hat man noch nie Menschen sterben sehen. Jeden Hinweis auf Vergebung und Auferstehung wiesen sie empört zurück, da sie doch schuldig seien und bestraft zu werden wünschten, wie es ihnen zukomme, nämlich indem man sie in den Tod schicke, und ein Jüngstes Gericht sei nicht mehr nötig, da sie sich ja schon vor diesem schuldig bekannt hätten. Im übrigen wünschten sie von jeglicher Auferstehung des Fleisches verschont zu sein.

So hielt mein Mann den Mund, als er sie begleitete, und da er wie kaum ein Weißer der Ponape-Sprache mächtig ist, entging ihm nichts von den letzten Worten, die sie wechselten, und er hörte, wie sie bis zu dem Moment, da ihnen die Augen verbunden wurden, über die Fischgründe sprachen, ihr Zu- und Abnehmen, so wie man unter uns wohl über das Wetter spricht, als würden sie gleich am nächsten Tag mit ihren Netzen wieder hinausfahren. Und da wußten wir, daß all unser Missionieren von Anfang an vergebens gewesen ist, da wir mit unserer Botschaft über sie gekommen sind und haben getauft und gepredigt, ohne ihnen zuzuhören, welches die Botschaft sei, die sie uns sagen können, und haben geglaubt, daß wir Lehrer sind, während doch ein guter Lehrer der ist, der selber lernt.

Aber obwohl viel Volk dabei war, als sie starben, und zwar Ponape-Leute wie auch Weiße, so blieb ich doch fern und hörte nur die Schüsse und sah es gleichwohl, als wenn ich zugegen gewesen wäre. Man vergißt es nie.

Die anderen Aufständischen und ihre Familien, im ganzen fast fünfhundert Menschen, wurden deportiert, so daß der Frieden auf der Insel fortan gesichert scheint. Doch unser Los ist ein beinah ebenso hartes wie das der Verbannten. Sind wir doch selbst verbannt, wenn auch weiterhin auf Ponape lebend. Die Landsleute wollen mit uns nichts mehr zu tun haben, da wir in ihren Augen als Helfershelfer der Aufständischen gelten. Auch hat sich die Missionsgesellschaft in Gnadenbronn von uns losgesagt und erreichen uns keine Geld- noch Sachmittel aus Deutschland mehr. Man hat uns vielmehr befohlen, mit dem nächsten Schiff die Insel zu verlassen und nach Deutschland zurückzukehren, andernfalls man uns die Kosten für die weite Reise zu einem späteren Zeitpunkt nicht bezahlen werden. Es ist nicht wenig, wie Du weißt, vor allem, wenn man, wie wir, gar nichts besitzt. Doch hatten wir einen Grund zu bleiben, welchen ich Dir im folgenden mitteile, und Du wirst als ein Vater, der in seinem Herzen weiß, wie teuer unsere Kinder den Eltern sind, sogleich verstehen, warum wir so handeln mußten, wie wir handelten.

Bei dem Überfall auf unsere Missionsstation, bei dem fünf Menschen vor unseren Augen den Tod fanden und unser Haus ein Raub der Flammen wurde, geriet eine der beiden kleinen Töchter meines Mannes in die Hände der Ponape-Leute und konnte bis heute von uns trotz vielen Bemühens nicht gefunden werden. Unsere Nachforschungen haben nur ergeben, daß sie anscheinend in der Familie ihrer früheren Ponape-Amme lebt, die die Kinder nach dem frühen Tod ihrer Mutter betreut hat, wie es nicht anders ging. Milchkindschaft gilt jedoch hier der leiblichen Abstammung gleichrangig, so daß die Amme nach Ponape-Sitte durchaus als rechtmäßige Mutter des Kindes angesehen wird und sich auch immer sehr liebreich gegen die beiden kleinen Geschöpfe betrug. Doch kannst Du Dir den Schmerz des Vaters und auch meinen eigenen vorstellen, die wir die Kleine seit fast einem Jahr vergeblich gesucht haben und nicht zu finden vermochten. Denn die Amme ist die Frau eines Aufständischen und hat sich mit vielen anderen verborgen gehalten. Auch traf ihren Mann die Strafe der Deportation, und wie die meisten Frauen entschied sie sich vermutlich, ihn zu begleiten und wurde mit ihren Kindern, bei denen wir auch Irmgardchen vermuten, eingeschifft und an einen unbekannten Ort verbracht, von dem selbst unser neuer Bezirksamtmann nicht weiß, wo er liegt.

Lieber Bruder, dies ist das Land der tausend Inseln, in Wahrheit Zehntausende Inseln und Inselchen, und man hat die Deportierten auf mehreren von ihnen, bisher unbewohnten, abgesetzt mit dem Ziel, daß sie nie wieder heimfinden oder von den Ihrigen gefunden werden mögen. Die Strafe erscheint nicht zu hart, wenn man das Begangene in Rechnung stellt. Auch bieten all diese Inseln Möglichkeiten genug, sein Leben dort zu fristen. Doch ist die Hoffnung, das Kind jemals wiederzufinden, damit zunichte. Seine Spur hat sich in den Weiten des Stillen Ozeans verloren. Die Nadel im Heuhaufen, das Goldkörnchen im Sand möchten leichter zu finden sein. Und wenn wir uns auch sagen können, daß sie lebt, so ist sie doch für das Leben, das wir uns mit ihr gewünscht haben, so unerreichbar wie im Tod. Und manchmal kommt es einen härter an, als wenn sie tot wäre, gefeit vor Kummer und Leiden, wie ein Kind im Tode ist, da auch die eigene Mutter nicht mehr helfen kann. Zu denken, daß sie uns braucht und wir nicht hinkönnen. Doch sie wird uns vergessen, wie Kinder vergessen. Sie ist noch jung. Dies ist der einzige Trost, den wir haben, und unsere Gebete. Gott weiß, wo sie ist. Das ist gewiß.

Urteile selbst, Bruder. Konnten wir die Insel verlassen, solange noch Hoffnung bestand, das Kind zu finden, so gering sie immer war? Wir ließen nichts unversucht. Auch den neuen Bezirksamtmann baten wir um Mithilfe, welche uns jedoch nur sehr halbherzig gewährt wurde, da wir nicht als Opfer, sondern Mittäter des Aufstands betrachtet wurden, welches unrichtig ist, wie Du selbst sehen magst, nachdem ich alle Umstände vor Dir ausgebreitet habe und keine Schonung für niemand, auch nicht für uns, dabei walten ließ. Vielleicht taten wir Unrecht, indem wir überhaupt hierher gekommen sind. Dann aber taten es alle anderen Weißen auch, die auf der Insel sind. Gott ist der Richter. Doch kann es kein Unrecht sein, den Hilflosen Hilfe zu geben, den Unterlegenen und Unbewaffneten. Wir sind keine Soldaten. Wir sind im Namen Gottes gekommen.

Aber nun ist es genug. Wir wollen nach Hause. Nach ein paar Jahren in den Tropen ist man auch müde und erschöpft. Wir leiden beide am Fieber, das uns von Zeit zu Zeit befällt, und diese Schwangerschaft hat mich mehr Kraft gekostet, als gut für mich und das Kind sein mag. Sag Mutter nichts davon. Doch weise uns bald das Geld für die Schiffspassage an. Erst wieder zu Hause, wird es uns bald besser gehen, und dann wird man weiter sehen. Es wären zweitausend Reichsmark für die dritte Klasse, wie man uns sagt. Die Jaluit-Gesellschaft hat eine Bankniederlassung in Kolonia auf Ponape. Sende es dorthin. Oder, wenn das zu riskant ist, schicke uns doch eine handschriftliche Zusage, daß Du die Kosten übernimmst. Dann können wir bis Sydney von hier aus gelangen. Dort sind deutsche Bankinstitute vertreten. Du magst Erkundigungen über Deine Bank einziehen. Man sagt uns hier, daß es auch so möglich ist. Lieber Bruder, bedenke doch, daß wir keinen Pfennig Geld haben und ganz von der Missionsgesellschaft abhingen, die uns gekündigt hat und deren Ultimatum wir aus Gründen, die ich Dir nun erklärt habe, nicht einhalten konnten. Irgendwie müssen wir ja nach Deutschland zurückkommen. Außerdem weißt Du, daß ich vor Jahren freiwillig auf mein Erbteil aus der Firma verzichtet und nichts als die Kosten für meine Reise erhalten habe. Brauchte ja auch nicht mehr. Aber jetzt brauche ich es überaus notwendig, und ist es immer noch viel weniger, als Du mir schuldetest, hätte ich auf meinem Anteil bestanden.

Doch genug von solchen Dingen, die unter Geschwistern nicht zählen, da nur die Hilfe zählt, die man einander schuldig ist, wenn eins in Not gerät wie jetzt ich. Doch Du wirst sicher nicht säumen, mir daraus zu helfen. Wer sollte es sonst tun? Auch mein Mann und unsere Kinder werden Dir immer dankbar dafür sein. Mein Mann hat nämlich selber vor ein paar Jahren all sein Erspartes gegeben, um hierher zu kommen. Und da ist niemand in seiner Familie, der helfen kann.

Säume nicht. Laß uns nicht warten. Sag nur Mutter nichts davon. Und sonst auch niemandem.

Herzlich grüßt Dich und Gretchen

Deine Schwester Lina auf Ponape

ALTENA 1914

Nehmen Sie bitte Platz, sagt die dicke Frau.

Im selben Augenblick ist es ihr auch schon peinlich. Ihre Besucherin kann nicht Platz nehmen. Sie sitzt im Rollstuhl. Sie hat schon Platz. Die dicke Frau weiß sowieso nicht, was sie mit ihr reden soll. Dabei kennt sie sie seit Jahren. Doch das war, bevor sie dick geworden ist, und seitdem hat sich vieles geändert. Damals, im Jungfrauenverein, waren sie alle noch gertenschlank und voller Unruhe, begierig – auf was eigentlich? – auf das Leben. Auf das, was sie jetzt haben.

Ich möchte wirklich nicht stören, sagt Fräulein Wegenast. Aber ich muß unbedingt einmal Ihren Mann sprechen. Ich habe nämlich Post aus der Südsee erhalten. Von Ihrer Schwägerin.

So? sagt Gretchen. Schreibt sie Ihnen auch? Uns schreibt sie regelmäßig. Das muß wohl herrlich sein. Dieses Leben, so fern aller Verpflichtungen. Wie im Paradies. Und es soll ja auch immer die Sonne scheinen dort. Nicht wie bei uns in Altena, wo jetzt, am 3. August, immer noch kein richtiger Sommer war. Regen, immer nur Regen. Da haben sie es auf Ponape doch gut. Wir dagegen –, nicht mal nach Norderney kommt man in diesem Jahr. Wegen der Kriegsgefahr. Mein Mann sagt, es ist jetzt besser, zu Hause zu bleiben. Mobilmachung und so. Dabei hätte es den Kindern so gut getan. Alle vier haben den Husten.

Ich möchte Sie nicht zu lange aufhalten, sagt Fräulein Wegenast. Wann kommt Ihr Mann nach Hause?

Dies ist die Frage, die Gretchen befürchtet hat. Es ist die

eine zentrale Frage ihres Lebens, die Frage, um die alles andere kreist.

Ich denke doch …, sagt sie. Manchmal ißt er auch am Stammtisch. Geschäftliche Besprechungen … Und die Politik, wissen Sie. Es kann später werden.

Ich warte gern, sagt Fräulein Wegenast. Unsereiner hat Zeit. Lassen Sie sich nicht stören. Sie haben Pflichten, das weiß ich wohl.

Ich will nur kurz sehen … Das Mädchen …

Wie gehört es sich? denkt Gretchen, während sie hinausgeht: Eine unverheiratete Frau, die unangemeldet zu Besuch kommt –, ist es richtig, daß man sie warten läßt? In Fragen der Etikette war sie immer unsicher. Schließlich ist Fräulein Wegenast eine Verwandte der Kellers in Villa »Bergesruh«, bei denen Herrmann und Gretchen nicht eingeladen werden. Dann, indem sie kühn eine Entscheidung trifft: Erstens ist sie verkrüppelt, und zweitens geht es um nichts Wichtigeres als Lina, läßt sie sie einfach allein sitzen im Salon. Was will sie übrigens? Diese unverständlichen Briefe von Ponape, Gretchen liest sie schon gar nicht mehr. Die Zeiten, als man sich in Altena nach Lina erkundigte (Wie interessant! In der Südsee!), sind sowieso vorbei. Gab es da nicht einen Aufstand? Eine Art Dschungelkrieg? Gretchen erinnert sich nicht genau. Alles, was an Politik grenzt, vermag ihr Interesse nicht lange auf sich zu ziehen.

Was tue ich hier? denkt Fräulein Wegenast. Habe ich nicht immer bereut, mich eingemischt zu haben, wenn ich mich einmischte? Ist nicht ausnahmslos geschehen, was ohne mich geschah? Warum nehme ich Anteil, da nichts an mir Anteil hat? All diese törichten Jungfrauen, deren Lampen so bald erloschen sind. Und eine einzige kluge unter ihnen, die ihr Licht in die Welt hinausgetragen hat. Und nun auch erloschen.

Sie tastete nach dem Brief, den sie in der Tasche trug.

»Wir leben in einer Hütte, die nah am Wasser steht. Mein Mann und ich haben sie mit unseren eigenen Händen erbaut. Ich hätte nicht gedacht, daß Gott uns auch dazu begabt hat. Doch findet man in der Not die erstaunlichste Hilfe in sich selbst. Auch einige Ponape-Leute, die uns treu geblieben sind, stehen uns bei, indem sie uns Fische bringen und Brotfrucht und Kokosnuß. Alles auf dieser Insel, was man zum Leben braucht, ist ja so leicht zu erlangen, und man lernt, was es heißt, daß es aus Gottes Hand empfangen wird. Auch geht mein Mann selber fischen und kehrt oft schon früh am Morgen mit vollen Netzen heim. Er scheint mir ganz verändert. Mit dem Gelehrten, der oft bis spät in die Nacht über seinen Büchern saß, hat er kaum noch etwas gemein, und seit uns ein kleiner Sohn geschenkt worden ist, hat sich die Wolke der Trauer um das Kind, das wir beim Aufstand vor drei Jahren verloren haben, gelichtet; und obwohl wir es nie vergessen werden und immerdar etwas Hoffnung in unseren Herzen sein wird, daß wir es wiedersehen, denn es lebt ja noch, so können wir uns doch jetzt der beiden Kinder freuen, die um uns sind, und das nächste, das sich schon ankündigt, mit Freuden erwarten.

Wir sind fast immer für uns, da die Deutschen auf der Insel uns mit Fleiß meiden. Selbst der neue Missionar und seine Frau, die sie von Gnadenbronn geschickt haben, halten auf Distanz und machen lieber alle Fehler, die man aus anfänglicher Fremdheit und Unvertrautheit macht, als sich von uns raten zu lassen, die wir schon länger hier sind und Bescheid wissen.

Meine Mitschwester Hedwig ist kürzlich abgereist, da sich ihr eine Stelle als Haushälterin bei einem alten Arzt bot, der lange auf Ponape war und nun in die Heimat geht. Er hat ein Auge auf sie. Wer weiß. Bruder Ludwig ist auf der Station geblieben. Beim Wiederaufbau ist er so nötig wie nur je. Er besucht uns oft zusammen mit unserem alten Dienstmädchen Nan-tei und hat uns auch beim Hausbau geholfen. Manchmal kommt auch Sydney vorbei, das Mädchen, das mir vor Jahren aus Australien nach Ponape gefolgt ist. Sie ist nun die dritte Frau eines Ponape-Häuptlings, und wenn sie an das Leben in den Straßen von Sydney denkt, dann kneift sie sich in den Arm, um sicherzugehen, daß sie so viel Glück nicht träumt.

Aber auch wir haben uns zurückgezogen, und wenn ich denke, wie sehr ich es mir früher gewünscht habe, einmal allein mit meinem Mann zu sein, so ist dieser Wunsch nun in Erfüllung gegangen. Wir sind ganz miteinander und ohne einander nichts, und ich sinne oft, wie Gott mich einen weiten Weg geschickt hat, um den Mann zu finden, dem ich angehören soll und nun mit Haut und Haar angehöre, wie er auch mir.

So sind wir in unserem Holzhäuschen über dem Strand rechte »Beachcomber«, wie man sie hier nennt, Vagabunden der Südsee, auf der Suche nach einem irdischen Paradies, das hier wohl einer finden mag. Doch, liebes Fräulein, wir haben ein solches nie gesucht. Und darum ist es auch nichts für uns. Nicht für die Dauer. Der Gedanke, daß wir für immer hier bleiben sollen, eines Tages hier sterben, weil wir kein Geld für die Reise haben, macht mich wahnsinnig. Überhaupt ist es der Wahnsinn, der dem Paradies direkt benachbart ist. Wußten Sie das, liebes Fräulein?«

Fräulein Wegenast, unangenehm berührt, läßt den Brief

sinken und blickt auf die Gardinen, die ihr die Aussicht nach draußen nehmen. Es ist früher Abend. Nach einem wechselhaften Tag ist die Sonne hervorgekommen. Doch sie steht bereits zu schräg, um das Haus im Tal noch zu erreichen. In Gretchens Salon ist schon Dämmerung eingekehrt. Von draußen dringt das Lied einer Amsel auf dem Dach gedämpft herein, dann und wann von Kinderstimmen übertönt. Fräulein Wegenast bewegt ihren Rollstuhl zum Fenster, schiebt die Gardine beiseite und blickt hinaus. Die Berghänge gegenüber liegen im Sonnenlicht und, leuchtend, überglänzt, wie ferne Heimaten auf halber Höhe die Höfe »Schreck«, »Angst« und »Zweifelmut«.

Wußten Sie, daß der Wahnsinn dem Paradies benachbart ist, Fräulein Wegenast?

Sie kennt kein Paradies. Sie kennt nur die immerwährende Gefaßtheit einer Frau, die als unberührbar gilt. Eine Jungfrau, die ihre Lampe als einzige hochhält. Es war nicht taktvoll, sie mit dieser Aufgabe zu betrauen. Was gehen sie die Probleme von Paradiesvögeln auf fernen Inseln an?

»Suchen Sie meinen Bruder auf. Es ist die letzte Hoffnung, die wir haben. Er antwortet nicht einmal auf meine Briefe. Wir sind ganz in seiner Hand. Wenn er uns das Geld zur Reise wenigstens leihen würde. Es gibt hier keine Möglichkeit, etwas zu erwerben. Wenn mein Mann eine Arbeit in Deutschland gefunden hat, wollen wir es ihm zurückzahlen. Wie sollen unsere Kinder sonst jemals eine Schulbildung erhalten? Hier bleiben müssen, so glücklich wir immer sind, dieses Glück ist wie der Tod, verstehen Sie das?«

Fräulein Wegenast hört hinter sich das Gewisper der Ehegatten. Der Hausherr ist da.

Sie weiß, daß sie nicht überzeugend wirkt, als sie erklärt, warum sie gekommen ist. Doch scheint er bereitwillig zuzuhören und so leicht zu überzeugen wie jemand, der nicht bei der Sache ist.

Sieh an, sieh an, sagt er. Ich habe das nicht gewußt. Wir hören auch nichts von ihr. Wir haben schon sehr lange nichts mehr gehört, nicht wahr, Gretchen? Aber natürlich! Da ist sicher Hilfe not. Warum nur hat sie sich nicht gleich an mich gewendet? Die Sache mit der Gesellschaft in Gnadenbronn muß ein Irrtum sein. Das läßt sich gewiß aufklären, sind sie nur erst einmal hier. Man muß die Bank fragen, wie man besten vorgeht, daß sie das Reisegeld erhalten. Gewiß doch, ich kümmere mich darum. Es wird über Sydney gehen. Vorausgesetzt allerdings, daß England uns nicht den Krieg erklärt. Dann, zu meinem Bedauern, werde ich nichts tun können. Und es sieht ganz so aus. Sieht ganz so aus. Ich hörte, daß unsere Truppen die Grenze zu Belgien überschritten haben. Vorläufig nichts als ein Gerücht. Doch wenn es wahr ist, dann wird bis morgen früh in London der Krieg erklärt, denn England garantiert die Neutralität Belgiens. Nebenbei gesagt ist sie seit gestern schon von den Franzosen verletzt worden. Wenn das Vaterland auf dem Spiel steht, gesetzt nur den Fall, verehrtes Fräulein, dann wird meine Schwester zurückstehen müssen. Wir nehmen uns viel zu wichtig, wir einzelnen, mit unseren kleinen Problemen. Da glaubt doch jeder, das Zentrum der Welt zu sein. Vergleichen Sie nur: Ponape, ein Stecknadelknopf auf dem Atlas, und unser großes Europa. Darum geht es jetzt.

Fräulein Wegenast hat schon den Mund geöffnet, um dieser Verletzung der Gesprächslogik entgegenzutreten, doch ist ausgerechnet dies der Tag der Männer, die große Worte lieben.

Der Einzelne und sein Schicksal, fährt er fort, was bedeutet es schon? Was bedeutet ein Leben, wenn es um das Ganze, das Schicksal des Volkes geht? Wir werden jetzt der Welt ein Beispiel mutigen Einstehens für unsere Nation geben. Wie unser geliebter Kaiser dem Volk von Berlin vom Balkon seines Schlosses aus zugerufen hat: »Ich kenne keine Parteien mehr, ich kenne nur Deutsche.« Jawohl. Genauso. Jawohl. Ich esse im Gasthaus heut, Gretchen. Jawohl. Ich kümmere mich darum, Fräulein Wegenast, ich kümmere mich darum. Vorausgesetzt natürlich, daß wir nicht im Krieg mit England sind. Und es sieht ganz so aus. Besten Dank für Ihre Hilfe, Fräulein Wegenast. Meine Schwester und ich, wir sind Ihnen wirklich zu Dank verpflichtet. Kein Abendbrot für mich, Gretchen, hast du gehört?

Die letzten Worte hat er schon im Hinausgehen, und indem er sich zur Haustür bewegt, gesprochen, die dröhnend hinter ihm ins Schloß fällt und der Unterredung vermöge seiner Autorität ein Ende setzt.

Die wiederholten Verstöße gegen die Gesprächslogik haben Fräulein Wegenast aus ihrem Konzept gebracht. Und wie es bei ungeübten Verhandlungspartnern oft geschieht, kommt ihr erst jetzt das einzige Argument zur Hand, das sie vorbereitet hat, um auf ihn einzuwirken: Sie hat die Möglichkeit ansprechen wollen, eine Kollekte für Lina und ihre Familie durchzuführen, um dadurch an sein Ehrgefühl als wohlhabender Bürger zu appellieren.

Doch dazu war es zu spät.

Es war überhaupt zu spät. Um Mitternacht würde England Deutschland den Krieg erklären.

PONAPE 1919

Selbst der Bezirksamtmann (der ehemalige) wußte nicht, wohin sie gebracht wurden.

Nach Hause, lautete die Auskunft, die er gab. Es klang seltsam kindlich, beinah rührend aus dem Mund eines Beamten. Nach Hause, wohin denn sonst?

Mit diesem Kahn? Diesem schmuddligen alten Dampfer, der wie ein ausrangiertes Flußschiff wirkte?

Der Bezirksamtmann versuchte bis zum Chef der japanischen Administration vorzudringen, die sich schon im ehemaligen deutschen Bezirksamt niedergelassen hatte. Da war niemand, der Deutsch konnte, und niemand, der auch nur bereit war, so zu tun. Zum Schluß versuchte er es bei einem der Matrosen, indem er sich einer ausufernden Gestik bediente, die ihn, er spürte es selbst, zum Affen machte. Es war seltsam, einer fremden Macht ausgeliefert zu sein, deren Sprache man nicht beherrscht. Nicht einmal ihre Befehle, ihre Entscheidungen zu verstehen.

Yokohama, sagte der Matrose. Er sprach es hart, kehlig, mit entschiedener Betonung auf der letzten Silbe aus. Er mußte es mehrmals sagen, bis der Deutsche ihn verstand und die Information an seine Landsleute weitergab.

Niemand unter den Ausgewiesenen, die sich an Deck des Schiffes drängten, deutsche Beamte, Siedler, Missionare, Männer und Frauen und Kinder jeden Alters, niemand von ihnen war zwanzig Jahre zuvor dabeigewesen, als der Vizegouverneur Becker die abziehenden Spanier verabschiedet hatte, um die Herrschaft auf der Insel zu übernehmen. Es wären ihnen sonst die Ähnlichkeiten im Verhalten der Ponape-Leute aufgefallen. Dieselbe Bereitwilligkeit, dieselbe indifferente gleichmütige Freundlichkeit, mit der man die neuen Herren willkommen hieß. Und sie hätten verstanden, daß all ihr Bemühen um das Etablieren einer Herrschaft von Anfang an vergebens gewesen war. Wer sie so leicht erringt, wird sie verlieren. Er hat sie niemals besessen. Die fremden Herren ziehen hier wie ein schweres Wetter über die Insel. Nach ihnen klart es auf, und alles ist wie vorher. Niemand warnte die Japaner. Ungerührt nahmen sie Geschenke entgegen und wunderten sich nicht, daß keiner auf Ponape vom Abzug der Deutschen Notiz nahm, so wie sie vor zwanzig Jahren mit vollendetem Gleichmut die Spanier hatten abziehen sehen.

Nur eine Handvoll von ihnen hatte sich am Hafen eingefunden, als die letzten Deutschen an Bord gingen. Sie hatten einen größeren Krieg verloren als den auf Ponape. Die Karolinen waren als Völkerbundsmandat an Japan gefallen. Sie mußten abziehen.

Sydney war dabei, von einer Ponape-Frau kaum zu unterscheiden. Der Teil in ihr, der Aborigine war, hatte die Oberhand gewonnen. Es war, als hätte sie niemals woanders gelebt. Ihre Kinder hätte niemand für Mischlinge gehalten. Nur die Tränen, die sie beim Abschied von Lina vergoß, vergoß die Engländerin in ihr, sentimental, wie sie zum Verdruß von Hedwig schon immer gewesen war, die Gott mit zuverlässig trockenen Augen ausgestattet hatte.

Und Winston war mit seinen Frauen gekommen, Ponape-Mann auch er, weißhaarig inzwischen, ein alter Baum, der sich nicht mehr verpflanzen ließ.

Madam, sagte er zu Lina, ich weiß noch, wie sie uns hier

an Land gespült wurden, mehr tot als lebendig. Wie lange ist das her, Missionar? Sie waren auch dabei.

Er hatte nie aufgehört, ihn Missionar zu nennen, während er seinen Nachfolger mit Namen anredete.

Fast elf Jahre, sagte der Missionar.

Und glauben Sie, daß es richtig ist, in diesen Sumpf des alten Europa zurückzukehren? sagte Winston. Wir alten Südseeleute sind irgendwann nicht mehr dieselben, die wir waren, bevor wir hierher kamen.

Haben Sie denn kein Heimweh mehr? sagte Lina.

Doch, sagte Winston. Überall auf der Welt würde ich Heimweh nach Ponape haben.

Das werde ich auch, sagte Lina.

Dann kommen Sie ja vielleicht eines Tages zurück.

Nie, sagte Lina. Wir kommen nie mehr zurück.

Und während sie das sagte, erfaßte sie eine Welle von Abschiedsschmerz derartig, daß sie alles Begreifen und Wahrnehmen auslöschte. Sie empfand den Augenblick ihrer Ankunft und ihres Abschieds wie einen einzigen Moment, angefüllt mit dem Glück und Schmerz von elf Jahren, und wie eine Sterbende sah sie den Film ihres Lebens auf Ponape mit faszinierender Deutlichkeit ablaufen, und vieles war darin, was sich erst jetzt zu erkennen gab, all das Versäumte, das nicht Begriffene war auch darin, und während sie die Kinder mit sich an Bord zog, wuchs das Bewußtsein in ihr, daß sie etwas zurückließ, etwas Entscheidendes. Wie ein Mensch, der sein Haus verläßt und noch einmal nachsieht, ob das Licht aus ist und alle Fenster verschlossen, wollte sie wieder zurück an Land. Ich habe etwas vergessen, flüsterte sie.

Nichts, sagte der Missionar und hielt sie fest. Es ist alles in Ordnung.

Ich habe ganz vergessen, mich von Nan-tei zu verabschieden, rief sie, plötzlich aus ihrem Traumzustand erwachend. Ich möchte ihr noch etwas für Ludwig mitgeben.

Bruder Ludwig war der einzige von den Deutschen, der auf der Insel blieb. Nan-tei hielt ihn versteckt. Sie durfte ihn behalten. Und er behielt sie und verlor damit für immer seinen deutschen Paß und jede Möglichkeit zurückzukehren. Ein zweiter Winston? Über sein weiteres Schicksal auf Ponape ist nichts bekannt. Er schrieb niemals. Und niemand schrieb an ihn, um nicht die Japaner auf seine Spur zu bringen. Kein Deutscher mehr und kein Ponape-Mann. Ein Verlorener der Inseln. Nach all den Jahren auf Ponape wußte Lina, daß man ihn nicht zu bemitleiden brauchte.

Nein, sagte der Missionar, du hast dich verabschiedet, mehr als einmal.

Und da legte das Schiff ab. Sydney, Winston, Nan-tei und alle die anderen, die am Kai standen, schienen sich von ihnen fortzubewegen, rückwärts, wie die Vergangenheit es tut. Eine ungeheure Kraft zog sie von ihnen fort und mit ihnen die Insel, die, schon bald kleiner werdend, zum Horizont driftete, bis nur noch der Tolokolme darüber hinausragte und schließlich auch versank.

Lina spürte die ersten Anzeichen ihrer Seekrankheit.

EPILOG

Was meine Großtante Lina anbelangte, so gab es von ihr nicht viel zu erzählen.

Ihre legendäre Bescheidenheit. Nach elf Jahren in der Südsee kam sie in demselben Kleid zurück, in dem sie losgefahren war. Nie besaß sie mehr als ein einziges Paar Schuhe. Neue kaufte sie erst, wenn die alten nicht mehr zu flicken waren.

Sie waren unsere allerärmsten Verwandten, die Winters aus Ponape. Und was soll Bescheidenheit heißen, wenn einem nichts anderes übrigbleibt? Verwandelt nicht die Armut alle Tugend in Notwendigkeit? Und jede Fülle, jedes Geschenk, das arm und reich gleichermaßen aus den Händen des Lebens empfängt, in Untugend? Die Winters besaßen die Untugend der Armen, zu kinderreich zu sein. Sie hatten sieben. Drei, die sie mitgebracht hatten, und vier, die sie sich nicht enthielten zu bekommen, nachdem sie zurück waren. Nicht mitgerechnet die Früh- und Totgeborenen.

Sie lebten in Arme-Leute-Straßen in grauen vierstöckigen Häusern. In ihren Wohnungen gab es kaum das notwendigste Mobiliar. Onkel August, der es in der Neuen Welt zu etwas gebracht hatte, überwies dann und wann wohl ein paar Dollars, aber da er niemals rüberkam, ahnte er nichts vom wahren Ausmaß der Bedürftigkeit. Onkel Albert schickte ihnen manchmal Kohlen im Postpaket. Seine Frau strickte Leibchen und Kinderstrümpfe in allen Größen. Sie selbst war kinderlos. Es ist eine Schande, sagte sie beim Klappern der Stricknadeln. Es blieb unbestimmt, was sie damit meinte.

Die Winters zogen oft um, von Stuttgart nach Frankfurt, von Frankfurt nach Berlin und wieder nach Stuttgart, wo der Missionar eine Stelle als Gefängnisseelsorger bekam, nachdem er sich als Versicherungsvertreter und Schuhverkäufer versucht hatte. Es waren die zwanziger Jahre, Arbeitslosigkeit und Inflation. Niemandem wuchsen in Deutschland Kokosnüsse und Bananen in den Mund. Was mußten sie auch zurückkommen, wenn es ihnen dort so gut gegangen war?

Die Missionarskinder standen alle in dem Ruf, Musterschüler zu sein, die ihre Hausaufgaben am Küchentisch, aber tipptopp erledigen. Es blieb ihnen nichts anderes übrig, als diesem Klischee gerecht zu werden. Sie sind später alle Krankenschwestern oder Lehrer oder Theologen und Ärzte geworden. Nur Elisabeth, die Älteste, galt zeit ihres Lebens als nicht ganz richtig im Kopf. Wir erklärten es damit, daß sie nicht blutsverwandt mit uns war. Außerdem hatte sie zuviel Südseesonne abgekriegt. Sie war mit brauner Milch aufgezogen worden und hatte dadurch etwas Affenartiges bekommen. Sie stand unter Kletterzwang. Kaum sah sie einen Baum, saß sie schon in der Krone. Sie war sehr still. Sie sah Dinge, die es nicht gab. Und manchmal redete sie in Ponape-Sprache, als sei da jemand, der sie versteht. Schwimmen konnte sie wie ein Fisch, blieb minutenlang unter Wasser, bis man glaubte, daß sie ertrunken sei. Dann tauchte sie plötzlich lautlos wieder auf. Alle waren sehr erleichtert, als sich jemand fand, der sie heiratete. Und von Stund an soll sie auch normal gewesen sein. So kann es manchmal gehen.

Der Missionar, bis in sein Alter ein schöner hagerer

Mann, von auffallender Ähnlichkeit mit Herrmann Hesse, der ja zu hundert Prozent Missionarsblut in den Adern hatte, galt in Linas Familie als seltsamer Vogel. Sie mochten es lieber, wenn jemand so wie sie war, und die Unbehaglichkeit, die es ihnen bereitete, zu wissen, daß er über die Grenzen ihrer Welt hinausgeblickt hatte, zahlten sie ihm heim, indem sie ihn spüren ließen, daß er ein Versager war. Als er eines Tages, ein einziges Mal in seinem Leben eines Überforderten, die Flucht ergriff und für ein paar Tage, in welchem Bermudadreieck des Lebens auch immer, verschwunden war und Lina nicht wußte, wo sie ihn suchen sollte, noch ob er jemals zurückkommen würde, um sie und ihre Kinder dem sozialen Elend nicht ganz preiszugeben, da dichteten ihre Brüder Spottverse von der Art: Schwager Karl ist durchgebrannt. Wohin, das ist noch unbekannt …

Soviel zu dem Rückhalt, den Lina in ihrer Familie fand.

Fand sie ihn in ihrer Ehe? Sie sprachen Ponape, wie manche Ehepaare damals Französisch sprachen, wenn sie nicht verstanden werden wollten. Und dies ist doch schon viel: eine eigene Sprache. Ist es nicht mehr als die meisten miteinander haben, die verheiratet sind? Und waren sie nicht glücklich gewesen, viele Jahre lang, bevor sie aus ihrem ungewollten Paradies vertrieben wurden? Sie hatten nicht erwartet, daß ihr Glück den Transfer nach Deutschland überstand, kaum daß Lina ihn selbst überstanden hatte: ein halbes Jahr lang in der billigsten Klasse im Unterdeck von Yokohama nach Hongkong, von Hongkong nach Singapur, von Singapur nach Bombay, von Bombay nach Aden und weiter nach Genua. Keine Liebe überlebt ein halbes Jahr Seekrankheit, schätze ich. Ein halbes Jahr in den stinkenden Bäuchen der Schiffe. Auf dem Weg nach Bombay verlor sie ihr viertes Kind. Der Missionar steckte es in eine Tüte und warf es ins Kielwasser.

Sie war viel krank. Tropenzucker. Malariaanfälle. Schließlich die Operation, die dem Kinderkriegen ein Ende bereitete, bevor es sie umbrachte. Wenn ich an sie denke, sehe ich eine kleine, gebückte Frau mit straff nach hinten gekämmtem Haar und leicht vorgewölbten Augäpfeln. Und ich erinnere mich an die einzige Geschichte, die sie mir selber erzählt hat. Ich war noch ein Kind. Ich verstand sie nicht. Aber manche Geschichten hebt man sich auf, um sie später erst zu verstehen.

Als sie eines Tages ins Tropengenesungsheim nach Tübingen mußte, um eine ihrer zahlreichen Krankheitsattacken zu bestehen, hatte sie dort eine Begegnung, die so unglaublich war, als trüge sie sich bereits dort zu, wo wir ohne Rücksicht auf Raum und Zeit den Handlungsträgern unseres Lebens begegnen, den altvertrauten Gesichtern der Liebe, des Zorns, der Gier, der Lust, der Enttäuschung und des ersehnten Glücks.

Es war ein Herbsttag mit milder, schräg fallender Sonne. Sie hatte sich im Garten des Instituts auf eine Bank gesetzt. Sie genoß diese Tage der Rekonvaleszenz. Sie verträumte sie, und als sich ihr gegenüber ein junger Mann niederließ, betrachtete sie ihn mit dem Blick einer Träumerin, die nichts beachtet und der doch nichts entgeht. Sie erkannte ihn nicht sogleich, wie man jemanden nicht erkennt, dessen Gesicht und Namen zwar jederzeit abrufbar, jedoch mit einem ganz anderen Ort verbunden sind. Denn die Erinnerung an Menschen hält nicht die Erscheinung allein bereit, sondern ebenso einen ganzen Hof an Begleitendem. Orte, Umstände, Menschen. Alles Erinnerte ist in ein Nest von

Miterinnertem gebettet, und fällt es da heraus, so fällt es ganz aus der Erinnerung heraus, und es geht uns wie den Katzen, die ihre Herren außerhalb des Hauses nicht wiedererkennen, so vertraut sie auch im Innern mit ihnen sind.

Der Mann trug einen Strohhut. In seinem Jungengesicht, braunhäutig, waren die Augen von tiefen, kreisrunden Schatten wie Brillenrändern ummalt. Seine Nase, breitflügelig, flach, war für ein rundliches Gesicht gemacht, doch stand sie jetzt viel zu breit zwischen eingefallenen Wangen. Kleinflächig, säuglingshaft war sein Gesicht, erstaunt und fragend sein Ausdruck. Erklären Sie mir bitte: Was tue ich hier? schien es zu sagen. Doch hatte die ganze magere Gestalt, kleinwüchsig, auch etwas Dandyhaftes. Er trug ein elegantes Spazierstöckchen bei sich und hatte seine Beine im gestreiften Schlafanzug übereinandergeschlagen, als säße er im Café. Dann und wann zog er, mit seinen Fußspitzen wippend, den Morgenrock um sich.

Er war sehr krank, und es war zunächst Linas Diakonissenblick, der ihn maß.

Der wird nicht wieder gesund, dachte sie. Der schafft es nicht.

Dann erst streifte ihr Bewußtsein ein Hauch von Ponape.

Was tun Sie hier? fragte sie bestürzt, als müsse sie ein Traumgebilde verscheuchen.

Und bevor er antworten konnte, wußte sie, wer es war.

Aru? sagte sie.

Er war jetzt Ende Zwanzig, seine Lunge, seine Milz, Nieren und Leber von Tuberkeln angegriffen. Seine Sehkraft war schwach und das Körpergewicht unter 45 Kilo gesunken. Als Lina den ersten Satz auf Ponape an ihn richtete, weinte er wie ein Kind, und sie weinte mit ihm.

Dann erfuhr sie, daß er nach Deutschland gekommen

war, um das Land der Maschinen, der Autos und Flugzeuge zu sehen.

Warum hierher?

Weil er von ihr gelernt habe, wie man die Sprache spricht, sagte er stolz. Und von den Missionaren wisse, wie gut es in Deutschland sei. Er habe das nie vergessen. Er wolle eines Tages Nanamariki sein, und ein Häuptling müsse heute etwas von der Welt kennen und wissen, wie der Fortschritt gemacht werde, damit man nicht mehr die Fremden auf der Insel brauche. Darum habe seine Familie den Japanern eine Kokosplantage mit hundert mehrjährigen Palmen verkauft, um ihm die Reise bezahlen zu können, und er habe sich auf die Suche nach Gnadenbronn gemacht. Denn das sei doch der Ort, von dem die Missionare gekommen seien. Und er habe auch gedacht, daß er Lina und ihren Mann dort treffen würde.

Ja, er sei auch auf die Reise gegangen, um sie wiederzusehen. Denn sie würden doch niemals mehr zurückkommen nach Ponape, solange die Japaner dort die Herren seien. Also habe er sich aufgemacht und sei auch richtig nach Gnadenbronn gelangt, was allerdings nicht ganz einfach gewesen sei. Doch habe man ihn dort auch sehr freundlich empfangen, nachdem er ihnen habe versichern müssen, daß er an Jesus glaube, was man immer wieder von ihm habe hören wollen: Daß dem Herrn Jesus sein Leben gehöre und er wisse, daß seine Sünden durch Jesu Blut reingewaschen seien. Es habe ihm nichts ausgemacht, vor vielen Menschen in vielen Kirchen dasselbe zu sagen, wo immer sie ihn hinschickten. Er habe ja nicht gewußt, wie wichtig ihnen das sei. Sie hätten ihm schöne neue Kleider dafür gekauft und ihm zu essen gegeben. Doch Lina und ihren Mann habe er dort nicht gesehen, und wenn er nach ihnen fragte, so habe man ihm gesagt, niemand wisse, wo sie seien, und daß Gott über sie sehr erzürnt sei, was er jedoch nicht glaube.

Dann sei der Winter gekommen, und da habe ein Absterben begonnen, von dem kaum etwas ausgenommen war. Der Tag sei kurz nach Mittag schon abgestorben. Die Sonne habe nicht die Kraft gehabt, ein Haar auf seinem Kopf zu erwärmen. Und als er gesehen habe, daß alles Grün einging und kaum eine einzige Pflanze davongekommen war, da habe er gespürt, daß auch er selber stirbt. Und obwohl er es machte wie alle Menschen hier, die sich vor dem winterlichen Absterben in ihre Wohnungen flüchten und, um nicht zu sehr zu frieren, das Feuer mit in die Häuser hineinnehmen, ohne daß sie abbrennen, wie man auf Ponape nicht zu Unrecht fürchten würde, so habe er doch den ganzen Winter gefroren, und nur das Fieber in ihm habe ihn gewärmt.

Nun habe wieder die Zeit des Absterbens begonnen, kaum daß es Sommer gewesen sei. Und obwohl im Sonnenlicht sitzend, könne er die Kälte darin schon spüren. Sie nehme jeden Tag etwas zu. Auch hätten die Tage begonnen, zu kurz zu sein, um die Erwärmung des Herzens zu erzeugen, die das Licht benötige. Ein Mensch, dazu verdammt, im Finstern zu leben, sei doch so gut wie tot. Die Verfinsterung der Seele ziehe letztlich den leiblichen Tod nach sich. Doch daß er Lina hier sehe, das wärme sein Gemüt wie heller Sonnenschein, der auf die lichten Gestade von Ponape fällt.

Das Reden fiel ihm von Satz zu Satz schwerer. Hustenanfälle unterbrachen ihn. Doch er fand kein Ende, bis eine Schwester ihn holte und in sein Zimmer brachte. Das verzehrende Feuer der Schwindsüchtigen brannte in ihm. Es war längst zu spät, um ihn nach Hause zu schicken.

Lina hat ihn bis zu seinem Tod besucht. Sie sprachen Ponape und wärmten einander die Seelen, so gut es ging. Er starb im Januar, mitten im deutschen Winter, in einem düsteren, grauen Land. Sie begruben ihn auf dem Tübinger Friedhof. Dort, in ihrem einzigen Paar Schuhe und dem dunkelblauen Kleid ihrer Schwesternschaft, eine schmale Silhouette, sehe ich Lina durch eine Allee von Akazien gehen, wie sie sich langsam entfernt, um in eine der Gräberstraßen einzubiegen, wo sie vor einem Grabstein mit der Inschrift »Enter Nanpei« stehen bleibt, »geboren 1897 auf der Südseeinsel Ponape. In seine himmlische Heimat abberufen 1925«.

Das wäre wirklich nicht nötig gewesen, schloß sie die Geschichte ab, die sie mir erzählt hat, als ich ein Kind war. Es war genug Unrecht geschehen.

Das war eher an die Adresse Gottes gerichtet als an mich. In ihren späteren Jahren nahm sie sich sogar bei ihm das Recht zum Widerspruch heraus. Es war die Art an ihr, die man schon in ihrer Jugend vorlaut genannt hatte. Gott kannte das. Er verzieh es. Er hörte es manchmal richtig gern.

Nachwort

Der Aufstand auf Ponape gegen die deutschen Kolonialherren hat tatsächlich stattgefunden und ist nicht weniger dramatisch und blutig verlaufen. Der Roman beruht auf diesen historischen Ereignissen. Doch beruft er sich darauf, Roman zu sein, also wahrer, als Wirklichkeit je sein kann. Die Personen der Handlung sind erfunden, aber ich würde mich auch nicht wundern, wenn es sie gegeben hat, erfüllt von der seltsamen Ahnung, daß sie in einem Roman sind, der noch nicht geschrieben ist. Derselben Ahnung, von der auch wir manchmal gestreift werden. Wir sind nichts als Modelle für die Personen, als die wir in unerzählten Geschichten vorkommen.

Und Lina? Die Missionarin? Hat sie gelebt? War sie auf Ponape? Hat sie sich dort in die Geschehnisse eingemischt? Oder ist sie nichts anderes als ein Produkt erzählerischer Phantasie? Wenn Sie mich fragen, ich weiß es nicht mehr genau …